广州文艺评论年选

ANNUAL LITERARY REVIEW

广州市文艺评论家协会主席团 ··· 主编

南方出版传媒
花城出版社
中国·广州

图书在版编目（CIP）数据

广州文艺评论年选. 2020 / 广州市文艺评论家协会主席团主编. -- 广州：花城出版社，2021.12
ISBN 978-7-5360-9539-7

Ⅰ. ①广… Ⅱ. ①广… Ⅲ. ①文艺评论－广州－当代－文集 Ⅳ. ①I209.965.1-53

中国版本图书馆CIP数据核字(2021)第228228号

出 版 人：肖延兵
责任编辑：周思仪　王梦迪
技术编辑：薛伟民　林佳莹
封面设计：

书　　名	广州文艺评论年选. 2020
	GUANGZHOU WENYI PINGLUN NIANXUAN. 2020
出版发行	花城出版社
	（广州市环市东路水荫路11号）
经　　销	全国新华书店
印　　刷	佛山市浩文彩色印刷有限公司
	（广东省佛山市南海区狮山科技工业园A区）
开　　本	787毫米×1092毫米　16开
印　　张	18.75　1插页
字　　数	272,000字
版　　次	2021年12月第1版　2021年12月第1次印刷
定　　价	58.00元

如发现印装质量问题，请直接与印刷厂联系调换。
购书热线：020-37604658　37602954
花城出版社网站：http://www.fcph.com.cn

编辑说明

2020年我们遭遇了前所未有的疫情，疫情改变了我们的生活方式，亦改变了我们对待文艺及其评论的思考。《小王子》中有句名言：重要的事情都是看不见的。病毒是看不见的，信仰、自我、潜意识都是肉眼看不见的。文艺评论在一定程度上帮助我们打开心眼，切近这些看不见然而更为重要的事物，帮助我们深入思考时代并努力超越时代。

本书一共分为四辑，收入其中的文章则大多属于以下范畴：一是文学评论，这方面主要突出文学评论本体的思考以及现场文学批评。特别感谢林岗先生、陶东风先生、谢有顺先生等师长的友情赞助，他们深邃的洞见给我们有益的启迪。二是艺术评论，要特别感谢中国文联副主席仲呈祥先生的鼎力支持，他高屋建瓴的言论能够帮助我们找到文艺评论的时代方向。三是回应时代，围绕抗疫主题展开的阅读写作。

编辑《广州文艺评论年选（2020）》是广州市文艺评论家协会本年度最重要的工作，得到了全体会员和社会各界的大力支持。年选荟萃了会员们本年度发表的佳作，既集中展现了协会的代表性成果和精神风貌，也帮助会员们增强了解，更密切地交流、对话与合作，增强协会的凝聚力。由于篇幅和版权所限，广大会员们的绝大部分作品未能收录，非常抱歉。愿假以时日，细水长流。

在本书的出版过程中，得到了广州市文联、花城出版社的大力支持。协会主席团、张霖、谭莉、陈杏彤等为此书的编辑付出了很大的努力。责任编辑周思仪、王梦迪进行了艰苦的工作。在此一并致谢。

广州市文艺评论家协会

2021 年 6 月

目　录

文学大家谈

论中国文艺批评标准的正偏结构　林　岗	003
论当代中国的审美代沟及其形成原因　陶东风	019
通俗与通雅同样重要　谢有顺	035
广州都市女性写作进化论　江　冰	041
诗歌是时代精神的自鸣钟　黄礼孩	047
粤派文艺批评如何发出时代新声　袁　瑾	050
回旋书写的沈从文"自传"　李青果	057
文学的地域研究与地域文学的研究	
——读陈桥生博士《唐前岭南文明的进程》　周松芳	076

文学批评的路径

从媒介融合到文化融合：网络文艺的发展路径　郑焕钊	085
"城市文学"的五帧风景　王威廉	097
类型文学的位置、边界与意义	
——理解中国当代文学发展的一个角度　李德南	104

共和国精神与中国当代小说70年　唐诗人　　　　　　115

塞林格为什么隐居50年？　麦小麦　　　　　　　　127

在认同与规避之间
　　——论茅盾《子夜》对左拉《卢贡·马加尔家族》的借鉴
　　　与改写　龙其林　　　　　　　　　　　　　　138

王小波《万寿寺》中的"沙盘诗学"　陈崇正　　　　151

重返小说的神秘性
　　——论格非长篇小说《月落荒寺》的叙事　林培源　161

华夫人的"双城记"
　　——《秋思》的时空坐标与精神滑坡　刘秀丽　　173

生命旅途中的心灵呼唤
　　——评紫凌儿诗集《太白路1067号》　罗铭恩　　179

双重视野的文化审视
　　——评欧阳昱的《翻译课》与《夜宿国王十字街》　彭贵昌
　　　　　　　　　　　　　　　　　　　　　　　　184

艺术评论的视野

彰显中华审美风范
　　——广东戏曲电影初步呈现繁荣景象　仲呈祥　　189

革命叙事艺术的新创造
　　——观粤剧电影《刑场上的婚礼》　高小健　　　192

儿童片电影美学的新追求
　　——浅谈故事片《点点星光》的综合艺术构思　祁海　195

中国版《小鞋子》，以跳绳点亮孩子的生命
　　——评《点点星光》　周文萍　　　　　　　　　199

《掬水月在手》：诗意可以穿透唯美，栖居于生活　孔令顺　202

戏曲电影的机遇与挑战　罗丽　　　　　　　　　　207

永放光芒的浩然
　　——观舞剧《浩然铁军》有感　肖苏华　　　　　218

江海苍茫一抹红
　　——评现代粤剧《红头巾》　刘思琪　　　　224
从写经艺术看唐代早期的中日佛教文化交流　潘灏贤　　229
陈年发：路子有点野，但胜在无拘无束　赵利平　　　　234

战疫作品的凝视

文学对疾疫的书写与超越　申霞艳　　　　239
《战疫英雄谱》的当代叙事性观照
　　——黄健生现实主义创作的历史价值和现实意义浅析　白岚
　　　　　　　　　　　　　　　　　　　　　　　　251
粤港澳大湾区抗疫歌曲的社会价值　温朝霞　　　　258
"南山风格"与"南山精神"　伍福生　　　　264
真实感人的《战"疫"2020》　李菁雅　　　　272
广府曲艺创作持之有"度"　钟雄威　　　　276
被按下"暂停键"的粤剧　胡嘉琪　　　　280
融合个人切身经验又切中时代核心：以《四象》为例　郑润良　285
从历史中提炼精髓敷演文学作品　张育梅　　　　289

文学大家谈

论中国文艺批评标准的正偏结构

林 岗

如果将中国固有的批评传统视为一个整体，可以看到，在这个整体里用以衡量、批评作品的标准显然存在一个正偏结构。从古至今，批评的关注点都聚焦于分辨、考究何者为正、何者是偏，哪些是值得弘扬的主流趣味，哪些是可以给予存身之地的旁流趣味。文艺批评即立足于正与偏的分梳、辨别和判定。在这个批评传统里，正和偏之间通常不是对立的，而更多是不同、差异、主次的关系。每一个时代，被批评确立为主流"正者"的文艺作品都处于正面价值的位置，并因此得到弘扬，而次要的"偏者"当然就处在主流之外的偏旁。对于具体作品，批评者或有争议和龃龉，但要之批评作为整体，其孜孜不倦的努力、耿耿在怀的辨正识偏却是贯穿性的，超越具体的时代场景而成为恒久的传统。经过一番分辨、考究确定下来的正者和偏者各自占据的位次不可更改。或许有的批评家过于执着个别趣味，将本来处于偏次位置的作品悄悄提升到正者的位置，但事后这种扶正的"偷袭"总被证明无效。正与偏不可相互代替，其位序不可淆乱，这个中国固有的批评传统值得我们一番解会。

一

最早体现这个批评传统的词是"雅"与"俗"。今天，我们有时过于执着雅俗的阳春白雪和下里巴人的区分意味，以文体和体裁定雅俗这个后起之义又另当别论。雅俗的本然意味是：雅者，正也；俗者，偏也。

因为是正，故位居上等，衍为阳春白雪；因为是偏，故位居下流，衍为下里巴人。批评标准所论的"雅俗"包含了严肃的伦理意味，不是纯粹的文学艺术形式之分。《左传·襄公二十九年》记载了一个故事，是古代文献确凿记载的第一个关于诗和音乐批评的故事。吴国公子季札往聘鲁国，顺便观周乐以及诸侯国乐。鲁国当然尽力接待，"使工为之歌《周南》《召南》"。季札观后评论道："美哉！始基之矣，犹未也，然勤而不怨矣。"观过周乐，鲁国又为季札演郑乐。"为之歌郑，曰：'美哉！其细已甚，民弗堪也。是其先亡乎！'"季札的批评标准很清楚，他并未完全否定郑乐的艺术成就，无论对周乐还是郑乐，第一个评价都叹道"美哉"。但他认为"二南"是王化的始基，虽未尽善尽美，却灌注着勤而不怨的精神。而细究下去，季札对郑乐"美哉"的评价，更多是对鲁国乐工精湛演出的褒扬，对其诗句则微词颇多。什么是"其细已甚"？为什么"细"就导致"民弗堪也"？季札的逻辑是什么？杨伯峻的注释给我们提供了理解的线索。他说："此论诗辞，所言多男女间琐碎之事，有关政治极少。……风化如此，政情可见，故民不能忍受。"① 以今天的眼光看，"男女间琐碎之事"同样可以谱写成不朽的文学，这几乎是常识。但是季札对之并不认可，中国固有的批评传统对之也不认可。这不认可又不是蛮说，而是自有它的一番道理。

"二南"雅正而郑风低俗，这个定评意味着"二南"的音乐文辞典雅而入于主流，郑风的文辞低俗而流于闾里曲巷。因为前者可以顺理成章地归入由文王、武王开创的教化正统，而郑风则局限于表现私情，偏离了礼乐教化的正途，流入抒发男女私情的偏门，所以季札将文辞传达的意思与邦国的生死存亡联系起来。正是在这个意义上，文辞音乐的正与偏被认为关乎国运。陆德明解《毛诗·小雅》之义曰："先其文王以治内，后其武王以治外，宴劳嘉宾，亲睦九族，事非隆重，故为小雅。皆圣人之迹，故谓之正。"② 连"宴劳嘉宾，亲睦九族"都归入"事非隆重"之列，虽雅而小，更遑论男女私情、桑间濮上。其等而下之者，固然之理也。正是由于中国的礼乐文明，德义教化才有如此高隆的地位。

---

① 杨伯峻：《春秋左传注》第三册，中华书局1990年版，第1161—1162页。
② 见《毛诗正义》卷九，阮元校刻：《十三经注疏》上册，中华书局1979年版（影印本），第401页。

亦是在这种社会氛围下，形成了文艺批评标准的雅俗之别。雅正趣味羽翼礼乐教化，而低俗趣味局限于男女私情，虽是人情的不得已，也只能处于偏旁的地位。

季札对诗的鉴别和批评精神，在孔子身上同样可以看到。孔子也如季札一般，在正与偏的讲究、斟酌中衡量、估定和解说文本的价值。举个例子，《关雎》何以居诗三百篇之首，这个问题今天可以重新讨论①。司马迁在《史记·孔子世家》中谈到孔子返鲁后整理删定三百篇。如果太史公所言不虚，那么今天我们读到的《诗经》就是孔子手订的，而整理删定的最重要关目就是确定"四始"："《关雎》之乱以为《风》始，《鹿鸣》为《小雅》始，《文王》为《大雅》始，《清庙》为《颂》始。"② 孔子为什么要将《关雎》放在第一首？我们知道，目录编排中的首位通常意味着开端、基本和重要的意思。诗小序"后妃之德"的说法虽然牵强，却因早出却无从违背，因此这个问题一直得不到学理的说明。如今楚竹书《诗论》出土，为这个问题的正解提供了强有力的线索和依据。楚竹书《诗论》是战国时代儒门师生讲论三百篇含意的文献③。它比毛诗更早出、更可靠。《诗论》将《关雎》的主题定为"改"，就是改过迁善的"改"。讲论者认为："《关雎》以色喻于礼，（中缺九个字——引者注）两矣，其四章则喻矣。以琴瑟之悦拟好色之愿，以钟鼓之乐【拟婚姻之】（上四字为整理者补定——引者注）好，反纳于礼，不亦能改乎？"④ 讲论者注意到，这首五章、每章四句、共八十字的短诗表达了两种要素：一是"色"，另一是"礼"。诗的可贵在于由"色"而进于"礼"。由"色"而进于"礼"的机杼便在于"改"。故说诗者判《关

---

① 五四新文化运动中，随着三百篇被重新估定价值，它不再是古代的"神圣文本"而认作歌谣，包括司马迁"四始"的说法在内的传统解释也失去了意义。笔者认为，以三百篇为歌谣，离历史真相更远。
② 《史记·孔子世家》，《史记》第六册，中华书局2014年版，第2345页。
③ 学术界对《诗论》产生的准确时间迄今尚无一致认识。李学勤认为其产生于战国晚期（参见《李学勤先生在清华大学"新出楚简与儒家思想国际学术研讨会"上的演讲》，简帛网站http://www.bsm.org.cn）。而刘信芳和黄怀信则认为其产生于战国早期（参见刘信芳：《孔子诗论述学》之"《诗论》的作者与成书年代"一节，安徽大学出版社2003年版；黄怀信：《上海博物馆藏战国楚竹书〈诗论〉解义》前言中"作者及成书时代问题"一节，社会科学文献出版社2004年版）。
④ 简文参见黄怀信：《上海博物馆藏战国楚竹书〈诗论〉解义》，第18—19页。

睢》的主题为"改"。概而言之,《关睢》其实是一首高度浓缩的叙事诗,它用指代修辞的手法浓缩了君子改过迁善的故事。诗中的君子出于私情爱慕而不遵礼法去追求淑女,却自招烦恼,后来他幡然醒悟,遵从礼法指引,终于获得圆满结果。《关睢》结尾暗示得非常清楚:一场粗鲁不文的色欲追求,最后走上了文明的礼仪轨道。可以说,《关睢》表现了礼乐对人本能的规范、约束,它是礼乐驯服色欲之诗,也是粗鲁服从文明之诗。《诗论》的作者对诗意的训解纵有瑕疵,但对其基本精神的把握是准确的。礼乐驯服色欲就是"反纳于礼",也就是所谓"改"。说诗者认为,《关睢》的这个主题非常宏大和重要,"《关睢》之改,则其思賹(益)矣"①。《诗论》以"改"来判定《关睢》的主题,笔者以为是合乎篇意、有充分文本根据的。如果不是楚竹书重见天日,《关睢》的真义或许将永远被湮没。

作为诗,《关睢》当然只是讲述故事、抒发情志,但它确实又可以被上升到文明基石的高度来理解,从中阐发出"微言大义"。因为诗所表现的由"色"而进于"礼"的"改"涉及到中国礼乐文明的根本。按照荀子的说法,礼是约束、规范人欲的制度安排,可以使欲望成就人事,而不是败坏人事②。欲望因此被视为礼的腐蚀性力量。一面是礼乐制度对欲望的约束和规范,另一面是欲望对礼乐制度的挑战与腐蚀。盖人诸欲之中色欲最顽强、最根本,举凡制度之衰朽、人事之腐败、人心之不可挽回,色欲往往在其中扮演主要角色。《礼记·经解》说,"昏姻之礼废,则夫妇之道苦,而淫辟之罪多矣"③。可见古人对色欲之危害礼乐制度是有充分认识的。正因为这样,礼乐制度就有很重要的方面是针对色欲的,要对色欲加以约束和规范。规范色欲的婚礼制度就成了整个礼乐制度的基石。在古人的冠礼、婚礼、丧礼、相见礼、射礼和乡饮酒礼等诸礼之中,婚礼居于"本"的地位。婚礼是诸礼的基石,《礼记·昏义》曰:"男女有别,而后夫妇有义;夫妇有义,而后父子有亲;父子有亲,

---

① 简文参见黄怀信:《上海博物馆藏战国楚竹书〈诗论〉解义》,第18—19页。
② 见《荀子·礼论》:"人生而有欲,欲而不得,则不能无求;求而无度量分界,则不能不争;争则乱,乱则穷。先王恶其乱也,故制礼义以分之,以养人之欲……是礼之所起也。"见王先谦撰,沈啸寰、王星贤点校:《荀子集解》,中华书局1988年版,第346页。
③ 《礼记·经解》,孙希旦撰,沈啸寰、王星贤点校:《礼记集解》下册,中华书局1989年版,第1257页。

而后君臣有正。故曰：'昏礼者，礼之本也。'"① 这正是司马迁指出《关雎》"始于衽席"②之义。在礼乐文明的意义下，夫妇是人道世界的开端，这个开端正与不正事关重大。如若男女无别、夫妇丧义、色欲横流，则人道的世界将倒退回孟子所说的"禽兽"世界。

如果不希望这种倒退发生，礼乐德义就是一条必须坚守的底线。坚守礼乐德义的底线就是坚守文明的底线。正是由于礼乐德义的价值观，孔子和后来儒家的三百篇讲论者对《关雎》一诗表现的"色"与"礼"的因素特别垂意，尤其肯定它"反纳于礼"而"能改"的主旨。孔子生活的年代虽然还未发展出战国时代那种对《诗经》篇意的讲论，但孔子特别赞美《关雎》是有案可查的。他既称美《关雎》的意旨"乐而不淫，哀而不伤"③，又赞美其音乐声调"洋洋乎盈耳哉"④。这首短诗之所以能位列三百篇之首，得到孔子和后来儒家论诗者的赞美、垂顾和敬意，其背后所隐藏的对礼乐文明命运的关切是根本原因。用今人的话说，以儒家的批评标准来看，《关雎》所写的就是那个时代的"重大题材"。它不仅题材重大，而且对人心、人性存了一种不唱高调的理性解悟，十分符合儒家"中道"的审美趣味，所以也可认为这首诗体现了那个时代美学的"主旋律"。从这个例子可以看到，儒家所代表的批评标准其实植根于中国礼乐文明的深厚土壤。

钱锺书在《中国诗与中国画》中指出了批评史上一个十分有意思的现象，即批评旧诗和旧画所采取的标准是分歧的。他说："中国传统文艺批评对诗和画有不同的标准：论画时重视王世贞所谓'虚'以及相联系的风格，而论诗时却重视所谓'实'以及相联系的风格。因此，旧诗的'正宗''正统'以杜甫为代表。"⑤ "神韵派在旧诗史上算不得正统，不像南宗在旧画史上曾占有统治地位。"⑥ 钱锺书的观察十分敏锐，今天

---

① 《礼记·昏义》，孙希旦撰，沈啸寰、王星贤点校：《礼记集解》下册，中华书局1989年版，第1418页。
② 《史记·孔子世家》，《史记》第六册，中华书局2014年版，第2345页。
③ 《论语·八佾》，程树德撰，程俊英、蒋见元点校：《论语集解》第一册，中华书局1990年版，第198页。
④ 《论语·泰伯》，《论语集解》第二册，第542页。
⑤ 钱锺书：《中国诗与中国画》，《七缀集》，上海古籍出版社1994年版，第22页。
⑥ 钱锺书：《中国诗与中国画》，《七缀集》，第21页。

可以略作补充的是旧诗批评史上这种现象形成的原因。正如朱自清说的那样,"诗言志"是中国传统诗学的"开山的纲领"①。诗是抒发情志的,而志又是分大小的,并不是所有诗人的志都可等量齐观。那些关乎天下江山和国运民生的志理所当然是大志,而关乎林泉高致和溪山寒月的志就是小志。批评史上的主流是首重其大者,然后才兼容那些小者。当大小放在一起比较时,价值的天平就要求分出位置的主次和地位的高下。志之大者自然就略胜一筹,而那些"神韵"一脉的闲逸小品,无论艺术造诣多么精致,多么富有纯粹的情趣,都不可能取得诗史上"正统"的地位。还是钱锺书说得好:"唐代司空图和宋代严羽似乎都没有显著的影响;明末、清初,陆时雍评选《诗镜》来宣传,王士禛用理论兼实践来提倡,勉强造成了风气。这风气又短促得可怜。王士禛当时早有赵执信作《谈龙录》,大唱反调;乾、嘉直到同、光,大多数作者和评论者认为它只是旁门小名家的诗风。这已是文学史常识。王维无疑是大诗人,他的诗和他的画又说得上'异迹而同趣',而且他在旧画传统里坐着第一把交椅。然而旧诗传统里排起坐位来,首席是轮不到王维的。中唐以后,众望所归的最大诗人一直是杜甫。"②

中国批评史上的种种现象,无论是《关雎》何以为三百篇第一首,神韵派的诗作何以不能如南宗画一样被视为正统,还是杜甫何以坐上诗人的第一把交椅,都涉及到传统批评标准的正偏结构。中国的传统批评讲究辨识正偏,既毫不含糊地树正,也能够容偏。不像欧洲批评史,一种主义起来,就排斥另一种主义,新的打倒老的。例如浪漫主义起来,就排斥古典主义;写实主义起来,就排斥浪漫主义;而现代主义起来,又排斥写实主义。中国的批评格局只是分主次、排座次。广而言之,这种正偏的格局不但在批评史上存在,而且思想史上也存在类似的现象。它们甚至影响到日常语言的用法。例如在中国思想的传统里,儒家与释道及其他诸子也是分出主次的,前者为主而后者为辅。李泽厚有"儒道互补"的说法③,但儒道的互补,不是位次对等的互补,是主次相济、

---

① 朱自清:《诗言志辨》,《朱自清诗言志辨朱自清新诗杂话》,吉林人民出版社2013年版,第8页。
② 钱锺书:《中国诗与中国画》,《七缀集》,第21页。
③ 李泽厚:《美的历程》,广西师范大学出版社2000年版,第89页。

羽翼主流的互补。儒家又有"正经"和"兼经"的说法。五经为"正经",其余的归入"兼经"。中国文化倾向于兼容并包,讲究有容乃大。但要兼容得好,就要分辨主从。如果没有主脑,缺乏心骨,就会导致容而淆混,杂乱无章。这种文化上的解释,或许可以回答批评史和思想史上为何存在正偏结构的问题。

二

历经现代革命,中国文化传统已经"日日新,又日新"[①],旧貌换了新颜,枯树焕发了生机。从变的角度来看,可以说是前古未有、天翻地覆,但从不变的角度看,正如苏轼《赤壁赋》所说,"逝者如斯,而未尝往也。盈虚者如彼,而卒莫消长也"[②],历史过程中形成的稳定特质依然存在不变的一面。比如我们还是可以问:新的文艺批评标准有没有继承古代的惯性?纵然"正"的内涵已经完全不同,"偏"的内涵也与古代相去甚远,我们还是可以思考悠久的文艺批评传统在现代社会积淀了什么。

在再造中国的现代革命过程中,形成了与古代中国的批评传统相似或接近的新批评传统。在这个批评传统里,关于文艺批评的标准也依然存在一个正偏结构。历经19世纪末20世纪初现代性的洗礼和社会的转型,新的现代批评传统所使用的批评术语已经与古代固有的批评传统完全不同,所树立的文本典范也不一样。无论是"诗言志"还是"文以载道",都不见诸现代批评的范畴。然而新文学运动之后的现当代文学形成了强大的现实主义文学传统。在其中,写实的艺术手法还在其次,更重要的是关怀现实、感时忧国的现实主义精神,因此这个传统也把使用浪漫主义手法的文学包含进来。鲁迅是这个现代文学传统的创立者,也被认为是其最杰出的典范。正如杜甫在古代诗史中坐第一把交椅,鲁迅是代表新文学传统的第一人。近一个世纪以来,任何流言、中伤、贬低都不能撼动鲁迅的文学地位,这个地位经受住了偏颇的政治"神化"和无聊的"妖魔化"的双重考验而未被撼动,岂不说明鲁迅的文学趣味与

---

① 《礼记·大学》,阮元校刻:《十三经注疏》下册,中华书局1979年版(影印本),第445页。

② 苏轼:《赤壁赋》,孔凡礼点校:《苏轼文集》第一册,中华书局1986年版,第6页。

现代批评标准之间存在深度的契合？任凭文坛舆论风云变幻，这种深度契合一直维持不变。如果没有研究者和读者汇合而成的批评力量跨越世代的持续推动，鲁迅如何能成为现代文坛的第一人？

归根到底，诞生于20世纪现代革命过程中的新文学，在很大程度上形成了启蒙大众、教育人民和引导舆论的传统。它要求文学在文化生活中同时扮演批判和鼓舞的角色。文学的使命是诉诸大众的，它是在与人生发生密切的精神联系中实现自身使命的。一句话，文学是而且必须是深度嵌入现实生活中的。鲁迅的作品是20世纪初形成的这个文学传统的美学呈现。如果上述看法有道理，那么尽管古代有古代的文学和现实，现代有现代的文学和现实，但是就文学与现实关系的格局来说，古代和现代其实是一脉相承的。正是在这个基础上，现代批评中同样存在正偏格局。处于主流地位的当然就是被文学史家排序为"鲁郭茅巴老曹"所代表的文学。这个排序曾受到坊间挑战，但最终再次获得肯定，显示出历久而弥新的性质①。进入延安时期后，毛泽东基于已经变化了的"客观现实"，"从实际出发，不是从定义出发"②，在《在延安文艺座谈会上的讲话》中提出了文艺的"工农兵方向"。新中国成立后有"重大题材"和"典型环境中的典型人物"的创作提倡③。现在，"以人民为中心"不仅作为文艺的方向得到大力弘扬，而且作为批评的标准推动着文艺创作，并落实到政策实践层面。正如"主旋律"一词所表明的，凡是符合、接近这个文艺方向的文学理所当然居于主流的位置，它们是文坛的正者。

就像古代有神韵一脉——这里指的不仅是被叫作"神韵派"的文

---

① 这个排序20世纪50年代即告形成，它反映的是以现实主义创作为中心的文学史叙述框架。80年代随着"西学"再次东渐，排序受到挑战。1994年王一川等主编《二十世纪中国文学大师文库》，再定座次为鲁迅、沈从文、巴金、金庸、老舍、张爱玲、郁达夫。1995年钱理群也提出大师的新名单：鲁迅、老舍、沈从文、曹禺、张爱玲、冯至、穆旦。（均见刘卫国《中国现代文学研究通史》第五卷《突破与创新》，广东人民出版社2020年版，第91—93页）。2014年习近平《在文艺工作座谈会上的讲话》再次提到了这个自50年代以来既定的排序（参见中共中央宣传部：《习近平总书记在文艺工作座谈会上的重要讲话学习读本》，学习出版社2015年版，第5页）。

② 毛泽东：《在延安文艺座谈会上的讲话》，《毛泽东选集》，人民出版社1966年版，第854—855页。

③ "典型环境中的典型人物"一语，出自1888年恩格斯给作家哈克奈斯的信。这个说法在左翼文艺运动时期传入中国，成为现实主义的经典表述。（参见中共中央马克思恩格斯列宁斯大林著作编译局编：《马克思恩格斯选集》第4卷，人民出版社1972年版，第462页）

学,而有钱锺书所说的"'虚'以及相联系的风格"的文学,20世纪初文学转折时期也产生过类似的美学旨趣和风格。它们或被贴上"自由主义"文学的标签,或被叫作"象牙塔"文学。这两个名称也许都不准确,还不如周作人的散文集名"自己的园地"那样直白地说出了这一脉文学的追求和美学趣味。"自己的园地"这样的文学也产生了不小的社会影响,但和那个时代处于强势的左翼文学相比,不能不说是处于弱势,即整体文学格局中偏的位置。洪子诚在论及正偏双方最显出对峙性的20世纪40年代文学状况时说:"40年代后期的文学界,虽然存在不同思想艺术倾向的作家和作家群,存在不同的文学力量,但是,有着明确目标,并有力量决定文学界走向,对文学的状况实施'规范'的,却只有由中共领导和影响下的左翼文学。在中国文学总体格局中,左翼文学成为具有影响力的派别。"① 或有人认为以左翼文学为代表的与"实"相联系的风格的文学,是依凭政治诉求取得了强势的位置,然而在20世纪三四十年代文坛的对峙中,自由主义文学也同样是依凭其政治诉求的。双方背后的政治诉求固然是一方面,但不是问题的全部。当我们观察同样由现代性所催生的现代文坛正偏格局的时候,不能不关注持久的美学趣味的顽强作用。那些与人生、社会、时代发生更紧密关系的文学,总是能得到更多阅读和评论力量的青睐,反之则总是处于偏弱的位置。植根于传统、历史和文明的美学取向,当然在具体的历史情景里与具体的政治发生关系,但仅仅从政治势力的强弱角度去解释渗透着美学评价而形成的正偏格局是偏颇的。鲁迅批评弥洒社的小说是"咀嚼着身边的小小悲欢,而且就看这小悲欢为全世界"②。若从题材来看,或有人认为鲁迅的看法也不见得完全合理,写个人的小悲欢同样可以写成不朽的巨著。但鲁迅讲的不是题材,而是美学趣味。在鲁迅的批评标准里,咀嚼个人小悲欢的文学在艺术上无论如何精美,比起忧愤深广之作当然是稍逊一筹。习近平在中国文联十大、中国作协九大开幕式上的讲话,代表了当代主流的美学趣味对文艺的期盼:"我们的文学艺术,既要反映人民生产生活的伟大实践,也要反映人民喜怒哀乐的真情实感,从而让人民从身边

---

① 洪子诚:《中国当代文学史》(修订版),北京大学出版社2007年版,第9页。
② 鲁迅:《〈中国新文学大系〉小说二集序》,《鲁迅全集》第6卷,人民文学出版社1981年版,第242页。

的人和事中体会到人间真情和真谛,感受到世间大爱和大道。关在象牙塔里不会有持久的文艺灵感和创作激情。离开人民,文艺就会变成无根的浮萍、无病的呻吟、无魂的躯壳。"① 由于现代性的作用,现代批评标准里的正偏对立和对峙总是显得比古代更明显一些,但是这对立和对峙总也不妨碍主流和支流在事实上的共存。在整体批评格局上,当今和古代相似,古代有雅俗二分,现代有主流与旁流二分。文学批评辨识、分梳和衡量所形成的正与偏格局将长期存在。

三

为什么是这样?道理在哪里?解释这种现象应当从根本说起。自欧洲浪漫主义文学观念兴起以来,文学的独立性或曰自性的观念就根深蒂固地树立起来。于是,研究文学的理论方向常常走在将文学与其他领域划清边界的路上。最揪心的划界当然是划分文学与政治的边界以及文学与道德伦理的边界。文学怎样和它们不同,又怎样自成一体,常常得到超常的理论关注。的确,遇到有文学自觉意识和热情的作家,你若说文学的独立性值得怀疑,或说文学的"自性"是想象多于现实,就似乎有冒犯之嫌,不尊重作家和他做的事。说作家写作是在做一件与其他领域划不清边界的事情,似乎就是不尊重作家和他的专业,这种观念已经牢牢扎根并得到广泛的认可。可是,即便笔者认同浪漫主义的文学观念,它也解释不了上文讨论的文学事实和批评现象。因为正偏格局的存在,不是正好说明文学本来不是那么独立,文学的自性也不是那么可靠吗?

历史地看,文学的独立性或自性命题,更多是文学在现代性的环境下产生的防御性命题。它指涉文学"应该如此"的理想状态甚于文学"本来如此"的事实状态。应当承认,防御性命题也有其价值。当作家和批评家受到现代性环境的过度刺激时,揭出文学独立性和自性的主张能使作家认清写作的本分,回归本职使命。然而对这个"应然状态"的追求不能替代对事实的认知,怎样从文学的事实和历史出发认识文学依然是一项重要的工作。只有从事实上说明了对象,理论批评的任务才能

---

① 《习近平在中国文联十大、中国作协九大开幕式上的讲话》,《学习活页文选》2016年第74期。

更好地落在实处。对文学的认识应当从它的"本来面目"出发，即从它的事实存在状态出发。事实和价值诉求虽然在人文领域难以截然分开，但这种"你中有我、我中有你"的纠缠更多存在于短时段的观察里，长时段地看还是能够基本分清的。所谓长时段，就是要求我们从一个相对漫长的历史阶段去观察文学，看它如何被评价、如何在社会场域中发生作用、如何进入读者等等，而不是从概念去认知它，不是从原理去发展出对文学的认识。

无论中外，文学都是人的精神生活的一个领域。它有自身的特质，但又与其他精神生活领域交互作用，并且从属于更大的文明传统。这个文明传统事实上规约了作为精神生活领域之一的文学与其他精神生活领域关系的性质。不同的文明传统演变出文学与其他精神生活领域关系不同的规约。这些规约集合成人们对文学的基本认知。于是不同的文明传统就有不同的对文学的认知。古希腊时代那些沉思奥秘的思想家将诗看成是一种技艺的"制作"[①]，这种对诗的认识将诗自身的特质强调出来，而对诗与其他精神领域的关系缺乏论述。这成为后来西方文学理论探究文学独立性的精神起点。如果我们要问古希腊思想家何以产生这种认识，那就要从当时社会精神生活的情形中寻找答案。那些"上穷碧落下黄泉"地思考事物真谛的古希腊思想者，都是高高在上的"精神贵族"。由于奴隶制的存在，社会上下层隔绝，加上小邦小国的民主政治，使人们视野单一、纯而不杂。与利用思想的命题发挥社会作用相比，他们更愿意发现事物的特性。于是，文学之为文学的技艺"制作"一面就被发掘出来。儒家礼乐教化的文明传统则不然，首先是家族宗族聚居农耕，血缘纽带纵横、贯穿社会，组成牢固的人际网络，集体主义的价值和气质弥漫于礼乐文明精神生活的各个领域。在这个前提下，诗自然不是、也没有可能置身事外。论诗者并非不知道诗是由人"制作"并体现着制作者的技艺，只是由于"诗由人作"这一点太微不足道而不屑于将它置于台面上追究罢了。最要紧的是诗和文作为一种精神生活，如何在社会的整体格局中起到积极作用，推动良政美治、上下和洽。这种社会价值

---

① 宇文所安在对"诗言志"与古希腊"a poem is something made"的比较中有更详细的论述。他认为希腊文"poiēma"（诗）来自"poein"（制作）。（参见宇文所安：《中国文论：英译与评论》，上海社会科学出版社2003年版，第26页）

的最高追求不仅是宗族秩序的向往，也是公共政治秩序的向往，诗和文自然也只能在这个大文化格局中扮演自己的角色。诗文作者在"致君尧舜"的时候当然乐此不疲，即使在归隐林泉后，也不愿公开"叫板"。他们明白，与这头等大事相比，个体的隐情和需求只能放在次要的位置。总而言之，在这个文明传统里，被现代批评理论视为有充分独立性的诗和文，首先被置于辅助礼乐教化的位置，然后才被置于抒发个人情志的位置。诗文之辅助礼乐教化是一方，抒发个人情志是另一方，它们当然是共存的，但前者重、后者轻是不能被颠倒的，两者的先后位置也是无法改变的。那些忽视前者或悄悄以后者代替前者的努力，在这个文明传统里是不被认可的。季札听了郑风觉得不妙，孔子特别垂顾《关雎》，后来的诗评家将杜甫置于诗圣的地位，其道理都是前后一贯的。

　　现代革命重造中国后，社会的基本价值不再由儒家所阐释的德义礼仁来规定，马克思主义深深扎根于现代中国的社会土壤。有意思的是，这种基本价值体系的重建并未改变中国文明一以贯之的集体主义品格，中国文明的集体主义品格只是由建基于宗法社会之上转型到建基于现代社会之上。在集体主义价值观的框架内，文学被关注和取重的依然是它在更大社会范围里发生积极作用的那种性质。鲁迅在"五四"时期愿意称自己的创作为"听将令""呐喊"和"为王前驱"，乃是因为他对这一点有深切的认同。革命战争年代，文学被称为"致胜法宝"中仅次于"枪杆子"的"笔杆子"，其意义不同凡响。在新中国成立后的建设年代，那些愿意紧随时代步伐的作家一度被称为"灵魂的工程师"。在市场经济推进、消费主义高涨的现在，作家虽然没有自信当"灵魂的工程师"了，但文学还是被赋予承担表现社会主义基本价值观的使命。关注当代史的人也许观察到，取重文学在更大的社会范围发生积极作用的批评诉求和立足于"自己的园地"的批评诉求，不再像古代那样和衷共济或井水不犯河水，而是"分庭抗礼"了。这是由于现代性放大了有差异的美学趣味的分歧，使得不同趣味的双方富有排斥性。政治诉求有时盖过了实为不同的美学趣味诉求。这种趣味歧异和对峙性增强的情况，并不能说明文学之个人情志抒发的取向就没有地位。在事实的格局中双方还是共处一体的，批评标准的正偏格局比之古代并无大的改观，只是局面更为复杂罢了。

文学在社会诸要素中所处的位置，归根结底是被比它更大的文明传统所规约的，不是文学存在一个"本质"超越于文明传统并凌驾其上，而是文明传统确定了文学作为精神领域之一所处的位置。文艺不会因为出于作者之手而天然地具有与其他社会要素无关的自性。当人们超越"文艺之所以为文艺"的局限眼光，驻足观察千百年来诗评、文评的价值取舍，看看批评家对文本价值的辨识、估定，就可以发现比文学更大的文明传统对规约文学位置起到的巨大作用。因为文艺也是文明传统当中的一部分，它自然不能脱离产生它的母体。中国的文明传统从奠基期开始就将诗文纳入礼乐教化之内，作为羽翼良政美治、作育君子的组成部分，但同时又给个体性的情志抒发留下一扇半开的门。即便诗文不是全部从属于礼乐教化，其主要部分也被要求追随礼乐教化。礼乐教化不仅是社会主导意识形态的儒家伦理，也是华夏社会日常生活的规定性。诗文无法离开礼乐教化而独立，不过，礼乐教化也并非绝对排斥个体情感的抒发。表现在批评标准的考究里，只不过将纯粹的个体感情抒发摆在了非主流的偏旁位置而已。

四

批评标准所考究的正与偏，并不完全等于文艺创作的优与劣。文艺作品的优与劣，换言之，作品经典化的确定，与其说是批评辨识正偏的的结果，不如说是跨越世代的读者反复阅读的结果。同一世代的批评努力固然可以造就一时风气，但是归根到底，不同世代的读者不约而同的阅读选择起着决定性作用。长远来看，诉诸语言文字的诗文小说，它们的第一性质还是可阅读性。当然，这里的阅读性不但指同时代的阅读性，更指跨世代的阅读性，被历代读者反复选择的那种阅读性。于是，一面是批评传统孜孜考究辨识的正与偏，另一面是它造成的结果与不同世代读者所筛选出来的结果时常存在不一致的情况。

传统批评标准辨识出来的优劣，当然也有站得住脚的。例如中唐之后即视杜甫为诗圣。与杜甫相隔约半个世纪的韩愈在《调张籍》说："李杜文章在，光焰万丈长。"[①] 这评价距今超过12个世纪，即使今天有

---

① 韩愈：《调张籍》，严昌校点：《韩愈集》，岳麓书社2000年版，第69页。

人认为李杜的光焰不足万丈，但其在诗史上光芒最为耀眼总是说得通的。无论从选本的取舍、流传的广度，还是文学史评价来看，李杜诗篇都是居于前列的。又如用现代民主革命过程中所形成的批评标准来辨识、考究现代作家作品，最容易得到共同认可的作家无疑是鲁迅。虽然批评史上也有人诋毁鲁迅，但最终证明那不过是诋毁者的偏见。鲁迅文学在批评史上所受的推崇，他的作品历来版本之繁多、读者之广泛，在现代严肃作家中无出其右。那种认为鲁迅的文学地位是政治力量推崇所造就的看法是毫无根据的。

然而，事情还有另一方面。历代批评标准所推许的典范有时也未必靠得住，未必经受得起时间和阅读的考验。比如，季札真有那样的神通，能预知郑风与郑国丧亡有关？又如孔夫子所推崇的《关雎》到底有没有那么好？在古代，鉴于经的权威性和孔夫子"一言九鼎"的地位，即使有人识得真面目，也是不说为妙。今天可以畅所欲言了，在笔者看来，孔夫子看中的是《关雎》的主题。如战国儒家说诗者认为的那样，它的主题确实宏大，但它作为叙事诗表现力不够，过于简略；而且就主题而言，过于伦理化，说教的一面超过了诗润物无声的一面。作为诗，《关雎》只能是一首二三流的诗作。孔夫子将它推崇得高过了它应有的程度。他这样做，《关雎》在当时也许没有什么问题，也合乎当时的批评标准和美学趣味。但随着时间的流逝，其作为诗的弱点逐渐显露出来。它其实没有那么好。今天我们完全明白，它主要是因为题材重大和完美地诠释了儒家价值观而得到孔夫子的垂顾。而作为诗，它的艺术水准是有较大缺陷的。它与三百篇中如《小雅·采薇》《周南·汉广》等相比，在艺术上要逊色很多。正因为这样，孔子列《关雎》为三百篇的第一首在今天成了一个需要重新认识的问题。

文艺在社会中所处的位置不能脱离它生长的文明传统，这并不是说它只应该被当作实施良政善治意图的工具。文艺归根结底是作者的创作，作者主观上接纳教化的伦理价值，从而"导乎前路"是一回事，但政策实行者硬性推广和施行又是另一回事。社会的批评标准当然得有一个正面的价值主张，但这个正面的价值主张也要像随风入夜那样浸润作者的心灵，才能使文学创作最终受益。作为批评标准，正有正的理由，但偏也有它的一隅之地。无偏则无正，无偏则不显正。文学最终作用于人，而人的情志是多方面的。批评标准有正有偏就体现了情志表达的多样性。孔子删定三百篇，他固然推崇《关雎》，但郑卫之诗也赫然在列。就像毛泽东固然偏爱鲁迅，但也提倡"百花齐放"一样。

从古至今，批评标准既要讲正，也要容偏，这说明文艺确实有其复杂性。这种复杂性并不来自它有多么独立、多么超凡脱俗，而是因它是艺术才华的产物。生活固然是文艺的源泉，但需要艺术才华才能使这个源泉不白白流失，才能将它转化为真正的艺术。没有诗才，讲再多关于诗的大道理，一样产生不了不朽的诗篇。而艺术才华之为物纵然并不神秘，但也不能单靠外部推动的良好意图实现。对艺术才华的认识和肯定，反倒是古人胜于今人。晋陆机《文赋》开首短序即揭"才士之所作"，"非知之难，能之难也"，故陆机观才士之作，"得其用心"，又"每自属文，尤见其情"①。钱锺书说这是全文"眼目所在"②。刘勰《文心雕龙·神思》也不讳言才华不足的尴尬："方其搦翰，气倍辞前，暨乎篇成，半折心始。"③ 苏轼讲得更加坦率："求物之妙，如系风捕影，能使是物了然于心者，盖千万人而不一遇也。而况能使了然于口与手者乎？"④ 正是艺术才华的重要性，使批评标准下无论正的还是偏的，都被放在同一天平上衡量。批评者如果对这一点深有默契，就能够既扬正，也容偏。

我们既要从文明传统与文艺的特定关系角度去认识文艺，也要从人性心灵表达的个体角度去认识文艺。古人虽然有批评标准的正与偏的考究，但对这个格局复杂性的一面缺乏认识。王国维最早触及这个问题，他意识到诗词评价会涉及到艺术与道德的两难。他以《古诗十九首》之《青青河畔草》和《今日良宴会》为例予以说明。从道德评价的角度，这两首诗"可谓淫鄙之尤"，因为诗意从正面的角度肯定不严肃的两性关系和杨朱哲学。然而王国维又发现，诗评上"然无视为淫词、鄙词者，以其真也。五代、北宋之大词人亦然，非无淫词，然读之者但觉其沈挚动人；非无鄙词，然但觉其精力弥满"⑤。两性不伦，固然涉"淫"，

---

① 陆机：《文赋》，萧统编、李善注：《文选》第17卷，中华书局1977年版，第239页。
② 钱锺书：《管锥编》第三册，中华书局1979年版，第1176页。
③ 刘勰著、范文澜注：《文心雕龙·神思》下册，人民文学出版社1958年版，第494页。
④ 苏轼：《与谢民师推官书》，《苏轼文集》第4册，中华书局1986年版，第1418页。
⑤ 彭玉平：《人间词话疏证》，中华书局2011年版，第401页。

但这是站在道德的立场看问题。"淫"而真情流露，则"沈挚动人"；"鄙"而真情流露，则"精力弥满"。这就是艺术的角度。当"真"成为估量作品优劣的标准之一的时候，它有时与"善"就存在不一致的情况。在礼乐教化的诗文传统中，衡量作品价值的主要还是与道德伦理相伴随的价值标准。即使到了现代，主流的价值也在批评标准里占据举足轻重的分量。这样，一旦文艺取其真，而批评标准取其善，就难免产生相互冲突的状况。如果批评标准一时强势，就会"误伤"作者和作品。因此看待文艺作品的批评，既要顾及普遍性的准则，又要落实到具体作品具体分析，切忌简单化、粗暴化。

原刊于《文艺研究》2020年第10期

论当代中国的审美代沟及其形成原因

陶东风

2006年，一篇由80后网络杂志发表的充满火药味的宣言《思想上的80后》宣称："我们要向这个世界宣布：我们已经长大，我们不要再任你摆布，我们要主张自我的话语权，我们要用自己的眼睛看自己，用自己的舌头剖析这个世界。"① 这番表白中的"我们"当然就是80后，而"你"则暗指其父辈——以50后为主体但也包括某些60后。这场代际冲突至今仍在继续，只是其阵营扩展到了90后、00后。尽管现代世界的特征之一就是代际冲突，但这并不等于放弃对其进行解释，进而将其引向良性轨道的责任。

当代中国的代际划分及其理论依据

在文学艺术和美学研究领域，"代"概念的引入始于20世纪90年代②。从新世纪开始，这种关于代的讨论从文学艺术界扩展到文化界，成为整个人文社科领域一个研究热点，甚至成为大众媒体的热门话题，而其所聚焦的是80后一代与其父辈（50后、60后）之间的代际鸿沟③，

---

① http://blog.sina.com.cn/s/blog_4b6b04e1010007ai.html.
② 参见黄发有：《文学与年龄：从"60后"到"90后"》，《文艺研究》2012年第6期。
③ 2004年2月2日的《时代》周刊亚洲版的封面使用了中国少女作家春树作为封面照片，并将春树和韩寒等人作为中国80后的代表。这是"80后"概念流行的标志性事件，此后，"80后"作为一个热门学术话题开始进入研究视野和大众媒体。

更晚出现的"90后""00后"等概念,则是在"80后"概念流行之后被"追认"出来的,可以视作"80后"这种认知与言说方式的惯性延续。关于80后与90后之间,或50后与60后之间的差异,不是没有人谈论,但是要少得多①。这样,关于代沟的话题为什么会以"80后"为核心得到建构,这种建构是否有学理(而不是生理)依据,就成为我们讨论代沟问题的入口。

以出生年代为标准的代际界定有明显的机械生物学倾向并因此常受诟病,但如果剔除其机械生物学成分,而从社会文化意义上宏观地加以理解,80后的说法基本上符合"代沟"概念创始人玛格丽特·米德的本意。这是因为,20世纪80年代,尤其是80年代末出生这个自然年龄的标准,与我们下面要论述的文化社会学的标准,在当代中国的特殊语境中恰好是大致重合的。

依据米德,广义的代沟指的是老一辈和年轻一辈在思想方法、生活态度、行为方式、审美观念等方面的重大差异或隔阂;而狭义的代沟把范围缩小到父(母)子(女)之间②。米德继承的是著名社会学家卡尔·曼海姆对"代"概念的文化社会学理解。在米德于20世纪60年代末出版《代沟》之前,曼海姆于1928年发表了《代问题》这篇重要论文③,此文至今仍被誉为关于代问题的"原创性理论研究"④。文章把代研究分为实证主义和浪漫主义—历史主义两种。实证主义的代理论是法国启蒙思潮的产物,作为一种定量方法,实证主义的目的"在于直接用生物学的术语来理解知性和社会思潮的变迁模式,以及用人类物种的生命基础

---

① 当然也有例外。比如马中红就提出了80后、90后的"代内代沟""圈层之沟"概念[参见马中红:《青年亚文化视角下的审美裂变和文化断层》,《广州大学学报》(社会科学版)2019年第3期]。笔者认为,子辈(80、90后一代)内部审美差异的存在,并不意味着本文关于父子两代人的比较研究不能成立。相比于父辈,子辈的审美趣味一方面存在内部差异,另一方面又表现出相对于父辈的共性。
② 参见玛格丽特·米德:《代沟》,曾胡译,光明日报出版社1988年版。
③ Karl Mannheim, "The Problem of Generations", in P. Kecskemeti (ed.), *Essays on the Sociology of Knowledge By Karl Mannheim*, New York: Routledge and KeganPaul, 1952, pp. 276 - 321.
④ Jane Pilcher, "Mannheim's Sociology of Generations: An Undervalued Legacy", *The British Journal of Sociology*, vol. 45, no3, p. 481. 文化记忆理论的创始人之一阿莱达·阿斯曼则把曼海姆和哈布瓦赫同称为"社会记忆研究的创始人"。参见 Aleida Assmann, *Shadows of Trauma: Memory and the Politics of Postwar Identity*, trans. by Sarah Clift, New York: Fordham University Press, 2016, p. 14.

来勾画人类进步的路线"①。而产生于德国的浪漫主义—历史主义的代理论的核心,就是否定实证主义与进步主义的代概念。狄尔泰把不可测量的"内在时间"概念用于代研究,把代视作精神进化史的一个阶段或单位,以取代实证主义的客观化单位。对这种作为"主观状况"的代,只能用定性的或体验的方法加以把握②。在曼海姆看来,如果说实证主义代理论的问题是机械化,那么,浪漫主义的问题就是神秘化。

曼海姆自己主张的是文化社学会的方法。他认为,代是由个体在社会结构中的位置决定的,这点与阶级相似。阶级是由特定个体在特定社会的经济和权力结构中的共同位置建构的,因而是一个客观事实。阶级不同于具有明确共同目标的有意识组织(如政党),也不同于自然形成的群体(如家庭)。与阶级类似,代的统一性是由社会整体中位置相似的个体组成的,它又被称作"代位置"。代位置的基础虽然是自然或生物性质的(如出生在20世纪50年代),但仅仅通过它来解释或界定社会学意义上的代,就会落入自然主义的窠臼。换言之,作为社会文化分析范畴的代不能从"生死的生物节奏"中直接推导出来。

任何特定的代位置都指向特定的行为、感觉和思想模式,它被称为由代的位置所决定的"内在趋势"。只有在同代人作为一个整合群体参与到某些特定的共同经验中时,我们才能将其视为具有共同的代位置。但是,这种共同经验又具有客观基础,它必然联系于共同的社会历史环境,形成于重要的社会历史事件,这样的同时代性才具有社会学意义上的重要性。这就是构成代位置的第二个关键因素:经历相同或相似的重大社会历史事件。"人们同时出生,或同时步入青年、成年和老年,这并不意味着位置的相似,只有当他们经历同一事件或事实时才有相似位置,尤其当这些经验形成了相似的'层化的'意识时。"③

依据我的理解,所谓"重大历史事件",首先是具有划时代之革命性、转折性的事件,它不仅对一个时代的社会结构,而且对一代人的价值观、思想方式、感受方式均具革命性影响。从这个标准看,西方"1968年人"是标准的社会学意义上的代,因为他们都经历了西方的文

---

① 卡尔·曼海姆:《卡尔·曼海姆精粹》,徐彬译,南京大学出版社2002年版,第67页。
② 同上,第71页。
③ 同上,第86页。

化革命，因而拥有思想、感觉和行为模式的明显相似性。作为对曼海姆的补充，我认为带有转型、变轨意味的社会文化潮流，如中国大陆20世纪90年代开始的消费主义、新媒体浪潮，也可以纳入"重大历史事件"的范畴。

以曼海姆的代理论为基础，我把"代"概念界定为：特定年龄段的个体处于相同或相似的社会位置，经历了相同的社会重大事件或社会文化潮流，因此具有了共同或相似的社会经验和集体记忆，并在行为习惯、思维模式、情感结构、人生观念、价值取向、审美趣味等方面表现出共同或相似的倾向。一代人对共同的重大社会事件的共同经历和分享记忆，是形成代的关键因素。文化记忆理论的创始人之一阿莱达·阿斯曼写道："每一个特定时代的群体都要受到特定历史时期的总体态势和核心经验的激发和影响，不管喜欢与否，一个人总是和他的同辈人共享着特定的信念、态度、看待世界的视野、社会价值、阐释模式，等等。这意味着个人记忆不仅在时间范围上，而且在其处理经验的方式上，都要受到更为广阔的代际记忆的激发。"[①] 正是这种共享的信念、态度、看待世界的视野等制约着个人记忆，并使得一代人与此前或此后那代人相区别，而"代沟"一词所指即为不同代人在文化价值观、行为方式、生活方式等方面的巨大鸿沟。

值得注意的是，经历同一个重大社会历史事件的，是不同年龄段且处于不同人生阶段的诸多群体，重大社会历史事件对他们的塑造和影响的程度、方式都不同此，单纯强调共同经历重大历史事件是不够的，同样重要甚至更加重要的是要问在哪个人生阶段经历的。曼海姆把12—25岁视作代形成的关键年龄，因为这个时期是一个人的经验模式形成的关键时期。但我倾向于更加宽泛、模糊一点的限定，也就是一个人从童年到青年这一时期，约当5—35岁。早于这个时候的婴幼儿因年龄太小而不能理解身边发生的一切，而晚于这个年龄段的人在经历某次重大社会事变时已经形成自己稳定的价值观、审美观，因此其影响同样不是决定性的。

---

① Aleida Assimann, *Shadows of Trauma: Memory and the Politics of Postwar Identity*, p. 14, pp. 14–15.

依照上面的理解和界定，结合当代中国的特殊语境，我以为把50后、60后与80末—90后一代作为具有标志性的父子两代人是合适的。就本文涉及的代际而言，20世纪60年代的特殊历史事件，70年代末开始、80年代达到高峰的改革开放和思想解放运动，以及1990年后出现的消费主义和新媒体浪潮，属于当代中国最具标志性意义的重大历史事件/潮流。相应地，是否以及多大程度上在其人生的关键时期经历过这些事件/潮流，就成为代际划分的关键依据。据此，我以为当今中国最为典型的两代人，大致可以80年代末为界划分为广义的父辈与子辈。

父辈：50年代（部分60年代初）出生，在童年和少年时期（大部分是在10—20岁左右）经历了60年代的特殊历史事件，又在青年时期（大部分在20—30岁左右）经历了70年代末到80年代的改革开放与思想解放运动，他们既是特殊历史事件的亲历者，也是改革开放的主力军。这两个重大历史事件对他们同时具有决定性的塑造作用。相比之下，90年代的消费主义和新媒体浪潮卷来时，他们已经30多岁，世界观、价值观、人生观和审美趣味已经基本形成（除了个别例外），因此消费主义和新媒体浪潮对他们的影响并不是关键性的。

子辈：80年代末及此后出生，没有经历过60年代的特殊历史事件，没有或只在婴幼儿时期经历了改革开放和思想解放运动（因而没有实质性影响），但都在人生关键时刻（童年和青少年时期）经历了消费主义和新媒体浪潮，因此，后者对其的影响具有决定性。同样依据这个标准，80年代初出生、童年时期赶上改革开放和思想解放运动尾巴的那些人，并不是文化意义上最典型的80后。正因为这样，本文分析的文化意义上的子辈，严格说是指80代末以及90年代出生的群体，我称之为"80末—90后"。

在上述对父辈和子辈的勾勒中，我故意"怠慢了"60后，特别是70后，因为他们的代际过渡性或模糊性非常鲜明。60年代，特别是60年代初出生的一代（如作家余华、苏童、毕飞宇、韩东等），童年或少年时期经历了60年代的特殊历史事件，青年时代又经历了80年代的思想解放运动。这两大事件对他们的影响力都不可小觑，而消费主义和新媒体浪潮的影响则相对较小（大部分在30岁以后才经历），因此他们的文化立场与审美趣味与50后接近，而与80末—90后差异较大。70年代出生的一代（如作家徐则臣、乔叶等）更不好归类，他们没有经历60年代的特殊历史事件，但童年或少年时期经历了70年代末到80年代的思想解放运动，又在青年时期经历了90年代的消费主义和网络新媒体浪潮（有些还在童年时期赶上了70年代前期的知青运动尾巴）。也就是说，改革开放/思想解放运动与消费主义/新媒体浪潮对他们的影响差不多同样大，他们身上几乎一半是50后一半是80末—90后。

鉴于以上考虑，本文的代际审美代沟研究以50后（兼及部分60后）代表父辈，以80末—90后代表子辈。这样的比较不仅在理论上有文化社会学的依据，而且也得到了某些经验调查的支持。《成都晚报》2006年发布的一则新闻采访全面报道了50后一代和80后一代在文学、文化、价值观方面的尖锐冲突。报道称：在炮轰80后作家的阵营中，打头阵的就是50后作家。50后作家麦家说："从整体上说，现在的小孩越来越自私，越来越没责任心，这是人生观过分地自我膨胀。他们过于散漫、玩世不恭，表现在文学上就是喜欢'快餐'、喜欢'好玩'，不追求经典。"① 报道指出：打进热线电话的读者群中，有80%的50后与80后都觉得自己这一代人行，对方那代人不行，"口水战打得异常激烈"。50后认为："他们（80后）这些人都能挑大梁？肩不能挑手不能提，社会交给他们，岂不就完了？"而80后也不让步，指责"他们"（50后）"思想顽固，观念腐朽"②。

从符号断裂到审美鸿沟

文艺与审美活动必须借助基本的语言符号，因而当今中国父子两代之间最显层次的审美代沟，首先体现在交往沟通的基本工具即语言符号方面。有调查显示，随着网络的普及，80末—90后一代的文艺与审美活动活跃于网上，并大量使用网络流行语③。这种网络流行语/文字（如"三分""七分""土肥圆""黑木耳""粉木耳"等，以及其他很多奇奇

---

① 《炮轰"80后""50后"作家打头阵》，《成都晚报》2006年8月24日。
② 同上。
③ 青少年是网络流行语的主要生产者、使用者和传播者。调查显示，高达86.1%的青少年使用网络流行语，且经常使用的占比为33.7%，使用网络表情的青少年也高达89.7%。参见中国青少年研究中心、苏州大学新媒介与青年文化研究中心"青少年网络流行文化研究"课题组发布的《新媒介空间中的青少年文化新特征——"青少年网络流行文化研究"调研报告》，《中国青年研究》2016年第7期。

怪怪的非文字符号，所谓"火星文"）与日常生活中使用的语言文字有明显不同：不讲常规文法，故意使用乱码及错别字（如"男盆有""粉可爱""你素谁"等）。80末—90后一代对这类网络流行语心领神会、运用自如，而对于像我这样的50后，它们就像"密电码"一样让人一头雾水。

从审美趣味看，大部分50后是"共和国的同龄人""红旗下的蛋"。他们接受的文艺/文化大体分为两类：革命政治文艺/文化与人文启蒙文艺/文化。少年时期，他们陶醉于红色经典所描述的火红革命岁月，革命文学从小培养了他们的战斗激情和天下意识。他们阅读/观看的革命文艺作品基本是两类：苏联文学与中国现当代革命文学，题材多为社会主义革命史，主人公多为叱咤风云的英雄，叙事方式则是全知全能的宏大叙事。这些道德感和社会责任感强烈，充满理想主义、集体主义和英雄主义色彩的革命文艺作品，决定性地塑造了50后少年时期的价值观和审美观。到了青年时期，他们中的佼佼者又作为意气风发的"80年代新一辈"充当了改革开放和思想解放运动急先锋，接受了"五四"开创或从西方引入的人文主义文学与文化思潮并参与了80年代的新启蒙运动。50后一代更与30后作家一起成为新启蒙文学——伤痕文学、知青文学、反思文学和改革文学——的主体作者群与读者群。与"小时代"的小叙事或二次元架空世界相比，启蒙文学与革命文学分享了话语风格方面的很多家族相似性。比如，尽管80年代的启蒙文学较之五六十年代的革命文学更加多元化，有些甚至不乏对革命文学的反思，但两者都属于大时代的大叙事：关注时代精神变迁，与社会保持密切关系，执着于某种"整体性"追求。

80末—90后一代与消费主义同时成长。此时，宏大的革命叙事和启蒙叙事均已告退，他们对父辈（或祖父辈）所经历的那个时代及其文学艺术（无论是革命文艺还是启蒙文艺）普遍非常隔膜，当然也不感兴趣。他们不但不爱听爷爷奶奶讲硝烟弥漫的战争年代，也讨厌爸爸妈妈唠叨其悲喜交加的知青岁月，甚至对父母们刚刚参与和经历的思想解放运动也不感兴趣。他们的审美趣味更多地指向虚幻的世界而不是现实世界，当然也不是硝烟弥漫的革命历史（他们更喜欢穿越到前革命的古代）。他们热衷于飘在空中的、虚化的"穿越文学"，"装神弄鬼"的玄幻小说、修真小说，升级打怪小说/游戏，或自我中心的、文字优美、情感轻盈的青春文学（大多表现校园生活）；他们沉浸在远离现实的二次元世界，可以连续几天几夜玩得废寝忘食，不知今世何世；他们津津乐道的什么cosplay装扮，在父辈们看来可能又丑又怪①。总之，他们偏爱"小时代"的小微叙事，而对大时代的宏大叙事不感兴趣。

一个有趣的对比是，50后一代与他们的父辈即30年代出生的一代人，在文化教育和审美趣味上的延续性、共享性要明显得多②。30后与50后在生物学意义上是典型的父子两代，但他们在文化上却没有50后与80末—90后一代之间的那种鸿沟。王蒙、刘心武、从维熙、张贤亮等一批30后乃至40后所谓"归来作家"，与50后一样都接受过革命和启蒙文化的双重教育，都曾经为《东方红》而激动，又分享过偷听邓丽君流行歌曲（被称为"另一种启蒙"）时那种"僭越的快感"③。这个现象值得注意，它表明文化上的代际鸿沟不取决于自然年龄。

对80末—90后一代的文学创作，目前来自父辈评论家的有代表性的批评是：题材狭窄、自我中心、脱离现实、戏说历史等等。在50后一代看来，80末—90后的青春自我叙事弥漫着"为赋新词强说愁"的感伤。80末—90后虽然十分自我，但由于缺少对现实社会的深切体验，经验相对贫乏，从他们的作品中不容易看到80年代新启蒙小说（无论是伤痕文学还是知青小说）中那个自我的现实感、历史感和沉重感。而与此形成鲜明对比的是，他们对于飙车、化妆品、动漫、游戏、网络等时尚元素的热衷远远超过了他们的父辈④。60后批评家张颐武认为："'80

---

① 调查显示二维世界（与真实世界相对的虚拟世界，又称"二次元"世界，对青少年群体具有巨大的吸引力，尤其是二次元动漫、游戏、轻小说（light novel）、角色扮演（cosplay）等，受到青少年群体的喜爱和追捧。62.3%的青少年通过网络观看动漫作品，67%的青少年喜欢玩网络游戏。二次元文化构成了青少年群体不可或缺的"第二人生"。参见《新媒介空间中的青少年文化新特征——"青少年网络流行文化研究"调研报告》，《中国青年研究》2016年第7期。

② 笔者清楚地记得小时候总是缠着父母，请求他们讲他们熟悉的革命战争故事或民间故事。仅仅这个事实就足以说明作为50后一代的我与父母一代之间深刻的精神联系，而这种联系在我和我的孩子之间几乎已经荡然无存。

③ 30后一代与50后一代都喜欢邓丽君，这是一个非常值得深入研究的现象，初步的分析可参见陶东风：《回到发生现场与中国大众文化研究的本土化》，《学术研究》2018年第5期。

④ 田忠辉：《论"80后"文学的审美景观与趣味集结》，《天津师范大学学报》（社会科学版）2012年第6期。

后'的作品表现自我想象力重于表现社会生活，他们热衷的小说类型是一种'脱历史'和'脱社会'的对于世界的再度编织和构造。历史的记忆，现实的挑战都变得异常淡薄，而是一种'永恒'的青春痛苦和焦虑。"① 50后作家麦家自称对80后文学的感受是："一方面羡慕他们这么年轻就写出这么漂亮的文章，同时隐隐的也感到一种遗憾。总的说他们的作品是'情多事少'、'国小我大'。"②

从价值观变迁到媒体环境革命

从文化社会学角度看，审美代沟现象不是孤立的，更不是单纯的生理心理现象，而是复杂多元的环境因素综合作用的结果。80末—90后一代或者是从90年代才进入幼儿期，或者出生于90年代。无论属于何者，他们都成长于新世纪。这个时代的环境与革命年代（60至70年代中后期）和启蒙时代（70年代后期—80年代）相比，已经产生巨大变化。本文只就消费主义价值观的兴起与新媒体环境的变革略作分析。

50后一代生活于一个物质贫困、精神亢奋的时代，从小听着"新三年，旧三年，缝缝补补又三年""勒紧裤腰带干革命"等宣教语言长大。饥饿是他们共同的集体记忆。在这种环境中长大的他们，即使到了物质生活条件大为改观的八九十年代，也仍然由于其青少年时期形成的世界观、价值观而与消费主义存在隔阂。消费主义价值观不但在物质生活困乏、革命文化主导的六七十年代难觅踪影，即使在启蒙精神高扬的80年代也未成主流。

90年代初开始，中国的改革开放与现代化已经进入新阶段，宏大话语不再像80年代那样深入人心，市场经济已经不是理念而变成了现实。随着大众文化的兴起，消费主义、物质主义在80末—90后成长的所谓"小时代"已非常流行。有人认为，"一些青年人之所以对政府和社会性事务不太关注，一个重要的原因就在于他们有更多的物质方面的需求，更关心物质需求的满足"③。在关心物质需求与缺失公共关怀之间画等号当然不完全合乎事实（我们同样可以举出一些例子证明80后、90后如

---

① 张颐武：《本土或全球？本土即全球？》，《天津社会科学》2008年第1期。
② http://www.bjnews.com.cn/finance/2010/08/21/62324.html。
③ 陆益龙：《"80后""90后"青年的思想特征》，《人民论坛》2018年第22期。

何热心公共事务,比如2008年汶川地震期间80后的集体出场令人瞩目),但可以肯定,生活在消费文化发达的时代,80末—90后一代与他们的50后、60后父辈在物质欲求的强烈程度及其相对满足感方面,确实是相当不同的:他们的要求更高,欲求更强烈,因此也更不容易得到满足。这不能不是80末—90后一代的审美趣味趋于物质化、消费化并拥抱小时代、小叙事的重要原因。

1997年,得风气之先的"美女作家"卫慧,以一本风靡一时的《上海宝贝》成为90年代消费主义和物质主义的代言人。她在《我的生活美学》中写道:"我也许无法回答时代深处那些重大的问题,但我愿意成为这种情绪化的年轻孩子的代言人,让小说与摇滚、黑唇膏、烈酒、飙车、信用卡等共同描绘欲望一代形而上的表情。"[1] 卫慧是70后作家,她所代言的"年轻孩子"显然是比她小的80末—90后一代,卫慧认为他们"没有上一辈的重负,没有历史的阴影","无论对别人还是对自己,他们都不愿意负太大的责任",他们的生活哲学就是"简简单单的物质消费,无拘无束的精神游戏"[2]。

与此同时,对成功和幸福的理解也发生了变化。在80年代,类似洛文塔尔的所谓"生产性偶像"(如陈景润、乔光朴和陆文婷等)是媒体报道的热点和年轻人心目中的榜样;而到了90年代和新世纪,他们的位置似乎已经被各类消费偶像(歌星、影星、体育明星等)取代[3]。江苏卫视的征婚节目《非诚勿扰》第3期(2010年1月17日)有这样的情节:当一位爱好骑自行车的男嘉宾问女嘉宾马诺(出生于1988年):"你喜欢和我一起骑自行车逛街吗?"她毫不犹豫地回答:"我更喜欢在宝马里哭。"此后,"宁愿坐在宝马里哭,不愿坐在自行车上笑"就成为一句口头禅在全国广为流传,马诺也被称为"拜金女"一炮走红。马诺之所以被冠以"拜金女"之名,不在于其喜欢宝马车,而在于其蔑视自行车,更在于其宁愿选择那个能够给她奢侈品而又不真心爱她的男性(否则她不会坐在宝马车里还哭)。当然不能把所有80末—90后一代都

---

[1] 卫慧:《我的生活美学》,《像卫慧那样疯狂》,珠海出版社1999年版,第254页。
[2] 卫慧:《像卫慧那样疯狂》,珠海出版社1999年版,第40页。
[3] 参见利奥·洛文塔尔:《文学、通俗文化和社会》,甘锋译,第四章"大众偶像的胜利",中国人民大学出版社2012年版。

归入"拜金女"范畴,更不能认为信奉这种价值观的人一定都是80末—90后,但由此解读出90年代因消费主义的流行导致的价值观变化(现在对物质和精神关系的理解上),应该不是牵强附会。"当代青年物质主义思想观念的形成,与社会转型和市场转型有着密切关系。'80后''90后'青年所成长的时代正逢中国改革开放的年代,他们所经历的时代与其父辈们有着根本性的差别。改革开放后,中国经济与社会发生了巨变,从一个物质匮乏的社会快速转型到一个物质相对丰裕的社会。加上计划生育带来的家庭子女规模的锐减,越来越多的家庭能够更好地满足子女的物质需求,而且较多家长基于自己所经历的物质匮乏时代的感受,更倾向于无条件满足子女的物质需求。"[1]

80末—90后一代价值观的另一个重要变化就是对个性和自我价值的高度重视。它并不简单等同于自私自利,也包括对自我实现、自我表现的关注。与50后一代表现出来的无我的集体主义("大公无私""狠批私字一闪念")相比,今天的青年所关心的集体事务、公共事务,更多是与自我利益密切相关的,这"反映出青年人对公共性、社会性问题的关注和思考,主要是从自我角度出发的。他们不愿掩饰和压制自我,而是乐于表现自我。在自我取向方面,青年人与其父辈之间显然存在一定的代沟"[2]。

除了价值观的变化,同样重要的是两代人生活的媒介环境的不同。大概没有人会否定新媒体特别是移动互联网在造成父子两辈审美趣味和价值观差异方面发挥的重要作用。与作为父辈的50后、60后不同,80末—90后一代属于典型的伴随网络游戏长大的一代(80年代前期出生的群体在童年时期主要接触的是电视,青少年时期才开始大量转向网络,这个差别值得注意),这对其感受世界的方式产生了根本性影响。从某种程度上说,不理解网络游戏等新媒体在80末—90后一代审美、文化和日常生活中的根本重要性,就不能理解他们的审美趣味。玄幻文学的流行、对架空世界的沉迷,显然都与80末—90后一代所处的数字化网络环境有紧密关系。

---

[1] 陆益龙:《"80后""90后"青年的思想特征》,《人民论坛》2018年第22期。
[2] 同上。

在与网络的互动中，网络的思维和表达方式已然深深嵌入这代人的精神世界，包括意识和无意识①。相似的生活环境与文化背景让他们更了解同代人的需求，他们之间也更能在趣味上产生共鸣、达成一致。"越来越多的80后、90后成为网络依赖症候群，他们不仅通过虚拟世界寻求认同，而且通过网络不断获得新知，并在线下实现梦想。随着Web2.0甚至Web3.0时代的到来，青年一代，毋庸置疑地被称为时代变革的弄潮儿与网络力量的中流砥柱。"② 中国互联网协会发布的《2018中国互联网发展报告》披露，截至2017年年底，10—39岁的群体占网民的73%，其中20—29岁的网民（90后为主体）占比最高，达到30%，10—19岁（00后为主体）、30—39岁（80后为主体）占比分别为19.6%和23.5%③。据此可以推算，50后和60后的比例一定小得多。

长期跟踪和研究80后的学者江冰认为，80后的三个关键词分别是网络、青年亚文化、新媒体④，网络新媒体对80后文艺活动，包括创作和欣赏的影响是多方位的。"在韩寒、郭敬明、张悦然、春树、李傻傻、颜歌、笛安，以及唐家三少、饶雪漫、明晓溪、郭妮、尹珊珊、安意如、我吃西红柿等一大批纸媒与网络写作的'80后'作家作品中，我们都不难看到他们与传统主流纸媒作家迥然不同的题材、角度、技巧、风格、观念，也许根本的差异还在于体验世界的方式与人生价值观的不同。"⑤

网络这种低门槛的便捷媒介为80末—90后一代的自我表达提供了方便，他们借助自己最熟悉的媒介手段，在网络上建立了自己的话语方式、艺术类型、交往规则，逐渐形成了只有他们才热衷乃至才能读懂的话语表达和话题聚集，从而与老一代区隔开来，在他们对手机文化、自拍文化、星座文化的迷恋中，其艺术表达方式都呈现出前所未有的新变化：张扬自我而非靠拢集体，自由表达而非认同规训，大搞无厘头、迷

---

① 80后与90后都充分运用了网络技术进行自我表达，他们有自己的艺术网站，较有影响的如"80后文学社区""我是90后""8090kk""OHYE90"等。这些网站突破了传统艺术空间的限制，在其中可以不顾及既定的艺术规则和话语权，按照自己的审美趣味实践自己的艺术探索和日常生活实践。

② CIC与群邑智库于2011年12月共同发布的《中国80后90后网论观察白皮书——中国互联网上跃动的青春》。

③ 参见 http://www.sohu.com/a/242544205_720993。

④ 江冰：《80后：网络江湖与另类文化》，《粤海风》2010年第5期。

⑤ 江冰：《"80后"文学的文化解读》，《文艺报》2010年7月21日。

恋无中心，等等①。

当然，50后、60后也并非完全隔绝于网络新媒介环境及其相关的艺术文化经验，只是他们触网时早已过了曼海姆所强调的代建构的关键年龄。他们的童年和少年是在印刷媒介和文字符号主导的环境中度过的，其审美趣味、感受方式主要是通过阅读纸质书籍、报纸以及听有线广播（均属相对于新媒体的旧媒体）建构的，与电视基本无缘，与网络更彻底无关，就是电影也难得观看。无论从形式还是内容看，此类传统媒介的特点与娱乐化、消费化、分众化的网络新媒介都形成了鲜明对比。听相同的广播，看一样的报纸、书籍和电影，在当时是大部分人文化生活的常态②。由此，就这代人的多数而言，网络即使被他们熟练掌握，也已经很难彻底改造他们童年和青少年时代形成的价值观和思维方式。相反，带着沉重的集体记忆，他们更可能使用网络新媒体来表达其青少年时期的"往事与随想"，或者与同代人交流共同感兴趣的、关于那个时代的话题（比如如何看待自己的知青岁月），而不是沉浸到"二次元架空层"玩80后、90后所沉迷的游戏。

50后、60后的高度同质化的听/阅实践自有其特殊的历史局限，比如由于缺乏听/阅读的个性化、分众化、多元化，造成了思维和行为方式的单一化，缺少反思性，但它在塑造一代人的集体认同感方面的作用似乎也不能被否定。同样，对80后、90后一代的网络新媒体也要辩证看待，它在强化消费化、娱乐化、碎片化阅读的同时，也给了人们更多的阅读和创造的选择，更多的自我表达、公共参与的机会。微博、微信等新媒体尽管普遍存在商业化和娱乐化倾向，但也能够被有责任感的网民用来实现在传统媒体时代无法做到的公共参与。无疑，两种不同的媒介环境及其造成的阅读方式的差异，是造成两代人审美和文化代沟的重要原因。

---

① 田忠辉：《论"80后"文学的审美景观与趣味集结》，《天津师范大学学报》（社会科学版）2012年第6期。

② 在六七十年代，与这种常态文化生活不同的"另类"文化生活，主要是少数知识青年私下里阅读灰皮书和偷听"敌台"（美国、中国台湾和澳洲）无线电广播。关于灰皮书和相关的民间阅读小组现象，可参见廖亦武：《沉沦的圣殿：中国20世纪70年代地下诗歌遗照》，新疆青少年出版社1999年版；沈展云：《灰皮书，黄皮书》，花城出版社2007年版。对偷听敌台的分析，可参见陶东风：《发生期中国大众文化的传播方式与接受效应——以邓丽君为个案的考察》，《现代传播》2019年第3期。

告别戏说，弥合断裂的代际记忆

面对巨大的代沟，父辈们常常习惯于在年轻一代身上找原因，一味指责他们自我中心、沉溺网游、缺乏社会责任感，乃至消极颓废，等等，而其自我反思却明显不足；面对父辈的此类指责，子辈采取的更多是回避、不屑和"懒得理你"的态度①。交流的断裂比趣味的鸿沟更为可怕，它必然关涉我们这个时代深层次的社会文化问题，其中一个重要方面，是两代人的代际记忆传递发生了故障。

阿莱达·阿斯曼从集体记忆和文化记忆角度发展了曼海姆开创的代际理论。她认为，每个社会都免不了不同代际共存的现象，这既保证了人类看待世界的视角的多样性，同时可能导致代际之间的紧张、摩擦和冲突，"每一代都发展出了自己把握过去的方法，它不仅仅是上一代给予的。在社会记忆中可以清楚地感觉到的代际摩擦，深深扎根于不同代际的价值观和需要中"②。在代际更换过程中，曾经有代表性的一代人的记忆会从中心走向边缘，而原先处于边缘的代际经验则会逐渐进入中心。因此，代沟的产生在很大程度上源于代际记忆传送带的断裂。如果不通过文化教育等手段保存和传递前一代人的集体记忆，那么，特定代的记忆和"经验—感觉"结构也必将随之而去，结果是由于缺乏共同记忆造成代际交流的中断，以及阿尔布莱希特·顺纳所警告的后果："文化基础的残坏，集体的、跨代际的交往基础和理解能力的消失。"③

因经历不同而造成的个人和群体的代际记忆差异，在自然生理的意义上固然难以避免，但可以通过文化、教育等方面的努力使之缩小，使得不同年代的人能够分享相同的或至少是交叉的集体记忆。换言之，由于没有共同经历而在自然意义上缺乏共同记忆的两代人，不见得必然不能分享共同的文化记忆，因为上一代的集体记忆如果通过文化符号（包

---

① 西方国家似乎也存在类似现象，米德指出："在大多数有关代沟的讨论中，人们总是强调年轻一代的异化，与此同时却完全忽略了他们长辈的异化。评论家们忘记了，真正的交流是一种对话，而今天参与对话的双方却缺少共同的语言。"参见米德：《文化与承诺》，周晓虹等译，河北人民出版社 1987 年版，第 87 页。

② Aleida Assimann, *Shadows of Trauma: Memory and the Politics of Postwar Identity*, pp. 14 – 15.

③ 转引自阿莱达·阿斯曼：《回忆空间：文化记忆的形式和变迁》，潘璐译，北京大学出版社 2016 年版，第 4 页。

括文学艺术和各种建筑物、纪念碑、博物馆等）得到记录、铭刻、物化，或通过制度化的仪式和教育得到强调，是完全可以传承下来的（在这方面德国的经验值得借鉴）。阿斯曼写道："如果不想让时代证人的经验记忆在未来消失，就必须把它转化为后世的文化记忆。这样，鲜活的记忆将会让位于一种由媒介支撑的记忆。"正因为这样，阿斯曼特别强调在文化、制度和政策层面建构代际记忆传递渠道的重要性："在个人那里，回忆的过程往往是随机发生的，服从心理机制的一般规律，而在集体和制度性的层面上，这些过程会受到一个有目的的回忆政策或遗忘政策的控制。由于不存在文化记忆的自我生成，所以它依赖于媒介和政治。"[①] 代际记忆的传递对于媒介和政治的依赖性更明显，因为前代人的记忆不会自动地传递下去，"个人和文化两者都需要借助外部的储存媒介和文化实践来组织他们的记忆。没有这些就无法建立跨代纪、跨时代的记忆"[②]。

现在让我们回到中国语境。当80后、90后一代感觉"革命""启蒙"这些父辈话语已经与他们恍如隔世时，这种感觉其实不是什么自然生理现象，而是集体记忆的书写方式、媒介化方式和传递机制出了问题。父子两代之间出现审美与文化鸿沟的深层次原因在于：一方面，50后父辈继续沉浸在自己60年代的青春岁月——无论他们如何评价这段岁月——因为这是他们世界观、价值观、审美观形成的关键时期，是他们不可能抹去的记忆；另一方面，他们的这段记忆基本上已经在公共空间和各种媒介场域中消失，子辈们对之或印象模糊，或了无兴趣，即使想了解也无从了解。

革命历史记忆遭遇的是另一种命运。以抗战史为例。进入新世纪以来，大众文化中兴起了戏说抗战史的浪潮，抗战神剧的胡编乱造和狗血剧情让观众不忍卒睹，表现出编导者对中华民族这段创伤记忆的极度不

[①] 转引自阿莱达·阿斯曼：《回忆空间：文化记忆的形式和变迁》，潘璐译，北京大学出版社2016年版，第6页。

[②] 同上，第11—12页。

尊重。更令人吃惊的是，抗战神剧的导演基本都是50后和60后①。这个发现至少从一个侧面提醒我们一个事实：50后的父辈尽管比80末—90后一代更熟悉革命历史，但其中不乏相当数量的人参与了对革命历史记忆的娱乐化书写，他们本身就没有以严肃求真的态度对待革命记忆。既然如此，又怎么能够指望80、90后的子辈尊重和继承它呢？事实上，这种娱乐化的虚无主义历史书写态度，倒是得到了相当多80后子辈的继承和发扬②。

这样看来，父辈历史记忆的断裂和中断，并不能简单地归结于子辈的所谓"娱乐至死""个人主义"，而代际记忆的断裂导致的审美/文化代沟的原因也远比我们想象的要复杂。尽可能弥合代际记忆的断裂，加强代际记忆的有效传递以防止代际鸿沟的扩大，应该是缩小代际鸿沟的题中应有之义。这是一个复杂的系统工程。

原刊于《文学评论》2020年第2期

---

① 如抗战神剧《抗日奇侠》的导演刘仕裕（香港）1950年出生，《节振国传奇》的导演雷献禾、《利剑行动》的导演国建勇、《正者无敌》的导演张国庆，全部是1955年出生，而《一个鬼子都不留》的导演王滨是1961年出生。无独有偶，在戏说历史的另一个领域即红色经典改编电视剧领域，导演也多为50后，比如，《林海雪原》（2004年）的导演李文歧是1951年出生，《红日》（2008年）的导演苏舟是1957年出生。

② 有趣的是，80后、90后所喜欢的穿越小说、宫斗小说以及依据它们改编的影视作品，也有非常明显的戏说历史倾向，但他们似乎偏爱戏说古代史，如清代、明代甚至更早的历史。这从另一个侧面表明他们对革命历史连戏说的兴趣也没有。

通俗与通雅同样重要

谢有顺

这些年，文学正在发生巨变。很多新作家、新写作类型的兴起，都在挑战我们固有的审美趣味和精神认同，尤其由网络这一新的介质所带来的写作变化，既扩大了文学的边界，也迫使我们重新思考文学与读者、文学与商业之间的关系。在此之前，传统作家的出道与成熟，都和杂志社、批评家、文学史这三方面力量对他们的塑造紧密相关，但这种模式，对许多新一代作家，尤其是对网络作家，已然失效。他们进入大众的视野，几乎不是通过杂志社筛选或批评家阐释出来的，也不太考虑文学史写不写或如何写他们，他们更在意的是读者和作品的销量（或点击率）。

这个写作群体极为庞大，不能无视它的存在。以读者为主体，以创造读者所喜欢的文学世界为目的的作家作品，我们习惯称之为大众文学或通俗文学，它带有鲜明的商业与消费主义特征，创生的也是一种新的写作与交流模式。过去我们认为，写小说、讲故事起源于闲暇，现在很可能是起源于商业；过去我们认为，写作诞生于"孤独的个人"，现在很多写作者不再沉迷于个体的孤独体验，而更多是追求共享、互动，甚至读者的回应会决定他的故事往何处走：假如有很多读者希望女主角一直活着，作者就不会让女主角死去。这其实有点像传统意义上的说书，听众的反应会影响说书者往哪方面用力，在哪些情节上多加逗留。大家普遍认为，听众越多，读者越多，作品就越通俗。

在传统的文学观念中，若说一个作家的作品很通俗、大众，多数作家会觉得是在骂他，至少是一个贬抑性评价；纯文学作家以艺术创新为追求，读者的多寡并不重要，他们相信，创新和探索本身可以引导、改造读者的艺术趣味——不断把新的艺术可能性，通过写作实践变成一个时代的艺术常识，这是文学发展的内在逻辑。但重艺术探索而轻读者的写作思潮，往往把艺术性与大众性对立起来，无视文学与读者的紧张关系，这种观念同样需要反思。在艺术创新的道路上，忽视文学的大众认同，文学可能会失去基本的传播效应。

文学经验的书写、传递和共享，必须通过作者与读者的合作来完成，偏向任何一方，都会使文学的生态失衡。当文学的艺术趣味隔绝于普通读者，难免曲高和寡、自得其乐；可文学过度迁就读者，也会失去艺术的难度，成为逐利的庸俗之作。尽管陈平原认为，通俗小说与高雅小说的对峙，是20世纪中国小说发展的一种重要动力，但在之前多数文学史的论述中，通俗文学是没什么地位的——这也未必公平。中国小说起源于说书，本属于通俗文学一类，今天的作家恐惧"通俗"二字实无必要。事实上，文学写作，特别是小说写作，适度强调大众和通俗的特征，建立起以读者为中心的写作观念，并无什么不好，"话须通俗方传远，语必关风始动人"，能把小说写得通俗，本身也是一种本事。

判断一部作品好还是不好，标准不在通俗与否，而是要看这部作品是否有创造性，是否能吸引人、感动人。金庸小说取的是武侠这一通俗样式，但他创新了武侠小说的故事方式、人物关系和文化空间；二月河写的是帝王小说，却以文学的方式重新讲述了一种实证与虚构相结合的历史；《明朝那些事儿》并无多少了不起的史识，可话语方式的新颖、好读，是它拥有众多读者的关键；《三体》中的人物形象饱满度或许不够，但小说的思力和格局，却非一般作家所具有的；而《斗罗大陆》奇特的想象方式、《琅琊榜》里对复仇与情义的重释，表明网络文学最具读者影响力的部分，也须有开新的一面。

这些通俗性、大众性作品最大的特点，就是共享、互动，容易为各类读者所接受，也容易与影视、动漫、游戏等联动而构成文化产业链——这是一个新的文学社群，它不仅可以把作者与读者联结起来，还可以把想象世界与文化产业联结起来。"文不能通而俗可通"，以可通之"俗"来健全文化传播的样式，培育读者的文化情怀，这种与大众的沟通和连接能力，是纯文学所难以代替的。钱谷融曾说，"中国的通俗文学……多少年来在我们人民生活中起了很重要的作用"，看重的正是它的"可读性和趣味性"。

但重视可读性、趣味性，并非全然以迎合读者为指归。大众性如果没有艺术性的规约，在流于轻浅、好读、有趣的同时，也可能迅速类型化、模式化，直至读者彻底丧失对这一类作品的兴趣。金庸、梁羽生、古龙之后，已无武侠小说潮，穿越、奇幻、宫斗类等网文、网剧严重同质化，热度很快消退，都可视为这方面的镜鉴。越来越多的写作者开始意识到，在中国，其实并不缺读者，缺的是有效、稳定的读者。尤其当收费阅读开始常态化之后，通过通俗化与大众化的写作努力所团结起来的读者，更需要通过艺术的感染和塑造，把他们留住。有了艺术的独特光彩，一部作品才会被不断地重读——而经得起反复重读的作品，慢慢就成了经典。

从这个意义上说，通俗文学、大众文学同样要有大的艺术抱负，只有通俗性与艺术性相统一，才能成就真正的经典。而要实现这二者的统一，我以为，下面三点值得重视。

首先是要讲述并完成好一个故事。故事是一个民族情感和记忆的最好载体，讲故事和听故事也是人类精神生活中最重要的内容之一。克罗奇说，"没有叙事，就没有历史"，人类的经验、记忆和想象，多数是通过叙事来完成的，叙事最基本的单元，正是各种各样的故事。读者在阅读这些故事时，会觉得自己的生活边界延展了，那些看起来与他毫无关系的想象图景和人物命运，会不断唤醒他的经验，激发他的回忆，很多已然忘却的精神积存会从阅读的间隙涌起，人生就会有许多全新的美妙感受。王安忆说，初学写作的人，通常想法很多而笔力不逮。他们有很多东西想表达，却找不到恰当的形式——也就是故事。他们往往设置一个看起来了不得的终点，急急忙忙不管不顾地飞奔过去。但王安忆常常劝告写作者，小说所看重的恰恰不是那个终点，而是过程。而所谓完成一个故事，其实就是对这个过程的琢磨和推敲。

抓住故事，就抓住了文学影响大众的核心。很多读者众多的作品，成功的秘诀正是掌握了故事这一密码，从而让读者一参与到故事的进程之中就欲罢不能；而影响更为广泛的电影、电视视、网剧，甚至好的相声小品、广告词、旅游解说词，用的也多是故事资源。网络作家就普遍谙熟这些。什么玄幻、穿越、架空、仙侠、科幻、神话等类型，不过是他们的写作角度，核心还是讲述一个读者爱看的故事。但故事最大的局限性就是容易套路化、模式化，很多写作的跟风现象就源于这种故事复制。

好的作家不仅讲故事，他也思考故事，让读者在消遣、娱乐的同时，也获得精神启悟。契诃夫说，"新手永远应当凭独创的作品开始他的事业"。"独创"就是发现。科学家通过实证和技术不断发现新的世界，作家通过想象和虚构不断发现新的人生。很多通俗文学流于俗套，本质上是发现力不够——故事陈旧，讲故事的方式也了无新意。发现一个好的故事，对这个故事进行艺术设计，并在故事中完成一种精神构造，这是小说写作的魂。

其次是要写出有普遍性的情感和价值认同。以俗生活为底子，贴近大众的情感，价值观平正而容易理解，有此三点，就能获得最广泛的阅读认同——当然，真正的文学远不止于此。现在一些文学写作，流于怪、奇、险，故作高深或过度偏激，读者的共鸣很少，甚至还会让人觉得你不知所云。不要把文学探索都理解为是新奇和小众的，研究大众的情感构成和价值谱系，也是文学探索之一种。《歌德谈话录》里记载有这样的故事。歌德让他的学生出席一个贵族聚会，学生说："我不喜欢他们。"歌德回答说："你要成为一个写作者，就要跟各种各样的人保持接触，这样才可以去研究和了解他们的一切特点。……你必须投入广大的世界里，不管你是喜欢还是不喜欢。"研究并写好哪怕是自己不喜欢的人，让自己的写作进入一个更广大的世界，这就是"通"；"通而为一"之后，你会发现人心和世界远比我们想象的要丰富和复杂。

去了解更多的人，体察更多人喜欢什么、热爱什么，这不是对读者妥协，而是让文学作为人类普遍的声音，能传得更远，为更多人所听见。民众并非人人都有文化自觉、文化自省精神，他们常常也是在一种茫然、困惑、无所着落的处境里到处寻找价值认同；遇见了好的小说、好的影视剧，他们会为之入迷，为之垂泪，激起的正是他们内心的那份认同感。马克思说："人不仅通过思维，而且以全部感觉在对象世界中肯定自己。"确实，"肯定"未必都是来自他者的评价，也可能是来自自我认同。通俗文学越是能写出普遍性的情感和价值，读者的自我认同就越高，代入感就越强；先获得读者的认同，再谈影响读者、改造读者，这不仅是通俗文学的写作路径，也可为一切文学写作所借鉴。

再者是要创新话语方式，尤其是要打磨语言。很多人对类型写作、畅销书写作评价不高，就因为这些作品的话语方式雷同，语言比较粗糙，艺术上不够精致，对事物、感觉的捕捉和刻画不够细腻、准确。读者对一部作品的阅读信任，是从一个细节一个细节中累积起来的，语言的漏洞、不当出现多了，就会瓦解这种信任。但很多以读者、销量为中心的通俗类写作，重心都放在了情节和冲突上，悬念一个接一个，叙事密不透风，而真正能让人咀嚼、流连的段落却太少了，语言上更是乏善可陈。文学首先是语言的艺术，语言禁不起琢磨，作品就没有回味空间。汪曾祺就是一位语言风格独特的作家，他说："读者读一篇小说，首先被感染的是语言。我们不能说这张画画得不错，就是色彩和线条差一点；这支曲子不错，就是旋律和节奏差一点。我们也不能说这篇小说写得不错，就是语言差一点。这句话是不能成立的。"这样的写作劝告，值得所有写作者铭记。

有了语言的自觉，就会去追求话语方式的创新。从什么角度来叙述，选择什么样的叙述者，以何种声口、腔调来推进叙事，什么样的语言风格才是大众喜欢而又不失文学个性的，等等，这些艺术考量，也会直接影响一部作品的品质和风格。

当然，文学写作作为个体创造，不能要求整齐划一，也无法让每一种写作都通俗易懂，广受欢迎。只是，当一个大众写作的时代来临，越来越多的读者通过文化消费反过来影响文化创造的时候，文学写作（主要是指小说写作）与其简单地拒斥大众性和通俗性，还不如通过对它的锻造和提升，试着走通一条"雅俗同欢，智愚同赏"的艺术道路，这既能接纳更多写作类型，也能使文学更好地影响公众。

而到了这个层面，即便写的是通俗文学，实际上也已超越了通俗文学。像曹雪芹、金庸，像毛姆、村上春树等人的小说，都有通俗文学的壳，但他们又不仅追求可读性、趣味性，而且不断拓展小说的写法，不断呈现对自我与世界的反思。这是他们的写作最具价值的部分。真正的文学，是在灵魂深处升腾起来的对自我的重新确认。"艺术会自主或不自主地在人身上激起他的独特性、个性、独处性等感觉，使他由一个社会动物变为一个个体。"（布罗茨基语）许多的时候，以通俗的形式，同时能更新我们对世界的认识，并创造出新的孤独的个体，甚至能激发我们重新定义文学的冲动——这就是所谓的通雅。大俗若雅，大雅若俗，故通俗与通雅同样重要，它也从另一个侧面证明，真正的艺术总是具有极大的包容性的。

原刊于《文艺争鸣》2020年第7期

广州都市女性写作进化论

江 冰

二〇二〇年初夏,我在广州文艺市民空间举行了一场名为"广州都市女性写作的亮点与意义"的直播讲座。海报设计出来,"亮点与意义"改换成了"进化论"——直播团队加上去的。乍一看,似乎有点标题党的意思。但仔细一想,"进化论"有传统延续的意味,这促使我做了一些思考。海报被微信群里的一些朋友看到,就有人问:是女人进化,还是女作家进化?"进化论"对女性有没有不尊重的意思?

我突然感觉到了压力,因为,女性这个话题近三十年始终长盛不衰。

"进化论"意味深长

从自己的经历说起:我在军队大院长大,这使我的成长环境里没有祖辈和街坊这样的角色。直到上大学,我才比较长时间地与我的外婆相处。她的讲述让我知道了家族的过去,也促使我个人的文学阅读与中国历史产生了紧密的联系。

我的外婆一九一一年出生在一个比较富有的家庭,二十世纪二十年代读了省城著名的女子中学,这在当时算是接受了较高水平教育。但后来,她回归了家庭,做了一辈子家庭妇女。与她一辈的姐妹大多也没有走向职场。外婆有位堂姐——我们叫她好婆,读了师范,出类拔萃。她的父亲是一位教育家。好婆从师范毕业后,她父亲就要她嫁人,她不愿意,那时开始提倡自由恋爱,于是她就抗婚。她的姐妹在结婚前夜给她穿了七套衣服，每一套衣服都用针线密密地缝起来，以此表示抗婚。第二天早上，家人大惊失色。她父亲还是一个比较开明的人，最后被迫同意了退婚。这在当时是震动四邻的大事。好婆后来就成为一个省会城市的第一位中学女教师。

回望历史，二十世纪中国女性的成长均与城市相关。逃离传统生活的乡村，进入个性解放的城市，恰好成为女性千载难逢的机会。虽然内地城市在相当长的一段时期，都是"都市里的乡村"，但还是为中国女性摆脱女儿、妻子、母亲等"三从四德"观念下的传统规定角色，实现经济与人格独立，提供了机会。除了女性快速成长外，我们还要谈谈女性与城市——女性与城市关联非常大。

首先，从女性进化论上来讲，女性解放，女性的人格独立、经济独立，都是城市为其提供了平台和机会。中国乡村几千年的封建传统，让女性长期被困在被"三从四德"教条束缚的传统角色平台上，这一平台到城市就被逐步解构化解。当然，并非一蹴而就，中国的城市在很长一段时间内还是"都市里的乡村"，仍然具有浓郁的乡村特点。

不过，与其他城市不同，广州较早开始都市化。近代以来，从"西关小姐"的年代，广州的女性就开始走向社会。可以说，二十一世纪女性的快速成长有力超男性之趋势。

二十世纪八十年代初，我开始在中文系教书的时候，就发现女生的优势已经出现：人数与男生相当，学习成绩占据全班前十。当然，也有人说这是因为中国教育属于记忆型，比较适合女性。此说法没有科学根据。

有目共睹的是，当代女性成长非常快，在男性擅长的领域，女性一样可以取得成就。一些比较优秀的女性甚至开始抱怨：男性成长太慢，跟不上她们的步伐。这是一个有意味的现象。

女性可能更适应崇尚合作、分享与服务的非兵器非体力时代，刚柔相济成为职场最佳性格。由此可见，妇女解放或者说中国女性社会身份的进化——从传统规定的角色到今天的现代女性，其实只用了一百年的时间。

广州女作家与写作阵营

最近我所在的文艺评论家协会主编了一本名为《文采舜华》的书，书中提到的名家从黄遵宪到康有为、丘逢甲，从梁启超到陈寅恪、黄药眠、黄谷柳、欧阳山、陈残云，再到萧殷、黄秋耘、秦牧，我们发现其中没有一位女性。

女性大家缺席，令人惋惜。广州这座城缺一个丁玲，缺一个萧红，也缺一个张爱玲。

二十世纪八十年代初期，我到复旦大学学习，见到茹志鹃带着女儿王安忆来与我们开座谈会。当时王安忆还没有出名。上海这座城市，"十七年文学"时期出了一个著名女作家茹志鹃，八十年代冒出来知青作家王安忆，再加上民国时期的张爱玲以及其他一批上海女作家，形成了上海女性写作传统。

相比之下，广州的作家还没有形成上海那样的传统，从简单"进化论"角度讲，广州的女性写作者真正形成团队、形成规模，可以说是从二十世纪九十年代开始的。有趣的是，从整个新时期文学发展角度看，晚了大约十年的时间。

一九九〇年，广州女作家张欣从北大作家班毕业，她的小说创作发生了一个转向：从军队医院生活转向广州，转向城市，转向大都市。我认为，这一转向以及张欣周围的一批女作家的出现，标志着广州都市女性写作——团队也好，群体也好，一个阵营也好——正式出现，且形成规模。

在二十世纪九十年代，除了张欣、张梅的小说产生过全国性影响外，当时还有一个文学写作现象，即黄爱东西、黄茵、张梅、石娃、素素、兰妮等一批女作家参加且形成广泛影响的女性写作现象——"小女人散文"。它与"都市小说"正式构成了广州都市女性写作群体，并开始形成富有自身文化个性的写作传统。

我一九九八年年底调到深圳，当时读到两位老朋友介绍广州的女作家和女性写作者的文章。一个是艾云，学者型的散文家，艺术感觉与理性思考交相辉映；还有一个是钟晓毅，研究海外文学的学者，散文也写得灵动润泽。我在深圳的时候已经远离文学了，但是文章吸引了我，让我注意到广州有一批女性写作者。具体而言，是有一批都市写作者，其中写小说的，我比较熟悉，多为她们写过评论。

小说家之外，黄爱东西是我喜欢并关注多年的广州散文家。我一直遗憾她没有写小说，而是用散文把她感悟到的羊城历史长河中一些属于灵魂的东西表达了出来。当时广州的媒体，特别是《南方周末》，为黄爱东西的随笔散文提供了良好的传播平台。她所传达的观念，坦诚率直的态度，坚定自信的女性立场，都给我留下深刻印象。

广州的女性写作出现在二十世纪九十年代。此时城市高度发展，珠三角城市群崛起，城市对于都市女性的生活形成很大的冲击。

可以生发的城市文学话题

从广州女性写作者的角度，可以生发出许多城市文学话题。

广州诗人中间我印象比较深的有三位：郑小琼、冯娜、谭畅。最初知道郑小琼是读到她的"铁的冰冷和疼痛"，她是四川人，在广州写作并安家落户；广州为云南白族诗人冯娜提供了回望故乡的空间，"海边的南方女人"构成她的另一个身份；来自河南的诗人谭畅的诗歌集《大女人》，书名与"小女人"相对，有什么样的关系呢？值得琢磨。三人都从女性角度切入城市。

广州的媒体也有一批知名的女记者、女编辑，她们也是优秀的写作者，比如楚明、宋晓琪、刘丹、冯君、刘小玲，以及相对年轻一些的陈美华、钟洁玲、白岚、李贺，还有八〇后的安然、张淳、杨希、姚陌尘、刘妍等。此外，还有作协、大学、科研机构的艾云、钟晓毅、西篱、高小莉、鄞珊、张鸿、东方莎莎、朱继红、王璐、王美怡等。目力所及，挂一漏万，优秀者数不胜数。每一个名字后面，都是十年、二十年甚至几十年对于文字的钟爱与努力。写作者"红舞鞋"一旦穿上，痛并快乐着。她们的写作跟广州这座城都有千丝万缕的关系。也是广州这个平台，让她们能够一直往前走。

二十世纪八九十年代广东的"文化北伐"，意味着广东人价值观与生活方式的转变。广州女性写作借此机遇，打开"都市通道"，为"都市欲望"正名，影响全国，风靡一时。张欣、张梅以及"小女人散文"，甚至成为都市时尚样板。

广州这座城市有如下特点：低调、务实、包容、进取；还有开放，多元文化、海洋性、咸淡水文化；尊重个人选择、个人隐私，不介入他人家庭；移民城市，英雄不问出路；给予女作家相对自由的人生选择权，尊重个性，尊重精神亦尊重物质。理论家还概括了"广州四领先"：市场经济领先，人生观念领先，消费观念领先，媒体传播领先。以上这些，恰恰是广州这座城为作家提供的写作与精神资源。

我在广州女作家的创作谈中读到：北京女作家活在云端，上海女作家说凡是写作的人多半买不起房；广州则有所不同，不但自己买得起房子，而且要有自己的一间书房。同时，女作家们大多不掩饰地说出自己的物质需求：口红、香水、化妆品、靓衣、鲜花、美食、艺术品……

城市、都市、女性、女作家、女性写作者、女性成长与广州，实在是一个具有发散性的话题，值得回味。

广州都市女性写作意义非凡

简而言之，我眼中的广州都市女性写作意义非凡。

女性突破了传统妇女角色，进入职场并成功获得城市角色，精神独立赢得社会尊重，形成温婉却坚定的中国式女性主义。如果说，舒婷《致橡树》喊出了改革开放之初中国女性的心声，那么，广州张欣等女作家的作品则全面勇敢地进入日常世俗，第一次有力地回答了鲁迅时代"娜拉出走后怎么办"的时代之问。

在我看来，她们的文学创作更类似一种表白与宣言：在伟大的城市中重建当代女性的自我——我不属于谁，我只属于我自己。

都市女性或许感受尖锐：愈近中年，世俗生活越要求你更多地考虑他人，唯有在文学艺术创作中，在超越现实的虚构中，女性方可以心无挂碍地真正回归自我。此时，写作或许成为自我世界的建构；艺术家在她的作品中完成一座堡垒，这虚幻而坚固的堡垒，成为女性精神栖息的最后一块净土。

我在张欣笔下女性角色的挣扎、张梅作品中女主人公的恍惚眼神、黄爱东西刚柔并济的诙谐文字、黄咏梅的深入骨髓、梁凤莲的西关风情、郑小琼的"冰冷的铁"、冯娜的《出生地》、谭畅的"大女人"、陈思呈的温柔敦厚、侯虹斌的尖锐疼痛、黄佟佟的真挚倾诉，以及裴谕新毫不犹豫的自我解剖中深沉地感知,洞彻地理解……

　　桃李春风一杯酒,江湖夜雨十年灯。——原本属于男性文人的人生感慨,同样痛彻心扉地流淌在女性笔下。作为男性评论家的我,透过她们的倾诉与表达、文字与线条、色彩与旋律,看到她们同身后那座有两千多年历史的广州城建立了某种奇妙的联系。历经磨难,风风雨雨,与都市一道成长。

　　　　　　　　　　原刊于《青年文学》2020 年第 10 期

诗歌是时代精神的自鸣钟

黄礼孩

  时代在精神之光下移动，空气一般渗透到一切里去。一首有效的诗歌是其所在时代精神灵光突现的语言扩展。诗歌是时代普适性意义的所在，昔日之人之事都成为我们赖以生存的隐喻。好与坏、热与冷、明与暗、轻与重，时代的念头起伏跌宕，左右着诗歌的风向。念头即是时代的一种观念，每一个字都带着它的呼吸，带着无名的力量。诗人念头的水纹在屏幕上波动，转化出来的精神被听见、看见、触摸，推动一切，与历史、与时代达成共谋。

  不可避免的命运无所不在，它是变化，是静止，是流淌，是暂时，是永在，也是消失。诗歌面对了时代的命运，灵魂在苦难中备受煎熬。"一朵玫瑰描绘吾人的处境"，是时代的处境在寻找写作者，是灵魂在拷问诗人，是精神在塑造诗人，诗歌抛出的棉线，在诗人言说时带动一切在时代的斜坡上滚动。

  诗人渴望在情感饱满时试笔，但在诗歌貌似真实的情绪里也有欺骗性，充满令人不安的变数。情绪不时构成语言的泡沫，就像一个幻象、一个谎言、一个波折，诗人要从胸中升起的一朵朵疑云里辨认出精神的雨滴，落下新的辞章。时代不需要虚伪的赞美诗，唯有精神真实的在场，诗歌的魅力才能产生。诗人总是带着主观的色彩，这多像画家对光的处理，始终是其思想的影子。不存在一种放弃当代精神的写作。当一个时代的圣灵或者撒旦来访，词语就不会处于零度的状态，情绪契合了内心的欲望，唤起身体与灵魂的对话，它必须发现什么，穿行到另一面，那是作为创造的诗性直觉的一极。

时代气息躲在事件、细节、决定性的时刻里，它是桥梁，是中介，是联结，是跳韵，聚集了迅猛的敏锐力。时代精神伴随着人类的命运和个体自身的遭遇，不确定的精神困境充满错觉、缺陷，矛盾性的态度之间存在颠覆与反转。生活在自己的时代需要凝视这个时代，需要像猎人谨慎地穿过时代丛林捕获到时代的猎影，需要从波谲云诡中清理精神空间，清除笨拙的错误，洞察黑暗的言辞，建立起精神气质，才能面对独一无二的时刻。从精神困境里提炼出问题，这个时候的诗歌，变成向世界提问，灵魂的结晶就是精神新的转述与再现。

精神是一种持续之物，是一种药剂，是抽象的存在，超前于思维，诗歌作为时代精神的巢穴，每一个时代的诗歌天然地带着时代的范式。正是如此，诗歌以时代之名而来，个别意味着普遍，个别不是幻影，而是对不可观察的情境生动的叙述，它传递了时代真实的一面，勾勒出时代精神的形态，勾画出时代灵魂的肖像。诗歌是诗人的精神传记。一个有时代敏感意识的诗人，他与自己生活时代的关系，不是和谐美好，不是歌颂与谄媚，最起码是适度的紧张。

诗歌受制于时代，反映时代。混乱、暴力、专制、堕落、绝望、焦虑、不安、离别、厌恶、卑劣、歧视、沉沦、冷漠、濒危、坍塌、愤怒、污染、暗淡、哀伤、无助，痛苦，人的命运就在这些时代的措辞中得以叙述，诗歌也就来自这些黑暗时刻，来自精神之光对意象的渗透。面对时代的精神状况，诗人不仅要用私人情感来写，也得用公共痛苦来打动读者。米沃什说过："你告别旧时代以为新时代来临/错把仇恨的灵感当作诗情画意/错把盲目的力量当作利甲坚兵"，生活在矛盾与伪装之中，诗歌来自怀疑精神，来自公民立场，但必须超越怀疑，超越时代的普遍性，召唤出不可能性，指出未知的东西，方能为自己的时代写下什么。

诗歌是时代精神的自鸣钟。伟大的诗歌都带着自身的音响。爱、启蒙、真理、自由、谦卑、勇气、正义、反省、自救、青春、梦想、狂喜、善良、创造、和平、美好、期待、未来，这些精神弥足珍贵，每一个词都通向内心之路，都足以构造与拯救一个世界，足以成为不可抗拒的激情和铁定的力量。

每一个时代都有它的尖峰时刻,但时代的诗歌精神终会沉入它黄昏的大地去,却又像女神雅典娜的猫头鹰飞起,每一个来临的夜晚,带来智慧的星光,在两片黑暗的永恒之间张开无数的眼睛,看见了时代殊异而暂时的黑夜。

原刊于《文艺争鸣》2020年第10期

粤派文艺批评如何发出时代新声

袁 瑾

自"粤派批评"这一概念浮出水面后,学术界展开了不少讨论甚至质疑,但不可否认的是:"作为一直在默默无闻地耕耘着的'粤派批评',谁也无法改变它已成为一种文化现象或一道亮丽的文学风景的事实。"① 从地域文化的角度而言,南粤文化有其自身独特的发展脉络和谱系,其文艺创作和批评自然也不同,无论命名与否都客观存在。因此,讨论"粤派批评"问题的关键其实不在于有没有,而在于怎么样。特别是相对于其他地域批评而言,到底有何不同,这才是重点。因此,挖掘并厘清"粤派批评"的内涵,阐释其本质特征才是"粤派批评"发展的要义。伴随粤港澳大湾区建设的热潮,在经济驱动的同时,人文湾区的发展也被提到议事日程上来。城市圈的竞争不仅是经济的较量,更是文化的角逐。从这个意义上说,"粤派批评"必须为湾区文艺及文化发展提供强有力的智力支持,无论是理论还是实践,都要发出自己的声音,为广东正名。这既是时代的需要,也是历史的选择。

新时代文艺发展呼唤粤派青年批评家

广东在现代文学史上虽然没有形成像京派、海派那样旗帜鲜明的流派,但就整体文化底蕴和特色而言,丝毫不逊于前面两者。20世纪80

---

① 古远清:《"粤派批评"批评实践已嵌入历史》,《文艺报》2016年6月27日第003版。

年代以来，广州城市文化的风头曾经远超北京和上海，形成北、上、广三足鼎立式的文化格局。当时广州文艺可谓独领风骚，到处都有"广州制造"的身影，例如当时太平洋音像公司出品的各种流行歌曲、电影《雅马哈鱼档》、电视剧《公关小姐》和《情满珠江》、太阳神广告等在全国风靡一时。可以说，广州不仅是当时中国经济的重镇，更是流行文化的策源地。

文艺创作繁荣的同时，广东也诞生了大量杰出的文艺批评名家，如黄树森、饶芃子、黄修己、黄伟宗、蒋述卓、程文超、陈剑晖等。他们作为具有自由思想和独立精神的学者，其批评无论对当时还是后来广东乃至全国文艺的发展都产生了重要影响和意义。南粤大地从改革开放之初就凭借经济和信息交流上的优势，率先形成了一个高度开放、思维活跃的城市文化场域，尤其在媒体批评领域有口皆碑，引人注目。如《南方周末》《羊城晚报》《粤海风》《随笔》等都是全国闻名遐迩的报刊，形成了各具特色的文学和文化批评的阵地和人才，这些都是粤派批评发展壮大的重要来源和基础。

得益于这些前辈努力的结果，粤派青年批评家队伍也逐渐成形，如70后的学人谢有顺、张均、郭冰茹、申霞艳、胡传吉、凌逾等，都在各自的研究领域积极探索各具特色的批评话语和风格，为粤派批评的发展注入了新的活力。梁启超说"少年兴则中国兴，少年强则中国强"，他意识到一个时代文化的火种须有年青人播撒和传承，才有真正的希望。梁先生作为粤派批评家的先驱，以其独树一帜的文学批评亲身实践了这一理想。纵观"粤派批评"发展的历史，它的气象犹如意气风发的少年，其开放新锐的特质决定了它不仅在过去能够引领文艺发展的潮流，在今天也有足够的勇气攀登文艺的高峰。新时代广东文艺发展不仅有赖于批评先行者们的开疆拓土，更需要青年批评家薪火传承，推陈出新。

然而，"粤派批评"本身还处于一个建构自身理论谱系的初创阶段，虽然自近代以来黄遵宪、梁启超、黄药眠、梁宗岱等先贤为广东积淀了悠久的文化资源和批评传统，但要认清并梳理其中的脉络、规律和特点，还要发出新时代的一家之言绝非易事。这一庞大而持久的系统工程急需青年批评家的参与和实践，特别是在文学批评和文学史研究方面若能真正依循"严谨的态度、得体的尺度、开放的角度、优雅的风度"① 来树立粤派批评的历史地位和发展方向，当然是非常理想的状态。但就批评现状而言，尽管青年一代成长迅速，但总体上无论是规模还是影响力依然有限，由于尚未形成粤派批评的学术共同体，个体发出的声音依然是微弱的。从这个意义上说，粤派青年批评家应吸取前人的经验和教训，有意识地从地缘文化的主体性出发，反省并思考自身批评的价值，团结志同道合的学人，共同发出话语的锋芒，才有可能在全国范围内开辟出粤派批评的新领地。

必须注意到，岭南文化的特点是领风气之先，但其弱点则是持久力不足，往往浅尝辄止，这种"穿堂风"现象印证到文化上往往显露出数量有余而精品不足的短板。所以改革开放初期的广东文艺虽然独领风骚，但后来却逐渐没落，究其原因是复杂的。但总体上讲，由于文化氛围的缺失、制度建设的匮乏和高等教育发展的滞后等原因，本土文化始终面临人才紧缺和流失的困境，从而使文艺创作处于被动发展的局面，反过来又制约和影响了文艺批评。从这个角度来讲，广东文化软实力的提升和良性文化生态秩序的建设，其实是促进文艺批评繁荣的根本原因，也是激励粤派批评家前进的动力。

粤派青年批评家的养成和学术跨越

伴随社会发展和时代进步，文艺批评不可能由专业人士或学院精英所垄断，批评的对象也不应局限于文学，而应延伸到文化批评和媒体批评等更广阔的空间。在数字化生存的今天，由于媒体从业人员和民间社会的广泛参与，批评界必然形成众声喧哗的景象，甚至是你争我夺、针锋相对的格局，这对于今天大多数来自高校和专业队伍的青年批评家而言，其实充满了巨大的挑战，甚至是一种批评的危机。因为很多人长期埋首于案头工作和学术研究，并没有亲身经历文艺创作的现场，对于自己生活的城市和市民生活甚至是隔膜的，久而久之可能会形成一种固化思维，难以跳出自我的格局，无法形成真正富有生命力的本土文艺和文

---

① 蒋述卓：《建构"粤派批评"的学术谱系——"粤派评论丛书"编辑之缘起》，《中国艺术报》2018年3月28日第008版。

艺批评。

如何成长为一名合格的青年批评家，如何为粤派文艺发出新声？这是值得每位青年批评家深思的时代问题。这里需要提及一本书，就是美国历史学家拉塞尔·雅各比写的《最后的知识分子》。什么叫最后的知识分子？雅各比认为20世纪初活跃于社会公共领域的老派知识分子是真正意义上的知识分子，他们勇于针砭时弊，积极评价和讨论现实问题。而从20世纪50年代开始，美国老派知识分子逐渐被大学教授和专家取代，这些新派知识分子表面上看起来精通各种专业知识，严格遵守各种学术标准，但却缺乏批评的尺度和挑战现实的勇气，是地地道道的犬儒主义者。

今天，我们不少的青年知识分子可能正是雅各比所批判的犬儒主义者。因为对比老一辈的学者，我们在某种程度上已经被高度精细化的学术体制所驯化，是标准的知识生产者，而不是思想的批判者。我们花费大量时间写论文和评职称，也耗费了很多精力申报课题和填表，但是在文艺批评和社会关怀这方面所做的工作其实微乎其微。可以说，今天许多文艺创作的恶俗与平庸，以及价值观的错乱，在一定程度上与文艺批评的疲软和缺失是分不开的。而青年批评家，尤其是优秀的青年批评家成为一种稀缺资源，令这个时代少了许多振聋发聩的回响。

然而社会需要批评，需要青年批评家从事正义的批评，更需要优秀的青年批评家承担价值导向和启蒙的责任，为了完成这样的志业，青年批评家们需要实现一种学术的跨越。所谓学术跨越就是直面现实、再造思想。学术的宗旨不是知识，而是生活，因为学术的最终目的是要创造有益于社会的思想和精神，从而跨越到理想的人生，这才是批评应有的社会价值和功能。李泽厚先生早在20世纪90年代就指出当代中国知识界的走向是"思想淡出，学问凸显"，思想的淡出意味着知识分子刻意远离现实生活、拒绝回答现实问题，为了自我保护和谋求利益将自己局限在狭小的专业领域里自娱自乐，这直接导致了公共空间的萎缩和公共批评的衰落。更有甚者，今天文艺界中的部分创作者和批评者还结成了利益共同体，讨论变成了捧场，批评变成了赏析，文艺评论成为一种封闭的圈子文化和专业术语，各种会议和论坛表面上看起来很光鲜，但很多意见都是一些无关痛痒的发言，对于实际创作和现实生活并没有多大的意义，这样的批评其实是对文艺发展的一种伤害。

诚然，也有不少优秀的青年批评家在开拓新的批评空间，探索更具锋芒和影响力的批评话语，例如黄灯老师早在2016年就写出了《一个农村儿媳的乡村图景》这样令人振奋的佳作。这篇文章当日在网上推出后的点击率高达四万，并且掀起了一场全民阅读和讨论的热潮，甚至凝聚为社会热点议题。这说明优秀的批评在自媒体的时代不仅可以借助技术传播的便利条件发挥出更大的社会功能，也彰显出批评家直面现实的勇气。就像鲁迅先生说的，真的勇士敢于直面惨淡的人生，敢于正视淋漓的鲜血。青年批评家要实现学术上的跨越，首先要保持个体的独立与尊严，要坚守批评的原则和底线；其次要敢于突破学科之间的壁垒和鸿沟，用更加宽广灵活的眼光去看待创作；最后也是最重要的，是要树立直面现实的勇气和抱负，秉承正直、正义的标准去实践批评的事业。

粤派批评如何实现时代性与在地性的融合

王国维在《宋元戏曲史·序》中用"凡一代有一代之文学"说明文学兴衰是时代变化的产物，这是文学演进的历史维度，是大势所趋，即"时代性"。与此同时，不同地域和族群为适应这样的时代潮流，会进行自我的更新和蜕变，这是文学发展的地理纬度，即"在地性"。从古至今，文艺发展无非依循了时间和空间这两条轨迹，在时代性与在地性的相互影响和作用下完成自我身份的建构与完善。

从时代性的命题出发，讲好中国故事，既是追求中国梦的需要，也是当代文艺批评的使命。习总书记指出阐释中国特色需要"四个讲清楚"，即"讲清楚每个国家和民族的历史传统、文化积淀、基本国情不同，其发展道路必然有着自己的特色；讲清楚中华文化积淀着中华民族最深沉的精神追求，是中华民族生生不息、发展壮大的丰厚滋养；讲清楚中华优秀传统文化是中华民族的突出优势，是我们最深厚的文化软实力；讲清楚中国特色社会主义植根于中华文化沃土、反映中国人民的意愿、适应中国和时代发展进步要求，有着深厚历史渊源和广泛现实基础"。这四点明确指出了国家自信来源于历史传统，民族认同要从传统文化中寻找资源和土壤。从这个意义上说，只有当不同地域充分彰显出自身的文化传统和特色，才懂得如何讲述中国故事，由此树立文化认同感。因此，对于粤派批评而言，挖掘其文化的"在地性"才是建构和发展自身理论体系的首要问题。

关于文化在地性的问题其实已有很多讨论，以往学界都反复总结过粤地和粤人具有开放、务实、兼容并包、敢为天下先等特点，这些地域文化标签固然有一定的阐释功能，但未必能非常准确地概括或提炼出粤文化的精髓。例如当谈论粤派批评的时候，人们更倾向于用岭南文化来定义"粤派"的地缘属性，但岭南文化这一来自乡土社会时期的文明概念，恰恰忽略了粤文化宝贵的都市色彩和现代气质，尤其是它的世界性，这其实是一个莫大的遗憾。

广州在过去被西人称为"Canton"，文献里记载它是光明之城。这里作为中国海上丝绸之路的必经之地，是欧洲乃至世界想象中国的最初来源。早在秦汉时期，南越王国就开始拥有海外贸易；到了唐代，广府则闻名于世界；清代前期，特殊的"一口通商"地位，更是让广州成为西方人唯一可以进入和贸易的中国口岸，成为世界了解中国最重要的窗口。可以说广州自古以来一直承担着对外贸易、外交，乃至文化输出的重要功能，例如当时远销海外的茶叶、画作、瓷器、牙雕、漆器、绣品等蜚声海外，甚至在18至19世纪的欧洲掀起一股"中国风"的时尚。而当时久居广州的外国人所写的《广州番鬼录》《旧中国杂记》等作品"实际上塑造和建构的是一个他者眼中的广州，映射到了西方读者的头脑中，逐渐构成了当时西方世界的中国形象"[1]，这些足以说明广州文化所独有的世界性，而这种世界性或许才是本土文化最值得称道的部分。

但遗憾的是，因为广州在政治版图中所处的边缘位置，以及长期与中原文化隔膜产生的疏离感，使得这座千年商帮为中国代言总是显得默默无闻，尽管在经济发展上遥遥领先，但在文化上似乎很少得到赞许。这种尴尬和无奈也使身处岭南的知识分子长期处于国家文化与地域文化、时代性与世界性的夹缝中，难以获得文化认同，也找不到彰显自我的出路。这样的历史遭遇与我们今日的文化现实应该说有着惊人的相似，在巨大的历史惯性作用下，面对已有的文化困局，粤派批评恐怕不能急于求成，更不能盲目地去向别人证明自己，这样越发暴露出内心的虚弱和

---

[1] 李国庆：《遗落在西方的广州记忆》丛书序，广东人民出版社2019年版，第2页。

文化的不自信。应该说，关于世界性的探索在我们已有的华文文学研究中已有相当深厚的积淀，暨南大学从事华文文学研究的许多同仁在这方面做出了很好的表率。但除文学研究外，粤派批评其实还可以积极地向其他艺术门类进军，通过跨学科的交流，共同挖掘本土文化世界性的深层内涵和精髓，从传统中汲取批评的力量，从而再造真正属于自己的文化标杆。

原刊于《粤海风》2020年第2期

回旋书写的沈从文"自传"

李青果

通过对故乡的反复书写，沈从文在1937年获得了"沈凤凰"的称号①，这使他和他的同乡前辈"熊凤凰"（熊希龄）一样，成为湘西人物的代表。他习惯在作品中一再堆砌湘西世界的历史和现实，展览奇特的地方风景和人事哀乐，并以出色的"彩笔"任其"凄馨"的氛围蔓延滋长②。然而正如他不止一处提到的，这些风格独特，故事新异，甚至很容易引发异乡人产生猎奇观感的作品，意旨都涉及重铸民族性的话题，是在新的时代背景下不断提炼湘西世界中的那些看似很旧，其实又很新的东西，并以此为建立他心目中的现代国家提供滋养。这使我们看到了他的书写的一个特殊之处——他擅长以不同笔法，从不同层面往返挖掘他的原型世界，由此造成了一种前后覆盖、延展、衍化、回旋的叙述姿态。从早期的湘西奇异现实到《长河》那样的宏大叙述，再到未完成的为黄永玉书写的家族历史，代表地方性的湘西被累积成一个受到再三回视甚至重返的意义不断增生的想象空间，其形成的方式恰在于他对湘西这一"原型"反复回旋的书写。就此而言，沈从文所说的"重铸"，既指向他的写作意旨，也指向他的叙述方法。在"重"铸他的想象世界之际，其笔法和意义既重叠也衍生。每一次的重临和回旋既有相关性也有

---

① 施蛰存：《重印〈边城〉题记》，朱光潜等著、荒芜编：《我所认识的沈从文》，岳麓书社1986年版，第302页。
② 同上。

相异性，新与旧纠缠中的叙事调整，也带来了叙事学上的内涵增值。

本文不拟讨论沈从文的虚构作品，而侧重于探讨他的"自传"，同时也引入一些相关的自述材料。和他持续书写他的湘西故事一样，他的几个自传也在不断地重铸自我。自然，正如我们都明白的，自传离不开"想象自我"的成分，但我在意的是在重铸自我当中，传主是如何在记忆和叙事当中建构、重构自我，并以何种方式讲述并确认"自我"的"真实性"。沈从文在1932年写作了《从文自传》，1949年写作了《关于西南漆器及其他》（副题：一章自传——一点幻想的发展），到了20世纪50年代的思想改造中，又写作了具有交代性质的《沈从文自传》及数个自传性材料。如果破体论之，他在1962年为表侄黄永玉的画作"木兰花长卷"题写的七言古体长诗《白玉兰花引》、1980年写作的散文《纪念徐志摩先生》，其中涉及的年代、故事，使我们仍然可以把它视为自传性的资料。在今天看来，很幸运的是沈从文在不同的人生阶段都留下了自传文字，而其形成的年代，都指向了他人生履历中的关键时刻，并且靠后书写的自传均涉及更早时期的自传所描写的内容。而值得追究之处也正在于这些回旋，它不是复印式的书写，而是补述式的或叠加式的"粉刷"。其文字的移动之处，恰是他在另一个时间段里，在不同的时代背景和文化环境中，重新审视自我的结果。沈从文突破了"昔我往矣"的线性时间观，其自传对"逆流而上"的执着，则再现了他"溯洄从之云路长"的生命感知，他也在这种"溯洄"之间，完成了叙事学上的一次大胆尝试。

《从文自传》：风俗其表与学术其隐

1932年创作的《从文自传》是一个不期然出现的名篇。沈从文写这个自传的时候，刚好而立之年。历来写传有许多规矩，在讲究功名爵位及伦常礼制的时代，一个年纪轻轻、功业初建的人，是不合适写自传的，写自传会给他带来僭越的指责。可到了新文化运动之后，"立人"和"人的文学"观念的建立，"我"不分大小，只要其人其事具有可传的价值，写下来就既可为个人留影，也可以照鉴时代的痕迹，这就冲击了旧制，为自传的兴起破开了口子。胡适正是由此提倡时人写自传，并身体力行写下了《四十自述》，结果大受欢迎。受胡适召唤并应书店之邀，沈从文写作了《从文自传》，同样一纸风行。不同时代的读者均满足于作品的"别具一格，离奇有趣"①，其写作早于《边城》《湘行散记》，说它是沈从文最早的传世名篇也并不为过。

《从文自传》是沈从文用奇笔勾勒的发生在偏远地方的"一个传奇的本事"。它描写了一个边城子弟的散漫童年、少年时期奇异的军旅生活，直到受新文化感召离开湘西奔赴北平投身新文学运动为止。就此而论，这个成长故事的套路相当"进化论"，一般而言，引人注意的也是传主在这一段时间中的传奇经历。可令我击节的，是沈从文在其中铺述的数个既混溶一起又充满张力的成长路线，置身其中的传主因此显得异常丰富和饱满。它投射了几种历史合力于一个人的身上，并解释了文化环境和个人成长的关系。

在我看来，这种张力首先形成于沈从文把他的早期成长环境置于类似于民俗学、人类学的视野，这使他在自传的开篇，即强调他舍弃了《苗防备览》这样枯燥无味的官方记载②。作为官方修撰的书籍，《苗防备览》不可避免地充斥着对苗区苗民的征服、管制、蔑视甚至敌意，以此搭建的视野，其书写必然与真实的湘西相去甚远。在沈从文的眼里，故乡风俗殊异，充满原始性，虽在外人看来是个"古怪地方"③，却有值得张扬的独特的社会组织、精神信仰与文化风俗。可以想见，在1931年辗转沪、京来到青岛的沈从文在分享他成长故事的时候，也许想到了许多受到《苗防备览》之类书籍或传说影响的对于湘西的误解，想到已是名利场中都市人生活的异化与无趣。因此，他使用民俗学、人类学的技艺，描写湘西的四时佳景、春秋稼穑、农事歌戏及敬天守礼、听受自然和古法安排命运的淳朴乡民④，在向读者一展故乡的风土人情之时，也告慰了自己的怀乡病。

从写法看，《从文自传》也相当接近于当下人类学提倡的"讲好故事"的民族志叙事。这种叙事主张与大地相连，并且采取平视的和地方

---

① 沈从文：《从文自传》"附记"，《沈从文全集》第13卷，北岳文艺出版社2002年版，第367页。
② 沈从文：《从文自传》，《沈从文全集》第13卷，第243—244页。
③ 同上，第243页。
④ 同上，第244—245页。

性的视角①。由此我们看到弃用《苗防备览》的路线,沈从文勾勒的自然主义与浪漫主义兼具,且熏染在农耕文明之中的湘西,正是它在20世纪前二十年最为真实的一面,并培养出成长于斯的传主终其一生自然浪漫的"乡下人"气质。沈从文后来主张文学要建筑自然健康的"人性小庙"的立人理想,主张在现代背景下以农家许行精神重铸国家的设计②,都可以从《从文自传》刻画的风俗人情里找到立说的基础。自传中描写的各色人物,先是传主从新旧学校逃逸出来所接触的顽劣儿童、街坊邻里、苗乡人民、擅操古代兵器的老战兵、小作坊主及其学徒,然后是军旅生涯中所接触的新军官兵、土匪、船夫、妓女、施行仙人跳骗术的兄妹、睡漂亮女尸的小店员、情殇女匪首的"山大王"等。这些人物中的一些代表着沈从文所欲表达的自然而不悖于人性的健康生命,另一些则代表了他对湘西的忧郁,形成他理智与情感中对于人世充满爱与怜悯的部分和作品中浪漫传奇并且唯美的内容。由这方水土上的人物写下的这些"传奇的本事",无疑是他成长中的严肃教育,使他在19年之后另一时地的自传里,仍指认它们是他热爱乡土的强烈意识和文学中牧歌抒情传统的基础③。

然而20世纪初的湘西已非化外之地,它所有的自然形态就像行将消失的太阳的余晖。1911年,"现代"以一场革命的方式降临,辛亥革命给9岁的沈从文上了第一堂有关现代是什么的课,推动他另一方面关于生命、社会与历史的意识的滋长。由父亲领导的这次革命以失败告终,带来了清军对苗人的大肆屠戮。由于等待杀头的苗人实在太多,最后只好以掷筊占卜的方式决定他们的生死。虽然第二年革命取得了胜利,但城头挂出的却是"汉"字旗,随即沈从文的父亲在新政权的政争中失败,负气离开了家乡。在这样的描述里,交织着由幼年就形成的沈从文对于湘西现代化的复杂感受:一方面驱除鞑虏的革命流下的是苗人的血;另一方面,则是革命胜利后以父亲背井离乡所暗示的苗人的命运。我们

---

① 朱剑峰:《跨界与共生:全球生态危机时代下的人类学回应》,《中山大学学报》(社会科学版)2019年第3期。
② 沈从文:《关于西南漆器及其他(一章自传——一点幻想的发展)》,《沈从文全集》第27卷,第25页。
③ 沈从文:《总结·思想部分》,《沈从文全集》第27卷,第99页。

有理由相信沈从文有着和鲁迅近似的对于辛亥革命的态度，所不同的，是阿Q醉梦里的白盔白甲在湘西变成了一支随后沈从文在其中当了6年士兵的地方部队。在军队辗转驻防之间他看到了更多无谓的、离奇而可怕的死亡，最后形成他20世纪40年代的反战思想，并把这种消耗青年生命的行为斥为民族的自杀。自传中清军判处苗人以掷筊占卜决定是否杀头的情节，曾引起学界不少的讨论。有论者认为把人的命运交给天意实在冷漠，不具备鲁迅在处理相同题材时具有的讥诮的批判性[①]。事实上，这种把生死交由天意来处置的书写，仍然处于民俗学、人类学的视线之内，即使这个天意是由清军强逼苗人接受的，但它也像人类学叙事中经常出现的那样，代表着外来的异己力量对于原始状态的破坏。在沈从文的眼里，苗人敬信天命的信仰隐含的是湘西自然主义的存在方式，而这种信仰在外来者及"现代"的挤压下扭曲甚或消失，也宣示了一个古老时代的悲剧性结束。

《从文自传》中，沈从文涉笔的大多是如上的奇异故事。它们显示了他成长的地方性文化背景及性格与命运塑造之缘由。有论者看到这些描写如此与众不同，便认为沈从文其实是自我成长的，与时代文化背景并无多少关系[②]。这其实值得推敲。在我看来，沈从文如此建构他的早年叙事，与他受当时在中国展开的民俗学运动的影响有明显的关系。他相当早就热衷于由周作人等在北大发起的这场运动。这场运动的目的之一是摆脱传统，以新的文化资源重新认识、改造中国社会。沈从文从1925年起开始收集流行于故乡的民谣，并改编、创造了不少仿民谣作品。这些民谣以《筸人谣曲》为名于1934年结集出版。同年，北大《歌谣月刊》复刊，在复刊会议的合照中，沈从文与胡适、顾颉刚等均赫然在列。周作人称赞《从文自传》是他1934年最爱读的书[③]，在1938年仍向日本友人谈及《边城》"其地苗人甚多，风俗殊异"，因此可以推

---

① 参见王德威:《从"头"说起——鲁迅、沈从文与砍头》,《想象中国的方法 历史·小说·叙事》,百花文艺出版社2016年版,第135—146页。
② 张新颖、刘志荣:《导论 沈从文与20世纪中国》,张新颖:《沈从文精读》,复旦大学出版社2005年版,第4—5页。
③ 周作人:《一九三四年我最爱读的书籍》,《人间世》1935年1月5日。

知《从文自传》中"沈君生活之一斑"①,也证明了自传在民俗方面表现出的明显特色。而此阶段,恰与他写作《从文自传》在时间上互相重叠。

在上述民俗学或曰人类学的成长背景里,沈从文展览了一幅幅奇异的人事风云画卷,并永远地留下了一道世外的风景线。作者似乎也乐意长久生存于这个与世隔绝的世界,所以对它进行了挽歌式的描写。然而也正是在这些描写中,沈从文预感到自然主义的湘西行将毁灭,而代之兴起的以武力为标志的"现代"绝非它的替代品。这构成他成长过程中最为严重的问题,使他意识到只有获得新的知识——不是权力,而是智慧②,才能解释、解决这一切。自传由此出现了另一种趋力,即接受其时已经传播到湘西的新文化信息,使他产生离开湘西,到外面的世界上一所更大"学校"的愿望。

就如前文提到《从文自传》的叙事混溶了多个方向的合力,在描写自己拥抱新文化的情节里也是如此。拥抱新文化意味着沈从文对之前的知识和经验的革新。但我们需要注意作于1932年的自传肯定羼杂了1932年传主的心理,使自传产生了既回视也前瞻的趋向。其结果是:以成为新文学家为叙述目标的《从文自传》,留下了传主之后成为文物学者的伏笔。在自传中,当少年沈从文从学堂逃出,游荡在县城内外各种民间作坊,并对其中的工艺制作所呈现的优美传统技艺产生浓厚兴趣的时候,当他在军中为陈渠珍保管、整理古代器物、书法书画收藏,并对之细心摹习、研究的时候,很可能是在隐蔽地叙述他在1932年前就具有的对于中国古史、艺术史产生的学术上的兴趣。而这些事事物物,确实是他20世纪40年代中期以后所涉入的文物和美术史学术领域。事实确也如此,因为就在1930年,他在和胡适的往来书信中讨论了中古以上历史、金石文字知识,并起意写一部"草字如何从篆籀变化"的书法断代史③。尤其值得一提的是,沈从文在20世纪60年代重新对古诗产生兴

---

① 周作人致松枝茂夫,1938年7月11日,小川利康、止庵编:《周作人致松枝茂夫手札》,广西师范大学出版社2013年版,第129页。
② 沈从文:《从文自传》,《沈从文全集》第13卷,第362页。
③ 致胡适,1930年9月28日,《沈从文全集》第18卷,第107页。

趣,并立志以创作古诗完成他人生的"第三次改业"的时候①,他多次提到了少年时代受到的良好的古诗训练,并以"十步成诗"而被乡人夸赞为神童和才子②。这在《从文自传》中,对应的则是他经常阅读的《李义山诗集》《千家诗》等古代诗歌。这些诗集和《云麾碑》《圣教序》《兰亭序》《虞世南夫子庙堂碑》等法帖,随着沈从文在沅水和酉水上转徙数年之久,构成了他暮年写诗、研究美术书法史事业的第一块基石。

就像我们今天已知的,这些隐伏的学术兴趣虽然涉及的是古代器物和民间制品,但在20世纪初却是一种突破传统经史之学的新学术。这种用新的材料重建中国历史的学术新思潮,同样也是新文化运动的优秀遗产。如从下面将要讨论的沈从文的第二个自传来看,这种追求新学术的志向或许还在他梦想成为新文学家之前。但《从文自传》毕竟作于他文名渐著的时段,因此它结束于受到像冰心的《超人》等五四新文学影响的那一时间。从此他开始阅读《改造》《申报》《民国日报》《新潮》等五四报章杂志,而把《花间集》《曹娥碑》等旧式典籍抛诸脑后。他也开始对白话文发生兴趣,在和文言的比较中发现白话在表情达意时具有的优势。更重要的,是通过与这些现代媒介的接触,沈从文的脑质为之一换。他开始思考自己究竟是一个怎样的人,他生命的意义究竟何在。促使他产生这些思考的直接机缘是一个印刷工人,沈从文阅读他介绍的新式书报,获得了走向新世界的转机,并在1932年成为文坛耀眼的新星。而后面我们将看到,在沈从文第三阶段的自传里,这个印刷工人被叙述出了不同的意义。

《关于西南漆器及其他》:学术显现与文学归隐

1949年3月6日,沈从文完成了他的第二个自传《关于西南漆器及其他》。如不是它的副标题"一章自传——一点幻想的发展",读者断然不会把它看作自传,而以为是一篇学术性的关于西南文物的说明文字。自传的开篇也相当不合传的体例,它从沈从文昆明八年收集西南漆器开

---

① 致张兆和,1979年6月18日,《沈从文全集》第22卷,第313页。
② 复张兆和,1962年1月28日,《有关诗作的三封信》,《沈从文全集》第15卷,第279页。

始,谈到了北大博物馆的文物收藏,提出了探讨中国工艺美术史的问题。紧接着简述他收集文物的兴趣,影响到一个年轻画家和一个年轻人类学家绕西南雪山探源,进行实地写生和人类学、民族学田野调查,均在艺术和学术上取得优异的成绩。然而一个高明的写手当然不会枝蔓他的笔墨,如此写法,其实是为了后文展开的关于他的人生规划的转向。这是沈从文以自传的方式,开始梳理他此前经历中与学术相关的行迹。我们随即发现,在回视过往之际,《从文自传》的隐笔得以凸显。

和第一个自传《从文自传》的写作动机不一样,第二个自传《关于西南漆器及其他》出自沈从文的刻意安排。1948年北平易帜后,沈从文没有随从国民党的"抢救"而南下,留在北大红楼,他必须对人生重作设计。此时郭沫若在香港发表的《斥反动文艺》传播到北平,并引起北大左翼的激烈反应,继续写作显然成为不可能的事。所幸沈从文早有学术上的兴趣,他对工艺美术和文物的研究也已在进行之中:1946年他开始参与复员后北大博物馆的重建,受到登报点名表扬①,并于1948年撰写了《中国陶瓷史》,同时,他也紧锣密鼓地为他的美术史研究储备知识,对王维画的研究已经颇有心得体会②。可以说,学术研究已成为他的主业之一,因此即便停止了写作,也能够顺势完成人生的转型。而第二个自传确实发挥了应有的作用。在写完自传的第22天,也即3月28日沈从文割颈、腕自杀,未果。在养伤的5月份,他接到北大化工系主任袁翰青教授的来信。袁在信中写到他参观了北大博物馆,对沈从文的贡献表示敬意和感佩,并提到新中国博物馆事业刚刚起步,需要优秀知识分子参与,担负这一任重道远的使命③。袁翰青是亲共红色知识分子,新中国成立后又担任过文化部科学普及局局长和商务印书馆总编辑等职务。考虑到他新中国成立前后的身份,此刻给沈从文写信,或许有来自某方面的授意。《关于西南漆器及其他》并未及时公开发表,但也可以推断它在一定范围内得到了传播。想必是自传和自杀事件引起了某方面

---

① 《北大前校长蒋梦麟赠送博物馆珍品》,《益世报》1948年4月23日。报道称:"经过沈从文、杨振声、唐阑诸教授之努力,采购藏品日增,故成立未久,已感馆址之不敷用。"

② 沈从文:《关于西南漆器及其他(一章自传——一点幻想的发展)》,《沈从文全集》第27卷,第28页。

③ 袁翰青致沈从文,1949年5月3日,《沈从文全集》第19卷,第35页。

的关注，沈从文1949年8月即调入中国历史博物馆，应与之有很大的关系。

《关于西南漆器及其他》记录了沈从文1937年至1949年的经历，包括他采用一个特殊角度——古代绘画与写作——对自己的文学创作进行了别有用心的回顾与总结，同时尽力展示他收集、研究文物与工艺美术品的新兴趣。自传略去了传主西南联大时期诸如创作、教学、写作时政文章和其他生活中的纷扰故事，独聚焦于上述内容加以描摹刻画，说明这是一个倾向于未来式的回忆。沈从文追记了他的过往生活及文学创作中与文物相互连接的内容，正是表达他在写作自传的当下，欲把人生的路线向前推移的愿望；而也是在这种追记中，《关于西南漆器及其他》和《从文自传》，构成一种叙事上的回旋。

《关于西南漆器及其他》的一大半篇幅被沈从文用来描写他徒步从长沙至昆明，沿途所见文物，以及昆明八年在市上及城市周边收集文物的故事。流连于购藏瓷器、漆器及由金、银、铜、锡、藤、竹、土、木等材料制作的工艺品成为他生活的主要内容，并给予他情绪上的极大震动：一个小银匠一边锤制银锁银鱼，一边因事流泪的画面，深深印在他的心头。而这幅画面，作为一种生命与美育的发蒙，进而引起传主对文物和美术的兴趣，实早已镶嵌在《从文自传》当中。由此回视，《从文自传》里那些活动着师傅和学徒身影的针铺、伞铺、瓷窑、染坊，那些对"为什么雕佛像的会把木头雕成人形，所贴的金那么薄又用什么方法作成？为什么小铜匠会在铜板上钻那么一个圆眼，刻花时刻得整整齐齐"的疑问①，包括对旧式军营里的刀枪盾牌的造型、雕花、刻纹的细心摹画，此时已从一个少年的视角延伸到了中年人的心里，构成他搜藏、研究这些工艺制作的愿力。在《从文自传》出版的1934年，沈从文已是文名渐著，自那时起，他已有经济上的余裕收集美术品和文物，用来满足他少年时期就已发生的兴趣②。据妻妹张充和回忆，那时沈从文收

---

① 沈从文：《从文自传》，《沈从文全集》第13卷，第260页。
② 沈从文：《试释"长檐车、高齿屐、斑丝隐囊、棋子方褥"》，《沈从文全集》第31卷，第52页。

集青花瓷的眼光，已经超迈于中外时流之上①。在一封1938年8月从昆明寄往北平的信中，沈从文告诉妻子准备写一部《忆盘录》，用来纪念为数众多的来不及从北平家中带往昆明的瓷器藏品②。

这是沈从文第一次明确表达从事文物著述的心迹，而渊源则可溯至《从文自传》里他琢磨旧画、铜器和古瓷，并从《西清古鉴》《薛氏彝器钟鼎款识》等文物著录中摸索学术研究的痕迹。在《从文自传》中，沈从文已能从古代器物的形制、款式、款识推断它们的年代、类型和发展衍化，而在《关于西南漆器及其他》中，这被详述为他的几次学术新发现。最典型的，是从当地民间使用的一个殷朱素漆奁，看出它和《女史箴图》上铜镜的花纹一致；进而比较故宫所藏南北铜镜及各时代相似器物，并追踪长沙、朝鲜、阳高出土晚周和汉代漆器以及新石器时代彩陶、石镞上保留的遗痕；最后推断出这个"遗落"在西南边陲的器物，因不受时空流转影响而成为保存了上古时代工艺制作规制的化石，可视为物质文化史研究的绝好材料。这里使用的方法，上承《从文自传》研习古物时用比较形制推断年代的路子，下启他学术成熟期"用联系和发展上下前后四方求索方法"③进行文物研究的惯常手段。联系、比较和发展的方法几乎是沈从文文物研究的独门秘笈，其形成的过程，在这前后两个自传中留下了从隐伏到显露的丝缕印记。

通过这种前后呼应或调整，沈从文在书写自传的时候，或隐或显地"瞻前顾后"，这使他的往昔得到进一步的"再现"，同时也照亮当前的成长。前文已谈及《从文自传》搭建了民俗学、人类学的视野。在此视野之下，沈从文建构了他的乡土世界，从中张扬地方性文化与其成长的关系，并发掘地方习俗和传统工艺制作，使之并置于一个逐渐现代化的国家之中。我们发现，这个视野在《关于西南漆器及其他》中也得到了衍生和周延，并明朗化为他新起的学术上的抱负——研究西南文化史。20世纪20年代，中国学术界兴起了西南民族调查活动。此项活动肇始

---

① 张充和：《三姐夫沈二哥》，王路编：《沈从文评说八十年》，中国华侨出版社2004年版，第71页。
② 复张兆和，1938年8月2日，《沈从文全集》第18卷，第321—322页。
③ 沈从文：《试释"长檐车、高齿屐、斑丝隐囊、棋子方褥"》，《沈从文全集》第31卷，第52页。

于 1928 年中山大学学者在广西大瑶山进行的田野调查。抗战以后，大批高校、科研机构迁入西南，西南地位空前提高，西南边疆研究成为一个显耀之学，人类学家杨成志称之为"使教育学术与国家建设，打成一片"①。沈从文由此鼓励他的两个年轻朋友深入云南西部进行美术写生和田野调查。其中的一个花了八年时间游走边地，最后成了中国第一个收集、整理与研究纳西族文字——东巴文的专家。对于这项成就，沈从文是与有荣焉的。他称赞这些成果"增加了世人对于这地方剩余潜伏文化的浓厚兴趣，而我还分享了朋友发现西南的光荣"②。

然而与其说"发现西南"是一个触地才起的新冲动，毋宁说它也是对于故乡和"昔日之我"的再发现。由于风土、人情、语言、文化乃至习俗的相似性，在昆明的沈从文"似乎已回到了家乡，回到了本来"③，回到了《从文自传》所描述的那个世界。身边研究社会学、人类学的朋友进行的田野调查，重新唤醒了他的地方文化旧梦，使他产生了对西南文化"某方面"的"幻想"。这个"某方面"，就是对西南文物的收集与研究。其直接的触机是与他同住的中研院人类学家陶云逵在丽江、中甸等地从事人类学研究时，收集到的几千件民俗学器物。由此触机，沈从文少年时代对故乡民间制作的兴趣终于转移到西南边地的民间工艺品上。《从文自传》里那些对器物的形象描写及对其制作过程的追问，在《关于西南漆器及其他》中则上升为学术上的冲动。那个在故乡叛逆逃学，成为各种民间作坊常客的少年，在《关于西南漆器及其他》中则从西南联大文学教授逸出，其兴趣落脚于西南的陶瓷、漆器、缅盒、金石器、雕刻器、皮具、服饰，甚至兵器、盾甲、马鞍、编织物等种种杂器，其范围在于以西南文物为勾连，探讨西南与中原和东南亚文化的关系，正是这种关系塑造了独具特色的西南地方文化。《关于西南漆器及其他》结束于北大博物馆刚刚举办的一次文物展览。这个展览特别展出了沈从文和林徽因在西南收集到的地方性文物。在自传的最后一句话，沈从文

---

① 杨成志：《国立中山大学文学院边疆学系组织计划纲要》，参见娄品贵：《"西南研究"与中国边疆学构筑——以〈国立中山大学文学院边疆学系组织计划纲要〉为考察中心》，《思想战线》2011 年第 2 期。

② 沈从文：《关于西南漆器及其他（一章自传——一点幻想的发展）》，《沈从文全集》第 27 卷，第 31 页。

③ 同上，第 29 页。

提出了研究西南文化，必须结合其与川蜀接壤区域及黔中接壤区域文物的建议，而这个区域，不仅在地理上，而且在文化上，隐然包括了《从文自传》的湘西在内。

自然，作为一部写作于1949年，并且是寄托了传主人生转向的传记，《关于西南漆器及其他》无法回避传主精彩纷呈的文学生涯和多方面的文学成就。可令人称奇的是，自传对于传主文学创作的缘起和趣味，重点不在于像大多数作家都会谈到的人生的社会性阅历，而聚焦于工艺美术品——文物和绘画给予他的启示。这是一种人生视野的窄化，其策略却是为了突出即使文学创作也与他的学术旨趣存在着紧密的联系，从而建构了一种有关自我创作的别样的文学观。在《从文自传》中，沈从文的新文学发蒙于阅读《改造》《申报》《民国日报》《新潮》等五四报章杂志和像冰心《超人》那样的表达个人主义、个性主义的作品，可在《关于西南漆器及其他》中，其对创作缘由的叙述却转变为因美术而起，并用爱美术的方式进行写作①。显然，并非社会人生的严酷性，而是民间工匠对艺术品的精细制作培养了他的美育意识和文学态度，使之成为一种和他生命发展严密契合不可分剥的东西②。北平图书馆的古代美术图录，则影响到他的创作风格，他用乡村风景画处理的文字，最后形成了朴实无华却又结构精美的文学艺术品③。如此强调美术与他创作的关系，其实是沈从文建立的一个新的因缘关系——美术不仅启发了他的人生，也奠定了他的文学底色。这种关系的调整，是对他计划研究美术史的志向作出的说明。为此，他甚至夸张地认为，假如一开始就从事美术史批评，他取得的成绩将比文学成就更大④，而除了刘西渭，所有批评家对他创作进行的批评都是缘木求鱼，因为只有刘西渭发现了他的写作与绘画之间存在的秘密⑤。

可以说，通过以上书写，《关于西南漆器及其他》成功地扭转了我们的视野，使我们获得了关于沈从文人生转向的明晰印象。他后半生从

---

① 沈从文：《关于西南漆器及其他（一章自传——一点幻想的发展）》，《沈从文全集》第27卷，第27页。
② 同上，第23页。
③ 同上，第27页。
④ 同上，第24页。
⑤ 同上，第25页。

事学术研究之源流，经由《从文自传》开笔，就草蛇灰线，连绵不绝，终至于《关于西南漆器及其他》而铺张出清晰的面目。1949年，在预期到不得不放弃文学事业的关口，沈从文及时调整了人生方向。实现这样的调整显然需要许多文外的努力，所幸的是他创作了这个自传，为我们保存了传主更多的心灵上的痕迹。今天我们已很难推测沈从文在写作第二个自传时，是否参考了之前的《从文自传》，但世易时移，面对不同的人生态势和写作目的，《关于西南漆器及其他》凸显了《从文自传》中的隐蔽部分，使其先前未及发明的"自我"获得了重塑的机会并增添了新的意义。这使两个自传之间灯火明灭，取舍之际也互相照鉴，形成了既向往昔回旋又朝未来延展的翕张与迢递。

《沈从文自传》及其他：人生"回旋"与思想"归队"

时间进入20世纪50年代，转入学术研究的沈从文和大多数知识分子一样，开始了一段总结过往、清理思想的改造岁月。这种再回首，使沈从文在1950—1959年间写下了《沈从文自传》等10篇自传或自传性文字。这些文字有详有略，均是在不同时间、不同要求下对组织作出的自我交代。在出版全集的时候，编者把这10篇文字归为一辑，取名"沉默归队"。这个名字颇有象征性，所谓的"归队"，确实有把传主的行迹和思想收编于20世纪50年代时代氛围的意思。这样，在回旋过往的同时，沈从文也对"昔日之我"进行了改写、重写，并且借由这样的书写衍化出新的人生痕迹。

写作这些自传的十年，其实也是沈从文学术研究渐入佳境的时段。虽不免于外界的袭扰，但他展开工作之际，确实能做到静心息虑，写作、出版了《坛坛罐罐》《龙凤艺术》等文物研究佳作，《中国古代服饰研究》也开始紧锣密鼓地进行，意味着他正在攀越学术事业的高峰。在这一时段里，他和文学也时有勾连，但确乎已明白表示不再进行创作。他曾参加了第二次文代会，当毛泽东主席当面劝勉他继续写作的时候，他婉转在心中作出了回绝[①]，而根本原因，则如他在当时的两个自传性文

---

① 沈从文：《我为什么始终不离开历史博物馆》，《沈从文全集》第27卷，第248—249页。

本《"反右运动"后的思想检查》《我的检查》中说的,他已经写不出符合时势要求的文学作品,并因此充满了"失败感"①。1958年,他拒绝周扬让他顶替老舍北京市文联主席位置的提议,而之所以不予应允,是因为预测到其中存在的不安全性②。然而他对作家的名分是甚为高看的,在《文汇报》组织的一次约稿座谈会上,因为被分配和一个地方戏新晋名角座位相邻,他拒绝在约稿单上签名,认为两者在文艺的圈子里,根本不属于同一重量级③。

然而"我的文学历程"却仍然是这些自传必须予以梳理的中心问题,我们发现,沈从文在此进行了相当大的调整。前面已经谈到,在《从文自传》中追述自己的新文学源头时,他谈及的是《新潮》《改造》和冰心的小说《超人》这样的个性主义、自由主义内容。1956年的《沈从文自传》,仍在开篇处提到他的写作方法和写作态度,"完全是受十九世纪欧洲作家的自由主义影响"④,可后文又扭转表示:"我认识俄国而且爱它,也是通过一堆小说作品,其中托尔斯泰、屠格涅夫、契诃夫、高尔基……的作品,给我的教育最深刻。"⑤ 这既是文学观的转变,也是一种政治表达:认识和爱俄国显然是接受苏联和拥护新社会的一种文字等式。在我们的印象里,沈从文一直保持着比较独立的政治站位,即使和胡适等亲美派关系良好,但在漫长的岁月里,他似乎从来不曾因为政治立场而对代表某一政治倾向的国家释放过爱意。因此,如此强调对苏俄的偏好,自然指向20世纪50年代前半期中苏关系及冷战背景下东西方阵营的政治选择,而这种选择无疑是出自政治正确的考虑,究其实也是知识分子思想改造的一种成果形式。其中列举的从托尔斯泰、屠格涅夫、契诃夫到高尔基的作家排序——这个排序在1950年的自传性文字《总结·思想部分》也出现过⑥——则隐含了中国和苏俄文学从批判现实

---

① 沈从文:《"反右运动"后的思想检查》,《沈从文全集》第27卷,第158页;《我的检查》,《沈从文全集》第27卷,第204页。
② 吴世勇编:《沈从文年谱(1902—1988)》,天津人民出版社2006年版,第402页;致沈虎雏、张之佩,1977年8月16日,《沈从文全集》第25卷,第119—120页。
③ 黄永玉:《这些忧郁的碎屑——回忆沈从文表叔》,《比我老的老头》,作家出版社2003年版,第84—85页。
④ 沈从文:《沈从文自传》,《沈从文全集》第27卷,第137页。
⑤ 同上,第139页。
⑥ 沈从文:《总结·思想部分》,《沈从文全集》第27卷,第139页。

主义到无产阶级文学的演进史迹。托尔斯泰在1900年就被译介到中国，二三十年代更深刻影响了左翼作家进行的革命文学创作；中国在40年代掀起了"高尔基热"，和托尔斯泰等旧俄时代的作家相比，高尔基无疑更具无产阶级文学的正宗性。值得注意的是所提到的契诃夫和屠格涅夫，前者处理短篇小说的精审及对城市小市民、小资产阶级知识分子的讽刺，后者反对权贵、同情农民并且作品具有的田园风情，确实与沈从文的文学技艺和风格有着极大的近似性。他如此叙述这段接受苏俄文学教育的历史，当然有站队或归队的希冀，最起码的，也要表达自己的创作具有批判现实或倾向于无产阶级的意识，而不是郭沫若指责的"桃红色"。

这样的书写使我们看到，和1932年的《从文自传》、1949年的《关于西南漆器及其他》相比，1956年的《沈从文自传》已经发生了相当大的位移。这种位移自是出于协调时势的考虑，但不得不说，它也丰富了传主的生命，并发掘、更生出之前叙述中遗落或不及申说的部分。《从文自传》受邀于出版社之约请且为广大读者而写定，又正值沈从文创作的黄金时代，在人事风云和技艺风格上不免有露才与炫奇的倾向。《关于西南漆器及其他》的预期读者仅局限于自我、不多的亲友或特定方面人士，其所述的人生履历便集中乃至窄化于未来从事学术研究的路向。而按组织布置的提问逐条写作的《沈从文自传》，却令沈从文不对不面对范围更广甚至未曾料及的人生"悬疑"，其写法已不容有个性主义的发挥和显露才华的使气。他需要按照中药铺子的药屉那样，填装名实相副的药品。但我们不能忽视这种装置的有效性，显而易见，它使沈从文的自述变得理性并且强化了应时所需的反思性。

这样，交代"人的影响"一节，就显现了《沈从文自传》补缀的之前自传"漏写"了的自我。从"人是社会关系的总和"出发，交代社会关系，更易显露时代所欲掌握的沈从文的意识形态属性，同时形成一种叙事装置，使作传者在人以群分的规训之下，小心摸索、辨析自己的人群归属，并尽力保持与时代要求的同一性。这使我们有机会看到沈从文虽属蜻蜓点水，然而却巨细无遗交代的各个时期与之或密或疏交往的各色人等，其总数约在七八十人，如加上1950年的《总结·自传部分》、1952年的《交代社会关系》，则总数远逾百人。这确实形成了一个"沈从文的江湖世界"，借此我们也可一窥他对朋友圈中三教九流的评价和取舍。

然而最值得推敲的还是《沈从文自传》对左翼、右翼人物关系的处理方式,某种程度上,他切断了与右翼人物可能有的政治上的联想而强化了对左翼人物的思想认同。如对亦师亦友的胡适,即谈及"他的哲学思想我并不觉得如何高明,政治活动也不怎么知道,所提倡的全盘西化崇美思想,我更少认同"①。类似的看法其实早在1950年就已形成,他在华北大学毕业时的自传材料《总结·思想部分》中即写道:"和胡适之相熟,私谊好,不谈政治……他们谈英美民主,和我空想社会相隔实远";且连带说明和梁实秋连文学也不谈,因为那些从美国学校拿回来的讲义,和他的写作实践全不相干②。与之对应的是他提及的与革命烈士张采真的交往,与左翼作家郁达夫、丁玲、胡也频、闻一多、巴金,中共党员或民主人士李达、邵力子、周培源等人的交谊及所受鲁迅文学影响的事实③,虽语出平淡,但确实勾勒出他思想上有接近左翼的一面,也印证了他"大部分作品是自由主义偏左"的自我指认④。从此出发,他构建了一条由"鲁迅、冰心、茅盾、巴金、老舍、张天翼、丁玲等人"开辟的文学路线,正是这条路线刺激了他的竞争心和真诚的写作态度⑤。20世纪50年代,中国现代文学史已经逐渐梳理出鲁、郭、茅、巴、老、曹的经典排位。这个排位体现了党确立思想文化秩序的努力⑥。而沈从文所提到的,除了郭沫若和曹禺,其他四个作家都赫然在列。

在1952年的《总结·思想部分》中,沈从文曾作出如下自我鉴定:"情绪基本虽近于农民中无产阶级,文化和知识基础,却是封建资本社会的个人自由主义。"⑦通过1956年《沈从文自传》的书写,尤其是像政治立场和文学态度上对亲苏拒美的表态,他已努力叙述出他及他的作品所具有的无产阶级属性,连带的立场表述,还包括他自1928年起就

---

① 沈从文:《沈从文自传》,《沈从文全集》第27卷,第152页。
② 沈从文:《总结·思想部分》,《沈从文全集》第27卷,第104页。
③ 沈从文:《沈从文自传》,《沈从文全集》第27卷,第151页。
④ 沈从文:《总结·思想部分》,《沈从文全集》第27卷,第107页。
⑤ 沈从文:《沈从文自传》,《沈从文全集》第27卷,第138页。
⑥ 程光炜:《"鲁郭茅巴老曹"之说》,《南方周末》2001年9月29日。
⑦ 沈从文:《总结·思想部分》,《沈从文全集》第27卷,第102页。

"不和国民党妥协"①以及1937年曾一度动念北上延安而不是南下到昆明②。同时需要清理的,还有1950年《总结·传记部分》所检讨的"古典华词"文风的形成与游离于人民革命及现实之间的关系,这种关系的形成来源于风景如画、生命自然的湘西,体现了他的创作既非"人生文学"又非"社会革命浪漫写实文学"的自由主义特色③。这样,在《关于西南漆器及其他》中那些从古代绘画提炼而得的美丽如画同时兼具田园交响乐特色的文学作品,在《总结·传记部分》中就被描述为晦涩难懂,缺乏共通性,并产生不良作用的文字④。而只有延安文艺座谈会"把文学极朴素的引到政治上,使文艺面向工农兵,由普及再提高",才"对国家明日建设实在极重要"⑤。如此大幅翻转的自我评价,只能用1949年和1952年间的不同情势进行解释。1949年的沈从文尚在阶级阵营的另一端行止彷徨,20世纪50年代则已"归队"并数度经历了革命教育的洗礼。这种洗礼的一个重要部分,就是在特定条目下,对昔日之我进行反复的书写。这也使我们有机会看到,今日之我与昔日之我的不同视角,转写出一个充满差异的"自我"。然而某种程度上,我们不得不认为它们也是"信史"。这些以政治检视的方式书写的自传,交代、分析他各个时期脱离人民和革命的事实及原委也颇为真诚与真实,保持了写作传记所需要的基本史学品格。这也使我们深信:记忆不仅具有保存的功能,也有顽强的再生性,它推动沈从文对过去的人事进行持续的诠释,并随着时势的推移发掘未明或未及叙述的自我,最后产生出新的有关"自我"的意义。

最后,还须讨论的是20世纪50年代沈从文对他早期湘西经历的处理方式,因为追溯初原,对于生命轨辙的铺设总有别一层的意义。在《从文自传》里,湘西被描写成诗情画意并且充斥着各种奇闻异事的民俗学、人类学世界,在《关于西南漆器及其他》中,则又成为催生他研究地方性文化的催化器那样的装置。可在20世纪50年代的回忆里,湘

---

① 沈从文:《沈从文自传》,《沈从文全集》第27卷,第143页。
② 沈从文:《总结·思想部分》,《沈从文全集》第27卷,第106页。
③ 沈从文:《总结·传记部分》,《沈从文全集》第27卷,第81页。
④ 同上,第79页。
⑤ 沈从文:《总结·思想部分》,《沈从文全集》第27卷,第121页。

西依然美丽如画,但已被置于阶级分析的视野:《沈从文自传》的传主,此时已化身为出生于破落官僚地主的家庭,他的作品,则含有否定权势和同情下层人民的品格①。而1950年写作的《总结·传记部分》,沈从文开篇即提到19年前写作的《从文自传》,表现出与之对话的明显意味。在这部自传里,沈从文建构了一个官吏凶残而人民善良的湘西世界,这种阶级对立培养了他"爱与嫌恶"的基本感情,并激发他改造社会的强烈的爱国情感②。虽然改造社会的努力在文学上遭遇失败,但与农民、船夫、士兵、小手工业生产者这些"一切被践踏和侮辱的阶层"的广泛接触③,使他另寻途径实现其改造社会的抱负。这个途径包含了研究小手工业生产者的"社会百工技艺"制作的精美工艺品,其方式不同于"大都市风雅人鉴赏风花雪月",而出之于人民的立场④。沈从文最终放弃了文学的事业,就此转向具有知识兴趣和理想热忱的科学部门,以便"把中国人民的本质上的一切长处和现代科学知识重新好好结合,国家方能站得起身来"⑤。之后他圈定以社会百工技艺为中心的文物研究,并立志填补文化史上普通人民成就的空白的学术旨趣⑥,无疑是呼应了这段自传所表达的心志。借此我们看到,20世纪50年代沈从文的自我建构奠基于1932年自我之上的痕迹。他从《从文自传》中提炼出与下层人民广泛接触的历史,并用20世纪50年代的意识形态进行了刷新和改写,回旋出一个希望为新的时代所接受并志愿镶嵌于其中的"自我"。一个不容忽视的细节是,《总结·传记部分》直接引用了《从文自传》印刷工人引导他阅读新式报刊从而告别旧我的一节,这使我们察知,1932年《从文自传》的传主告别旧时代的出发式,亦成为1950年沈从文走进新社会的揭幕典礼。而之所以这样引用,可能正在于印刷工人属于正牌的无产阶级。

从1932年到1959年,沈从文书写了多个自传,记录了他各个时期

---

① 沈从文:《沈从文自传》,《沈从文全集》第27卷,第140—141页。
② 沈从文:《总结·传记部分》,《沈从文全集》第27卷,第76—77页。
③ 同上,第79页。
④ 同上,第78—79页。
⑤ 同上,第80页。
⑥ 沈从文:《文学创作方面检查》,《沈从文全集》第27卷,第212页。

的成长和人生际遇。在不同阶段的书写中，他因应时势，对"自我"进行了目标不同的处理，使每一时期的自我都获得了新生的部分。1932年的《从文自传》更多地体现了传主的个性意识和炫奇心理，但也显露其对社会人生的严肃思考，同时埋设了他对纯粹知识——学术研究的兴趣。1949年的《关于西南漆器及其他》是天地玄黄之际，传主为改变人生轨辙作出的宣示，却因此使《从文自传》隐伏的学术兴趣变成明显的部分。20世纪50年代的《沈从文自传》及其他自传性材料，则是经历了革命教育的洗礼，传主为融入新社会作出的努力，其有效的方式，便是把自我塑造成符合新社会要求的模式。这使沈从文对之前的两个自传进行了刷新和改写，产生了符合新社会要求的自我。三个阶段的自传构成了一种回旋书写的关系，每一次回旋都衍生出新的"自我"。它导致线性发展的人生走势出现了令人惊异的一幕，即每一阶段的自我都不固化而可以再生出新的意义，在反复的自我重铸中显露不同的人生图景。这使我们感受并叹服叙事与历史、时间与记忆之间存在的神秘魔力。而沈从文以其有力的文字掌控力，在回旋的书写中对自我进行了刷新、改写和补缀，顽强地再现了他的"人之历史"。

原刊于《中南大学学报》（人文社会科学版）2020年第2期

文学的地域研究与地域文学的研究

——读陈桥生博士《唐前岭南文明的进程》

周松芳

日前重读的陈建华教授的博士论文《中国江浙地区十四至十七世纪社会意识与文学》（学林出版社 1992 年），深感这实在是一部非常优秀的特别的明代文学史和文学思想史著作，而且由于集中到一个具有典型性和代表性的地区，并以有代表性的作家作品为分析基础，就比一般的文学史和文学思想史著作更深刻更生动也富启迪。许多年以后，陈教授在他的另一部著作《从革命到共和：清末至民国时期文学、电影与文化的转型》（广西师范大学出版社 2009 年）的开篇也有夫子自道："我博士论文做的是明代江浙地区的文学，做文学的地域研究很有趣，也很有价值。"并说："在我的笔记本里还有不少这方面的课题，却没有继续做下去。"这里提出的"文学的地域研究"窃以为基本可以有效避免"地域文学的研究"的身份代入感和方法民科化，即一味鼓吹自身所在地域的文学及其历史的辉煌成就，一叶障目，不见泰山（宏观的文学的历史）。而其未能继续做下去，颇为遗憾，好在陈广宏教授"继续做下去"了——近作《闽诗传统的生成——明代福建地域文学的一种历史省察》（上海古籍出版社 2018 年）。而我更感兴趣的，乃是陈桥生博士新出的《唐前岭南文明的进程》（广东高等教育出版社 2019 年）。

从来讨论岭南古代文学，对于唐代以前，或语焉不详，或干脆从张九龄说起，虽然显系失当，但应该也是无计可施——对唐前岭南文学的探求研究，无论努力程度与方法，都太嫌不够。而从岭南文明与中华文明的关系角度，此一阶段，意义或许更大。考古研究表明，史前文明岭南独立发展，"在新石器时代是自成一中心，有光辉的历史，起于当地，源远流长，与黄河、长江流域各文化中心相比，互有长短"（曾昭璇语）。进入文明时代后，很长一段时间仍是独立发展，建立了不少土邦小国，苏秉琦先生曾说过岭南有"自己的夏商周"，但真正有文字叙述的历史，也可以说真正进入中华文明的历史，主要还是始于秦征南越之后。从某种意义上讲，此后广东文学或文明的发展史，就是一部"岭外入中国"——岭南融入中华文明，或中华文明扩展至岭南——的历史，征伐、迁徙、宦游、贬谪都是重要的触媒，特别是作为书写文明大大滞后于中原的岭南，外来的力量更是不可或缺，在唐以前更是成为书写主体。而张九龄之所以能"横空出世"，也正缘于其成长地始兴处于与内地密切交流形成的深厚的文化积淀。但是，这是怎样一种文化积淀，又是如何形成的？陈桥生博士的《唐前岭南文明的进程》主要从文学的角度，给出了令人满意的答案。

该书第七章《始兴在南朝的迅速崛起》，先特别讨论了范云（451—503）的个案；通过诸多流官谪宦的共同努力，以及范云的典型示范，不仅将岭南创作融入了永明诗歌的主流之中，更以《三枫亭饮水赋诗》（三枫何习习，五渡何悠悠。且饮修仁水，不挹邪阶流）等最早吟咏岭南风情的佳作等，形成后世足资取径的文学积淀。这是"岭外入中国"的一种文化形式。而"岭外入中国"的另一种形式，则是借由"中国"之人的栽培而进入"中国"，并在政治文化上占有一席之地者。再如号称"南天一人"并入传《陈书》的侯安都（519—563），便助推始兴的发展达至前所未有之高度。侯安都早年曾被始兴内史、南齐高帝萧道成之孙萧子范辟为主簿，后"招集兵甲，至三千人"，追随陈霸先起事，南征北战，屡立战功，并在陈武帝陈霸先驾崩后，果断拥立文帝继位，厥功至伟，影响深远。特别是在京都建康召集文士品评诗赋，一争高下，不仅有功于南朝文化的发展，当然更加直接或间接地影响到岭南文化与文学的发展。而所招聚的文士如阴铿、徐伯阳等，不少都是刚刚经历侯景之乱从岭南回到建康，沾被着岭南文化的雨露，把岭南与都城建康的江南文化自然紧密地牵连交融，无形中更有力地促进了岭南文明与中土文明的沟通对话，从而推动着整个南朝文学的融合发展。因此之故，屈大均《广东新语》"诗始杨孚"条在追溯张九龄之前的岭南诗史时，便对侯安都的招聚文士之举给予了"开吾粤风雅之先"的高度评价；也正是因为有了侯安都等人的开风雅之先，才可能在盛唐出现张九龄这样的本土著名政治家和文学家。

当然，更早承担始兴这一角色而且地位更为重要的，当属"岭外入中国"的第一个交通重镇和文化交流中心——交州州治和苍梧郡治广信（封川）；直到唐以前，珠江三角洲基本上是海洋的世界，番禺（广州）固为一都会，文化却未有相应的昌明。故屈大均《广东新语·粤人著述源流》正是从广信的陈元说起："汉议郎陈元，以《春秋》《易》名家。其后有士燮者，生封川，与元同里，撰有《春秋左氏注》……始则高固发其源，继则元父子疏其委，其家法教授，流风余泽之所遗犹能使乡间后进若王范、黄恭诸人，笃好著书，属辞比事，多以《春秋》为名。此其继往开来之功，诚吾粤人文之大宗，所宜俎豆之勿衰者也。"须知，无论陈元还是士燮，他们虽生于封川，但都是中原移民的后裔；这种中原文化的岭南在地化，是"岭外入中国"的另一种形式。

再往前推溯，作为海上丝绸之路最早的始发港的合浦与徐闻（两港相距甚近），在某种程度上，因为朝贡贸易以及作为最早的南贬的集中地——从来贬谪之地，终须有基本的生存条件，以及相对健全的行政机构，才足以安置贬谪官员——更多地与中原保持着文化的交流往来："传闻合浦叶，远向洛阳飞"，就是这种文化交流的生动写照。又因海上丝绸之路始发港的原因而有谚曰："欲拔贫，诣徐闻。"史上有名有姓的首贬岭南者——西汉末京兆尹王章的家属，在其妻子的率领下，借其地利，通过两年的经营，"采珠致产数百万"而"荣归故里"。在这些精彩的故事背后，陈桥生总结说："抹去历史、个人的恩怨情仇，流徙所及，便是文化的流播所及。流徙者以其满腹的才华，就像一座流动的图书馆，被迫迁徙到了帝国最僻远的文化角落，愈行愈远，无远弗届，譬若阳光，不遗忘任何一个角落，譬若文明的种子，播撒一路，从而在荒远的土地上也开出鲜丽的花来。"

陈桥生博士之治学，早年由宋入唐，先后发表过《严羽"兴趣"说新解》《唐传奇叙事模式的演进》《流浪：中晚唐诗人的共同命运》等。

1995年赴北大从葛晓音先生攻读博士学位之后，转向唐前研究，在《文学遗产》《北京大学学报》等刊物发表研究论文三十余篇，出版《刘宋诗歌研究》等著作多部，尤其是作为博士论文的《刘宋诗歌研究》，诚如导师葛晓音教授所说，乃是治中古文学者的必读书。1998年毕业南下广州供职于羊城晚报社，从此转向近身之学，研究岭南学术文化，本着学术的敏锐感，探求相对薄弱的唐前岭南文明。这本《唐前岭南文明的进程》便是20年潜心研究的硕果，诚不啻功在岭南，于中华传统文化的弘扬，也大有贡献。

陈桥生的论述还带给我们一个重要的启示，就是如果从更广阔的视野来观察，传统的中原文化以外其他各个区域，莫不存在一个先后次第的"文化入中国"过程；"粤越一也"，在中国经济重心逐渐南移过程中，江南曾经也是与岭南一样的断发文身蛮夷之地，却后来居上，成为新的文化中心。而晚近以来，岭南也渐渐有成为新的文化中心的契机。如陈寅恪在读了陈垣推荐的岑仲勉的论著后说："此君想是粤人，中国将来恐只有南学，江淮已无足言，更不论黄河流域矣。"稍后在为冯友兰《中国哲学史》下册写的审查报告中所述："其真能于思想上自成系统，有所创获者，必须一方面吸收输入外来之学说，一方面不忘本来民族之地位。"可谓对此的补证——晚近的岭南，正处于这种吸收输入外来学说而又不忘民族本位的枢纽地位，梁启超《世界史上广东之位置》实早着先鞭论证甚力。新儒学代表人物之一张君劢在《历史上中华民族中坚分子之推移与西南之责任》中，更直接提出了黄河流域、长江流域、珠江流域与时次第为文化中心之说；朱谦之、郭沫若也都有近似的说法。而陈序经的《东西文化观》《中国文化的出路》等著作，则可谓对梁、陈诸家之说的理论化系统化的阐述，认为输入西来新知的东西文化问题，其实正是南北文化的真谛。也就是说，我们所争论的以岭南为代表的南方文化与中原传统文化的关系，其实可转换为东西方文化的关系；南方文化的成长，一面接受中原传统文化的影响，一面接受西方外来文化的影响，进而影响到北方文化与传统文化，形成一种非常重要的良性互动关系，不断促进中华文明的新陈代谢与时俱进。

其实诚如葛晓音教授在序中指出："作者同时又特别关注了岭南文明如何反过来渗透、影响于中原文明。岭南文化与中原文化的互动，是贯串全书一条鲜明的主线，也是本书最有价值的创见所在。"循着陈桥生博士的论述，我们发现，随着中国经济文化重心的南移，岭南文化与中原文化的互动，渐渐地更多地表现为岭南文化与江南文化的互动。特别是在明代以后，现代意义上的地域文学开始登上历史舞台（参见蒋寅《清代诗学与地域文学传统的建构》，《中国社会科学》2003年第5期），这种区域间文化的共生与互动，显得尤为重要，深具意义。偏居一隅文化相对落后的岭南，从明初以孙蕡为代表的"南园五先生"开始，在广州南园结社唱和，开创岭南诗派，一跃而成为国中五大地域流派之一，不仅建立起了岭南文学发展的自信，更确立了岭南文学的新传统——后世稍有影响的文学团体，多集于南园，且每以"南园后五先生""南园十二子""南园今五子"等相称，以示文脉相承，岭南文学，自此渐由附庸蔚为大国，如康熙时主盟诗坛的王士禛说："东粤人才最盛，正以僻在岭海，不为中原、江左习气熏染，故尚存古风耳。"当代文史大家谢国桢也说："广东地方虽然僻远，但文化极为昌明。在崇祯间，陈子壮、黎遂球、陈邦彦、欧必元等人，以文章声气与江南复社相应和。"

我们必须注意到的是，岭南文学的这种发展，与江南文学的共生互动有莫大的关系，也可以说主要渊源系于江南。今人常引洪亮吉论清初岭南三大家诗句"尚得昔贤雄直气，岭南犹似胜江南"表称岭南诗歌的中原传统，窃以为纯属误读；王士禛既已指出岭南诗歌"不为中原、江左习气熏染，故尚存古风"，邓之诚也说："大均与江南畸人逸士游，未改故步，佩兰与中原士大夫游，俊逸胜而雄直减矣。"这种雄直、古雅的传统，正沿自南园诗派及其首席代表孙蕡——"五古远师汉魏，近体亦不失唐音"（朱彝尊语），也正与相对软媚的江左也即吴中诗派相区分，而更接近以其师宋濂、刘基为代表的奇崛雄肆、驾宋元而上的浙东诗风。孙蕡师事宋濂，最为虔敬，如在《送翰林宋先生致仕归金华二十五首》中说："二十余年侍禁闱，趋朝常早晚归迟。春坊一掬临分泪，记得垂髫受业时。"今检《宋濂全集》，诸生之中，孙蕡也是向宋濂献诗最多的，达31首之多，尤其感激宋濂的另眼相看青眼有加："门生日日侍谈经，独向孙蕡眼尚青。几度背人焚谏草，风飞蝴蝶满中庭。"岭南文学的江南渊源，于此可见一斑。更有意味的是，从此之后，岭南作家交游，多尚江南，且每以蒙受教诲、品题等为荣，即便到了清代，岭南文化已经相对昌明，仍复如是。比如大名鼎鼎的屈大均，因先后得到两位文坛盟主钱谦益与朱彝尊的奖掖而感念不已，同时也备感自豪："名因锡鬯起词场，未出梅关人已香。"后来江苏吴县人惠士奇雍正间提学广东六年，岭南诗人何梦瑶、劳孝舆、罗天尺、苏珥等入署从学，人称"惠门四子"或"惠门八子"，蔚为文化盛景；阮元总督两广创办学海堂并亲任山长，网罗张维屏、谭莹、陈澧、朱次琦等俊彦，更是极一时之盛。

但是，以江南为师，并不妨碍坚守自己的特质。在明初岭南五子的作品中，大量反映岭南风物的诗篇，就是一个象征。对此，清初岭南三大家之一的陈恭尹总结道："百川东注，粤海独南其波；万木秋飞，岭南不凋其叶。生其土俗，发于歌咏，粤之诗所以自抒声情，不与时为俯仰也。"（《征刻广州诗汇引》）借此更可发展到互为师表的境界："三吴竟学翁山派，领袖风浪得两公。"（屈大均《屡得友朋书札感赋》）钱仲联先生的研究也作如是观。如说"清中期广东诗人黎简，受浙派的影响，反过来他又影响浙派"等等（《钱仲联讲论清诗》，苏州大学出版社2004年）因此，我们可以说，这种良性互动的区域间文学生态，值得关注和思考。事实上这也日渐引起关注和重视，2019年先后在粤沪两地举行的"江南文化·岭南文化"论坛，就是重要的体现。推而广之，江南文化与中原文化、岭南文化与荆楚文化、齐鲁文化与中原文化等之间是怎样一种历史与现实的共生互动形态？而这种共生互动关系的研究，也极有助于打破地域文化研究的地域桎梏，成为中华文明的岭南研究、江南研究、齐鲁研究、荆楚研究等的推动力量。

原刊于《书城》2020年第6期

文学批评的路径

从媒介融合到文化融合：网络文艺的发展路径

郑焕钊

一

随着数字化技术的发展，"媒介融合"成为20世纪末以来全球媒介实践与学术研究的热词。"媒介融合"作为一个学术概念，正是在1996年美国通过电信法修正案，解除电信业、传媒产业和其他产业之间的相互渗透、融合的禁锢和壁垒之后，不同媒介集团兼并重组的背景下出现的。随着数字化、互联网、算法技术等的广泛应用，及其推动的新闻媒介和娱乐产业的不同媒体互动与融合的迅速发展，这一概念变得极富实践内涵和学术意义[1]。从总体上看，"媒介融合"的含义极为复杂丰富，主要包括媒介科技融合、媒介所有权合并、媒介战术性联合、媒介组织

---

[1] 该概念最早于1983年由美国麻省理工学院的普尔（Pool）提出，他认为："媒介融合"就是"各种媒介呈现出一体化多功能的发展趋势。从本质上讲，融合是不同技术的结合，是两种或更多种技术融合后形成的某种新传播技术，由融合产生的新传播技术和新媒介的功能大于原先各部分的总和"。这一概念代表从技术层面上对媒介融合的主导性理解。但该概念真正产生较大的影响是在20世纪90年代后期，尤其是1996年之后相关研究话题得以快速增长，相关统计的关键词集中在"融合""媒体""网络""电视""媒体融合""社交媒体""新闻业""体制"。[石磊、李慧敏：《国外媒介融合研究知识图谱——基于文献计量学方法的分析》，《西南民族大学学报》（人文社会科学版）2019年第11期，第165页]

结构性融合、新闻采访技能融合和新闻叙事形式融合等六个主要方面①。

"媒介融合"的概念在2006年前后被引入国内,与彼时国内互联网开始兴起、报纸新闻行业面临转型的语境息息相关。正是这一语境的差异,国内围绕媒介融合的实践与讨论,更多针对的是互联网和数字技术推动的新媒介对传统媒介(包括出版印刷和传统影视)所带来的冲击与危机下的求新求变,其核心关切的是传统媒介"数字化生存"的问题:在数字技术主导的情势下,传统媒体如何融入新媒体,与之互动、融合与共存,这既涉及商业模式的转型,又涉及数字网络时代新闻舆论的影响力。因此媒介融合在国内的实践,带有极强的政策推动和产业转型的色彩。官方对此的表述,常用"全媒体""融媒体"的说法,但不管表述的差异如何,都体现出新旧媒体在权势秩序转移之际,旧媒体向新媒体融入的"以技术为中心的单一融合"②的特征。

作为网络数字时代的产物,网络文艺的发展遵循以技术为中心的融合逻辑。一方面,网络文艺作为数字文化产业的最重要构成部分,在新旧媒介融合的过程中谋划布局产业发展空间,力图拓展受众增量,打破平台限制,走向更为广阔的文化消费主体。在这一过程中,从腾讯"泛娱乐"开始,围绕着网络文艺的跨媒介IP运营商业模式的搭建,强化网络文艺的全媒体整合,就成为网络文艺自身发展的资本和技术逻辑。但另一方面,作为新媒介技术推动下的新的文艺形态,网络文艺因其媒介技术的"先进性"而更为靠近年轻世代的审美文化需求,成为以青年亚文化为主体的新媒介文化产生的重要场域,推动流行文化的媒介转型,构成传统媒介的文艺形式所着力"迎合"与"融入"的模仿对象。业界和学界关于"网感"的热烈讨论,正是围绕"融入"问题讨论不得不进行的前提。也就是说,文艺领域事实上正发生着新旧媒介的融合变迁,网络文艺因其与年轻世代受众的亲和性,而代表着融合的方向。由此可以发现,网络文艺的媒介融合,事实上是双向运行,既是旧媒介文艺向

---

① 美国学者李奇·高登(Rich Gordon)对不同传播语境下媒介融合所表达的含义作了6种分类,引自宋昭勋:《新闻传播学中Convergence一词溯源及内涵》,《现代传播》2006年第1期,第52—53页。

② 周传虎、倪万:《技术偏向:当前我国媒介融合的困境及其原因》,《编辑之友》2020年第1期,第25页。

新媒介的融合，又是新媒介向旧媒介的整合与拓展。然而，在这一过程中，潜在地出现了两方面问题：

其一，新旧媒介文化经验的融合"貌合神离"。一方面，传统媒介尽管不断进入新媒体平台抢占舆论阵地，努力地吸纳和应用网络文艺所表征的新的审美风格、叙事体式和修辞表达，以期更好地承载主流价值的表达，但只是将网络文艺视为主流文艺媒介转型的"形式"与"载体"，而没有真正去融合新媒介所带来的文化经验，这就导致传统媒介的文艺引领力不断下降。其微妙的表征，就是春晚从热词的创造者向网络热词征用者的身份转变。另一方面，网络文艺因其青年亚文化性质与主流文化之间存在一定程度上的龃龉，被主流文化不断规范和收编，这推动了网络文艺的精品化发展，但也导致网络文艺所表征的某些具有积极意义的新的情感结构与文化经验被抑制，使网络文艺的想象力和创造力优势缺乏进一步发展的空间，而这毫无疑问将加深不同世代文化经验的断裂，终将导致主流文化经验错过自我发展更新的契机。诚如蒋述卓所指出的："主流文艺是大河，流动是缓慢的，非主流的流行文艺是小溪，快而急，充满活力，它汇入到主流之中则可推动主流的发展。"① 只有充分理解网络文艺所代表的新文化经验，并在情感结构与文化经验层面进行融合，才能避免文化分化断裂的后果。

其二，新文化主体崛起所带来的审美文化代沟。"在这个媒介融合的时代，无论新旧媒体，都融合成为受众生产的信息的搬运工"②，受众的崛起及其多元文化经验的产生与冲突，是媒介融合时代的重要现象。从2000年前后网络文学的异军突起，到微博、微信的公众号的图文生产，再到抖音、快手等短视频的崛起，随着移动互联网技术的发展成熟所带来的技术下沉、应用便捷、流量充足和资费降低等，多元文化主体也在崛起。不同阶层、地域、职业、年龄的个体因为技术所赋予的可能条件，参与到当下中国文化的生产之中，差异化的社会主体的文化表达欲望获得空前的释放。原来由精英和专业的文化阶层所主导的文化生产格局，因更广泛和异质的社会阶层的介入和参与，呈现出多元与驳杂的文化面

---

① 蒋述卓：《流行文艺与主流价值观关系初议》，《文学评论》2013年第6期，第135页。
② 周传虎、倪万：《技术偏向：当前我国媒介融合的困境及其原因》，《编辑之友》2020年第1期，第27页。

貌。美国著名传播学者詹金斯将其称为"参与式文化"①的崛起。

然而，在这一过程中，由于多元文化主体的文化表达欲望及其与商业、资本、技术的复杂关系，也导致文化的断裂、分化与审美代沟的现象与问题日益突出：一方面，2017年前后以快手短视频所呈现的"残酷乡村"图景在媒介图像视域中的出现、抖音与快手之间在当时文化特质上的城乡差异以及由"喊麦""社会摇"所表征的精神现实，凸显了中国精神世界内在的巨大差异，经由自媒体的自发参与、资本推动的视觉消费以及"哗众取宠"的表述策略，将原本处于媒介之外的、社会底层的精神图景以猎奇的方式显形并放大到视听媒介的表征场域。另一方面，从早年围绕《小时代》系列电影在粉丝与文化学者之间所引起的争论，到2019年《开学第一课》围绕"娘炮"问题在家长与学生之间所形成的截然对立的态度，尤其是最近周杰伦与蔡徐坤粉丝之间的"超话"事件，日益显示出网络时代快速的文化迭代及其背后的文化审美代沟，"后喻文化""数字鸿沟"的背后，更是不同代际在媒介建构的差异语境下形塑的情感结构的差异。

随着数字科技媒介的发展，数字化推动了传统媒介与新兴媒介的技术融合与内容融合，实现了内容生产、信息传播与内容消费的融媒趋势。但在媒介融合的过程中，文化的横向断裂与纵向断层也因技术媒介的发展而成为愈来愈严重的社会文化现象。诚如马中红所指出的："代际冲突不是一个新鲜话题，两代人之间的代沟差异也不是今天才有的情况，但两代人之间不再冲突，或者不再面对面冲突，不再试图通过沟通交流去解决冲突和增加理解，才是今天两代人遇到的最大问题。""同为青少年，当一、二线城市青少年在阅读哈利·波特、在写作耽美同人文时，小镇和乡村青年在网络直播间和短视频平台以'喊麦'的方式玩'音乐'，以'社会摇'的方式玩'跳舞'，城市青少年用居高临下的讶异目光围观，不无嘲讽地称他们为'土嗨'，此时，不在'同一位置'的同代人之间如何交流和对话？"② 这正是我们今天所面临的文化分化状况。

---

① ［美］詹金斯：《融合文化：新媒体和旧媒体的冲突地带》，杜永明译，商务印书馆2012年版，第31页。
② 马中红：《青年亚文化视角下的审美裂变和文化断层》，《广州大学学报》（社会科学版）2019年第3期，第7页。

把媒介融合的议题置于这一状况中讨论，就可以发现，技术路径依赖的媒介融合并不必然完成文化融合，而可能在产业层面上，因为资本的盈利欲望、媒介奇观的制造、算法技术所构造的信息茧房和不同圈层市场的挖掘、平台内容数据的竞争等，最终加剧文化分化的状况。这就意味着，如果不能推动以网络文艺为主导的新文艺形态的文化经验与主流社会经验之间的真正融合，不能推动以网络文艺为主导的新的技术平台对于公共文化的建构以及共同体空间的打造，媒介融合终将带来社会的文化断裂乃至撕裂。这正是媒介融合在当下需要从技术性融合走向文化性融合的原因所在。

二

党的十九届四中全会对网络治理提出了新的要求。这也可看作是从文化治理的角度，对网络文艺的文化融合从创作生产到传播体系所提出的要求。这一要求的实现，首先需要推动以网络文艺为主导的新文艺文化体验与主流社会的文化经验之间的融合。以社会主义核心价值观引领网络文艺建设，需要将社会主义核心价值观所承载的国家主流文化经验、社会主流大众的文化经验与网络文艺的分层分众所代表的新的文化经验进行真正融合，才能使多元差异的网络文艺真正具备共同的精神根基。如前所述，以技术为导向的媒介融合并不必然保障共同文化的形成。技术只是保障，以内容建设为根本，在内容建设中真正推进差异多元文化经验的融合，建设以核心价值观为引领的共同文化，才是创新全媒体传播体系，实现网络文艺的精神引领的关键。

事实上，数字时代的文化断裂与审美代沟，本质上是不同媒介文化经验所造成的断裂。无论是同代人之间的文化断裂还是隔代人之间的文化代沟，从总体上可以说是"数字原住民"与"数字移民"的差异，两者的文化经验在本质上是不同的。这就意味着，无论是创作生产还是学术探讨，对我们时代文化分化的弥合，需要建立在充分理解网络文艺所代表的新的媒介文化经验的基础之上。

总体上看，以网络文学、动漫、游戏等所代表的新媒介经验至少包括三个层面：

第一，网络文艺体现了网络青年亚文化的特质，有效的文化融合需要以文化破壁为前提，实现彼此的对话与沟通。网络青年亚文化既有青年亚文化的叛逆性，也受到时代与技术的共同影响。这就使其天然具有开放、互动、草根的互联网精神特质，其亚文化脉络也往往植根于网络文化自身的发展之中，如抖音上的"多余与毛毛姐"系列爆款的土味短视频，播主"多余"男扮女装，以一顶劣质的染色长假发、一身假牌服装，在一面衣柜前，以极为粗糙的道具、极尽夸张的表演模拟了小镇女青年恋爱、约会、聚餐等日常生活，把小镇女青年的心理惟妙惟肖地传达出来，其视频引发了广泛的传播和评论，其中"女友本尊""太像了"等评语几乎占据了大部分的评论。可以说，"毛毛姐"的成功，正是网络亚文化对生活真实的追求，与从豆瓣文青文化到污文化的网络亚文化的发展遵循了同一脉络①。2018年，中国社科院与B站联合发布B站十大年度热词，排在首位的就是"真实"，这正充分"呈现了当代年轻人对于虚假、矫情的反叛，贯穿着追求真实的网络文化发展的内在驱力"②。因此，日和动漫③、丧文化④和佛系文化⑤等，在主流社会看来并不是积极的文化因素，却在年轻人中大为流行，如果简单地进行价值评判，或者单纯立足于主流价值的视野来讨论网络青年亚文化的负面性，显然就是错位的，根本无法实现对话。这也就难怪，当成人社会与主流媒体忧心忡忡地对《开学第一课》中的"娘炮"事件进行批判，忧心"少年娘则国娘"的时候，年轻的饭圈却完全不予理睬。因此，有效的文化融合需要去做"破壁"的工作，推动差异文化的理解，建立有效的对话与交流机制。

第二，网络文艺书写了数字时代新的存在体验，文化融合应充分理

---

① 郑焕钊：《反思网络综艺内容生产的三个维度》，《中国文艺评论》2017年第8期，第20页。

② 同上，第20页。

③ "日和动漫"来自日本《月刊少年JUMP》上连载的人气作品《搞笑漫画日和》，该漫画以吐槽恶搞的风格获得漫迷的喜爱。

④ "丧文化"是互联网中流行的一种青年亚文化，以带有颓废、绝望、悲观等情绪和色彩的语言、文字和图像，来表达年轻人群的社会心态和心理，其本质上是年轻一代在工作学习重压下的一种戏谑式宣泄，最典型的代表是"葛优躺"。

⑤ "佛系文化"是一种互联网文化现象，最早来自2014年日本某杂志上出现的"佛系男子"，2017年因网络传播，"佛系青年"一词火遍朋友圈。"佛系"指一种无欲无求、不悲不喜，追求内心平和、淡然的活法和生活方式，因此，"佛系生活""佛系人生"等词也随之涌现。有些主流媒体评论认为青少年应该奋斗，不应该"佛系"，因此认为该词是负面的。

解这种体验,并以之扩展现实性的理论与内涵。如果说,好莱坞电影《头号玩家》提供了关于未来社会新现实的想象,那么中国网络小说则以一种更为隐蔽的方式建构内在于叙事修辞中的新的现实经验。一方面,网络小说深刻地体现了网生代的数字原住民的存在体验。正是互联网文化所带来的连线问答、即时互动、界面世界、存档重置等数字媒介生存经验,产生了"随身老爷爷"、穿越、重生等网络类型小说的想象和幻想模式,而网络游戏的相关经验,也日益渗透到年轻网络小说创作者的情节构建、人物设置和冲关模式的建构之中[①]。网络小说看似"装神弄鬼"的背后,是网生世代的虚拟现实的文化经验。另一方面,中国网络小说是网生世代纾解现实压力的文学想象。产业界屡屡提及马斯洛的心理层次理论,认为网络小说是对最基本生存压力的释放。为逃避现实挫折、自卑、孤独等心理压力,网络小说极大地放大了造梦的娱乐和宣泄功能,形成"YY无罪,做梦有理"的意淫模式和弱肉强食、打怪升级的通关模式,从而将自身作为通俗的、快乐的文学,这就构成网络文学以欲望满足为核心的叙事模式,并以之隐秘地映射着年轻世代的现实处境及其心理焦虑。以网络小说为代表的新的审美体验,是年轻网生世代的文化经验、存在体验和压力释放的文学想象。它既不是西方学界所讨论的媒介先锋性和可能性的新型实验文学,也不是中国学者所讨论的传统通俗文学的延续,而是网络时代青年文化的文学表达,体现了当代青年文化的时代特征和总体形态。因此,我们可以说,网络文化在很大程度上是对数字时代的文化体验的表达。中国网络文艺作为"新"的文艺形态,与西方网络文学以媒介实验为基础的新质不同,它的"新"在于其呈现了数字时代存在的新现实,尽管这种新现实未必如同科幻文学及影视那么明显地作为主题来表达,而是以一种数字虚拟体验为基础的想象力来进行叙事。这就意味着,需要对网络文学进行阿尔都塞意义上的症候式阅读,而并非简单、直接、粗暴的现实对应,轻易地为网络文学套上历史虚无主义的帽子。毫无疑问,对网络文学创作的引导,力图使其脱"虚"入"实",是主流文化建设之必然,但在面对网络文艺形式

[①] 黎杨全:《虚拟体验与文学想象——中国网络文学新论》,《中国社会科学》2018年第1期,第162—175页。

的现实性问题上，由于学术界、评论界对网络文艺与数字时代的存在体验及其心理现实的新现实、新感性缺乏深入的理解和阐释，这就导致对以网络小说、网络游戏等网络文艺形式的新现实理解的缺位，网络文艺的评价体系的建设严重滞后于网络文艺自身的发展。从文化融合的视野来看，这种以某种固有的现实范式来规范网络文学创作，只可能形成网络文学创作的一种支流，因为其并没有真正地在经验融合的层面上，去扩展现实性的内涵，去充分借助网络文学的叙事优势。事实上，中外理论界围绕"赛博格""后人类"的讨论已经在科技现实与新生命、新主体等层面走在了前面。无论是理论层面还是实践层面，网络文艺的文化融合都是不同现实经验和媒介经验的融合，亟须围绕网络文艺的现实性讨论，并以此指导实践。

第三，以网络小说为核心的网络文艺呈现了年轻世代的全球流行文化经验以及由之建构的情感结构，有效的文化融合应以情感结构的对接为基础。网络小说作为数字文化产业的 IP 之源，不只是指它是网络文艺跨媒介叙事的故事资源，而且还因为网络小说奠基了今天青年世代文化的精神传统、情感结构和思维框架。从其精神传统而言，网络小说充分体现了网生世代通过互联网接触全球性的世界文化并进行融合的文化经验。以 85 后、90 后和 00 后为主体的年轻的网络世代，他们的文化心态与文化资源与此前的文艺传统有很大的差异，他们处于中国社会不断发展上升的时期，以经济发展为中心的国内环境（去政治化），后冷战之后全球交流中以欧美为尚的全球文化格局，以及经济全球化所推动的全球流行文化流通的背景，使年轻世代拥有较为平和的文化心态，他们成长的文化语境本身就是全球化的。日本二次元文化（包括漫画、动画和轻小说）、欧美幻想文学和好莱坞电影，以及以《西游记》《封神演义》等通俗小说和港台武侠小说改编的影视剧等共同形塑了其集体文化记忆。而作为独生子女一代的"原子化经验"，极强的自我意识，对友情、陪伴的渴望等，使其对于日本动漫中的"中二病"[①]、"羁绊"，热血动画中

[①] "中二病"是一个源自日本的网络流行词，"中二"即初中二年级的意思，"中二病"指的是青春期少年特有的自以为是的思想、行动和价值观。随着这个词在网络上的广泛运用，"中二病"主要指那些自我意识过盛、狂妄，又觉得不被理解、自觉不幸的人。

的"燃"与友情等具有天然的亲和①。与此同时,在其迈入社会之后,强烈的理想与现实的落差也容易产生"后青春期"的情感结构,这些构成了网络小说《悟空传》等网络文艺的重要主题②。作为网络小说的创作者与阅读者,年轻网络世代与全球青年一体,共同分享着相似的文化经验。因此,以网络小说为核心的网络文艺内容体系,其本质正是这种全球文化经验的融合。这就意味着对传统文化的题材表述,它的转化形式可能已经融入了欧美一些想象文学、魔幻文学等资源当中。以《哪吒之魔王降世》为代表的爆款动画,显示出中国古典传统文化创造性转化在网络时代所遵循的文化逻辑,无可避免地内蕴在以《悟空传》为代表的网络文艺对全球性流行文化与古典传统文化的中介性之中,其内在的主题、形象及其引发的争议,呈现出网络时代青年文化形象自我建构的特征,也显示出网络文艺在今天文化融合中重要的中介作用,不了解这一机制就难以理解和面对当下及未来中国文化融合的命题。

三

从媒介融合走向文化融合,需要推动网络文艺平台对公共文化的建构以及文化共同体空间的打造。这既是因为网络文艺平台在今天大众日程的文艺生产、传播与消费机制中所占有的绝对优势的地位,也是因为网络文艺在今天已经不单纯作为一种新的文艺类型而出现,而是在泛娱乐、泛文艺的数字文化领域成为连接政治、经济、社会的重要接口,凸显出其在文艺领域、文化领域与社会领域的突出作用。

从前者而言,在数字文化产业作为国家新兴战略性产业发展的背景下,网络文艺平台因信息技术与便捷的应用,成为文化生产最繁荣的土壤,从无门槛的网文写作到自媒体个性内容的生产,进而在短视频平台中视听内容的极大催生,形成了一个专业生产与草根生产相互竞争与协作的生产者联盟,而网络文艺平台的分享与参与机制也极大地激发了受

---

① 林品:《"二次元""羁绊"与"有爱"》,《中国图书评论》2014年第10期,第26—28页。
② 参见白惠元:《西游:青春的羁绊——以何在〈悟空传〉为例》,《中国文学批评》2015年第4期,第111—122页。

众传播分享的欲望,"饭圈文化"①与"趣缘社交"②进一步促进网络文艺消费体验的新形式。所有这些,体现了网络文艺平台与大众日常文化之间的深层次关联。

而从后者来看,随着数字文化的跨媒介发展、文化创意产业的跨界发展以及虚拟数字社会的来临,网络文艺已经愈来愈超出精神审美的单一领域,而成为数字时代的意义表征、价值生产与社会创新的联结装置。在这一意义上,网络文艺自身成为一个平台,传统文学艺术的叙事方式、修辞语法与意境营造的方法,被策略性地运用于日常生活的多重场景之中,以实现文艺的、文化的、生活的、经济的、政治的功能。不同艺术类型、艺术与生活、艺术与社会、艺术与商业、艺术与政治等,在网络文艺平台中实现了多层次的连接。这既是技术发展推动下媒介融合与文化融合的必然趋势,因为对多种艺术、技术、内容的整合是网络文艺扩张发展的产业要求;也是平台寻找商业发展模式的必然选择,只有将消费主义生活方式内置于网络文艺的内容生产之中,才能为网络文艺平台的可持续发展提供物质基础。由此,网络文艺平台成为青年文化建设的"主阵地",成为市场消费的主要争夺空间,体现了网络文艺平台与社会的整体性。鉴于网络文艺平台的重要地位,它在当代社会文化发展中也承担着愈来愈重要的责任。首先,政府主管部门应对网络文艺平台发展的政策规范和引导,使网络文艺平台积极发挥社会效益,构建不同主体文化经验融合的对话空间,创新差异文化融合的互动机制。近年来,国家相关部门对网络文学网站、网络视频网站、网络动漫游戏平台以及短视频应用的净网行动和清理规范,并在此基础上出台相关的规范管理文件,加强对网络文艺平台责任的立法等,都是从文化治理的角度,对网络文艺平台行为的规范,也是立足文化产业发展的价值引导举措。然而,目前相关法规政策主要仍是对网络文艺平台"合法""法规"的规范,而如何引领网络文艺平台在"不违法"的底线之上,在通过算法推荐机制的技术性创新构建差异文化经验共享与互动的平台机制,尤其是推动

---

① "饭圈文化"是娱乐粉丝文化的别称,"饭"是 fans 的音译,"饭圈"指粉丝群体,也称"饭团"。饭圈文化是随着近年来粉丝群体扩大,偶像经济不断发展而催生出为偶像买周边(衍生产品)、租广告位做宣传、投票以及做慈善公益活动等多种方式的文化总称。

② "趣缘社交"主要指在网络时代,人们因为兴趣爱好相同而形成的社交。

不同圈层文化进行融合创新的文化机制等方面，仍需相关文化主管部门和信息管理部门产业政策的引导。

其次，应在保障网络文艺合法的经济行为的情况下，更大程度发挥网络文艺平台作为当代社会生活重要运作机制的功能，使其承担公共文化建设的责任，从而在文化分化的年代构建公共文化空间，推进共同体文化建设。随着媒介融合的深入推进，以视频网站、文学网站，尤其是短视频应用为主体的网络文艺平台，已经愈来愈成为当下大众日常移动的公共文化装置，成为大众日常公共文化参与的共同空间。与此同时，国家公共文化服务体系顺应这一趋势不断推进数字化建设。在数字文化分化的语境下，发挥网络文艺平台在公共文化建设中的作用，不仅是要发挥网络文艺平台对受众日常生活精神生活的多层次满足，更是要推动网络文艺构建不同文化主体共同参与的公共文化空间。令人欣喜的是，在政府引导、平台推动与用户参与的共同努力下，以抖音、快手为代表的短视频平台正在将网络文艺与城市形象传播、传统文化传承、非遗保护与扶贫工作结合起来，使网络媒介成为文化融合和社会融合的助推器。比如，在城市形象传播方面，2018年9月抖音发布的《短视频与城市形象研究白皮书》显示，截止到2018年8月7日，有11座城市在抖音平台的相关视频数量达到百万级，其中排名前三的分别为北京、上海、重庆，其视频生产速度远超传统媒体，重庆、成都等城市达到了200万个相关视频；短视频播放量上出现了大量以亿为单位计算的城市，尤其是排名第一的重庆市，相关视频播放量达到了113.6亿[①]。据邓元兵、李慧关于重庆在抖音短视频平台上的城市形象塑造与传播的研究，在研究的热门视频中，个人账户、抖音达人、政府账号、媒体账号、明星账号均有涉及。其中个人账号与达人账号占比最高，分别为67%和26.5%，而在城市视觉识别系统方面，地方文化（30.5%）、地方饮食（16%）与城市景观（15.5%）的视频比重位列前三，要远远高于政府形象（4%）、历史景点（2.5%）、自然景观（1%）等官方宣传片中主导的内容。"在市民文化、饮食方面，以火锅、酸辣粉为代表的重庆美食出

---

① 抖音、头条指数、清华大学国家形象传播研究中心城市品牌研究室：《短视频与城市形象研究白皮书》，http://www.199it.com/archives/771662.html?from=singlemessage&isappinstalled=0［2020年3月20日］。

现次数较多，与重庆夏季的高温和夏日街头穿着火辣的女生共同呈现出重庆市民文化中的'火热'视觉。"① 可见，短视频以民间视角、市民生活、正面传播等，以更为丰富多元的视角，展现城市生活的各个层面，打破以往由传统媒介所建构的城市的单一形象，开启了区别于政府宣传片的微观叙事的方式，建构城市文化的"网红特色"。又如在传统文化传承方面，武汉大学媒体发展研究中心、字节跳动平台责任中心共同发布的《抖擞传统：短视频与传统文化研究报告》显示，截至2019年5月初，抖音平台上传统文化相关短视频超过6500万条，累计播放量超过164亿次，累计点赞数超过44亿次。传统文化已经成为抖音平台上的主流话题之一。播放量排名前五的传统文化门类为书画、手工艺、戏曲、武术和民乐。"我'变脸'比翻书还快""我要笑出'国粹范'""谁说国画不抖音""皮一下很开心""你会唱几个生僻字""粉墨新声""嗯－奇妙博物馆""谁说京剧不抖音""国乐 show 计划！""中秋全民诗词大会"等成为抖音十大传统文化话题，其中，仅"我'变脸'比翻书快"累计播放次数就达到 57.2 亿次。而在非遗传承方面，在目前的 1372 项国家级非遗项目中，快手上涉及的非遗项目多达 989 项，比例达72%。在 2018 年快手上累计出现 1164 万条非遗视频内容，共 250 亿播放量和 5 亿点赞量②。短视频以其贴近大众日常精神生活的方式，成为推动文化传承与创新的重要载体。

总之，网络文艺作为连接文化与生活、经济、社会的重要形式，既能以细微的日常生活传递城市丰富层面，构建城市文化软实力与文化认同，又能使高雅的、小众的、失落的、古老的文化以适合今天人们接受心理的媒介和技术方式进入大众的视野，激活传统文化记忆，建构民族文化认同。从这一意义上，推动网络文艺平台成为更大层面上的文化认同与社会公共文化建构的力量，有利于推动不同社会主体在网络文化空间的互动中开展对话。而这正是网络文艺走向文化融合对平台功能所提出的新要求。

原刊于《中国文艺评论》2020 年第 4 期

---

① 邓元兵、李慧：《CIS 视角下抖音短视频平台的城市形象塑造与传播——以重庆市为例》，《浙江传媒学院学报》2019 年第 2 期，第 98 页。
② 武汉大学媒体发展研究中心、联合字节跳动平台责任研究中心：《抖擞传统：短视频与传统文化研究报告》，http://www.199it.com/archives/875154.html［2020年3月17日］。

"城市文学"的五帧风景

王威廉

"城市"放在"文学"的前边,构成"城市文学"这样一个概念,对文学本身来说其实是显得怪异的。任何一种加在文学前边的缀词终究会失效而脱落,这样的例子在文学史上屡见不鲜。但是这样的缀词着力表达的是一种当下性,是一种具有强烈意味的提醒,尤其是置身于一个剧烈变迁的转型时代,还是有着它的必要性。在这篇文章中,我从五个方面简单谈谈我对城市与文学的理解。

现代的城市

历史上有过很多伟大的城市,但那些前现代的城市主要起源于宗教和政治,比如耶路撒冷,比如长安。如果追根溯源,宗教信仰在其中起到了根本性的作用,从美索不达米亚、伊斯兰阿拉伯到中国、美洲等,都以祭祀为中心产生了城市聚落。美国史学家费恩巴哈(T. R. Ferenbach)说:"早期全球各地的城市建造者有种'精神上的一致性'"。不过这种"一致性"或许在史前期比较明显,但随着历史的发展,这种"普遍性"已经有所分野。举例来说,在面对古希腊与古代中国时,可以很明显地感到两种文明模式的不同,古希腊是城邦国家,而中国早已是统一的中央帝国,城市在这两种国家形态中有着不可同日而语的地位及功能。苏格拉底说:"乡野和树木无法教导我任何知识,唯有城市中的居民才可以。"但孔子恰恰说:"礼失求诸野。"这两种文明的城市观念是截然不同的。

现代城市与古典城市是很不相同的,它是工业革命之后大规模的社会生产所造就的,因此它是生产的、流动的、消费的、轰鸣的,而在这些喧嚣的表象之下,又有着一套经过精密设计的技术体系。现代城市的出现是与资本主义的发展紧密交织在一起的,大工业生产像是黑洞一般将越来越多的人吸附、聚集到了一起,一种行业启动了另一种行业,一个机遇呼唤着另一个机遇,城市化运动如火如荼地展开了。现代城市终于站在了历史的桥头堡上,成为现代性文明的集中体现。

现代性起源于西方而后席卷全球,现代性中的偶然性与必然性、区域性与普遍性是辩证统一在一起的,尤其是在全球化的今天,西方文明中的普遍性部分被推向了极致,一个不论国家还是个人都无可逃避的世界体系已经形成,正是在这样的时代图景下,现代城市正在把世界连成一个整体。何为全球化?首先便是不同民族国家中现代城市的兴起,它们以同样的功能大量繁殖着现代世界的基本元素,并具备了对话和交融的基础。正是在这样的语境中,我们方能去琢磨老舍写老北京城的小说,也许跟我们提的"城市文学"还不是一回事,尽管它们有很多基本不变的共性,但终究还是有着差异与分野,而且这种差异和分野只会越来越大。

文明的转型

如果说曾经有一度城市文学是相对于乡土文学而言才成立的,那么今天,这种语境已经发生了翻天覆地的变化。城市正在以现代传媒的直观力量大规模地改变与吞噬以往的乡村生活,乡村正在变成城市郊区的郊区,整个社会都被同质化的权力意志所裹挟,因此,我们今天谈论城市文学,肯定不能把城市文学限定在狭隘的题材论里面,而是要放在更广阔的思想视野里去考量。从思想史的意义来说,城市文学之所以越来越重要,其实是关于发现一种新的中国经验的问题。关于现代城市生活的种种认知,曾经我们通过各种媒介并不陌生,但是切身的经验要比外在的认知更加重要,这个时代已然来临了。当然,这些光怪陆离的变化表象是否就能代表这个时代的精神特质,无疑还是需要商榷的。但是,应该看到城市已经成为现代经验的主要表演舞台,甚至都可以这么说,城市文化就是现代性最集中的体现。正是基于此点，城市文学对于中国当代文学的重要性就在于它能够将未完成的现代性继续推进、深化，直至最终完成。也就是说，使得现代性体验成为中国经验水乳交融的一部分。

我们绝大部分人都被现代城市及其文明的这套体系吸纳进来，个体在这个资本理性发达的秩序之中显得格外无力，生命与时空的关系变得不再像农业文明那样是固定的、情感的、诗意的，而是无根的、游离的、偶在的。从波德莱尔、西美尔到本雅明，他们都是在对城市的体验当中发现了这些现代性的奥秘。当代中国人在极短的时间内仓促地经历着现代性带来的深刻变化。五年一小变，十年一大变，中国人已经习惯了将变化本身视作一种常态。这种过多的变化撕扯着个人有限的生命体验，常常使得很多作家有着欲语还休的状态，也使得一些作家直接从现实新闻取材，认为现实的荒诞已经远胜于虚构的荒诞。

从这个角度回顾文学史，很多问题可以看得更加清晰。比如20世纪80年代发轫的先锋文学运动之所以仅仅停留在形式的探索上，而止步于内容的探索与表达，除了历史语境中意识形态的制约之外，也因为现代性经验对那时的中国经验来说还是相当陌生与异质的，这极大地限制了作家们的生命经验、思想视野与现实立场。从文化人类学的视野看，文明作为文化的高级形态，具有一整套的观念体系以及无远弗届的涵纳冲动，我们的基本生活方式也会随之变迁，这一定会影响到审美的趣味，尤其是艺术的发生。

崭新的经验

现代城市以及文明经验也不是这个时代的新生事物，上文提到了一些敏感的诗人和批评家，从波德莱尔、西美尔到本雅明等等西方哲人的论述值得我们温习，但是，我们应该注意到，他们的生活经验已经属于19世纪下半叶到20世纪上半叶，尽管他们的这种经验依然体现着现代性当中的普遍性，与世界其他地方的现代性经验有着比较一致的特征，但同时，中国的语境又是独特的，它继承了传统帝国的广阔疆域，多种民族与文化共存，内部的迁移频繁而数量巨大；此外，它的文化政治学有着较强的保守色彩，再加上漫长历史延续下来的多元的精神话语，构成了中国文明的一种"底音",绵绵不绝地回荡在今天的文化语境当中。更重要的是,中国这次赶上了信息科技革命的潮流,比如"智慧城市"的建设等工程,也在参与着一种新经验的生成。

所谓崭新的经验,正是这些复杂力量交织与扭结的场所蕴藏着的可能性,我们书写城市,如果忽略掉这些复杂的面向,那么我们忽略掉的其实是当代中国本身所具有的复杂经验。现代城市不再仅仅意味着地理学意义上的闭合空间,而是成为一种开放的、没有边界的文化空间,它依靠更加精密的技术手段不断地将自身的一部分镜像传播出去,以复制、模仿等手段使得文化基因得到再生。

为什么我们说鲁迅是一个伟大的作家?根本原因在于他以大悲悯的情怀写出了乡土社会的蒙昧与黑暗时代的绝望体验,从而发现并触及当时中国社会的核心问题。今天,我们的核心问题就涉及城乡一体化进程中涌现出来的各种问题与困境,涉及社会结构自上而下的迅速变动与分化,涉及城市对乡村人口的大规模吸纳与消化,涉及个体尊严与权利的合理表达,涉及技术时代里边个人精神世界与生活方式的迷茫与失落,涉及人们对一个美好中国的期待与想象……而这一切,都涉及城市以怎样的方式来聚拢与处理这些问题,或是提供处理的契机与平台,因此,我们愈加可以明确,城市文学肯定不能是一种仅仅针对城市的文学,它针对的其实注定是当下浑浊裹挟的总体历史进程,并在其中呈现、分辨、创造着崭新的人类经验。因此,我相信鲁迅先生若活在今天一定也会写城市、写科技对现实的影响(想想他的《故事新编》!)。放眼未来,城市文学的意义一定会随着中国城市化进程的进一步剧烈加速而凸现出来。说到底,只要能以城市为基本视野,发现并触及当代中国的核心问题,就是一种新的成熟的城市文学。

流动的空间

进入新世纪以来,中国产生了几个巨型城市,北京、上海、广州和深圳人口各自已经超过两千万,外加流动人口,它们与过亿的人口有着直接性的关联。此外,东南沿海由于经济产业的迅猛发展,也正在涌现多座人口突破千万的世界级大城市。这些人口当然不是靠着生物学的生育方式造就的,而是大量的外来人口涌入。城市即便像疯狂繁殖的怪兽一般，也完全无法满足不断涌入的大量人口的各种需求。因而，在这种巨型都市当中，个体赖以生存的空间是非常狭小的，人的生活被庞然大物压迫、切割与隔绝了起来。而另一方面，随着科学技术的进步，现代城市变得越来越符号化，城市空间不仅局限于地理学上的空间，而且越来越成为一个充满信息符号流动的虚拟空间。因而，这种流动是双重的，一方面是人作为物理性的移动，一方面是人在符号汪洋里的精神漂流，这两者一同塑造着当代人的生命和生活的存在形态。

现实对文学作品来说，即是一种修辞艺术的再现，在现代语境下，如果文学再现还是像以往那样摄像机般地罗列外部的环境与人物关系，那么也许意味着一种无效的现实。因为城市的空间不但是可以复制的，而且充满了不确切的流动性，所以从外部来抓住现代社会的精神特质无异于缘木求鱼。

网络、电视、手机、GPS无所不在，将人从狭小封闭的地理空间里解救出来，投入到某种自由无界的心理幻象当中。所以说，我们的现实空间一方面极端有限，一方面又被虚拟符号抽空了真实感，置身在没有具体边际的漂流状态中，这构成了一个现代城市人的基本困境。这种极具张力的基本困境对于文学来说是一种丰富的土壤，因为它可以构成小说叙述的矛盾、冲突与动力，最终得以获得审美的升华从而超越卑琐的现实。好的文学是一定要给人类的心灵带来自由，慰藉人的孤独与绝望，我在这里要特别强调城市文学需要一种飞跃的想象力。

空间的狭隘需要文学想象力拓展它的边界，同时，空间的虚拟为文学想象力提供了丰富的养料。这些都是想象力对于城市文学之所以重要的客观条件。当然，文学想象力并非一种毫无来由的臆想，它寻找的其实是一个恰切的形象，这个形象不再如传统文学那样局限于人物角色，它可以是人，也可以是事物，或者是人与世界的关系本身，这个鲜活的形象作为隐喻得以突破语言与叙述的束缚，唤醒人们内心思想与情感的潜流，并刷新这个城市化时代人类存在的体验。正如英国诗人布莱克所说的："想象力不是某种状态，而是人的生活本身。"想象力出自生活的体验，最终依然要回归到生活的体验，作家的创造力就体现在这个过程当中，这是一种认识论上的飞跃。

成熟的城市文学无疑是要努力去呈现出这样一种流动的空间，以内在的精神关联塑造出当代中国的整体景观。这样的写作是有难度的写作，也应当是城市文学的书写方向以及创造契机。我个人的写作自然称不上成熟，不过近些年来我也有意识地在这个大方向上去探索，比较偏爱写城市的"虚拟现实"的一面，尤其是科幻元素的使用，也是在增强城市的"未来感"，这方面的小说有《野未来》《城市海蜇》《退化日》《地图里的祖父》等等，试图用小说的艺术容器来盛放这种空间的流动性。小说的可能性一定会因为这种流动性而得到大幅度拓展。

内在的主体

我们知道人类的发展——尤其是从15世纪以来现代文明的发展，从某个角度讲，是从个人跟公共领域的区分开始的。我们把一部分领域限制为个人的，如此一来，我们就有了个人权利的概念、个人身份的概念，同时也建构起了一个相应的公共领域。我们可以用自己的立场，在公共领域探讨关于全人类或者整个社群、民族这样一种大的话题，以谋求一种综合的判断与进步。这种区分是相当重要的，极大地解放了人的创造性，但随着城市与技术的发展，个人的空间在不断地接受强烈的侵蚀。

这种私人空间的萎缩感，也在影响公共领域讨论问题的方式。我们把很多公共话题都私密化，聊着聊着变成了一种调侃甚至是插科打诨、嘻哈搞笑。公共领域中相对严肃的东西被消解了，这也使得作为我们精神家园的人文精神变得稀薄。在这样的历史大背景下，在这样的现实状况中，我认为，一个人对于自己生命的责任，实际上越来越重了。法国思想家福柯不无悲观地提到"人的死亡"，也就是主体性的死亡。但是，正因为如此，人的主体性又愈加重要起来，我们来到了一个逼迫你要建立自己主体性的时代，否则精神意义上的个体的确会变成碎片一般的存在。

何谓生命的责任？就是一个人面对喧嚣复杂的时代依然具备一种道德判断，为自己的生命找到切实的落脚点，并生发出意义来。我的小说《无据之夜》曾把这样的追问放置在了一种极端的情况下，一个因为技术进步而失业的记者，遭遇了一个表面上青春阳光却要去自杀的少女，生命的内在主体就是如此复杂、丰富而脆弱，甚至有着自我毁灭的可怕倾向。因此，城市不可能只是作为一个客体或是客观意象而存在，它与主体的关系是亲密无间的。城市当中看不见的晦暗地带，包括城市的气质、风格、乃至它的欲望与需求，才是滋养写作的源头活水。一个作家应当从中创造出与自己、与人类密切相关的"世界连通器"，从而抵达精神与思想的高度。仅仅把握住日常生活的复杂经验还是不足的，因为文学的本质不但要表达鲜活的经验，而且还要将其转化为存在的体验，获得思想的洞穿力，才能发现这个时代的真正奥秘。

据说，这是一个经验同质化的时代，每个人的想法跟另外一个人差不多。用小说人物类型来比喻的话，就是我们变成"扁平化的人物"。这是很悲哀的事情。因此，我们应该对自己的生命负起责任来，重建自身的精神主体性，使自己的生命更加丰厚。这个信息泛滥的时代，实际上也有它的优势，因为如果你有了强大的精神主体性，你便能够从喧嚣如大海般的讯息中找到自己所需要的，而不是随波逐流、虚度光阴。随着新一代青年作家步入文坛——他们的生活经历与教育背景使得他们与城市之间的关系如鱼得水——城市文学的作品数量肯定会呈爆发之势，但我在这结尾处，还是想再强调一次，城市文学肯定不能只是一种关于城市的文学，它面对的是当下浑浊裹挟的总体历史进程，我们要敏锐地切入到这个时代的核心问题里边，并努力发现一种新的中国经验。

类型文学的位置、边界与意义

——理解中国当代文学发展的一个角度

李德南

在故事的起初，一位热爱文学的男性中年企业家在一座无名荒山上创立了环球写作中心，又在一个秋天出资邀请国内部分知名作家和批评家到中心开研讨会，研讨会的主角则是企业家从小就崇拜的一位中年女作家。研讨会的第一天，一切如常。第二天，企业家则宣布作家和批评家们被劫持了。没过多久，又传来第三次世界大战爆发的消息，外星生物也不时光临山寨……在这样一种内外交困的情形下，作家和批评家们开始过起耕种生活，重新思考"写作与现实"的关系。当此时刻，他们——"乡土小说家""都市小说家""后现代小说家""鲁迅研究专家""师范大学文学系教授""专写明清轶事的小说家""来自华东的散文家""北方的环境小说家""新锐批评家""地方作协副主席"等——发现自己果真是四体不勤五谷不分，对新事物更是缺乏认识的能力。尤其是机器人出现在山寨或环球写作中心的时刻，他们颇感震惊："这些新奇玩意儿，在作家们的作品和批评家的文章中，都从未提及，这令大家好奇而自卑，再一次觉得文学其实一直远离了生活。的确，他们这才从中嗅到了生活的真实性。以前的所谓的烟火气也好学术性也好，都是面纱。"这时候，他们才发现自己过去忽略了科幻小说家，忽略了推理小说家，囿于自恋和自得，对同属纯文学阵营的同行也关注有限。只有在这个危机时刻，同属主流文学阵营内的他们才开始尝试互相理解，也开始反思过往对待类型文学的种种偏见……

这个带有异想色彩的故事,出自一篇短篇小说,小说的题目叫《山寨》,作者是著名的科幻作家韩松。上述的故事情节和细节,包括人物的身份与历史的设定,难免让人想起这些年关于纯文学、科幻文学和主流文学、类型文学与主流文学的讨论。值得注意的是,如徐晨亮在评论中所指出的:"这里荒诞戏谑的表达,倒不一定要坐实为科幻作家面对'主流文学界'的某种微妙心态,因为韩松本人的写作公认在科幻作家中最接近'先锋文学'的脉络,《山寨》的构思也让人联想起阿瑟·伯格的'学术荒诞小说'《哈姆雷特谋杀案》《涂尔干死了!》等,具有某种'元小说'的意味。"[1] 不妨将《山寨》视为一则关于文学的"警世寓言"。它以寓言的方式肯定了科幻文学之于时代的重要性,尤其是在文学和文明的转折点上,科幻文学的意义已经不再局限于类型文学的领域。与科幻相关的运思方式,则可能在世界和文明的转折时刻发挥向死而生、起死回生的作用。此外,《山寨》还肯定了科幻文学的重要性,提醒人们注意纯文学与通俗文学或类型文学的关系。

在文学史研究和文学批评中,人们时常会在纯文学和通俗文学之间做一个区分,并且把类型文学视为通俗文学最为常见的存在形态。那些重视思想探索和形式探索,重视展现作家自我的作品,重视展现人物的内宇宙或内心世界的作品,通常被划入纯文学的范畴。而那些把娱乐性和可读性放在首位,有很强的读者意识的作品,则被划入包括类型文学在内的通俗文学的范畴。在研究和批评中,通常容易受到关注的,又是纯文学。这一讨论框架和价值预设,有一定的合理性,也存在不少问题。比如说,这种划分显得过于绝对,就好像纯文学和通俗文学是楚河汉界般分明的,也会导致对通俗文学的贬低。在不打破这个讨论框架的前提下,我觉得纯文学和包括类型文学在内的通俗文学就好比两个系列的山脉,总的来说,纯文学山脉中的高山要多一些,不过通俗文学的山脉中也有高山,可能数目不多,但是这样的一些高山,往往是奇峰突起,不可忽视。此外,这两个系列的山脉看似很不一样,其实也有相连和重叠之处,并非完全断裂。

---

[1] 徐晨亮:《在科幻之潮中,想象文学的未来》,《中国作家》2020年第6期。

包括类型文学在内的通俗文学和纯文学,两者之间并没有一个绝对的边界。因此,要讨论当代文学的发展这个话题,两个系列的山脉都要重视,起码不能抱着一种傲慢与偏见,觉得可以完全忽视其中一个系列的山脉。

单说类型文学,一流的类型小说家往往有超强的处理类型化和反类型化的能力。对于这样的作家作品,应该青眼相看。比如丹·布朗的《达·芬奇密码》,固然可以把它视为侦探小说,但是它所显示的想象力,还有对人类文明的思考,都超越了类型文学。J. R. R. 托尔金的《魔戒》,创作于二战时期,通常被视为奇幻文学的代表作,也有很多值得重视的地方。它所创造的世界看起来是空灵的,却并非与现实无涉,而是蕴含着对世界和平的渴求。金庸的《天龙八部》《射雕英雄传》《倚天屠龙记》等许多小说,固然属于类型文学中武侠小说的范畴,他的《鹿鼎记》又是反武侠的,韦小宝和一般的武侠角色相去甚远。而金庸小说中对中国文化的书写,那种丰富的人生表达,还有塑造人物的能力,等等,都超越了一般的武侠小说。刘慈欣的《三体》等作品,里面涉及许多宏大的命题,并且有奇崛的想象力,也不应该泛泛地认为就是类型文学意义上的科幻小说。对它的关注,也早已经超出文学研究的领域。学者吴飞主要的研究领域是基督教哲学、人类学与中西文化比较、理学,他的《自杀作为中国问题》《浮生取义》《心灵秩序与世界历史:奥古斯丁对西方古典文明的终结》《人伦的"解体":形质论传统中的家国焦虑》等著作,也多是围绕这些领域而展开。在2019年,他则出版了《生命的深度:〈三体〉的哲学解读》。他这本书的自序中谈道:"对于科幻小说,我本来没有特别的兴趣。刘慈欣和《三体》的名字在我耳边响过很多年,我既提不起兴趣,更找不到时间来读。直到2017年秋季,我写完了与丁耘兄讨论'生生'的文章,稍微轻松一点,才第一次翻开了《三体》的电子版,出乎意料地被它征服了。"[①] 在接下来的阅读中,吴飞则不断地发现,刘慈欣的写作能"以真实的生活经验面对真实的人类问题",《三体》所涉及的核心问题,也正是他这些年所关心的生命问题,

---

[①] 吴飞:《生命的深度:〈三体〉的哲学解读》,生活·读书·新知三联书店2019年版,第1页。

与他正在思考的哲学非常契合。吴飞在书中对《三体》和霍布斯所进行的互相阐释，既为理解《三体》提供了新的视角，也触及了霍布斯所未能看到的许多问题，新的思想观念也由此而衍生或扩展。此外，赵汀阳也从政治哲学等角度入手写了《最坏可能世界与"安全声明"》一文对《三体》进行解读，在他看来，"'三体'系列的意义不在于文学性，而是理论挑战，至少创造了两个突破点：其一是突破了'霍布斯极限'，哲学通常不会考虑比霍布斯状态更差的情况；其二是提出了人类处于被统治地位的政治问题，由于主体性的傲慢，人类没有思考过强于人类的敌人（神不算，神不是人的敌人）"①。

由此可见，类型文学不一定就是不好的，甚至可以比纯文学作品更有思想深度。大多数的类型文学之所以不好，是因为它做得不够极致，或是因为它只是一种套路化的写作。可是通俗文学走到极致之后，会有另一种效果。《三体》的意义，早已不局限于类型文学，也不局限于文学。这样的科幻作品，还有不少，如宋明炜所指出的："最好的科幻，如克拉克《与拉玛有约》那样，处在类型与未知之间。科幻的研究者或许更不能有类型先入为主的成见，中国科幻的早期提倡者中有梁启超和鲁迅，感时忧国传统下的老舍也曾经写过《猫城记》，新一轮的科幻浪潮也许来自非常不同的政治文化语境，但研究者仍需在中国现代文学、知识分子传统、人文精神的线索内外来思考科幻的意义。在一个更广泛的意义上，科幻的先锋性也意味着它不应该是排他的。"②

对于类型文学，应该有一种整全的眼光。而对于中国当代文学来说，到了今天，它想要获得进一步的发展，也有必要往不同方向同步努力。一方面，需要有作家在思想、形式、语言等方面继续探索，有巨大的创新能力，可以建立新的写作范式。也就是说，纯文学的写作仍然不可或缺。先锋的写作和探索，并未过时。甚至在纯文学成为一种普遍知识或认识装置之后，我们更有必要期待异质性的写作。这样的作品，理应有其存在空间。另外，由于电影、电视、网络等新媒介、新的艺术载体的出现，文学的读者其实在不断丧失，而文学对于读者的塑造作用，也已

---

① 赵汀阳：《最坏可能世界与"安全声明"》，《没有答案：多种可能世界》，江苏凤凰文艺出版社2020年，第165页。

② 宋明炜：《中国科幻新浪潮：历史·诗学·文本》，上海文艺出版社2020年版，第90页。

经不如以往那么重要。"在我们的文化传统中,文学被赋予了极大的权威性,但是,尽管这种权威性仍然被或明或暗地承认着,比如媒体,但是,在现实生活中,它却再也发挥不了那么大的作用了,这点任何一位坦诚的观察者都不会怀疑……我们必须承认,现在,诗歌已经很少再督导人们的生活了,不管是以公开的还是其他不公开的方式。越来越少的人受到文学阅读的决定性影响。收音机、电视、电影、流行音乐,还有现在的因特网,在规范人们的信仰和价值观(ethos and values)以及用虚幻的世界来填补人们的心灵和情感的空缺方面,正在发挥着越来越大的作用。这些年来,正是这些虚拟的现实(virtue realities)在诱导人们的情感、行为和价值判断方面,发挥着最大的能动作用(performative efficacy),而不是严格意义上的文学世界。"① 在这样一个文明转向的语境中,特别需要有人去做沟通雅俗的工作,去吸纳通俗小说的一些手法和元素,写出既有文学品质又有读者的作品。当代文学要挽留或赢得更多的读者,可以适当地吸纳类型小说的手法。类型文学把娱乐性和可读性放在第一位,可能会有意无意地淡化小说的精神性和思想性,但可读性、娱乐性和思想性、精神性并不是截然对立,无法兼容的。如果有的作品能够兼顾几个方面,我觉得这样的作品恰恰完成度是很高的。

上个世纪九十年代以来的中国当代文学,受现代主义的影响很大。从文学自身的发展来看,这样的作品也很值得期待。很多现代主义的文本,在思想和技术层面都有各自的探索和创造。不过现在看来,这里头有些作品,其实并不具备很强的可读性,甚至阅读的门槛是过高的。比如像《追忆似水年华》《尤利西斯》这样的文本,对于很多读者来说,是天书般的存在,令人望而生畏。今天的文学创作在坚持思想探索的同时,适当地吸收类型文学的元素,其实并一定是坏事。麦家的写作就是如此。麦家的《暗算》《风声》《解密》等谍战小说,就有明显的类型小说的特征,能打通雅俗。方岩在他的文章《偷袭者蒙着面:麦家阅读札记》中,针对麦家的写作特点有细致的分析。他认为麦家的写作和类型文学的共同之处,在于对"故事"的强调和重视,但是在处理"历史"

---

① [美] J·希利斯·米勒:《萌在他乡:米勒中国演讲集》,国荣译,南京大学出版社2016年版,第114页。

与"故事"的关系的基本态度上,他又区别于类型文学并飞扬其绝对的精神高度。尤为值得注意的是,方岩在文章中提出的如下观点:"21世纪以来各种类型的汉语写作的发展态势表明,当前文学史书写和批评实践中所谓的'严肃文学''纯文学'等概念所指涉的写作其实就是某种类型文学。这些类型的写作中比较突出的就有谍战文学、网络文学和科幻文学。1980年代中后期以来,'严肃文学''纯文学'的概念、话语已经垄断了'当代文学'领域,需要在这种情况下来审视21世纪以来类型写作的态势,并平等地审视他们的优势和可能性。麦家无疑是开启这种思潮的关键性人物。甚至可以稍显武断地说,让'严肃文学'成为类型文学,始于麦家。简单说来,麦家对类型写作某些要素的借鉴,使得自身的严肃写作迈向了更为开阔、精深的境界。同时,正是在这种作品形态映照下,作为类型文学的'严肃文学'的边界和局限比较清晰地暴露出来。"① 方岩的这一论断,不乏激进的成分,又饱含洞见。凭着非本质主义的眼光,还有"解构-结构"一体并存的运思方法,方岩注意到了类型文学和"当代文学"的距离和区分,注意到了它们的接近和重叠,注意到了它们在可区分和不可区分之间的不确定性,也注意到了它们在变革和流动中的态势。

  对类型文学元素的吸收,对类型文学方法的借鉴,在青年作家的写作中也非常常见,甚至更为常见。王威廉的小说就是如此。他的写作,是一种思想型写作,强调思想探索和形式实践,同时也不忽视可读性。他的小说,有严肃的思想探索,又经常会借鉴很多通俗小说的写法,努力让小说的乐趣和复杂性并行不悖:《市场街的鳄鱼肉》借用了科幻小说的框架,《无法无天》让人想起官场小说,《第二人》的写法对侦探小说多有借鉴——发表后被改编为同名话剧,《获救者》则以冒险小说作为物质外壳。就情节而言,《获救者》主要是写"你"、眉女、胖子这三个年轻人在一个炎热的下午误入地下世界塔哈,由此而开始了一场历险。这场历险的特殊之处,不在于他们目睹了很多奇异的风光。与其说这是一场行为的历险,毋宁说这是一场思想的历险。在这一过程中,小说的功能,不在于再现一个世界,而在于成为一种思想历险的方式。这些思

---

① 方岩:《偷袭者蒙着面:麦家阅读札记》,《扬子江文学评论》2020年第1期。

想本身，成为小说最重要的组成部分，几乎成了小说的主人。因此，《获救者》所真正在意的，不是冒险行为本身，而是试图将冒险世界引入小说，通过引人入胜的情节，使得读者相对轻松地面对各种思想上的难题。双雪涛的写作，也吸纳了很多武侠小说、奇幻小说、侦探小说等类型文学的元素，也包括电影的元素。他的《平原上的摩西》《刺杀小说家》《安娜》《跷跷板》《北方化为乌有》等小说，有独特的语言腔调，有独特的生活经验，有精心的布局，也有思想层面的探索。对文学内在性和社会性的复合探求，还有对类型文学元素的借鉴与吸纳，使得双雪涛的作品具有颇高的完成度，成为讨论东北文艺复兴现象的重要文本，也使得他的作品获得跨界的影响①。他的《翅鬼》曾获得华文世界电影小说奖首奖，《平原上的摩西》《刺杀小说家》等小说先后被改编成电影，《北方化为乌有》《光明堂》等也有影视拍摄计划。

类型文学自身的发展，也有其意义。正如房伟所指出的："'文学类型'发达，不仅是文体意识变革，更体现着文学反映现实社会'知识变革'的能力……晚清是中国文学类型爆发期，梁启超论及'新小说'类型，分为历史、政治、哲理科学、军事、冒险、侦探、写情、语怪、社会等类型。这表现了晚清社会从传统向现代转型的巨大知识变化，比如，写情小说由古典写情变化而来，又与个性启蒙有关；军事小说乃铁骑、三国等历史军事小说发展而来，又有现代意味；冒险小说与海外殖民有关；科学小说与现代科学知识有关；侦探小说显示现代复杂人际关系，及逻辑推理的科学思维。"② 也正是在这个意义上，房伟对通常被视为通俗文学在当下的变体的网络文学持肯定的态度，认为："网络文学的兴起，在知识类型爆发上形成穿越、军事、玄幻、科幻、奇幻、国术、鉴宝、盗墓、工业流、末日、惊悚、校园、推理、游戏、洪荒、竞技、商战、社会、现实主义等数十个令人眼花缭乱的类型或亚类型，这些叙事类型还有互相交叉融合的其他变种。类型繁盛的背后是知识爆炸。这不

---

① 对双雪涛的写作与东北文艺复兴现象的讨论，可参见：丛治辰《何谓"东北"？何种"文艺"？何以"复兴"？》，《中国现代文学研究丛刊》2020 年第 4 期；黄平《"新东北作家群"论纲》，《吉林大学社会科学学报》2020 年第 1 期；李雪《城市的乡愁——谈双雪涛的沈阳故事兼及一种城市文学》，《当代作家评论》2016 年第 6 期。

② 房伟：《我们向网络小说"借鉴"什么？》，http://www.chinawriter.com.cn/GB/n1/2020/0715/c433140-31785076.html，2020 年 7 月 21 日。

仅体现了当下社会的知识变革,也表现出中国网文对古今中外知识的'巨大热情'。"①

类型文学本身会随着时代的变化而变化,会因为时代的因素而变得很重要或不再重要。这一点也值得注意。类型文学既是我们分析问题的取景框,但是我们透过这个取景框看风景,必须有一双敏锐的眼睛,能够及时地看到风景本身的变化,并且对这个取景框本身有所警惕,不要完全被它遮蔽。比如说,在很长一段时间里,科幻小说主要是作为一种边缘化的类型小说而存在的。但是在当下的文学语境和社会语境中,它正在成为一种非常重要的文学样式。一些被认为是属于纯文学领域的"传统作家"之所以关注科幻文学并写作科幻文学,并不是因为以前主要是作为类型文学而存在的科幻文学有多么重要,而是今天的现实让科幻文学这一文学样式变得无比重要。之所以如此,有多方面的原因。比如说,我们的乡土文学传统非常强大,尤其是鲁迅、沈从文、陈忠实、萧红这些作家,在乡土文学上所取得的成就令人瞩目。他们的写作实践,在主题、方法、美学和思想等层面都进行了充分的挖掘,让年轻作家觉得有压力,必须找到属于自己的新的表述空间或表述方式。另外,有的问题用其他的写法是难以言说的,但是以科幻小说之名加以变形和重构,则有可行之处。这也使得不少作家尝试科幻写作。而最重要的方面,则在于社会现实的新变化所带来的冲击与挑战。在海德格尔看来,西方历史是由这样三个连续的时段构成的:古代、中世纪、现代。古代里起决定性作用的是哲学,中世纪是宗教,现代则是科学;现代技术则是现代生活的"座架",是现代世界最为强大的结构因素。最近几年,人们着实体会到了现代技术的"决定性作用"。比如人工智能的兴起,还有基因工程的发展,等等,都让人有一种存在的兴奋感或紧迫感。因此,很多作家实际上是在用科幻小说的方法来处理现实的问题。韩松的"轨道三部曲"(《地铁》《高铁》《轨道》),李宏伟的《国王与抒情诗》《现实顾问》,王十月的《如果末日无期》,王威廉的《野未来》《地图里的祖父》,郝景芳的《北京折叠》《长生塔》,陈楸帆的《荒潮》《人生算

---

① 房伟:《我们向网络小说"借鉴"什么?》,http://www.chinawriter.com.cn/GB/n1/2020/0715/c433140-31785076.html,2020年7月21日。

法》，等等，就写得非常有现实感。他们也一贯强调科幻和现实的关联，不把科幻视为与现实无涉的飞地。他们所关注到的现实，不是陈旧的甚至是陈腐的现实，而是新涌现的现实：现代技术在加速度地改变着我们的生活，甚至是改变着人类自身。人类生活的高技术化，已成为一种主要的真实和基础现实，如王瑶所言："人类在进入所谓现代文明以来，每时每刻都需要面对变化，而这种变化实际上是由技术的发展引领的，这可能就是科幻文学诞生以来一直要面对和处理的情境。"[①] 相应地，这也是科幻文学为什么重要、何以有力量的重要理由。

科幻文学在日渐脱离其作为类型文学的特征，如今，写作科幻文学的已不局限于科幻作家，王十月、弋舟、王棵、赵松、王威廉、陈崇正、王苏辛等通常被认为是纯文学领域的作家，也纷纷开始进行这方面的实践。科幻小说也不再像以往那样，主要刊发于《科幻世界》等杂志或网络平台，《人民文学》《中国作家》《青年文学》《花城》《上海文学》《湘江文艺》《文学港》等传统期刊也成为常见的发表阵地。有的杂志，甚至以专刊的形式推出科幻文学作品。比如《中国作家》2020 年第 6 期就打破了以往的栏目惯例，推出了一期"科幻小说专号"。《人民文学》2019 年第 7 期则刊发了王晋康的长篇小说《宇宙晶卵》，这是《人民文学》自创刊以来首次刊发科幻题材的长篇小说。所有的这些，不只是一种例外的现象，而是意味着文学思潮的变动。在很长的一段时间里，乡土文学一直是中国当代文学的主潮，是中国当代文学非常重要的构成。从中国当代文学以往的发展轨迹来看，在乡土文学主潮之后，城市文学应该是顺势而生的文学主潮，并且它应该和乡土文学一样，有一个较长的时段可以充分而自由地发展。可是城市文学这一后浪还没来得及呈澎湃之势，更新的科幻文学浪潮就涌现了，迅速地成为广受关注的对象。文学主潮似乎并没有按照乡土文学、城市文学、科幻文学的顺序来缓慢推进，而是呈现一种加速的迹象。这种加速的状态，如果在较长时间里得到进一步的持续，就文学主潮的角度来看，可能会导致一种极端的状况，那就是城市文学和乡土文学很可能会被科幻文学的浪潮所覆盖，成

---

① 王瑶：《未来的坐标：全球化时代的中国科幻论集》，上海文艺出版社 2019 年版，第 158 页。

为一种相对隐匿的存在。另一种可能的状况则是，文学等领域的加速状态都有所减缓，城市文学和科幻文学都成为常态的书写方式，一如在过去，乡土文学是常态的书写方式一样。这样的话，科幻文学就完全不是类型文学意义上的了，也已经不是通俗文学的范畴所能涵盖。如果说纯文学和通俗文学是两个系列的山脉的话，那么科幻文学所处的位置，也许就在两个山脉的连接处。而在国外，科幻文学在文学中的位置同样不局限于类型文学或通俗文学，如同吴岩所指出的："在文学史里边，严肃作家和科幻作家之间的相互借鉴是很多的。我有一个学生叫飞氘，他硕士期间做过一个研究，发现欧美的科幻差异是非常大的。在欧洲地区，科幻文学一直是在所谓的主流文学的范畴里边的，从来没有在流行文学的范畴里面。只不过科幻小说到了美国以后，进了地摊，才逐渐地转变成美国现在的这种类型文学。在欧洲，人们主要还是希望科幻文学能够表现一种时代的状况，对现实要进行批判；在美国呢，科幻则是一种专业化的工具，美国人强调科学，强调技能专业化，他们希望科幻也是一种专业性的东西，它属于有它自己的专业领域。这是在管理学家泰勒以后开始的趋势。但是美国的这种趋势，恰恰符合工业时代的要求。这也是为什么到60年代以后，在影视技术成熟以后，科幻产业的重心马上从小说转到电影。今天的小说已经萎缩得很厉害，主要是电影在产生影响。至于欧洲那边的情况，欧洲也受到全球市场的冲击。我去欧洲考察过，了解到从苏联解体后，东欧的图书市场立刻就被美国的比如像阿西莫夫这样的作品占领了。这就是资本的力量、市场的力量。"[①]

刚才在讨论类型文学自身的意义时，我曾引述过房伟的话。他的这段话，出自一篇题为《我们向网络小说"借鉴"什么？》的文章。这一题目中的"我们"，指的是精英文学、传统文学或纯文学领域的作家。这种借鉴，并不是单向的。罗立桂在《网络文学，应向传统文学借鉴什么》一文中，就提出了网络文学应在担当精神、强化经典意识、尊崇独创性原则、涵养诗性精神等方面入手，向传统文学借鉴[②]。由此也可以

---

① 李德南、吴岩、周丽昀、王十月、李宏伟、飞氘、李广益、唐诗人、邱剑：《科技改写现实，文学如何面对？》，《江南》2019年第2期。
② 参见罗立桂：《网络文学，应向传统文学借鉴什么》，http://share.gmw.cn/wenyi/2018-10/12/content_ 31671008.htm，2018年10月12日。

看出，类型文学与纯文学、严肃文学和通俗文学之间，并不存在天然的铜墙铁壁。它们的互观和互鉴，对自身是一种丰富，对当代文学的发展也可以起到推动作用。随着中国当代文学的进一步发展，还有中国文学与世界文学互动的增强，诸如此类的变动与互动，或许会更为频繁，也有待进一步的观察。

原刊于《粤港澳大湾区文学评论》2020年第2期

共和国精神与中国当代小说 70 年

唐诗人

1949 年以来的中国当代小说，经历了多次叙事革命和精神转型。共和国的每一次成长和锐变，都从多方面改变着当代中国人的日常生活和精神世界。小说作为与现实生活关系最近的文体之一，小说家对当代中国人生活现实的书写，自然就是共和国成长历史的一种反映。这种反映，可以是直接的社会历史事件或个体日常生活的呈现，也可以是作家直面现实人性和时代复杂性时采用的艺术化表现。无论是哪种风格，纷繁复杂的当代小说，基本可以视为共和国历史发展和共和国人民生活的文学表达。作家对共和国历史和共和国人民的书写，能够于无意间彰显出共和国精神，共和国精神，指向的是"共和国"这一集体性的、民族性的精神总体性价值。在我看来，中国当代小说所表现出来的共和国精神，可以从人物形象、叙事精神和故事形态三大层面进行分析。共和国成立初期的小说，因着历史和政治的需要，一大批作家自觉地塑造英雄形象，表现革命英雄人物的崇高精神。英雄形象的刻画，可以看到当代文学对共和国精神的直接传达。新时期以来，小说叙事迎来新的变革，叙事风格开始变得丰富多样，但不管是现实主义还是现代主义，其中的优秀作品都体现出作家深切的现实感。现实感是一种共同体情怀，它呈现为作家对社会现实问题的真切关注和深度思考，这里面深藏着作家对现实、对时代负责的文学情怀，这是共和国精神的重要表现。另外，20 世纪 90 年代以来，中国当代小说逐步回到讲故事的传统，一大批作家投身于讲述中国故事的行列。讲好中国故事，关注和书写平民百姓生活，把各行各业中国人辛勤劳动、努力创造美好生活的日常故事讲述出来，这本身就是一种现实关怀，也是一种家国意识、民族情怀。

英雄形象与崇高精神

新中国成立后、新时期之前的中国当代小说，继承的是解放区文学传统，携带着浓重的战争时代的文学特征。陈思和指出："当身带硝烟的人们从事和平建设以后，文化心理上很自然地保留着战争时代的痕迹：实用理性和狂热政治激情的奇妙结合，英雄主义情绪的高度发扬，二元对立思维模式的普遍应用，以及民族主义爱国主义热情占支配的情绪，对西方文化的本能性的拒斥，等等。这种种战争文化心理特征并没有在战后几十年中得到根本性的改变。"[①] 战争需要英雄，而且必须立场鲜明、积极昂扬。战争文化心理支配下的共和国文学，必然会继续热衷于书写英雄人物，作品风格也要充满激情、满怀信心。而从共和国建立初期的政治意识形态需求来看，也要求着当代作家去描绘共和国革命历史和新中国的社会主义实践，以文学的方式论证和展示新民主主义革命和社会主义建设的伟大与崇高。

共和国前三十年的代表性小说，普遍都有清晰确定的英雄形象，英雄人物能够最直接地彰显出共和国精神。这些英雄人物，我们可分作新民主主义革命战争时期、包括抗日战争时期的历史英雄人物，以及社会主义建设时期的劳动者英雄人物。新中国成立后，周扬在第一次文代会上就呼吁作家们去描写刚刚获得胜利的革命战争：

> 假如说在全国战争正在剧烈进行的时候，有资格记录这个伟大战争场面的作者，今天也许还在火线上战斗，他还顾不上写，那末，现在正是时候了，全中国人民迫切地希望看到描写这个战争的第一部、第二部以至许多部的伟大作品！它们将要不但写出指战员的勇敢，而且要写出他们的智慧、他们的战术思想，要写出毛主席的军事思想如何在人民军队中贯彻，这将成为中国人民解放斗争历史的

[①] 陈思和主编：《中国当代文学史教程》，复旦大学出版社2016年第二版，第6页。

最有价值的艺术的记载。①

周扬这个"期待",更是要求,有明确的历史观限制和内容、风格规定。"周扬的话流露出当时的文艺界官员对未来中国文学创作走向的设计:描写战争,通过战争的胜利来歌颂中国共产党的胜利,来表现历史的本质的发展。"② 在这一呼吁下,20世纪五六十年代出现一批革命历史题材小说,如《风云初记》《铁道游击队》《保卫延安》《红日》《红岩》《林海雪原》《红旗谱》《青春之歌》《三家巷》等,等小说都是共和国成立初期所收获的革命历史题材小说经典,它们的最大价值,不是文学审美,而是它们所传达的价值理念和所塑造的英雄人物。

新中国成立初期的革命历史小说,以文学的方式表达并巩固着共和国的政治信念和集体精神。《红旗谱》被誉为"一部描绘农民革命斗争的壮丽史诗",小说中的朱老忠形象广受好评,他是一个兼有古代英雄性格、农民淳朴品质和现代革命精神的人物,形象生动饱满,比起多数概念化的英雄人物来,更具人格感染力。杨沫《青春之歌》中,林道静不一定是个理想的英雄人物,但其成长经历很典型地象征着中国现代青年内心的爱国情怀必然发展为革命行动,这也是共和国精神的重要内涵。孙犁《风云初记》以革命现实主义为基本创作方法,同时融入浪漫主义风格,叙述了高翔、春儿、芒种等革命人物的英勇事迹。《保卫延安》塑造了周大勇、王老虎等英雄形象,王老虎为掩护大部队撤退的不畏牺牲精神,崇高而鼓舞人心。《红岩》写重庆地下党的革命行动,小说重在塑造视死如归的英雄人物。小说中江姐形象最为震撼,面对毒刑,她可以傲然面对。江姐形象广为流传,成为中国革命史上的英雄典型。以上这些小说,包括更多的如《林海雪原》等,都着力于再现抗日战争和解放战争。这些小说所采样的叙述风格在今天看来会显得传统、单一,从审美超越性来看有不尽如人意的地方,但它们所展示的革命史和所塑造的英雄人物,也有其感染人心的故事效果。

塑造革命英雄形象,服务于政治意识形态的需求,这与20世纪以来

---

① 周扬:《新的人民的文艺》,《周扬文集》(第一卷),人民文学出版社1984年版,第529页。

② 陈思和主编:《中国当代文学史教程》,复旦大学出版社2016年第二版,第55页。

现代主义文学有着不同的价值取向。新时期之后，它们的价值必然要受到质疑。这种质疑可以理解，但若从共和国精神这一视角来思考的话，塑造英雄形象和表现崇高精神，这带有传统意义上的史诗品质。我们从《青春之歌》《红岩》这些小说中可以感受到，小说人物的主体性内涵，不是现代意义上注重私我价值的个体和自我，而是需要通过集体和他人来确认自我价值的传统意义上的主体。小说中的英雄是传统式的英勇壮烈、不畏牺牲的人物形象，他们为了民族国家的解放事业，勇往直前，视死如归，表现出感人至深的崇高性。

20世纪以来，文学艺术所表现的崇高美特征已发生了巨大的变化。在利奥塔等人的理论中，后现代的崇高是一种对无限可能性的表达。作为个体的艺术家以及作为有限的文艺作品，总是无法表达事物的无限性，因而崇高感在当代文学艺术作品中往往是以一种怀旧的、匮乏的方式得到表现。或许，当代艺术要表达的这种作为匮乏性的崇高，不仅仅是艺术作品形式层面的问题，更是现实世界中当代人的精神问题。现代文化培育了现代人的个体自主意识，但也淡化了传统文化中的共同体情怀。对于大多数人而言，所谓的主体性其实是非常脆弱的，面对传统的、确定性价值的烟消云散，很多人会陷入自我怀疑状态。没有共同体维度作为精神支撑的话，很多人可能会陷入虚无和抑郁。为此，近些年来，重建总体性文化经验和建构精神共同体再次成为重要问题。对于这一问题，我们是否可以通过回顾、感受共和国初期的这些小说经典来重建一种新的总体性叙事和共同体情怀？崇高精神指向史诗式的庄严与厚重，也指向英雄人物身上那种今天人所匮乏的共同体情感。当然，这种回顾不是简单的回归，我们所呼唤的是真诚的生活英雄，而不是虚伪的、概念化的英雄。虚伪的、概念化的英雄也不是共和国精神所能容纳的，只有真实的、真诚的英雄才能彰显共和国精神。

去除虚伪，也就是回到真实，这也是我们今天重新理解20世纪五六十年代小说时需要有的一种基本素养。塑造完美的英雄人物，可以说是指向一种理想化的、浪漫化的人格形象，但过于强调完美，往往就会陷入虚假。不真实的人物形象，再完美也是无力的；虚假的英雄故事，也不会收获崇高感。为此，对于前述提及的小说，比较而言，我们今天会更加重视《青春之歌》《三家巷》《山乡巨变》《锻炼锻炼》《风云初记》

等，因为这些小说中的人物更为真实，其英雄形象也更为饱满。《青春之歌》中林道静成长过程中面对一些人生选择时内心必然会有犹豫，这是人之常情。《三家巷》里的无产阶级革命青年周炳，也会为情所困。《山乡巨变》能够写出农村基层干部的淳朴和人情味，而不是将他们概念化为教条主义式的政策传声筒。"周立波作为一个站在时代共名的立场上的知识分子，能塑造李月辉和刘雨生这样的干部形象而不是那种'高大全'的新型农民和当代英雄，不仅表现出他对自在自然的民间文化形态的尊重，也反映了作家个人身上善良、宽厚、天真的美好品格。"①《锻炼锻炼》等小说则写出农村的真实状况。赵树理是真正站在农民的立场上写作，能够真诚地反映民间的生活。以人民为立场，真诚地写出劳动人民平凡而伟大的真实生活，塑造富有人情感同时也具有民族和家国情怀、能够为民请命的精神伟大的人物，这种创作取向和精神追求才是真正的共和国精神所在。新时期以来的中国当代文学，正是回到了这个基本的精神轨道，小说的现实感才越来越突出，作家的人民情怀才愈来愈清晰、可贵。

现实感与人道主义精神

改革开放之后，传统中国文学和现代文学以及西方现代文学得到重新开掘。作家们开始自主寻找适合自己的文学脉络和理论资源，也能够创作自己独特的文学叙述风格。开放包容的时代环境，真正带来了"百家争鸣、百花齐放"的文艺生态。为此，20世纪八九十年代出现很多文学流派和小说类型，比如伤痕文学、反思文学、改革文学、寻根文学、先锋文学、新写实主义等等。新时期以来的优秀小说，最大的品质在于美学特征和思想品格，表现为共和国精神的话，则是其中的现实感和人道主义精神。

现实感是新时期以来中国当代小说最为核心的品质。"文革"结束之后，作家们的目光开始回到真实的生活现实，能够书写真实生活中的、有血有肉的人。注重现实感，也就是真切地体验世俗生活、感受人情世故。作家有深切的现实感，也就能对现实生活中的人产生感情，能对承

---

① 陈思和主编：《中国当代文学史教程》，复旦大学出版社2016年第二版，第39页。

受苦难的人施与同情和怜悯，能为无力发声的底层人民发出声音，这些特征同时也体现出作家作品的人道主义精神。在1979年召开的全国第四届文代会上，周扬强调文学是人的文学，提出"人是目的、人是中心"的文学观念[①]。这一观念"在人性和人道主义的思想层面上肯定了'伤痕文学'对'文革'这段历史的揭露，也是对八十年代文学的展望和呼唤"[②]。20世纪80年代以来的小说，普遍强调现实感，重视人性内容，小说故事抚慰人心的伦理价值得到真正意义上的实现。回到现实，回到人心，也就是回到文学的本源，在这个本源基础上生长出来的文学经典，是共和国精神最为理想的寓所。

可以梳理一下新时期以来的文学变迁，以见出当代小说的现实感和人道主义精神。伤痕文学抒发人内心的积郁。1977年刘心武《班主任》发表，写出"四人帮"政治势力对孩子心智的扭曲，发出"救救孩子"的呐喊。卢新华《伤痕》写出被极"左"思想误导之下一对母女之间的情感遗憾，书写"文革"带给普通人的心理伤痕。反思文学走得更深一步，在表达伤痕的同时，也反思历史，思考历史伤痕的人性缘由。伤痕文学和反思文学，都是在直面历史伤痕，也是通过文学叙述来抚慰受害者的心灵。改革文学则回到新的现实，记述改革开放政策背景下劳动人民如何改变陈旧思维、真抓实干谋发展。《乔厂长上任记》等小说很典型地表现了改革文学的价值取向，它一方面是迎合社会需要，另一方面也服务于时代的现实问题。寻根文学虽是借鉴了马尔克斯等人的文学观念，但这一思潮的兴起亦有着80年代的历史文化现实，它表现的是作家们对中国文学走向和中华民族主体性建构的努力。80年代是个过渡期，一切都还显得不确定，社会个体普遍是满怀热情却又无所适从，主体性是有待充实的。寻根文学代表作家韩少功、阿城、王安忆、张承志等，开始把视野投向传统与民间文化。王安忆《小鲍庄》缅怀一种已然消逝的"仁义道德"；阿城的《棋王》让我们感觉到，中国传统的道家精神，对于个体自我主体性而言是能有启发的；张承志《北方的河》叙述的北方风光，彰示的是中华地理文化中雄浑、壮阔的精神魅力；韩少功《爸

---

① 周扬：《继往开来，繁荣社会主义新时期的文艺——在中国文学艺术工作者第四次代表大会上的报告》，载《文艺报》1979年第11—12期合刊。
② 陈思和主编：《中国当代文学史教程》，复旦大学出版社2016年第二版，第219页。

爸爸》则看到民间传统文化的愚昧与顽劣，表现出作家期望通过现代启蒙来重建民族文化的忧患意识。现代主义和先锋文学也并非简单地搬用西方现代文学，先锋派作家只是通过现代主义、后现代主义叙事技巧，把历史伤痕和现实困惑进行了糅合。王蒙《蝴蝶》《活动变人形》等，使用意识流等现代风格，在叙述中综合着人物的生平经历和现实遭遇，写出了文化的驳杂和人的复杂，表现出 80 年代人们面对外来思想等各种新鲜事物时内心的纷乱。马原、格非、洪峰、余华、苏童等人的先锋小说，除开纯粹技巧层面的实验之外，还有着历史阴影和现实感受层面的情绪流露。余华《十八岁出门远行》所解构的不仅仅是故事的完整性，更是青年何去何从的现实犹豫。先锋叙事并不完全是为艺术而艺术，主要还是新一批青年作家终于能够自由地运用现代叙述技巧来表现一些复杂的、传统方法难以触及的心理情绪和思想观念。先锋作家的现实感是直面自己的内在体验。何谓内在体验？它不是神灵赋予，而是时代现实作用于个体之后的内心反应。

90 年代之后，纯粹叙事意义上的探索逐渐淡出，作家开始把目光转向具体的社会现实和日常生活。80 年代末、90 年代初的新写实主义小说，池莉、刘震云等人把目光转向世俗生活，用叙述来记录最卑微、最琐碎的日常经验。新写实主义不仅仅是强烈的现实感的问题，更是携带着清晰的人道主义精神，如刘震云《一地鸡毛》写出社会普通职工家庭鸡零狗碎的日常生活。这些小说表达的是底层人物生命的卑微和绝望，作家对这类现实的关注，本身就是一种怜悯与人道主义呼救。随后出现的"新生代"青年作家，如朱文、韩东、何顿、刁斗、林白、陈染、海男、卫慧等，他们的写作展现出更青年一代面对 90 年代商业文化、市场经济全面到来之际的人心状态和伦理处境。像朱文《我爱美元》、何顿《生活无罪》等小说所表现出来的伦理问题正是 90 年代商业化背景下的人性现实。同时，经过 80 年代的主体性文化启蒙，女性在 90 年代商业环境中逐渐发展起独立意识。林白《一个人的战争》、陈染《私人生活》等小说，忠实于作家自己的内心感觉的同时，也叙述出一个时代里女性求独立、争自由的精神现实。女性作家写出女性成长过程中所遭遇的各种不为大多数人所知道的性别歧视和家庭暴虐，亦是女性从内心深处发出的关于尊重女性的文学呼吁，其人道主义精神价值不言而喻。90 年代中期还出现一批现实主义小说，如刘醒龙《分享艰难》、谈歌《大厂》、关仁山《大雪无乡》等，他们以传统的叙事方式关注90年代商业改革大潮中人民创业的艰难。

1992年邓小平视察南方、发表南方谈话之后，商业化、城市化步伐加快。经济发展、城市建设需要大量劳动力，到2005年左右，全国进城务工人员已近1.5亿人。这一庞大数字背后，不仅仅是打工群体当中会出现王十月、郑小琼、盛可以等一批写打工生活遭遇的青年作家，更有一大批作家关注到这一城市化过程当中商业利欲思维侵入乡村世界之后出现的各种人性裂变。城市化转型是90年代以来对中国百姓生活改变最大的历史事件，这其中催生着无数的故事，吸引着东西、陈应松、刘庆邦、孙惠芬等众多著名作家的目光。这些作家的作品如《没有语言的生活》《篡改的命》《马嘶岭血案》《神木》《歇马庄的两个女人》《涂自强的个人悲伤》等，写出底层百姓的艰难生活，记叙一些底层劳动者的悲惨命运，为最无能力发声的人群发出人道主义呼救的人性之声。

现实感和人道主义精神，这是优秀小说的基本元素，也是新时期以来中国当代作家特别重视的品质。汪政说："现实感，顾名思义就是对现实的感觉。"[①] 对现实有感觉，也就是对现实中的人、物、事有感觉。"人道主义"精神是关怀人、尊重人、以人为中心的人文精神。小说失去现实感，就是脱离时代现实、远离真实的人，也就必然变得无力和无聊。小说没有人道主义精神，不能从人性的角度理解人，不能对笔下的人物投入情感，不能对遭受苦难的生命给予悲悯，如此也就失去了小说作为人学的基本品质，也失去了小说之为文学的基本价值。注重现实感的小说，必然是书写这个时代具体人物的作品，是真正写人民、为人民而写，具备这种"真实感"，小说才能深入人心，才能触及我们时代的生活现实和精神问题。而具备人道主义精神的作品，能从最人性化的角度呈现人的完整性，同时也是用最人性化的眼光打量世界、批判现实。马克思说"人的根本就是人本身"："必须推翻那些使人成为被屈辱、被奴役、被遗弃和被蔑视的东西的一切关系。"[②] 用人性的声音来改造人、

---

① 汪政：《现实·现实感·现实主义》，《长篇小说选刊》2018年第5期。
② 参见《马克思恩格斯选集》（第一卷），人民出版社1995年版，第9—15页。

启蒙人，实现"人的完全恢复"，正是当前文学最为重要的精神价值和时代使命。

中国故事与人类命运共通感

新时期以来的中国小说，注重现实感和表现人道主义精神只是共和国精神的一个面向，还有另一面是这些小说、故事的民族性特征和人类性情怀。中国当代小说普遍还没能进入世界视野，但其实它们都具备世界性特征，所表现的人性情感和精神思想是能够与很多民族读者形成共鸣的。

2012年获得诺贝尔文学奖的莫言，其小说所讲述的中国故事，就有效地接通了全世界读者的心灵。莫言在瑞典学院发表获奖演说，演讲题目即为"讲故事的人"，演说结尾他说："因为讲故事我获得了诺贝尔文学奖。我获奖后发生了很多精彩的故事，这些故事，让我坚信真理和正义是存在的。"讲述故事，在故事中表达作家的真理追求和正义感。莫言因着会讲故事获奖，更因为他的小说故事表现出杰出的正义感和真理追求而获奖。正义和真理，这是世界性的现实需求，也是人类性的情感希望。具体而言，莫言的《透明的红萝卜》用魔幻的笔法写出一个孤儿的情感世界，这里面的情愫令人动容。《红高粱家族》中，余占鳌和"我奶奶"之间的情感是惊天动地的，他们之间的故事传达着人间情感的世俗真理。余占鳌等民间英雄的抗日故事也摆脱了传统的政治宣传色彩，他们从人性、从良知这些正义感出发的反抗，最自然地打通着不同民族读者的心灵。《丰乳肥臀》用一个家庭的历史命运寓示了整个20世纪中国的苦难，母亲可类比于中华大地，母亲的故事就是我们民族的故事。莫言在其中灌输着一种母亲之为母亲的最原始又最令人震撼的伟大：她不是任何意识形态意义上的英雄，她只是作为一个生存于天地间的母亲如何忍辱负重地完成生育后代的历史重任。母亲的遭遇可以感动和震惊每一个读者，她的故事既是个人的、家庭的，也是民族的、人类的。还如《酒国》《生死疲劳》《蛙》等等，故事都有着特别的寓意，每个人物的命运都包孕着无数历史和现实。莫言的创作，真正是贴着人物写的典范之作。形象丰满的人物，蕴含在他们身上的人心状况和人性力量，是对各种历史灾难和现实罪恶的深层次批判。追求正义，反思灾难，批判罪恶,这是近现代以来全世界几乎所有伟大小说所共通的思想品质。

莫言之外,还有余华、铁凝、张洁、贾平凹、阎连科、苏童、格非、毕飞宇、王安忆、迟子建、张炜、叶兆言、徐则臣等众多作家,都在讲述着各种各样的中国故事。余华《活着》《许三观卖血记》《在细雨中呼喊》《兄弟》等中、长篇小说,至今备受读者喜爱。比如《活着》中的福贵形象,在各种自然的、人为的、偶然的、必然的灾难折磨之下,一切都被剥夺,只剩下一头黄牛做伴,这里面的悲凉和沉痛,连通着全世界读者的悲悯之心。阎连科《受活》《日光流年》《炸裂志》等,用极端化的故事,展示出中国底层民众所承受和所理解的历史苦难,从中可以感受到作家强烈的人道主义情怀和悲悯精神。铁凝《玫瑰门》《大浴女》等,司漪纹和尹小跳的生命故事都阐述着中国女性在各种特殊环境下的人性选择和灵魂异化。张洁《无字》等小说写出几代女性的命运遭际,并以女性的视角讲述着20世纪的中国历史。还有王安忆的《长恨歌》《天香》等作品,用女性的生命故事写出一个城市的历史命运。这些女性作家以女性视角所讲述的故事,往往更直接地意味着人性的声音。她们笔下的中国故事,以更细致的叙述呈现出更感人的情感,触动着整个世界的情感软肋。苏童、格非、毕飞宇讲述的江南故事,也从很多层面阐述着中国人的日常欲望和人情之思。《河岸》写一对卑微的父子,他们所维系的生活希望,在历史进程中逐渐遗落。这对父子的生命故事,演绎出历史变迁过程中人的价值标准的变化,这种情感具有人类共通性。毕飞宇《玉米》《青衣》《平原》《推拿》等小说,塑造一批极具感染力的人物形象,筱燕秋、玉米、端方等,他们身上所承载的,是特定历史的伤痕,更是人性欲望的自我折磨。但不管是历史还是人性,都通过最终苍凉的结局和悲悯的情感,打动着我们还能读故事的心。还如贾平凹90年代开始出版的一系列长篇小说,《废都》《秦腔》《古炉》《带灯》《老生》《极花》等,以不同题材、不同风格讲述着中华大地上各色人等的悲欢离合故事。1993年出版的《废都》,获得过1997年的法国费米娜文学奖,这部带着预言性质的都市小说,写出了商业时代、精神溃败背景下知识分子的虚无与放纵。《秦腔》等则把故事焦点转回陕西乡村,呈现地方、民间人情风俗的变化,写出整个乡土世界遭遇历史转型时所导致的各方面的破败与沦落,这些故事是乡土的挽歌,引人感慨中国城市化进程中传统事物的消逝。

中国故事当然不止于以上作家提供的历史和现实题材故事，也表现在很多类型叙事特征明显的经典畅销小说中，像麦家、刘慈欣等作家，他们讲述故事的方式是带着类型化特征的，但故事本身却并不通俗，也展示出难得的人性考量，故事本身也具有清晰的民族特征。麦家的《暗算》《解密》《风声》等，都是典型的中国故事。那些神秘的天才人物，比如容金珍，其人生那么璀璨，又那么悲惨。这些天才人物的遭遇，既是个人化的，同时，国家、时代感也特别强。个人命运与国家命运以及与历史时代之间的关系，在这些天赋异禀的人物身上，得到了最直接的呈现。另外，好奇于天才人物的命运，这几乎是全世界读者的共通心理。麦家的小说能够走向全世界，这一现实数据也证明着麦家小说所具有的阅读魅力。刘慈欣《三体》被归入科幻小说，这个故事也有着清晰的中国特征，但其所关注的，却是世界性的、人类性的命运共同体问题。

讲述中国故事，这是一个非常宽泛的说法。新时期以来的中国作家，只要是关注中华大地上的人与事，诚恳地书写出中国人的生活世界和精神状况，都可以算是讲述中国故事。以上提及的作家外，还有更多的、新一代的年轻作家也在热忱地关注和书写着这个时代的人生事物。像徐则臣《耶路撒冷》、乔叶《认罪书》、张悦然《茧》、王威廉《非法入住》、双雪涛《平原上的摩西》等一大批小说，都在努力地表达着这个时代的青年生活和人心现实。这些作品所呈现的精神品质，也是人性的、悲悯的、共情的，对接着全人类的情感需求。可以总结而言，当代中国作家的写作，不仅仅为自我、为个体生活而沉思，更是以更宽阔的情怀在忧思着人类共同体的精神希望——这种希望立足于这个时代有血有肉的人心，它观照着我们民族的精神现实，也勾连着整个人类的文明渴望。

从小说文本中提炼共和国精神，这是考察当代小说的思想性问题。而小说的思想往往不像哲学著作的思想那么清晰明确。伟大、优秀的小说，其思想往往是丰富而呈弥散状态的。我们从共和国精神这一宏大性意义上的国家、民族共同体视野思考当代小说的思想特质，也只是一种维度，并不能因此而穷尽当代小说思想的丰富与驳杂。中国当代小说的经典性，内涵着共和国精神，但并不局限于共和国精神。或者说，共和国精神本身也是丰富而博大的，我们的总结和阐述只是有限的提取。

原刊于《小说评论》2020年第3期

塞林格为什么隐居 50 年?

麦小麦

2019 年是塞林格诞辰 100 周年,经塞林格的儿子马特·塞林格授权,译林出版社在国内首次出版他的一套四本全集。

比起他笔下那些富有个性的人物,我更关注的是创造出这些人物的塞林格。他为什么要在声名鹊起的时候选择隐居,而且长达半个世纪一直到死?他为什么一直勤于写作却不愿再让人们看到他的作品?他为什么一再爱上 18 岁少女,却又迅速冷落她们?……太多好奇,在读了他女儿玛格丽特·佩吉写的《梦幻守望者——我的父亲塞林格》、他的情人乔伊斯·梅纳德写的《我曾是塞林格的情人》、他的粉丝保罗·亚历山大的《守望者:塞林格传》和全球最权威的塞林格研究者坎尼斯·斯拉文斯基的《守望麦田:塞林格传》,以及黑龙江学者王立宏的《J. D. 塞林格小说的文化阐释》之后,我觉得我已经可以来回答这个问题了——塞林格为什么要隐居 50 年?

可是真正在写作过程中我又发现了不断冒出来的材料,作家苗炜曾经翻译过一本《塞林格》,是同名纪录片导演沙恩·萨勒诺和作家大卫·希尔兹采访 200 人之后写成。还有传记片《麦田里的叛逆者》、电影《穿越麦田》……材料越多,于写作而言是件好事,也是一件痛苦的事。

塞林格这种复杂而神秘的人物,像一个浮在云端的日渐模糊的背影,每个对他兀自评论的人都是盲人摸象,斩钉截铁也好,含糊其词也好,其实说的都是自己心里的那个塞林格。我也一样,我也只能在这些仅有的资料中，在我偏狭的认知范围内，来理解这样一位特立独行的美国作家，究竟为什么要隐居50年。

生命中受过的那些伤

我想从塞林格受过的那些伤说起。

塞林格的父亲是犹太人，母亲是婚后改了犹太名并改信犹太教的天主教徒，也就是说，他是一个半犹太人。在塞林格出生长大的年代，犹太人在美国并不受欢迎，到了20世纪二三十年代，更是有着强烈的反犹风潮，这种风潮下，犹太人必须更加抱团，而因为母亲的缘故，他又不是一个纯正的犹太人，这意味着在犹太人与纯正美国人两个阵营中他们家处于两头不靠的局面，家族历史成了需要避忌的事。佩吉在《梦幻守望者》中说："这种讨厌问及家庭背景，讨厌问及从英伦岛屿到新大陆社会关系种种，在我们家成为一支母脉（回忆一下《麦田里的守望者》的开头吧：'……我要是细谈父母的个人私事，他们准会大发脾气。对于这类事情，他们最容易生气，特别是我父亲。'）"同样是在《梦幻守望者》中，他的姐姐多丽丝说："在那些日子里，半犹太人不好过。是犹太人也成不了资本，但至少你属于某地。半犹太人等于你既非鱼类，也非禽类。"在他的第一篇作品《小伙伴》发表时署名是"杰罗姆·塞林格"，这是一个典型的犹太名字，而到了他发表第二篇作品《坦白》的时候，署名就成了我们熟知的 J. D. 塞林格，消除了犹太特色。可是改了名，却改不掉身世，对一个生性敏感的人来说，半犹太人的处境还是经常会让他难堪。

他也像霍尔顿一样屡次转学，甚至被逐出校门，学校生活对他来说经常并不友好。他曾入读的福吉谷军事学校更是一个反犹太人的大本营，他的姐姐多丽丝就认为福吉谷的"反犹"对弟弟来说就是个地狱。后来他又上过三所大学，但都没有毕业就退学了，可以想见，他敏感的个性和特立独行的生活方式在集体生活中就是一个异类，但大学的"反犹"情绪也是其中的重要原因。

可是当塞林格后来向女儿佩吉回忆这所学校时却说他"简直高兴极了，终于逃脱父母的羽翼"，看来，严酷的军校给塞林格的心灵创伤都不如被控制的家。

塞林格从小喜欢演戏、喜欢写作，父亲从来不理解他的这些追求，总觉得他为什么不能脚踏实地帮他做生意，父子关系应该也是他早期生命中的一个重要创伤，直到晚年，塞林格对父亲曾给他的负面评价还是耿耿于怀。幸好母亲对他无条件信任，他一直与母亲关系良好，《麦田里的守望者》出版的时候，他将此书献给母亲。

1941年，塞林格认识了乌娜·奥尼尔，曾获得诺贝尔文学奖的著名剧作家尤金·奥尼尔的女儿，他深深爱上了这个美丽的姑娘。但是爱对他来说也根本不是生命的全部，为了能在写作中获得更多生活阅历，他报名参军远远离开了乌娜。之后，乌娜爱上了大她36岁的好莱坞明星卓别林，刚满18岁就与他结婚。这个消息被媒体大肆报道，乌娜的前任塞林格无可避免地成了报道中的花边材料，塞林格不仅失恋了，而且公开丢脸，在电影《塞林格》中，他的战友惊呼："你是第一个在报纸头版被甩了的人！"恋爱时有多高调，现在就有多丢人。

这次失恋应该是塞林格一辈子都没能解开的心结，他后来多次在作品中说到他讨厌电影，讨厌好莱坞，甚至还在与朋友的信中用恶毒的文字丑化乌娜与卓别林。从此，塞林格只喜欢20岁以下的姑娘，她们长得都很像美丽的乌娜，同时她们身上又有些与他的共性。他追求克莱尔是因为她有才华，他主动给乔伊斯写信是因为她在《纽约时报》发表了一篇文章并配了一张照片。

可惜，大多数姑娘和他都不长久，刚开始那些才华横溢、只会用崇拜的眼光仰望他的姑娘，很快就对他的隐居生活不满起来，她们不是他的盲哑姑娘，她们是活生生的人。克莱尔和他离婚、乔伊斯几十年后写了一本书，她们都让他不省心。

对塞林格来说，更严重的心灵创伤来自战争。从1941年入伍到1945年退伍，塞林格全程参与了第二次世界大战，血淋淋的近距离杀戮场面，给一个敏感的文学青年带来了无法弥补的心灵创伤。1944年6月6日，塞林格参与诺曼底登陆，他在后来的文字中反复提到诺曼底登陆，却又对其中细节三缄其口。在斯拉文斯基的研究中，他与30名战士挤进一艘登陆艇，经过了一生中"最漫长的一天"死里逃生。他写过一个从未发表的作品《魔术般的猫耳洞》，小说取材自诺曼底登陆之后几天的战场，也是他的作品中唯一正面描写残酷战争场面的，他将愤怒与绝望指向战争，并且发出天问："上帝在哪里？"却不知道一切远远没有结束。

可是在死里逃生之后，他并不知道这一切还远远没有结束。接下来的11个月，他和战友们还要继续经历地狱般的连续作战，包括最为残酷的赫特根森林之战。

斯拉文斯基写道："森林里那日复一日的恐惧把士兵逼到了极限。他们被困在幽暗的森林里，死亡随时能发生，而且不知在哪个方向发生。这里的敌人都在暗处，所以战士们不敢有片刻马虎，紧绷的神经早晚要断裂。连道上的烂泥和不停的雨水里都弥漫着疯狂。"赫特根森林战役在二战史上被认为是一场失败的战争，士兵们付出了沉重的代价，这场战争也极大地改变了塞林格。被这场残酷战斗改变的还有海明威，他当时的营地与塞林格只相距一英里，后来他曾公开大骂这座森林。两人后来成了至交，其中原因当然是因为共同经历的战争，虽然塞林格对海明威的作品并不以为然。

《九故事》中，《抓香蕉鱼最好的日子》里的西摩因为战争创伤而自杀，《为艾斯美而写——有爱也有污秽》里的参谋军士X就是一个严重的战后心理综合征患者，塞林格用他笔下的人物，一点一点将他的心理创伤表达出来，但仅仅是表达而已，距离疗愈还有很远很远的路程。

身份认同之伤、父子感情之伤、初恋之伤、战争之伤，共同构成了塞林格心中的累累伤痕，这些伤在他生命的前半程叠加成一腔没有出口的愤懑，流淌到笔尖纸上，成就了他一生中最伟大的作品，就是那部充满愤怒与不平的、貌似青春小说但对世界的影响力远远大于青春范畴的《麦田里的守望者》。这部作品获得了巨大的成功，可是这种成功不仅没有抚平他的伤痛，反而给他带来了更多的焦虑与烦恼。随着时间的流逝，所有这些伤痛与焦虑继续发酵、变形，再勾兑上来自世界各地的思想与信仰，变异成一种独属于塞林格的思想体系，为他长达半个世纪的林中怪杰一般的隐居生活埋下伏笔。

远离人群，远离误解

美国著名作家约翰·厄普代克曾经开玩笑说："塞林格写出一部大作《麦田里的守望者》，还告诉喜欢这部小说的读者给作家打电话，后来他藏了20年，为的是不接电话。"确实，塞林格的隐居，很大原因就是为了逃避与别人打交道。

刚开始住到科尼什，塞林格并没有打算真的隐居，他结交了一大批十几岁的孩子，他经常在家里招待他们，去附近温莎小镇的咖啡馆与他们聚会聊天，还用车载男孩们去看篮球赛、护送女孩去舞会，他迅速成为少年们最喜欢的人，是他们遇到烦恼时可以倾诉的知心大哥哥。后来，一个叫雪莉·布兰尼的女孩说要为校报上的一篇文章"和他聊聊"，他们聊得很愉快，布兰妮的所有问题都得到了答案。可是很快，布兰妮的文章在新罕布什尔的日报《克莱里蒙鹰报》而不是学校报纸发表，这让塞林格大为生气，他觉得布兰妮和她的伙伴们出卖了他，他迅速与所有的孩子断绝了关系，当他们坐车来找他时，他就装作不在家。不久，他在屋子外面建起一圈高墙，把孩子们彻底挡在了外面，也把世界挡在了外面。

这让人想到《麦田里的守望者》里，霍尔顿夜里想给妹妹菲比打个电话，可是又猜想这个时候妹妹一定睡了，电话很可能被父亲接起。霍尔顿就像塞林格一样，何尝不想有个与世界好好沟通的渠道？他喜欢妹妹，或是邻居高中生，可是在他们面前都横亘着巨大的风险，与妹妹沟通的风险是父亲，与高中生沟通的风险是他们的背叛。

正如他的女儿佩吉所说："在父亲的世界里，有缺点就要被放逐，有过失就意味着成为叛徒。"他笔下的小女孩都是完美无瑕的，霍尔顿的妹妹菲比、听西蒙讲香蕉鱼故事的西比尔、要求"我"写一个极其污秽极其感人的故事的艾斯美。而他真实的女儿却觉得自己只能"大部分时间做到不使他丢脸，让他感到自豪"。在他的《最后一次探家的最后一天》里，他写道："假如你不能成为聪明的姑娘和了不起的姑娘，我就不希望看见你长大。"对身边真实活着的女性来说，这真是一个可怕的要求，无论是他的女儿还是他爱上的姑娘们。

女儿为了取悦父亲，只能努力去做那个聪明而了不起的姑娘，然而这样做的代价相当高昂，分裂成了佩吉前半生的主题，她一直在和失眠、噩梦、习惯性偷窃、过量服用药物做斗争，写《梦幻守望者》对她来说就是一个疗愈的过程。

对女人的要求也一样，他爱上的完美18岁姑娘，后来大多离开了他，或者被他赶走。除了陪他走到生命终点的最后一任妻子柯林，不知道这个当过护士的女子，是不是正好符合他心中那个"美丽的""又聋又哑"的姑娘的想象？

他笔下的人物也经常帮他说出这种对他人的苛刻。格拉斯太太曾这么说祖伊和巴蒂："如果你们不能在两分钟里喜欢上某个人，那么你们就永远不会喜欢他了。"她告诫祖伊："你活在这个世界上不能带着这么强烈的喜和恶。"这如同塞林格的妈妈在对他说，可是没有用，就像祖伊一样，只是"怔怔地看着她，然后微笑了一下，转身去看镜子里的胡子"（《弗兰妮与祖伊》）。

塞林格无法容忍他人，无法容忍不合乎他内心的任何事物，他笔下的霍尔顿和弗兰妮因为忍受不了外界，只能大病一场。他还更多地让他笔下的人物因为无法容忍这个世界而死去，格拉斯家族的天才大哥西摩选择自杀，霍尔顿最喜欢的弟弟艾里病死，刚刚向陌生人宣讲完灵魂理论的泰迪转头就摔死在游泳池里，笑面人则是捏碎装着可以救他命的鹰血的瓶子，扯下面纱倒下死去。死去，是逃避这个社会最彻底、最决绝的方法。

在现实中塞林格没有让自己死去，也没有像更多的愤怒的、迷惘的年轻人一样随着年龄增长终于和这个世界和解，他选择的是一退再退，退回到那个他亲手建成的只有树木、群山、悬崖做伴的家中，筑起高墙，远离人群，孤独终老。

逃进森林，专心写作

写作是塞林格的终生挚爱，没有之一。躲到人们找不到的地方去写作，也是他隐居在丛林深处的重要原因之一。

塞林格的作品除了打动无数青少年的《麦田里的守望者》和名声很大的《九故事》，还有两本只有"忠粉"才知道的《弗兰妮与祖伊》《抬高房梁，木匠们；西摩：小传》。在他隐居的50年中可能还写了大量作品。2008年，也就是他去世前两年，他成立塞林格文学信托基金，将全部共39部作品的处置权委托给信托基金管理，不让任何个人独占他的作品。

39部，这就是他全部的作品了吗？我们不得而知，但从女儿玛格丽特的《梦幻守望者》中我们能找到线索，她通常不被允许进入他的书房，"此生被邀请进去过也许两三次"，她看到的是"几个大的顶天立地的保险柜"，保险柜里是他仔细归档过的文件，用红蓝两种记号一一标记，假如他没有完成这部作品就死了，标有红色记号的可以"按'此本'发表"，蓝色记号的"可发表，但得先编辑一下"，不过由谁来编辑他女儿就不知道了。后来这些作品的处置权应该是交给了信托基金和她的弟弟马特（在她的书中译本中译为马修）。

关于塞林格最动人的印象，在书评人戴新伟眼里是他带着午餐独自走向工作室去写作的那个背影。在《守望麦田：塞林格传》中，斯拉文斯基写道："在他那个小天地里，他不必因外事分心，最后丰富的艺术以生动的方式变成了生活。在他这座寺庙之内，现实与想象得以贯通，所以暗室才能成为格拉斯一家的领地。暗室里塞林格笔下的人物说一不二，将那些故事讲给作者，仿佛来自另一个世界的精灵将信息传递过来。"

女儿佩吉从小就会独自一人走过树林到父亲工作的小木屋给他送饭。爸爸的绿屋子是煤渣砖盖的，漆成松树一样的暗绿色，里面只有一间小房，除了床和几个书架，还有一把放置得高高的用来做椅子的旧车座，他会用两腿盘在身下的莲花坐姿坐在上面。写字台是一块架起来的平木板，上面有一台老式手动打字机，书桌周围到处贴着小黄纸片，上面用铅笔写着字，不过她从来不敢仔细看上面到底写的是什么。这便是塞林格一直写作的地方，直到1992年，一场大火把这个书房付之一炬。

《西摩：小传》中塞林格借"我"——格拉斯家族的老二巴蒂之口说："我一直都是一个叙述者，但我是一个有着极端迫切的个人需求的叙述者。我想介绍，我想描述，我想散发回忆录和护身符，我想打开我的钱包把里面的快照传个遍，我想跟着感觉走。"写作之于他的意义，是一种不得不表达的迫切、不得不跟着感觉走的必然，是发自生命深处的需求。

在《德·杜米埃-史密斯的蓝色时期》，男主角"我"好不容易找到一份函授美术老师的工作，在大量狗屁作品中发现了一个真正的天才，但他眼中的天才艾尔玛修女后来被修道院女院长要求放弃函授学习，"我"开始对此痛心疾首，但最后他想通了，在日记里用法语写下"我还艾尔玛嬷嬷以自由，她要按她自己的命运向前。世人皆修女"。是啊，世人皆修女，塞林格也是，他的写作如她的绘画，是表达生命的需要，但如果为了更伟大的信仰，那就顺其自然好了，可以写，也可以不写，于生命来说二者没有区别。

写作本身就是他的需求，写出来就功德圆满了，至于要不要让读者看到，于塞林格倒不是重要的事，反而对此他还很有顾虑，《西摩：小传》中巴蒂说："哦，上帝，这是多么崇高的一份职业。我对读者到底知道多少？我可以向他倾诉到什么程度，才不至于让我们彼此任何一方感到难堪？"既然作品出版之后总是难免被误读，难免陷入这种难堪的局面，那么，把它永远地藏起来也不失为一种最好的选择。

努力写作，不问出版，或者说努力做事，不问结果，于塞林格而言也是有信仰支撑的，在《弗兰妮与祖伊》里，西摩和巴蒂房间里的写字板上写着："你有工作的权利，但只是就工作本身而言。你无权获得工作的成果。绝不能把对获得工作成果的渴望作为你工作的动机。……带着期待成果的焦灼而完成的工作，远远比不上在投入自我的宁静中完成的工作。"这段话摘自印度教经典《摩诃婆罗多》中的《福者之歌》，这也是后来塞林格的精神宝典之一。

写作也是他的救赎，可是在写作中找到的出路一旦面对现实就崩溃了，因为他要的快乐是与生命融为一体的、顿悟式的，被他的情人乔伊斯称作"液体般的快乐而不是固体般的幸福"。对这种快乐的追求，恐怕还不是写作所能做到的。他还要开辟出另一条路，让深深的丛林将庸俗的凡人挡在外面，而他终日吸食自然天地之精华，在最简朴的生活中滋养出他的长寿的一生。

2019年3月16日，译林出版社邀请马特·塞林格来到上海思南读书会与读者做了一场分享，有读者问他塞林格是不是还有大量作品没有发表，会不会被发表？他说："我想在他的百年诞辰之际，他的读者值得一些答案。我想让他的读者知道，他在之后的五六十年里继续写作，他写的那些东西会被出版。但是时间没定，我们会尽快，但是你不要抱什么期待，像书的封面一样，是一片空白的。"

修行之路

无论是心灵创作、社交厌恶还是写作，都不是让塞林格隐居50年的真正原因，关于这个问题的终极答案，就是他在丛林中开辟出的那条修行之路。

塞林格的信仰谜般复杂。父亲是犹太血统，爱尔兰人母亲出生在一个天主教家庭，婚后改了个犹太名字，他们长期居住在基督教盛行的纽约上东区，那里无论是犹太教还是天主教都很没有市场。他从小几乎不去教堂。《麦田里的守望者》中，霍尔顿说："我算是个无神论者。……我爸妈的信仰不同，我们家到我这一代全是无神论者。"这恐怕就是塞林格家的真实状况。

战后，深受战争创作所苦的他开始向别的信仰体系寻求救赎。20世纪中期，佛教，尤其是禅宗成为美国青年的新欢。被"垮掉的一代"当作精神圣经的《在路上》作者凯鲁亚克仔细研读了禅宗经典和寒山的诗，"空幻""寂灭"等说法引起了他的强烈精神共鸣，并将禅宗当成他的精神指引。他的思想深深影响了一代人。

塞林格的战后心理创伤与西渐的东方哲学相遇，不啻长久在黑暗中踽踽独行的人突然看到乌云中探出一轮明月，本心、迷失、开悟、轮回等观念让一直笼罩在死亡与恐惧阴影下的他得到极大的慰藉。1950年，他与日本禅学大师铃木大拙相识，铃木的思路与塞林格的口味不谋而合，来自东方的禅宗与他本身的信仰系统完美结合，写作也成了他坐禅的一种方式。这样的结合使得他开始将一切妨碍他写作和修行的东西弃如敝屣，比如名利和世人的关注。

后来他接触到印度经典《摩诃婆罗多》中的《福音之歌》，印度的吠檀多追求统一与和谐，这也成为塞林格精神追求的重要特征，各家各派复杂的体系在他身上神奇地统一起来，形成一个和谐的自洽的系统，并成为他隐居50年最根本的精神寄托。

他在作品中一再写到迷失方向的年轻人寻求精神安慰，《弗兰妮与祖伊》中，校园生活和爱情都无法拯救弗兰妮，她需要的是心灵的宁静，虽然她的信仰被祖伊大肆批评。而祖伊相信的超脱、无欲，则应该存在于日常生活、一粥一饭中，比如妈妈端上来的那碗鸡汤里，比如弗兰妮最应该从事的演戏里。他们的分歧不在于信不信,只在于信的方式不一样。

1955年6月,36岁的塞林格和克莱尔·道格拉斯结婚。婚后不久,他们就开始修习瑜伽,接受咒语仪式和呼吸训练。但是在克莱尔还对瑜伽死心塌地的时候,塞林格对此已经兴趣索然。他一度喜欢上排除忧郁的精神疗法,还去拜会了这种疗法的创始人哈伯德先生,后来,灵修、顺势疗法、针灸、长寿食疗法等信仰与修行方式轮番被他青睐。

关于他的信仰来源,他借《西摩:小传》里的巴蒂总结说:"我和西摩的东方哲学的根……无论过去还是现在,都是植于《新约》和《旧约》、吠檀多不二论,以及首都,不知这些是否不合时宜?我倾向于把我自己认作一个四流的羯磨瑜伽行者……我深深迷恋经典的禅宗文献,且斗胆每星期在大学教一个晚上的禅宗以及大乘佛教选读……"看,其实塞林格并不想给人们留下太多谜,一切他都准备通过作品留下答案,可是他的答案与他的人生都太过离奇,人们即使找到了答案,也不愿意相信,不愿意停止寻找。

《九故事》的最后一篇《泰迪》,是一篇非常古怪的小说,塞林格借一个如同造诣深厚的先知的十岁孩子,直接表露了他以禅宗和吠檀多交织而成的东方神秘主义思想。泰迪自称前世是印度哲人,他相信灵魂转世理论,认为挣脱人生桎梏的关键在于抛弃理性和知识,他想做的事是"先把所有的孩子聚集起来,教他们如何冥想。……而在这之前,我还得先让他们把他们的父母以及所有别的人告诉过他们的一切都清空"。他认为,只有以直觉把握事物的本质,才能彻底摆脱生死轮回,与神秘的神之精神同在。

这才是他的终极追求。也是让他50年安心呆在密林深处的小房子里的根本原因。

2010年1月27日,他在柯尼什的家中去世。或许,他只是实现了自己的梦想,彻底解脱了。

马特·塞林格在上海思南读书会上说:"我觉得他(父亲)有一颗东方的心灵,相比他西方人的外表,内心更偏东方人多一些。人们一直会讨论说他关于印度教的一些爱好,尤其是关于非二元论的喜爱,但是事实上相较于印度教,他其实自己会对于道教和儒家的东西更感兴趣,他会读老子、庄子的东西。"

　　始终有一种说法，说塞林格其实只是用隐居这种方式将自己永远地留在文学史上，也就是说他的隐居只是一种想要更受关注的策略。这实在太低估了塞林格，也高估了人类社会规范对每一个个体的影响。

　　没错，普通人会屈从于那些既定规范，要成功，要被关注，要青史留名，可是对于那些境界远高于凡人的神人来说，他们自带来自宇宙源头的信念与能量，在他们眼中，世界的既定规则与他们没有什么关系，他的所有行为举止只有一个标准，那就是他内心的选择。他们的生命主题，是听从来自灵魂深处的声音去发现、去创造、去开拓、去启迪，唯独不是去墨守成规。

　　对于我们来说，虽然身为普通人，也不妨多一个看待天才与非凡之人的新视角，我们可以将那些最有才华的文学家、艺术家、思想家看成是一种有特权的人，无远弗届的灵感与激情是上天赋予他们的特权，这种特权让他们罔顾社会规范、罔顾道德法律，如自嗨一般用自己独特的方式为人类创造出最富激情的艺术作品和最深奥的思想体系。如果没有他们，人们就没有机会得以一窥宇宙间最美的存在和最神秘的原理，他们可以一边是浪子、怪物、谜题，一边是人类文明史上最重要的人。

　　而塞林格，就是这样的浪子、怪物和谜题，同时也是文学史上最重要的作家之一。他以一种激进的隐居度过他的大半辈子，在我眼里，他那充满神秘色彩的人生，其实才是他最伟大的作品。

原刊于《书城》2019 年 09 期

在认同与规避之间

——论茅盾《子夜》对左拉《卢贡·马加尔家族》的借鉴与改写

龙其林

1933年1月,开明书店出版了茅盾的长篇家族小说《子夜》。作品刚一出版,即引起了各方关注,小说3个月内就印刷4版,成为当时具有轰动效应的作品。瞿秋白曾充满激情地赞扬这部小说,认为"这是中国第一部写实主义的成功的长篇小说","一九三三年在将来的文学史上,没有疑问的要记录《子夜》的出版"①。吴宓撰文也对这部小说给予了很高的评价,认为"吾人所为最激赏此书者,第一,以此书乃作者著作中结构最佳之书。盖作者善于表现现代中国之动摇,久为吾人所知。其最初得名之'三部曲'即此类也。其灵思佳语,诚复动人,顾犹有结构零碎之憾","此书则较之大见进步,而表现时代动摇之力,尤为深刻"②。而在之后的各种文学史著作中,茅盾及其《子夜》也获得了高度的评价:"他是彻底改变'五四'中长篇小说的幼稚状态,使之走向完善的最突出的小说家"③,"《子夜》对洋场都会的色彩和声浪的捕捉,以及它对实业资本和金融资本在交易所角逐的出色描绘,是同代作家未能

---

① 瞿秋白:《瞿秋白文集·文学编》(第二卷),人民文学出版社1986年版,第71页。
② 茅盾:《我走过的道路(中)》,人民文学出版社1981年版,第121页。
③ 钱理群、温儒敏、吴福辉:《中国现代文学三十年》(修订本),北京大学出版社1998年版,第172页。

企及，后代作家难以重复的"①。

《子夜》在中国获得的巨大成功和轰动效应，也使得这部作品被翻译成多国文字介绍到德、日等国。1938年，德国的弗朗茨·库恩在其翻译的《子夜》前言中写下了这么一段耐人寻味的话："《子夜》在中国引起了人们极大的注意，并很快一再重版。它非同寻常地向我们显示，在今天的中国，东西方文化之间的融合过程是进展到了何种程度。就是由于这一理由，促使我把它译为德文。"② 库恩所言东西方文化之间的融合语焉不详，并未说明这部小说受到了西方哪位作家的作品影响，但人们通常都倾向于将此"西方"理解为托尔斯泰的《战争与和平》。在一些研究者看来，《子夜》更多地表现出对托尔斯泰《战争与和平》的借鉴，而左拉的《卢贡·马加尔家族》似乎并无多少影响。

从认同到规避：茅盾之于左拉

1921年下半年，茅盾在《评四五六月的创作》一文中旗帜鲜明地倡导自然主义："对于现今创作坛的条陈是'到民间去'；到民间去经验了，先造出中国的自然主义文学来"③。之后茅盾接连发表了一系列文章，在中国作家和文化界中大力提倡自然主义文学。1922年7月在为自然主义论争写的总结性文章《自然主义与中国现代小说》中，茅盾仔细地反思了当时中国文学创作的困境，认为中国作家们中了两个观念的毒："一是'文以载道'的观念，一是'游戏'的观念。"④ 作为矫正，茅盾主张通过学习以左拉为代表的自然主义文学作品的方法进行改造："我们都知道自然主义者最大的目标是'真'；在他们看来，不真的就不会美，不算善"，"左拉这种描写法，最大的好处是真实与细致"⑤。在这篇文章中，茅盾还专门分析了《卢贡·马加尔家族》与近代科学的关系："自然主义都是经过近代科学的洗礼的；他的描写法，题材，以及思想，都和近代科学有关系。左拉的巨著《卢贡·玛卡尔》，就是描写卢贡·玛

---

① 杨义：《中国现代小说史》（第二卷），人民文学出版社1998年版，第108页。
② [德] 弗朗茨·库恩：《德文版〈子夜〉前记》，郭志刚译，李岫编：《茅盾研究在国外》，湖南人民出版社1984年版，第125页。
③ 沈雁冰：《评四五六月的创作》，《小说月报》1921年第8期。
④ 沈雁冰：《自然主义与中国现代小说》，《小说月报》1922年第7期。
⑤ 同上。

卡尔一家的遗传，是以进化论为目的"，"我们应该学自然派作家，把科学上发现的原理应用到小说里，并该研究社会问题，男女问题，进化论种种学说。否则，恐怕没法免去内容单薄与用意浅显两个毛病"①。

1930年，茅盾以方璧的署名在上海世界书局出版了《西洋文学通论》，专门介绍了自然主义的代表作家及作品，其中就包括左拉的《卢贡·马加尔家族》。在书中茅盾这样评价这部家族巨著："在十九世纪后半的欧洲文坛上，没有第二部书更惹起广大的注意和嘈杂的批评如《罗贡马惹尔》了。即使是反对自然主义的批评家也不能不承认《罗贡马惹尔》这二十卷巨著是文学史上空前的'杰作'，直到现在还没有可与并论的作品出世。在这部大著作内，左拉不但应用了近代科学的遗传论的理论，作为全书的骨干，并且又恰当地挑选了'第二帝政'时代的社会各方面都在转换（资本主义发达到全盛）的法国作为全书的背景，企图对人生的各面作一极精密的分析和极露骨的表白。"② 茅盾概述了《卢贡·马加尔家族》中的系列小说的内容，分别对20部小说的主要人物及内容进行了概括。总括了左拉这部巨著的内容之后，茅盾充满激情地写道："这就是《罗贡马惹尔》。左拉这巨人所堆的金字塔！"③ 对于自然主义的代表作家左拉及其巨著《卢贡·马加尔家族》，茅盾是有着自己独特的阅读体会和思考的。他曾这样分析这部作品的特点："由归纳'人间记录'而得科学的结论，因以立小说中所要表现的'真理'而支配题材。《罗贡马惹尔》不是随便写的，是依据了遗传理论，归纳了'人间纪录'，然后客观地描写。这把人类的贤不肖的种种行为，立脚在科学的理论上，是左拉所独创的"。④

茅盾早在1920年便参加了共产主义小组，同年7月更是成为中国共产党最早的党员之一。政治身份的归属与对中国命运前途的忧虑，使茅盾的思想观念逐渐地发生变化。茅盾在后来谈到自己所受西方文学的影响时，已经与五四时期发生了微妙的变化，他说："虽然人家认定我是自然主义的信徒，——现在我许久不谈自由主义了，也还有那样的

---

① 沈雁冰：《自然主义与中国现代小说》，《小说月报》1922年第7期。
② 茅盾：《西洋文学通论》，书目文献出版社1985年版，第109—110页。
③ 同上，第117页。
④ 同上，第117—118页。

话，——然而实在我未尝依了自然主义的规律开始我的创作生涯；相反的，我是真实地去生活，经验了动乱中国的最复杂的人生的一幕，终于感得了幻灭的悲哀，人生的矛盾，在消沉的心情下，孤寂的生活中，而尚受生活执着的支配，想要以我的生命力的余烬从别方面在这迷乱灰色的人生内发一星微光，于是我就开始创作了。"① 在20世纪二三十年代，茅盾的文学观念经历了一系列的转变，他对自然主义也经历了由陌生到熟悉、由大力倡导到渐渐疏离的过程。随着茅盾文学主张和思想观念的发展，他对于左拉也有着迥异的评价。茅盾曾这样分析左拉的创作方法："这样的方法似乎是有条有理，周密而谨慎。这是左拉惯用的方法。""但是从这样的方法搜集得来的材料只能说明那生活圈子的表面状况，——是它的躯壳而非灵魂。"② 同时，面对瞿秋白所指出的《子夜》受《卢贡·马加尔家族》中《金钱》影响一事，1962年时茅盾还竭力为自己辩解："瞿秋白当年称《子夜》为受了左拉《金钱》的影响云云，我亦茫然不解其所指。"③ 这一切，似乎都表明了一个令人尴尬的现象：茅盾虽然早年倡导自然主义，极为推崇左拉及其巨著《卢贡·马加尔家族》，但其在创作长篇家族小说《子夜》时已经淡化了左拉这部自然主义经典家族巨著的潜在制约。

作家的思想资源构成、作品的创作过程受到特定社会环境、文化氛围的影响是不争的事实，无论作家出于各种原因加以否认，也不影响研究者钩稽史料、客观分析作家作品之间的相互关联。茅盾不仅对于左拉的这部巨著有着总体的、到位的分析，而且了解每一部作品的内容。他之借重左拉及其作品，根本目的乃在于向中国文学执着地输入客观描写、追求真实的精神与技巧，而对于某些有违中国文化精神的思想却保持了足够的谨慎。他在20世纪三四十年代之后对于自然主义文学及左拉的回避，有着多重的原因，但并不影响作家受到自然主义文学影响的历史事实。

---

① 茅盾：《从牯岭到东京》，《小说月报》1928年第10期。
② 茅盾：《茅盾论创作》，上海文艺出版社1980年版，第462页。
③ 茅盾著，贾亭、纪恩选编：《茅盾散文》，中国广播出版社1995年版，第562页。

家族生活的构思：结构、内容和破绽

左拉接受了实验医学和遗传学的影响，他所设置的家族血缘关系中隐含着一种生理遗传的因素，而这是茅盾在构思《子夜》时所没有涉及的。在为一个充满疯狂与耻辱的时代写照的过程中，左拉所做的设想是："把一个家族放在中心地位，另外至少有两个家族派生于其上。这个家族在现代社会各个阶级里繁衍。"① "我要说明一个家族、一个小小的人群，在一个社会里是如何安身立命的，它繁殖出一、二十个成员，初看之下，他们千差万别，各不相似，但加以分析，则可看出他们彼此之间隐深的关联"，"一旦我掌握了这些线索，一旦我手里拥有了整个一个社会群体，我将表现出这个群体如何象一个历史时代里的角色一样行事，我将让它在自己错综复杂的奋斗中活动，我将同时分析它每一个成员的意志力的总和与这整个家族总的发展"②，"并且通过他们各自不同的经历叙说出第二帝国从政变阴谋到色当投降的全部历史"③。从实践来看，左拉对《卢贡·马加尔家族》的设想达到了其目的。这部巨著中的人物活动的时间虽然被限定在第二帝国时期的20年时间里，却因写于第三共和国期间，"整个家族史小说实际上也就反映了从五十年代初到九十年代初的法国现实"④。

作为对左拉的《卢贡·马加尔家族》20部小说内容均有了解且熟知小说结构、家族关系的茅盾来说，他在创作时自然会使之成为自己小说的某种潜在观照，由此而形成内容上的某种共通性。从整体上看，左拉通过《卢贡·马加尔家族》20部小说表现了第二帝国时代社会生活的各个方面，包括金融、农业、商业、政界、宗教界、资产阶级暴发户、艺术家、产业工人、流氓无产者、军官、妓女等各个领域的形象；其中每

---

① [法]左拉著，柳鸣九编译：《关于家族史小说总体构思的札记》，《法国自然主义作品选》，天津人民出版社1987年版，第733页。
② [法]左拉著，柳鸣九编译：《〈卢贡·马加尔家族〉总序》，《法国自然主义作品选》，天津人民出版社1987年版，第736页。
③ 同上，第737页。
④ [法]左拉著，柳鸣九编译：《重新评价左拉的几个问题——在中国法国文学研究会主办的左拉学术研讨会上的主旨学术报告》，《法兰西文学大师十论》，复旦大学出版社2004年版，第247页。

一部小说反映社会生活的一个侧面,由此而构成对时代生活的立体表达。而贯穿其中的,则是左拉所设计的卢贡家族的"自然史"和"社会史"。《子夜》创作于1931年10月至1932年12月5日,当时刚刚发生了一场关于中国社会性质的论战,这促使茅盾通过家族小说来表现中国社会性质及阶级特征的希望。茅盾试图借助一个遍布社会各个角落的吴氏家族,再现二三十年代上海社会形形色色的阶层、人物和生活:"我那时打算用小说的形式写出以下的三个方面:(一)民族工业在帝国主义经济侵略的压迫下,在世界经济恐慌的影响下,在农村破产的环境下,为要自保,使用更加残酷的手段加紧对工人阶级的剥削;(二)因此引起了工人阶级的经济的政治的斗争;(三)当时的南北大战,农村经济破产以及农民暴动又加深了民族工业的恐慌。"① 茅盾的《子夜》在规模上明显要小于《卢贡·马加尔家族》,但我们同样可以发现茅盾所展示的20世纪二三十年代中国社会的各个阶级、领域内的种种生活,各阶级各阶层人物的形象在茅盾的笔下得到了栩栩如生的表现。就涉及到的领域而言,《子夜》仍然在都市与农村、政治与经济、农民与工人、革命者与资本家、民族资产阶级与买办资产阶级、上流社会奢华淫逸生活与底层贫民艰难度日、学生运动与教授生活等众多场景的描写中实现了对于社会史的生动刻画。在某种意义上看,《子夜》可以说是对《卢贡·马加尔家族》诸多生活和线索的浓缩,并以家族生活作为内在线索。

《子夜》与《卢贡·马加尔家族》存在着某种对照关系。在《子夜》出版之后,瞿秋白即敏锐地发现了小说与左拉《卢贡·马加尔家族》系列小说中的《金钱》之间的密切关系。在《〈子夜〉与国货年》中,瞿秋白分析说:"这是中国第一部写实主义的成功的长篇小说。带着很明显的左拉的影响(左拉的 *L'argent*——《金钱》)。自然,它还有很多缺点,甚至于错误。然而应用真正的社会科学,在文艺上表现中国的社会关系和阶级关系,在《子夜》不能不说是很大的成绩。茅盾不是左拉,他至少已经没有左拉那种蒲鲁东主义的蠢话。"② 除此之外,《子夜》中描写到的双桥镇农村生活的动荡也与《土地》中的乡村世界有着相似的

---

① 茅盾:《〈子夜〉是怎样写成的》,《新疆日报》副刊《绿洲》1939年6月1日。
② 瞿秋白:《瞿秋白文集·文学编第二卷》,人民文学出版社1986年版,第71页。

地方，尤其是《子夜》中的曾家驹这个流氓阔少简直融合了《土地》中诨号耶稣基督的亚山特和毕托这两个流氓的特色；《子夜》中所描绘上流社会奢华淫荡的私生活，与《娜娜》所揭露的贵族阶层荒淫无耻的生活十分相似，而交际花徐曼丽、以身体为代价接近赵伯韬的冯眉卿等形象也与娜娜的形象有着某种一致性。此外，《子夜》存在的缺陷也残留了左拉的影响。左拉在创作时主张以科学的态度加以观察，为了使自己的作品具备科学实验的精准与摄影师般的细腻，他在进行创作之前总要大量地搜集、阅读资料、了解生活，甚至为了写作具体的场景还要进行实地考察，以期达到自己所追求的小说目标。在创作《人兽》时，左拉仔细地观察车站、隧道、机车库，与铁路工人、工程师谈话；为了创作《小酒店》，左拉经常到小酒店去厮混，并对个体劳动者和下层百姓进行调查；茅盾在《自然主义与中国现代小说》中认为："自然主义者事事必先实地观察的精神也是我们所当引为'南针'的"，"这种实地观察的精神，到自然派便达到极点。他们不但对于全书的大背景，一个社会，要实地观察一下，即便是讲到一爿巴黎城里的小咖啡馆，他们也要亲身观察全巴黎城的咖啡馆，比较其房屋的建筑，内部的陈设，及其空气（就是馆内一般的情状），取其最普通的可为代表的，描写入书里"①。茅盾在写作精神上接受了科学的方法，因而他也采取了相同的创作模式。

家族生活的再现：科学的描写和实验的小说

在《实验小说论》中，左拉这样阐释自然主义的理论主张："观察者纯粹是仅仅看到眼前的现象……他应该成为现象的摄影师；他的观察应该准确地反映自然……他倾听自然的话音，一字不差地记下来。然而，一旦看到了事实，仔细观察了现象，思想便接踵而至，于是开始进行推理。这时实验者便出面说明这个现象。"② 在这个过程中，作家如同科学家一样，对事物保持客观冷静的态度，通过文字精确的剖析与分析来实现作品对于科学性的追求。为此，左拉对自然科学的方法进行了强调，认为应该将科学研究的方法应用到社会史和自然史的描写中，以此来建

---

① 沈雁冰：《自然主义与中国现代小说》，《小说月报》1922 年第 7 期。
② [法] 左拉著，柳鸣九编译：《实验小说论》，《法国自然主义作品选》，天津人民出版社 1987 年版，第 741—742 页。

立对一个时代的全面、立体和真实的表现。

左拉的这种主张正契合了茅盾关于发展中国文学的态度。在《自然主义与中国现代文学》中，茅盾曾猛烈地抨击旧派小说所存在的问题："（一）他们连小说重在描写都不知道，却以'记账式'的叙述法来做小说，以至连篇累牍所载无非是'动作'的'清账'，给现代感觉敏锐的人看了，只觉味同嚼蜡。（二）他们不知道客观的观察，只知主观的向壁虚造，以至名为'此实事也'的作品，亦满纸是虚伪做作的气味，而'实事'不能再现于读者的'心眼'之前①"；对于新派文学，茅盾也意识到了其中存在的致命问题："除了几位成功的作者而外，大多数正在创作道上努力的人，技术方面颇有犯了和旧派相同的毛病的。一言以蔽之，不能客观的描写。"② 这里茅盾指出了旧派和新派小说的两点缺陷，一是缺乏描写意识和技巧，二是缺乏客观的精神。正是因为这两点，导致了当时新文学发展的缓慢和艺术成就的不高，茅盾试图以左拉的自然主义为利器来纠正现代小说中真实感匮乏的症候。

在《子夜》的创作过程中，茅盾运用左拉小说中充分展开细节的方式，对人物、环境和人的表情、动作进行详尽的描写，他虽然并未完全放弃作家的选择权力，却尽可能地按照生活的原生态加以勾勒，从而增加了小说的信息内涵，借此确立了中国现代小说的真实性地位。茅盾力求真实反映现实生活的原本状态，努力摒除主观意志对于小说叙事进程的干扰，使创作者的主体意志被消弭到最低的限度，从而让作品呈现世界的客观面貌。在叙事中，茅盾常常把全知全能的叙事者遮蔽起来，而代之以第三者的理性观察。正如普实克指出的："茅盾的写作方法与中国古代小说中盛行的那种古老的叙事方法完全相反。"③ 中国传统小说由于承载了过多的说教色彩，因此无论是说书还是小说，都喜欢采用主体存在明显的叙事方式。这种传统的叙述方式，在茅盾看来存在一个致命的缺陷，即"过于认定小说是宣传某种思想的工具，凭空想象出一些人事来迁就他的本意，目的只是把胸中的话畅畅快快吐出来便了；结果思

---

① 沈雁冰：《自然主义与中国现代小说》，《小说月报》1922 年第 7 期。
② 同上。
③ ［捷］雅罗斯拉夫·普实克：《普实克中国现代文学论文集》，李燕乔等译，湖南文艺出版社 1987 年版，第 135 页。

想虽或可说是成功,艺术上实无可取"①。茅盾正是意识到了传统文学叙事方式的弱点,才坚决主张将左拉实践的客观真实性运用到文学创作中来,希望通过语言的客观、逻辑的严密以及在场感的还原,为中国文学开辟一条新的大道。这种方法的优势,一方面在于让自然和社会描写自动地进入读者的视线,在一种客观、理性乃至淡漠的态度中呈现出生活的本真面貌;另一方面,叙述视角的客观化,也对传统的文以载道的文学形成了致命的打击。

在《卢贡·马加尔家族》中,左拉对于日常生活化细节和环境有浓厚兴趣,他试图在人们习以为常的场景中建构起自己对于第二帝国时代自然史和社会史的表现目标。这些看似平淡的细节,填充了文学作品中人物活动的时代背景和现实处境,使人物的性格、思想和动作不再显得突兀,而是与客观环境融为一体。这种细琐繁复的静态描写,在茅盾的《子夜》中也比比皆是,它们以实录的精神尽可能地还原了一个时代的特定社会环境与社会习俗。左拉和茅盾都追求对于一个帝国或一个时代的社会生活的再现,在作品中表现社会不同阶层的生活状态。左拉在《实验小说论》中主张:"在我们的小说中若要对毒害社会的一种严重的创伤进行试验,采取的作法同试验医生一样,就是悉心找出最初的简单的决定因素,然后即可获得产生作用的复杂的决定因素。"② 运用科学方法进行文学创作,就必然要求全面地考察社会,这在某种意义上即是对于毒害社会肌体因素的寻找和发现,这必然导致作家在描写和分析过程中对于一种完备而具体的描写的要求。

在左拉的《卢贡·马加尔家族》中,作家从宏观和微观两个方面着手,对第二帝国时期的社会生活进行了全面再现。其中在宏观层面,左拉借助《卢贡·马加尔家族》系列家族史小说,在每一部作品中揭示出一个对应的社会生活断面,然后再将这20部小说连缀起来,就构成了文学作品对于社会历史的全面而生动的再现。正是追求对于社会各阶层生活的把握,这部巨著的人物总数达到了1200个,其人员分布覆盖了第二帝国时期的各行各业,并由他们进而展开对于社会生活的全景式描绘。

---

① 沈雁冰:《自然主义与中国现代小说》,《小说月报》1922年第7期。
② [法]左拉著,柳鸣九编译:《实验小说论》,《法国自然主义作品选》,天津人民出版社1987年版,第756页。

茅盾的《子夜》亦选择政治、经济、文化、感情、农村、都市等众多方面进行具体细致的描写，虽然规模上无法与《卢贡·马加尔家族》媲美，却也称得上体例完备、人物周全，作品"写大都市中形形色色的日常现象和世态人情，从舞女、少爷、水手、姨太太、资本家、投机商、公司职员到各类市民以及劳动者、流氓无产者等等，几乎无所不包"①。就微观而言，《卢贡·马加尔家族》将自然主义对真实生活的细节表现推向了一个空前的细致程度。在作品中，左拉对具体生活场景中出现过的景和物、状态、方位、色泽、大小等都努力做到与现实一致。例如，《金钱》中对交易所的描写，《娜娜》中对剧场的描写，《土地》中对农村生活方式的描写，都达到了令人震惊的地步。在茅盾的《子夜》中，作家对于吴老太爷风化细节的描写、对于上海交际场所的刻画等等，也达到了让人过目不忘的程度。

当然，《卢贡·马加尔家族》和《子夜》的创作并非尽善尽美。左拉与茅盾过于强调作家的科学精神，而对于人的心灵世界关注不够，从而导致了小说叙事"物化"的倾向；他们所主张的绝对冷静、客观的描写方式也过于理想化，作家的视角可以隐退，但并不意味着完全放弃了筛选和摘择的能动性。同时，自然主义所推崇的严格写实，一方面可以促使作家摆脱意识形态的束缚，勇于再现生活的严酷性，从而达到暴露和批判的效果；但另一方面，由于失去了判断的标准，一些触目惊心、骇世惊俗的庸俗内容和琐碎细节进入了文学。

家族的还原：生理学的观察与社会环境的影响

左拉在对《卢贡·马加尔家族》进行总体构思的时候，曾这样表达自己所要追求的目标："我的小说不可能发生在1789年之前，我把它置于现代的真实性，写种种野心与贪欲的拥挤冲突，我考察一个投身于现代社会的家族的野心与贪欲，它以超人的努力进行奋斗，却由于自己的遗传性与环境的影响，刚接近成功就又掉落下来，结果产生出一些真正的道德上的怪物（教士、杀人犯、艺术家）。"② 左拉在其中强调了他观

---

① 严家炎：《新感觉派小说选·前言》，人民文学出版社1985年版，第16页。
② ［法］左拉著，柳鸣九编译：《关于家族史小说总体构思的札记》，《法国自然主义作品选》，天津人民出版社1987年版，第733—734页。

察的重点在于生理学和环境的影响两个方面，其中生理学又包括遗传学、身体欲望等内容。正如左拉所言："如果我的小说应该有一种结果，那结果就是：道出人类的真实，剖析我们的机体，指出其中由遗传所构成的隐秘的弹簧，使人看到环境的作用。"①。这也是对《卢贡·马加尔家族》创作主旨和人物关系的一种独特理解。

左拉的《卢贡·马加尔家族》真正从生理学、遗传学的角度来观察人、表现人，它对人类所具有的生物性进行了聚焦，从而一改过去形而上地描写人物的模式，将人类的思想、情感、言谈甚至是疾病、变态行为等都纳入文学的范畴加以考察。左拉通过家族小说中对人的自然属性的描写，试图验证他关于生理遗传与家族成员命运的研究设想："我所要研究的卢贡·马加尔家族有一个特征。那就是贪欲的放纵，就是我们这个时代里向享乐奔腾而去的狂潮。在生理上，这个家族的成员都是神经变态与血型变态的继承者，这种变态来自最初一次器官的损坏，它在整个家族中都有表现，它随环境的不同，在每一个家族成员身上造成种种不同的感情、愿望、情欲，种种不同的人态，或为自然的，或为本能的，而其后果，人们则以善德或罪恶相称。"②左拉曾经为自己的这部巨著制定了一个人物世系表，以后的创作基本上按照这个世系表进行。

与左拉在《卢贡·马加尔家族》中对于遗传机制的系统考察不同，茅盾在《子夜》中并未明显表露出有关遗传学的思考；但后者对于作品中的性爱意识的描写则是受到了左拉的影响。传统的东方文化"像一个严酷的审美主义者，对人的肉体耿耿于怀，常常采用一些极端的措施，从物质到精神进行双重改造和阉割。阉割就是去掉突出部位，使肉体变得完美起来，由功用主义物质形态变成抽象的美学形式"③。对于具有浓郁封建色彩的中国文化来说，性爱意识往往受到封建伦理、礼教的重重压制，人的生理属性长期以来是被忽视的。在20世纪二三十年代，当传统文化趋向衰微、自然主义文化被大加介绍之际，性爱意识往往最先从

---

① ［法］左拉著，柳鸣九编译：《关于家族史小说总体构思的札记》，《法国自然主义作品选》，天津人民出版社1987年版，第735页。
② ［法］左拉著，柳鸣九编译：《〈卢贡·马加尔家族〉总序》，《法国自然主义作品选》，天津人民出版社1987年版，第736—737页。
③ 张柠：《中国当代文学与文化研究》，北京师范大学出版社2008年版，第322页。

文学中寻找到突破口。《卢贡·马加尔家族》对于中国文学的意义，或许正在于此——"在左拉影响下，中国作家开始将性欲视为生命内驱力合乎自然目的的追求，不以为淫秽，亦不轻薄，以期真实传达完整人生，从而大大丰富了小说中人性意蕴，深化拓展了现实主义。"①

茅盾正要借助自然主义对于性爱的描写来表现真实的人生："他们也描写性欲，但是他们对于性欲的看法，简直和孝悌义行一样看待，不以为秽亵，亦不涉轻薄，使读者只见一件悲哀的人生，忘了他描写的是性欲。"② 不过，虽然在《子夜》中也鲜明地体现了性爱意识，但这并不意味着茅盾对于自然主义关于生理学的描写是全盘接受的。1922年周作人在给茅盾的信中就告诫说，自然主义专在人间看出兽性，中国人看了容易生病。对此，茅盾以郎损的笔名专门写了一篇《"曹拉主义"的危险性》一文进行辩驳："自然主义的真精神是科学的描写法，见什么写什么，不想在丑恶的东西上面加套子：这是他们共通的精神。我觉得这一点不但毫无可厌，并且有恒久的价值"③。在这里，茅盾一方面坚持着自己对于"曹拉主义"的坚持，认为它具有"恒久的价值"；但另一方面，茅盾自己也对左拉作品中常见的所谓"兽性"抱有某种疑虑，而"根本观念不同"则进一步明确地表明了作家对于左拉思想观念的疑虑。

左拉在很多文章中都提到过他对于环境影响的关注。他认为"纯粹意义上的环境，即社会环境与地域环境，则决定了人物所属的阶级"④，"人们在成为掌握人体现象的主人并对之产生影响时，便可以对社会环境发生作用。下面就是构成为实验小说的几个方面：掌握人体现象的机理；依照生物学将给我们说明的那样，展示在遗传和周围环境影响下，人的精神行为和肉体行为的关系；然后表现生活在他创造的社会环境中的人，他每天都在改变这种环境，他自身在其中也不断发生变化"⑤。左拉不仅在《卢贡·马加尔家族》中表现出一个家族的自然史，而且还要

---

① 钱林森：《法国作家与中国》，福建教育出版社1995年版，第333页。
② 沈雁冰：《自然主义与中国现代小说》，《小说月报》1922年第7期。
③ 郎损：《"曹拉主义"的危险性》，《文学旬刊》1922年第50期。
④ [法] 左拉著，柳鸣九编译：《关于家族史小说总体构思的札记》，《法国自然主义作品选》，天津人民出版社1987年版，第733页。
⑤ [法] 左拉著，柳鸣九编译：《实验小说论》，《法国自然主义作品选》，天津人民出版社1987年版，第751页。

表现出这个家族与社会环境、物质条件产生的关系及其影响。为了表现环境对于卢贡·马加尔家族的重要影响，他将一个家族的不同后代设置在不同的社会、物质环境中，结果他们的命运或者遗传疾病的走向都存在着巨大的差异。同时，在表现环境对于人物的影响时，左拉还特别注意勾勒出不同阶级、职业、身份的人物之间的社会和个性的差异。与左拉在《卢贡·马加尔家族》中表现出来的某种遗传学的宿命色彩一样，茅盾在《子夜》中也着力刻画了社会环境对于个人的无法抗拒的压力。《子夜》中的吴荪甫是一位有着雄才大略的民族资本家，他既有着现代科学管理的经验，又有着罕见的魄力、顽强的斗志，如果欣逢盛世或许早已成为中国的大企业家。但是吴荪甫恰恰处在半殖民地半封建社会的中国，一方面受着买办资本的排挤，一方面又受到战争、工潮的掣肘；他一方面有着发展民族工业的蓝图，另一方面又缺乏政治支持和经济援助，最终在多重环境的压迫下精神崩溃。这与《卢贡·马加尔家族》中环境对人物的影响有着极大的相似性。

茅盾通过对左拉自然主义文学作品的吸收、借鉴促进了自身的创作，他运用自然主义手法表现中国家族小说及社会各阶层的生活，并将科学实验的方法和生理学的内容纳入了文学领域，极大地丰富了中国家族小说的表现范围和叙事方法。这种融汇了科学实验精神、生理现象学和社会文化学的家族小说，在中国现代文学史上独树一帜。这一方面验证了弗朗茨·库恩关于《子夜》中东西文化融合的体察，另一方面也向我们昭示了中西家族小说在借鉴、融合过程中存在的文化差异。创作方法、生活阅历不断丰富的茅盾，本应有机会创作出中国式的《卢贡·马加尔家族》，然而波澜诡谲的现代中国却并未提供良好的写作环境。在救亡与图存的历史转折关头，茅盾对于中国现代家族的叙事冲动一步步让位于战争风云和政治斗争，最终只留下了《子夜》这一部留下许多缺憾的自然主义家族小说。茅盾的经历与选择，给文学史留下了许多耐人咀嚼的作品与史料，值得后世学者认真研究。

原刊于《文艺论坛》2020 年第 3 期

王小波《万寿寺》中的"沙盘诗学"

陈崇正

阅读王小波的作品不难发现一个有趣的现象，小说中有很多故事情节会反复重新开始，故事被重写一遍，也就是出现"推倒重来，循环反复，将几个人物反复变形"的叙事技术，本文将之命名为"沙盘诗学"。《青铜时代》中的传奇故事都发生在过去的时间，王小波用"沙盘诗学"的形式结构故事，推动故事，一次次推倒重来，再讲一遍，从而让故事的演示取得了叠加的印象效果。王小波既是一名作家，同时我们考察他的杂文和书信，可知道他同时也是一个编程高手。他甚至能用电脑编程给自己制作写作软件[1]。熟练掌握编程技术的王小波，他的小说创作必然也受到影响。在王小波的小说创作中，"沙盘诗学"发挥了巨大的作用，从而形成了非常鲜明的风格。

作为"时代三部曲"之一，《青铜时代》收录了王小波的三部长篇：《万寿寺》《红拂夜奔》和《寻找无双》。在花城出版社1997年王小波去世前夕出版的"时代三部曲"中，这三部长篇在《青铜时代》中的顺序便是《万寿寺》《红拂夜奔》《寻找无双》。经咨询时任花城出版社中国文学编辑室副主任钟洁玲女士，这样一个顺序也是王小波自己定的，编辑并没有进行改动。另根据黄平教授在《王小波与文学史》一文中梳理

---

[1] 王小波：《爱你就像爱生命》，译林出版社2012年版，第148页。他给友人的信中说："我用C编的软件已经用熟，并做出了各种写小说的工具，别人的软件已不用了。现在主要是写书赚钱。从今年初开始写长篇，首先做了写长篇的专用软件，现在基本调通，开始写了。"

的发表和创作时间，《万寿寺》应该完成于1996年夏天，同年冬天王小波与花城出版社签订"时代三部曲"的出版合同。所以《青铜时代》里面三部长篇的顺序是逆着创作时间排序的，最大的可能就是王小波认为刚完成的《万寿寺》是他最重要的作品，所以放在前面。

长篇小说《万寿寺》被许多评论家视为王小波小说创作集大成之作，它故事繁复，像一个迷宫，在阅读过程中让人感到难以进入。如前所述，王小波甚至还尝试给《万寿寺》加入图画和音乐，让它在阅读的过程中具有立体的体验。按照写作时间来看，它应该是王小波完成的最后一部长篇小说，同时它的篇幅也是三部长篇中最长的。《青铜时代》中收录的三部长篇，《红拂夜奔》约为十六万字，《寻找无双》约为十万字，而《万寿寺》的电脑字数约为十七万字。所以，这样一部长篇的重要性不言而喻。

作为原始数据的《红线传》

《万寿寺》作为一本畅销的长篇小说，被多个出版社以不同的编排方式出版，有的尊重王小波的意愿将之放在《青铜时代》中，也有单独成书，以《万寿寺》为书名出版。据不完全统计，单独成书的版本不少于五个。但是搜索这五个版本的《万寿寺》图书资料，却发现没有一个图书简介能够将《万寿寺》的故事概述清楚。为了图书宣传，出版社的编辑会加上"诡异荒诞""古今交错"这样的词语，或者干脆就摘取书中的某一段作为简介。而如果查阅与《万寿寺》相关的论文，则会发现为了解释清楚整本书的故事梗概，需要比较长的篇幅梳理线索，罗列人物和情节。

可以说，这是一个非常难以复述的故事，因为它一直在讲故事，但本身好像就没有故事。既然如此，为了弄清楚它的故事，我们通常需要从书名入手。万寿寺是一座寺院的名字，这座寺院现在还在，位于北京海淀区。在《青铜时代》编定之后，王小波还为它加了一则说明，把《红线传》《虬髯客》《无双传》的出处都罗列了一下，然后说："读者自会发现，我的这三篇小说，和它们也有一些关系。"这话说得很幽默俏皮，也很有分寸，它的眼下之意是，只存在一些关系，并不完全是故事新编。我们如果仔细阅读，也会认可这样的说明；原来的故事确实已经被肢解，重新组合了。但至少《红拂夜奔》和《寻找无双》这两个书名与唐代传奇故事有点关系，而《万寿寺》这样一个书名则与《红线传》完全无关了。

但其实，王小波第一次对唐代传奇《红线传》进行"沙盘诗学"建构时，还是用了一个与之相关的小说标题，叫《红线盗盒》。那么为什么不继续采用这个名字呢？因为《红线传》里面"红线盗盒"这个关键情节，在两次"沙盘诗学"之后，几乎改写不见了。在《红线盗盒》这个大约一万六千字的故事中，"红线盗盒"这个故事就已经被处理为一个五百字左右的小段落；到了《万寿寺》这部十七万字的长篇中，红线盗盒的故事就只剩下一句话："看过了《甘泽谣》的人都知道红线盗盒的故事是怎么结束的：薛嵩用尽了浑身的解数，也收拾不了田承嗣。最后是红线亲自出马，偷走了田承嗣起卧不离身的一个盒子，才把他吓跑了。"

《红线传》中"红线盗盒"的核心情节被完全作为次要情节处理，那么，什么情节被留了下来？

这个故事被第一次重写时，《红线盗盒》保留了：一、基本人物关系：节度使薛嵩，妻妾红线。二、敌对势力：田承嗣和他的刺客，即三千"外宅男"。三、主人公的困难：被行刺威胁。四、解决问题的方式：红线盗盒，解决了困难。

那么，有哪些东西被扩写或增加：一、增加了说书人"王二"，他以小子自称，还透露出有个妻子姓胡。这是非常重要的一点，它让文本呈现双线结构，多了一条时间线："现在"。二、主人公薛嵩和红线的身份和性格被具体化了，文明的迂腐和野蛮的洒脱形成对立，两人的对话和关系成为小说的主体。红线被赋予山寨大小姐的身份。三、敌对势力由刺客来执行，行刺的过程被具体化，重复的行刺成为故事的主体部分。这些刺客在唐人故事中只是一句带过，但在《红线盗盒》中刺客行刺的情节被扩写。四、变化故事发生的地点，闷热潮湿的环境被具体化了。五、次要人物官兵和刀枪等道具被具体化了。

于是，《红线盗盒》的故事成了：节度使薛嵩屡遭刺客行刺，被逼赤身裸体带着红线逃跑到后山（隐隐让人想起《黄金时代》），府第被烧，手下散去，以遗书感动红线。红线搬来救兵，后又只身盗盒，才挽回失地和颜面。故事由说书人进行讲述，讲述的依据是薛氏秘籍之类的版本。

我们可以看到，这是一个有起承转合的故事，符合传统故事的各种要素。也可以看到唐代故事如何作为原始数据被保留在故事中，然后作者又对故事中的各种要素进行赋值，丰富人物的性格，让主人公之间形成情感矛盾（喜欢与不喜欢的转换），增加故事的质感，渲染故事的画面，从而输出一个双线程的完整故事。

而与《万寿寺》相比，这样的故事就像一台低版本的计算机，只能进行简单的运算。到了《万寿寺》这里，我们看到的是一台奔腾起来的机器，具有强大的运算能力。"红线盗盒"的故事在这里被分解还原了，故事变成：晚唐时薛嵩变卖万贯家财，带着一队慵懒散漫的雇佣兵离开长安，来到湘西，建设了凤凰寨，随后发生的故事可以概括为薛嵩抢红线、建造囚车、刺客行刺、高塔救人、长安情感戏等几个部分。这其中薛嵩抢亲、建造囚车、刺客行刺等部分，被一次次进行"沙盘诗学"建构，提供了各种可能性。比如刺客可能是男的，也可能是女的，行刺的对象有可能是薛嵩，也有可能是红线，刺客一遍遍被杀掉，随着各种赋值的不同，出现的情景也不同；又比如囚车的建造被一遍又一遍进行描写，每次囚车的功能都各不相同。

这样的"沙盘诗学"毕竟带来了新的问题，则是情节支离破碎，各部分的设置前后矛盾，拼合在一起之后，整套程序无法运行，也无法给读者提供阅读的逻辑链。为了解决这个问题，王小波自然而然想到双线叙事。在王小波最早的小说《绿毛水怪》中，已经出现讲故事和听故事这种最原始的套盒结构。可以说，《绿毛水怪》中的两层叙述，其实就是"双线结构"的先声。而且他早期的一系列中短篇小说，都运用了双线结构。于是，王小波为《万寿寺》植入了另外一条故事线，或者说，他放大了原来在《红线盗盒》中的"说书人王二"这个角色，给他重新赋值：在北京，他多年连助教都评不上，他在写各种朝代的《精神文明建设考》，他去万寿寺修理堵塞的下水道，他跟一个白衣女人谈过一场恋爱。然后，王小波又为他安排了一条寻找记忆的故事线：他失去记忆，认不出自己的妻子，也不认识同事和表弟，对自己创作的小说书稿也完全陌生，充满怀疑。然后记忆慢慢回来了，白衣女人跟妻子重合，他也开始动手改写之前的故事。

由于这条故事线的放大和植入，薛嵩凤凰寨的故事就成为"中国套盒"结构中的里层，而外面有一个"失去记忆—找回记忆"的基本故事框架将之装起来，所以内部无论如何运算，输入任何结果，解释前后矛盾也不会让系统崩溃，而只是诸多运算的子线程之一。正是因为情节的沙盘被不断推倒重来，所以小说需要一个更为兼容的逻辑外壳，需要一条可以连接读者和小说原始数据的故事线，所以我们看到《青铜时代》中三部长篇，都不约而同采用双线叙事：有一条紧贴现实的故事线，为可以抹除重来的重写线提供必要的支持。前者为后者因为重复所产生的"不统一性"提供了"统一性"的支持。而沟通两条故事线之间的管道，被马里奥·巴尔加斯·略萨称为"连通管"。略萨在《给青年小说家的信》中这样谈论"连通管"："发生在不同时间、空间和现实层面的两个或者更多的故事情节，按照叙述者的决定统一在一个叙事整体中，目的是让这样的交叉或者混合限制着不同情节的发展，给每个情节不断补充意义、气氛、象征性等等，从而会与分开叙述的方式大不相同。"《万寿寺》之中的"连通管"，是通过"古今如一"的思维进行迁移的，也就是古代也会发生当下的故事，当下的问题也可以追溯到古代。共同的问题，共同的事物，共同的人物关系，这些都可以成为在两条线索之间跳转的条件，比如"表弟的出现"，小说中是这样说的："在薛嵩的故事里出现了一个表弟，使我深为不快。如你所知，我也有一个表弟，而且我不喜欢和薛嵩搞得太相像。"在这里，时空出现了含混，假定的现实和虚构出现了隐约相似的人物和关系，于是可以通过"表弟"这样一个"连通管"来实现在两条故事线之间的自由跳跃。

至此，王小波的整部《万寿寺》终于具有了一套成熟的程序运行结构，能够将《红线传》中的人物和事件处理为原始的数据进行调用，并通过重新赋值，让它们可以吸纳王小波恣肆汪洋的想象力，呈现为五彩斑斓的画面。薛嵩故事线的每一次"沙盘诗学"的运行，最后都返回到主线程中，也就是回到现实，回到灰蒙蒙的北京城里，回到庸俗的现实之中。这样一来，运算不论结果如何，都能够为现实生活提供含混的寓意空间。而北京城里的故事一遍遍盘旋出现的原因，则归结于记忆的混乱无序；这条故事线以记忆的逐渐清晰作为最终解，这个答案找到了，故事也就结束了。

重复与重置

"沙盘诗学"所造成的不断重复,让原始数据的赋值和抹除成为必然动作。那么,在《万寿寺》中这样一个动作是通过什么样具体的技术来完成的呢?王小波采用了"开始"作为他的句法结构。非常容易就可在小说中找到以下的句子:

故事就这样开始了。(第一章·第一节)

随手打开一卷,恰恰是故事的开始。(第一章·第一节)

所以这个故事又重新开始道:晚唐时节,薛嵩曾住在长安城里。(第一章·第一节)

这样,这个故事就有了一个灰色的开始,这种色调和中古这个时代一致。(第一章·第一节)

这样,这个故事从灰色开始,现在又变成红色的了。(第一章·第一节)

假如我的故事如此开始,那天下午薛嵩没有回到自己家里,而是走到寨心去了。(第一章·第二节)

我的故事又重新开始道:晚唐时节,薛嵩是个纨绔子弟,住在灰色、窒息的长安城里。(第一章·第三节)

我的故事还有一种开始,这个开始写在另一叠稿纸上。(第二章·第一节)

这个故事暂时也这样放着吧。这样我就有了两个开始,这两个开头互相补充,并不矛盾。(第二章·第一节)

一切变得越来越不明白了。因为我的故事又有了另一个开始。(第二章·第二节)

假设这才是故事真正的开始,则在此以前的文字都可以删去。(第二章·第二节)

看来,我的故事写了很多年还没有写完,我找来找去,找到的都是开始,并无结束。(第二章·第三节)

如前所述,这个刺客还有可能是个亮丽的女人。(第二章·第三

节)

砍头的情形是这样的：(第三章·第一节)

我的故事又到了重新开始的时刻，面对着一件不愿想到的事，那就是黎明。(第三章·第二节)

"早晨，薛嵩醒来时，看到一片白色的雾"，我的故事又一次的开始了。(第三章·第三节)

我的故事重新开始的时候，薛嵩已经不是个纨绔子弟，成了一位能工巧匠。(第四章·第一节)

与此同时，他开始画图，设计那座关红线的囚车……我喜欢这样来写。(第四章·第一节)

在故事开始时，我提到有个刺客（一个亮丽的女人）来刺杀薛嵩。(第四章·第二节)

这个故事因此又要重新开始了。(第四章·第二节)

我的故事从红线面对那个女刺客时重新开始。(第四章·第二节)

还有一件需要补充的事，就是对于让自己被杀掉一事，那个女刺客没有平常心。(第四章·第二节)

在这个女刺客被红线逮住的事情上，我恐怕没有穷尽一切可能性。(第四章·第二节)

我的故事重新开始时，一切如前所述。(第五章·第一节)

我的故事重新开始时，老妓女既不老，也不难看，只是有点神神叨叨的；或者说，有点二百五。(第六章·第一节)

如前所述，那个刺客头子也是学院派刺客，我既决定对学院派抱有善意，就不能厚此薄彼，只好对他也抱有善意。(第六章·第一节)

在薛嵩的故事里出现了一个表弟，使我深为不快。(第七章·第二节)

从那位表弟的眼里看来，那天晚上的景象就大不相同。(第七章·第二节)

这些语句以及与它类似的其他语句一起，构成了"沙盘诗学"的启动模式，它或者将讲述过的故事再重新复述一遍，或者将呈现过的情景再一次进行赋值并重新描摹。

值得注意的是，这些语句在前面的章节比较密集，而到了后面的章节则逐步减少。究其原因，是因为越到后面的章节，北京城的故事线占比就越来越多，薛嵩凤凰寨的故事线逐渐减少。故事的重复少了，关于颜色的意象重复也呈现了由火热的红色到单调的灰白之间的变化。

我们以小说中"白色"这个意象为例，小说中有许多白色的事物，比如：白皮松、白蚁、白色的霜、白云、白色的纸门、白纱手绢、白纸、白胡子、白马、白色衣裙、白鸽、白色的雾、白兰瓜、白茫茫的雪地、白色的睡袍……小说中的女主角白衣女子，就连妓女也是皮肤白皙。而这样的白色，是在"灰蒙蒙"的衬托之下才显示纯洁而富有诗意，同时也多解地指向苍白无聊。而在湘西凤凰寨，阳光是红的，土地是红的，刺客的血是红的，红线系着红色的丝巾，皮肤也是红的。激动起来脖子是红的，兴奋起来身体也是红的，这些代表活力的红色不断重复出现，最后又被代表了庸俗无聊的灰色和代表固定回忆的白色所取代。更为具体地说，这样一部小说，从朝阳初升开始（小说中不断提及早晨），到日落西山薄暮冥冥的黑白两色，喻指想象和青春不断流失，而一切终将走向庸俗无聊。

由颜色的不断重复谱写而成的情感流动在小说中弥漫，这成为小说基调和内在逻辑的一部分。意象的重复与"沙盘诗学"所造成的纷繁蒸腾的意象一起指向生命的勃勃生机，也与"沙盘诗学"所依附的现实一起凝固成灰蒙蒙白茫茫的大地，在这个意义上，王小波是在用故事的反复谱写完成他的小说诗学的建构。

诗意对故事的拯救

通过以上的层层推论，我们大概能够明白为什么《万寿寺》虽然被视为王小波长篇写作的集大成之作，却很难被很好地概括，也很难被很好地理解。因为对读者而言，故事总是容易被读懂并理解背后的寓意，而《万寿寺》这样一本小说，它在意的不是故事的完整，而是诗意的完成。

在这部小说的结尾，王小波留下了这样三句话："当一切都无可挽回地沦为真实，我的故事就要结束了。""一个人只拥有此生此世是不够的，他还应该拥有诗意的世界。""长安城里的一切已经结束。一切都在无可挽回地走向庸俗。"将这三句话连起来看，我们就大概明白了这样一部小说的荒凉所在。

我们开始以为王小波通过层层运算希望获得的解，是记忆失而复得的欣喜；但最后却发现艰难的运算之后得到的正解是：诗意，记忆的回归就是现实的凝固，飞扬的想象所产生的诗意之美就这样"无可挽回地走向庸俗"。庸俗的灰色大地上有"戴蓝布制帽，穿蓝布制服"的领导，还有写不完的各朝代"精神文明建设考"，以及万寿寺重复堵塞的下水道，这些都是沉重的肉身，在一次次盘旋之后，诗意终将凝固并失去。

王小波在1997年2月至4月写给朋友刘晓阳的电子邮件中说了这么一句话："年轻时是自由人，后来成了家庭的囚犯，最后成为待决的死囚。"这样的感慨距离《万寿寺》完成之后不久，也可以理解为王小波当时现实生活的注脚。将《万寿寺》理解为一首生命的长诗，这样的解读对《万寿寺》来说并非是一种窄化，而是更贴近作家创作的本意。王小波曾说他早年写诗，希望自己能当个诗人；他最爱的赞美是"你真是一个诗人"；他完成第一个长篇之后，发出的感慨是"吾诗已成"；他在回顾师承时致敬的翻译家查良铮和王道乾也是诗人。相比于其他两部长篇《红拂夜奔》和《寻找无双》，《万寿寺》无疑更为圆熟。它成熟的标志在于，在这部长篇中，王小波终于不需要具体的批判对象来确立他作品的意义了；王小波直接面对的是一个更为庞大的存在，更为接近生存本质的庞然大物。《万寿寺》应该是作为王小波新的创作的开始，而不应该成为他的句号。正是在这个意义上，王小波的去世显得那么残忍，它中断了一个作家的创作，让它永远处于未完成的状态。未完成的王小波已经在它的小说中创造出飞花摘叶皆可成诗的世界，如果他能继续再写下去，那该是多么伟大的景观。

生命终将消失，诗意也终将消失，但是诗意依然非常重要，这么重要的诗意就是独立于此生此世逻辑线之外的另一个世界。在那里，一切都可以被还原到最初的状态，变成原始数据。要进行"沙盘诗学"建构，要进行意象重复，则首先需要对描写对象进行必要的还原。那么，在王小波看来，最初的设置又是什么呢？在《黄金时代》中，王小波将原始数据还原成一个男人和一个女人，以此来对抗荒唐的批斗；而在

《万寿寺》中，这份原始数据则还原为一个人类，赤身裸体，挑着扁担，将生殖器用竹篾挂在肚脐前面。接着这样一个原始的生命，他将遭逢爱情和性，也将见证死亡和虐恋。他将死亡与性进行了组合，从而创造了氛围暧昧的囚车和刑场；他将美好的生命形态遍历其中，于是产生了诗。而这些诗意，是身处北京郊外寓所之中的王小波内心深处对青年时代插队生活的一次次反刍。穿越时光的反顾让他深感现实的寂寞，也感到了回忆的温暖。正是在这个意义上，《万寿寺》是饱含深情的一次诗意之旅，它是四十四岁的王小波对二十岁的王小波的一次次深夜探访。这样的探访不可能产生一个具有完美意义的故事，只能是支离破碎的记忆，一遍遍在薛嵩身上重现，从而反照着北京城里的失忆之人（既是作者，也是小说中的写书人）。

综上所述，《万寿寺》中王小波调用的既是历史故事，也是青春勃发的记忆，穿越时间而产生的诗意，完成了一次对支离破碎故事的拯救，让整部小说涌动着生命的律动，也发出一声深秋的叹息。

原刊于《南方文学》2020年第3期

重返小说的神秘性

——论格非长篇小说《月落荒寺》的叙事

林培源

新世纪以降，格非以"江南"三部曲（《人面桃花》《山河如梦》《春尽江南》）[①]和《望春风》（译林出版社，2016 年）等长篇小说构成"对整个中国社会的一种持续的思考"[②]，《隐身衣》（人民文学出版社，2012 年）和《月落荒寺》[③]（人民文学出版社，2019 年）虽也嵌在这一"持续的思考"内部，但无论就批判性、叙事风格或美学意蕴而言，它们均呈现出有别于前作的异质性。这一异质性既指向《隐身衣》与《月落荒寺》二者的故事"连带"（异于"江南"三部曲全景式的宏观叙事，而有了"拼图式"的幽微旨趣），又重塑了小说叙事的神秘性。这一神秘性，尤以重复、互文及第三人称为叙事中介。可以说，借助《隐身衣》和《月落荒寺》，格非展现了其描摹当代中国社会（尤其是城市生活）纷繁面向的杰出能力，也为读者提供了一套测绘知识分子精神图谱

---

① "江南"三部曲出版顺序依次为：第一部《人面桃花》，春风文艺出版社 2004 年版；第二部《山河如梦》，作家出版社 2007 年版；第三部《春尽江南》，上海文艺出版社 2011 年版。2012 年，上海文艺出版社以"格非作品系列"（共 10 本）为名，第一次将三部曲统一出版；2019 年，三部曲以《江南》为总题目再版，见格非：《江南》，北京十月文艺出版社 2019 年版。
② 《格非自述：新作〈月落荒寺〉，让小说重回神秘》，《新京报》书评周刊 2019 年 9 月 30 日。
③ 格非：《月落荒寺》，《收获》2019 年第 5 期；格非：《月落荒寺》，人民文学出版社 2019 年版。以下小说引文如无特殊说明，均出自人民文学出版社这一版本。

的叙事范式。

重复：日常生活的精神症候

《月落荒寺》的叙述肇始于日常生活中闲逸与死亡场景的并置：四月初的一个下午，一对中年男女（林宜生与楚云）准备穿过小区到马路对面的茶社喝茶，此时街上的十字路口刚刚发生一场车祸。车祸的惨状、死亡的残酷并没有扰乱主人公的闲情逸致，在名为"曼殊沙华"的茶社里，他们与茶社丁老板就遍栽的西府海棠发表了各自的看法，丁老板得意地讲述"曼殊沙华"的来历。茶社由一名北大哲学博士赐名："曼殊沙华，乃是《法华经》中的四大祥瑞之一，也被称作彼岸花，在小津安二郎的同名电影中，彼岸花意为'纯洁而忧伤的回忆'，很美。"① 但在楚云眼中，曼殊沙华不过是寻常之物："说白了它就是石蒜。按照迷信的说法，这种花是很不吉利的。"② 接着，叙事镜头切入茶社院内墙角的一株正在"恹恹死去"的百年垂柳，"长满树瘤和薜衣的枝干上绑着四五个白色的输液袋"，"看上去，这棵老树就像是一个浑身插满了管子，处于弥留之际的病人，正将体内残存的最后一丝活气逼出来"③。这里，叙述人通过精准的场景细描巧妙地将人物的幽微心绪烘托出来，茶社的雅致情调与衰朽的气息并置，产生出一种诡谲神秘的叙事效果。待服用了抗忧郁药（"丙咪嗪"）的宜生陷入睡梦时，楚云则消失不见了。

此即《月落荒寺》开篇，日常生活的惯性与楚云失踪的偶然性形成鲜明对照——这是小说家抛出的第一段"线头"，在倒叙林宜生与妻子白薇失败的婚姻、和儿子紧张的关系以及他与楚云相识的经过后，"线头"背后的叙事迷宫才缓缓开启。至此，我们得知，宜生原籍苏州，南京求学十年后毅然北上，现为北京一所理工科背景的大学的哲学教授（在学校讲授马克思主义基本原理概论和毛泽东思想概论），尽管授课颇受学生欢迎，但他并无任何成就感。直到进入新世纪，在商业浪潮和"传统文化热"推动下，林宜生才咸鱼翻身，利用自身的学科和知识优势，到全国各地讲课，挣得盆满钵满。宜生即是栖居高校又与外部的商

---

① 格非：《月落荒寺》，人民文学出版社2019年版，第2页。
② 同上。
③ 同上。

业社会唇齿相依的一名高级知识分子——某种程度上而言，他是葛兰西所区分的"有机知识分子"（organic intellectuals）[1]。在物质得到极大餍足后，潜伏已久的精神危机败露出来，繁忙的授课最终使宜生付出了代价：妻子白薇出轨，与加拿大人派崔克（Patrick）远走异国，留下一段无法修补的生活。更棘手的是，儿子伯远不服管教，宜生苦口婆心的说教、知识的优势在正值青春期的儿子面前毫无用处——面对种种困境，"人到中年，伤于哀乐"的宜生根本无能为力。楚云的到来看似顺其自然（填补宜生因离婚而空缺出来的伴侣位置，进入宜生的家庭生活），然而这位身世不明、迷雾般的女子，却给深陷中年危机的宜生带来更大隐患。

宜生与楚云首次会面是在一家周末定期放映先锋电影的咖啡馆，伯格曼的《犹在镜中》与塔科夫斯基的《镜子》给宜生造成一种亦真亦幻的错觉："由于这两部电影都涉及'镜子'这个隐喻，不同的故事情节，在他的记忆中常常纠结在一起。"[2] 而楚云留给他的两句白居易的诗"即使如今不是梦，能长于梦几多时"（出自白居易《疑梦二首》）也为他们的相遇添了些虚幻气息。即使不去深究诗句的来历，这两句诗已将楚云的身世谜团烘托得尤为浓烈："在后来很长一段时间，这两句诗，给他心底不时泛出的一圈眷恋的涟漪，提供了伤感的氛围。"[3] 镜子、梦、记忆，构筑出纷繁、轻盈且亦真亦幻的故事场景。直到这里，叙事者依旧耐心十足，在抛下"线团"请君入瓮的间隙，又轻轻宕开一笔，细致敷陈出一组围绕在林宜生身边的人物群像：心脏病发猝死的查海立及其遗孀赵蓉蓉；告别新闻行业投身艺术策展的商人周德坤与妻子陈渺儿；仕途受阻，先后沉迷书法、茶道、佛经的官员李绍基和妻子曾静；"骨灰级"古典音乐发烧友、《天籁》杂志的总编辑兼乐评人杨庆棠……这些人物或在场或缺席，都在小说第9、10节所叙述的一场品茗会上"露面"了。周德坤家举办的品茗会精彩至极：小说对其工笔细描、详略得当，各色人等的言行举止、审美品位乃至性情脾气，皆跃然纸上。这两

---

[1] ［美］爱德华·W. 萨义德：《知识分子论》，单德兴译，生活·读书·新知三联书店2018年版，第25页。
[2] 格非：《月落荒寺》，人民文学出版社2019年版，第13页。
[3] 同上，第18页。

节非常重要，是小说叙事的"关要"。正是在品茗会上，"月落荒寺"的题眼首次出现。这首来自德彪西《意象集2》的曲子出现在楚云和杨庆棠的谈论中：

> "这首曲子的中文翻译，可以说是五花八门"。庆棠认真地回答说："有译成'月落古寺'的，有译成'月落古刹'的，也有译作'月落禅寺'的，比较通行的译法是'月落荒寺'。我倒是更倾向于将它译为'月照萧寺'。"
>
> 楚云想了想说，相比较而言，她还是觉得译成"月落荒寺"稍好一些。①

到这里，小说的主题开始浮出水面。宜生从来没有听过德彪西，但"月落荒寺"四个字听上去"竟是如此耳熟"，借助"他者"的目光（楚云和杨庆棠关于德彪西的讨论），林宜生得以再次打量楚云："看来，楚云的知识面并不限于日本俳句、白居易和帕斯卡尔。到目前为止，林宜生对楚云的过往经历，尤其是在山西的生活，几乎还一无所知。"② 这里，"月落荒寺"既是意象和象征，在情节上又为后文林宜生回忆起他在黄山与赵蓉蓉的关系埋了伏笔——原来，困扰宜生多年的沉重道德负担来源于他和赵蓉蓉差点发生的肉体关系。在宜生的回忆中，"如此耳熟"的"月落荒寺"竟是他曾经置身的一处真实场景："溪谷对面有片竹林，竹林边有座颓圮的寺庙。一弯新月在黑黢黢的竹林上方露了脸。月光静静地洒落在荒寺的断墙残壁上，四周一派沉寂。"③ 这是小说第45节，"月落荒寺"第三次（重复）出现；而在第39节，杨庆棠为组织正觉寺的中秋音乐会，特地选中了这首德彪西的曲目——此系"月落荒寺"第二次重复；第四次重复则发生在小说结尾——正觉寺的中秋音乐会如期举办。"月落荒寺"从古典乐曲目和宜生的记忆中脱胎换骨，变成真真正正的"现实"。

以上引述的不过是意象和场景上的局部"重复"。从叙事整体和故

---

① 格非：《月落荒寺》，人民文学出版社2019年版，第33页。
② 同上。
③ 同上，第141页。

事时间的衔接来看，《月落荒寺》还埋伏着另一个"巨型"的结构重复，即小说第35节对第1、2节情节的"重现"：在这里，小说开端穿越马路到对面茶社喝茶的男女主人公，再度现身，车祸照常发生、西府海棠和百年垂柳次第进入文本，小说家精湛的笔力开始有了四两拨千斤之势。

"重复"是《月落荒寺》动用最频繁的一种叙事手法。所谓重复，又称为"反复叙事"，在叙事学上指的是"小说中的某一个事件、某一个细节在小说的各个不同章节中被一次次地重复叙述"[①]。比如米兰·昆德拉的小说中就惯用此技巧，普鲁斯特《追忆似水年华》的一个重要叙事特征也是反复叙事，记忆和场景的重复与延伸，让小说文本得以多重化。按照希利斯·米勒的说法："无论什么样的读者，他们对小说那样的大部头作品的解释，在一定程度上得通过这一途径来实现：识别作品中那些重复出现的现象，并进而理解由这些现象衍生的意义。"[②] 在《月落荒寺》中，重复具有两重叙事功能：第一，它催生了重复性叙事片段（比如重复出现的车祸和楚云失踪的情节）的形而上学意义。通过这些重复，小说隐含的叙事意图呼之欲出：它是对日常生活的扁平性、枯燥的一种映照，同时，它也折射出林宜生作为"局外人"（指涉一种精神冷漠和麻木）的精神症候（目睹车祸惨状，却丝毫不影响其雅致的中产阶级生活情调）。第二，"重复"叙事扰乱了正常的叙事节奏，重构了叙事时间，造成故事的倒错和空白，打破小说原本封闭的叙事结构。借此，人物的意识和记忆有了交错和流动的通道，这种交错和流动，结合互文的手法，制造出一种充满神秘感的阅读体验。

互文：故事连带与"真正的生活"

借助重复，小说在中间部分的叙事时间得以被"腰斩"：叙事时间完成首次闭环，同时，故事时间朝后打开。接下来的文本面临的挑战，是补足楚云失踪后的叙事空缺——这是格非先锋时期即熟稔于心的看家本领：瞻前顾后、运筹帷幄，在抛下纷乱线头的同时巧妙地将它们牢牢

---

① 吴晓东：《从卡夫卡到昆德拉——20世纪的小说和小说家》，生活·读书·新知三联书店2003年版，第338页。

② [美] J. 希利斯·米勒：《小说与重复》，王宏图译，天津人民出版社2008年版，第1页。

攥在手中——楚云作为缺席的存在,即使失踪了,依旧如同阴影盘踞在宜生心头。楚云究竟去了何处?为何不告而别?失踪当天到底发生了什么?

除了"重复",《月落荒寺》还动用了大量的"互文"手法。借此,作者对外部世界的观察和批判性反思,得以隐藏在看似不经意的行文中。比如小说第20节,经过一段时间的相处,楚云对宜生交托自己的身世谜团:原来楚云是个弃婴,"楚云"的名字,来自算命先生"暧昧而深奥的判词":楚云易散,覆水难收——这大概可以解释为何楚云对"命运"(即帕斯卡尔所言的"概率")如此痴迷,其神情中若隐若现的愁苦也得到了一定程度的解释;养父养母过世后,楚云与哥哥相依为命,哥哥成人后成为黑社会首领(借开酒吧之名,行受贿"替人摆平难局"之实)。至此,故事背后的谜团进一步揭开。熟悉《隐身衣》故事的人,读到此处或许将会心一笑:因为《月落荒寺》和《隐身衣》构成了实实在在的"互文",它们组成紧密的故事连带,二者的关系如同《月落荒寺》开篇写到的镜子,只有并置对照,才能一窥格非深埋其中的匠心。

《隐身衣》的故事聚焦于出身底层、深陷婚姻危机又无意间卷入中产阶级世界黑暗面的音响师傅老崔。小说中,崔师傅只有一个姓氏:"你已经知道了,我是一个专门制作胆机的人。在北京,靠干这个勾当为生的,加在一起不会超过二十个人。在目前的中国,这大概要算是最微不足道的行业了。"[1] 在这个"无法命名"的"个人"身上,作者倾注了其对"小资产阶级"内在精神危机的思索[2]。到了《月落荒寺》中,《隐身衣》的主人公老崔和蒋颂平等人退居幕后,变成一抹淡淡的影子(《月落荒寺》中,老崔自始至终都没有正面出现),而藏在《隐身衣》故事背后那位神秘的毁容女,则在《月落荒寺》中一跃成为主人公,她与丁采臣的关系也就此水落石出。可以说,两部小说的故事互为表里,《隐身衣》中不为人知的"沉默",于《月落荒寺》中发声。只不过这次,小说家的笔触伸向了更为广阔的知识和社会层面:作品中几处关键片段出现的诗词、谶语、佛经、绘画和音乐,仿若万花筒中炫目的彩片,

---

[1] 格非:《隐身衣》,人民文学出版社2012年版,第14页。
[2] 杨庆祥:《无法命名的"个人"——由〈隐身衣〉兼及"小资产阶级"问题》,《文学评论》2014年第2期。

为这部小说镀上一层扑朔迷离的光。

《月落荒寺》中有几处重要的"互文"须在此点明：第一，楚云失踪后，林宜生无意间翻阅了卢卡奇（Ceorg Lukacs，1885—1971）1965年的一篇文章，其中有这样一段："时间看起来已不再是人们赖以行动和发展的自然环境、客观环境和历史环境，它被扭曲成一股使人感到既沉闷又压抑的外在力量。在不断消逝的时间框架内，个人在堕落，时间因此成为了无所顾忌的无情机器。它摧毁、废除、毁灭所有个人的计划和愿望，所有的个性以及人格自身。"① 可以说，关于时间的思考持续发生于格非的小说中：比如在《望春风》中，"时间"是叙事得以推进的动力，它象征着现代性（资本、权力、工业化、城乡分化等）不可抵御的力量，春琴和"我"在故乡被拆迁后搬入便通庵，试图回到前现代的乡村乌托邦中，以此抵抗被具象化为"时间"的现代性机器②。问题是，这样的"互文"是否必要？小说第50节，林宜生和辉哥见面时，辉哥随口背诵了一段《共产党宣言》："一切固定的僵化的关系以及与之相适应的素被尊崇的观念和见解都被消除了，一切新形式的关系等不到固定下来就陈旧了。一切等级的和固定的东西都烟消云散了，一切神圣的东西都被亵渎了……"③ 并道出自己曾经混进林宜生的课堂，听他侃侃而谈人类应该如何应对当今的现实。在背诵了《共产党宣言》之后，辉哥引述了当时林宜生的回答——要想有效地对抗资本主义，最好的办法莫过于不工作，而林宜生显然已经忘记了这个答案——这无疑给林宜生造成心灵的震颤。可以说，辉哥的引述和林宜生的茫然无措之间，无疑构成文本内部的反讽性互文。第二，周德坤创作的美术作品《深渊大饭店》与卢卡奇的互文。熟知匈牙利哲学家、马克思主义批评家卢卡奇理论的读者不难发现，《深渊大饭店》指涉的正是卢卡奇《小说理论》序言（1962）中发人深省的一段话："德国最重要的知识分子中的相当一部分人，已经搬进'深渊大饭店'了……一个富丽堂皇、处在深渊、处在虚无和无意义边缘的饭店。在精美的膳食之间或风雅的娱乐之间，每

---

① 格非：《月落荒寺》，人民文学出版社2019年版，第51页。
② 林培源：《重塑"讲故事"的传统——论格非长篇小说〈望春风〉的叙事》，《当代作家评论》2016年第6期。
③ 格非：《月落荒寺》，人民文学出版社2019年版，第156页。

日注视着深渊,只能强化精妙的舒适享受所带来的快感。"①

小说家敢于如此明目张胆地架设机关,定有他独到的叙事意图。对《月落荒寺》的故事而言,谜团的抛掷和揭开,不过是河面上一层薄薄的浮冰,真正涌动着的,乃是浮冰之下的暗涌与激流。我们可举小说中宜生与"老贺"(儿子伯远的玩伴)的科学家父亲之间的问答为例。面对科学家的疑惑:"作家也好,诗人也罢,本来他们有义务向我们提供正能量,告诉我们,什么样的生活是美好的,是值得过的。但他们似乎更愿意在作品中描写负面或阴暗的东西,这到底是为什么?"林宜生提到了萨特1945年10月于巴黎的那次著名演讲,并总结道:"生活从来都有两种。一种是自动化的、被话语或幻觉所改造的、安全的生活,另一种则是'真正的生活',而文学所要面对的正是后者。"②

这些引语虽然只占据细小的篇幅,但它们对小说整体的叙事而言又显得何其重要。到了这里,"时间""深渊大饭店"和"真正的生活",三者终于联结起来,拧成一股牢固的缰绳,将叙事狂奔的野马紧紧勒住:对楚云来说,时间等同于危险的、不确定的"命运";对林宜生、周德坤、李绍基、杨庆棠等而言,不论是作为知识分子、官场中人、商业精英还是艺术家,摆在他们面前的化身为"时间"的现代性。《月落荒寺》中的大多数人物都在有意无意地追求一种"自动化的、被话语或幻觉所改造的、安全的生活"(财富、名和权力),但实际上总是将自己逼进了一座"富丽堂皇、处在深渊、处在虚无和无意义边缘"的"深渊大饭店","在精美的膳食之间或风雅的娱乐之间,每日注视着深渊"。"深渊大饭店"也可以用来描述我们今天身处的虚无主义、物质消费膨胀、意义消失、躲避崇高的当代社会。这处"互文"无疑构成小说中最具批判力的反讽:人们追求"安全的生活",但最终投身的却是虚无和"无意义"。

或许楚云代表了复杂生活的另一面向,毕竟在《月落荒寺》中,她是着墨最多的、形象最立体的人物。然而我们很难说楚云最后的归属("隐身")便是所谓"真正的生活"。为了解答这个疑问,且看小说另一

---

① [匈牙利]卢卡奇:《卢卡奇早期文选·序言》,张亮、吴勇立译,南京大学出版社2004年版,第XIV页。

② 格非:《月落荒寺》,人民文学出版社2019年版,第72页。

处不起眼的"互文":楚云失踪后,林宜生在她的笔记本电脑里发现一个文件夹,其中有篇美国作家赫尔曼·麦尔维尔(Herman Melville,1819—1891)1853年的短篇小说《抄写员巴托比》(Bartleby, the Scrivener: A Story of Wall Street)①。这个细节为我们反思何为"真正的生活"提供了线索:面对机械化的科层制和无以复加的繁琐工作,抄写员巴托比选择了拒绝与不合作的姿态(读者大可将巴托比身处的华尔街视为西方社会巨兽般的盛期资本主义[high capitalism]的隐喻),置换成《月落荒寺》的语境,人物面临的即是时代和社会飞速发展带来的虚空和无意义,它们恰如故事里的那把"钢针"②,猛地扎进(以林宜生为代表的)知识阶层脆弱不堪的血肉里。

第三人称:小说与历史的"中介"

至此,通过对"重复"和"互文"的分析,我们触及到了《月落荒寺》更为本质的叙事秘密:第三人称视角的使用③。《隐身衣》中的第一人称"我"(主人公、叙事者老崔)尽管制造了在场感,但"我"的故事(离异、制作音箱和胆机等)始终和"他"的故事(蒙面女人与丁采臣)之间隔着一段距离。《隐身衣》叙事的推进,似乎就是为了缩短这段距离,人物仿佛一位不称职的侦探,在作者的指引下步步为营,深入故事核心。然而,当看不见的秘密即将现身时,小说旋即终了。从写作策略来看,《隐身衣》为《月落荒寺》提供了一个外部的故事构架,即是说,《月落荒寺》处在前者的"内部",只有披着这件"隐身衣",后者的故事才能自然延伸和生长,它们互为表里,营造出一个类似罗兰·巴尔特所描述的由文学作品所组成的"球形世界":"19世纪伟大作品组成的这个球形世界,是通过小说和历史的长篇叙事作品来表现的,小说和历史似乎是一个弯曲的和有机的世界之平面投射图,当时产生的长篇连

---

① 格非:《月落荒寺》,人民文学出版社2019年版,第133—134页。
② 同上,第48页。
③ 敬文东留意到了《月落荒寺》中的"第三人称",并将之定义为"第三人称全知视角"(Omniscient point of view),他关注的是这一视角和读者之间形成的"我-他"关系,以及"第三人称"对叙述主人公"命运"所起的作用。见敬文东:《命运叙事——对〈隐身衣〉和〈月落荒寺〉的一种理解》,《当代文坛》2019年第6期。

载体小说,以十分复杂曲折的形式呈现了一种被贬低的形象。"①

罗兰·巴尔特注意到19世纪小说和历史(作为长篇叙事作品)之间紧密的关系,前者的代表巴尔扎克与后者的代表米什莱(Jules Michelet,1798—1874,著有《法国大革命史》)通过他们的写作,各自建立了自足的世界:"每个世界都产生了自己的幅员和界限,并在其中安排了自己的时间、空间、人物以及种种物件和神话。"② 而作为叙事作品,它们有赖于"过去时态"所构成的一种叙事进程:"它引出一种进程(déroulement)观,也就是一种叙事的可理解性。因此它是一切世界构造的理想工具,它是有关宇宙演化、神话、历史和小说的虚构时间。作为其前提的这个世界是被构造的、被制作的、独立自足的、被归结为直线性意指序列的,而不是被抛入的、被展现或被给予的世界。"③ 即是说,这一写作策略依托的是造物主和上帝的全知视角,其叙述的是一个秩序井然、各部分的关系彼此协调,而非被抛弃的、断裂的世界;经过福楼拜等人所践行的现代主义叙事革命,小说和历史(此处特指包括法国文学在内的西方文学)那种简单的过去时态(它足以创造一种可信的连续内容)被弱化了,让位给客观的、中性的第三人称叙事视角。尽管东西方的叙事美学有别,但罗兰·巴尔特对第三人称(作为19世纪小说与历史叙事的"中介")的论述至今仍有启示意义。

在罗兰·巴尔特看来,"我"具有较少的含糊性("眼见为实"),因此也具有较少的小说性。这一观点当然是在和第三人称的比较中确立的。换言之,"他"像叙事时间一样,指示着并完成了小说的故事:"无论如何,第三人称是一种在社会与作者之间的可理解的契约记号;但对后者来说,它也是以作家喜欢的方式去建立世界的最主要手段。因此它不仅是一种文学经验,也是一种人类行为,这种行为企图把创造历史与创造存在联系了起来。"④ 这也解释了为何《月落荒寺》会采用一种"第三人称"的叙事,除了第三人称指示一种无可争辩的、确切的关系外,它还

---

① [法]罗兰·巴尔特:《写作的零度》,李幼蒸译,中国人民大学出版社2008年版,第20页。
② 同上,第19页。
③ 同上,第20页。
④ 同上,第24页。

是作家构建自身和社会之间的联系时所诉诸的必要手段。第三人称具有更强的表演性,或者说,它天生具备布莱希特所谓的"离间效果"(Alienation effect)。当"他"(小说叙述者)贯穿在《月落荒寺》的行文中,我们仿佛看到的是一个不知命运会走向何处的演员被牵制着行动和表演。在叙事所构筑的舞台中,小说不为人知的秘密被一步步地揭示,这种揭示秘密的叙事过程,显然迥异于《隐身衣》第一人称的局限性目光(它本身即带有一种迷惑性和不确定性),即是说,"我"作为一种叙事记号,代表了人物和叙事者之间最短的距离——在《隐身衣》中,"我"(崔师傅)重叠了小说人物和叙述者的双重身份,随着叙事的推进,世界在"我"眼中如帷幕一般缓缓揭开;反之,"他"作为叙述代理人,虽然与小说主人公林宜生偶有重合,但在揭示故事谜底的过程中,却给读者造成极大的叙事距离,第三人称相对客观、中立的叙事语调又无疑具有一种双重效果,它总是不断提醒读者:小说人物("他")所经历的生活世界既是真实的又是虚构的。叙事者一旦使用第三人称("他"),就相当于戴着面具向我们说话,在隐藏时又自我暴露。因此在这个层面上说,《月落荒寺》中的第三人称既是虚构得以完成的保证,又无时无刻不显示互相矛盾的叙事伦理。

有趣的是,一般而言,"我"的视角容易体现主观性并带来现场感,但《月落荒寺》虽然采用了第三人称,也几乎起到了同样的作用。造成这种临场感和"进行时"叙事效果的原因是:"他"的视角(尽管叙事者和人物拉开了距离)是被严格限定在一个现时/现实的框架内部的。也即是说,《月落荒寺》的故事基本上遵照线性时间进行铺排,当"他"(林宜生)缺席故事的某一部分时,叙事者总会通过巧妙的"补述"去填补叙事的空白,比如故事中林宜生的儿子伯远和蓝婉希在美国和加拿大的经历,便是经由某种伪装过的转述(由伯远承担)得以呈现的,叙事者始终没有越过界限,充当"全知全能"的上帝。此外,《月落荒寺》具有非常强的侦探小说色彩(和《隐身衣》的"哥特式"神秘略有不同),第三人称叙事机制与侦探小说元素相辅相成。在制造神秘和荒谬方面居功至伟,人性的复杂、幽微,也在"他"的注视下逐一显露。

涉笔到此,或许可援引托多罗夫(Tzvetan Todorov,1939—)评述亨利·詹姆斯的话作结:"确切地说,亨利·詹姆斯叙事的秘密是存在一个根本秘密，一个无名因素，一股不在场的强大力量，用来推动整个在场的叙事机器向前运行。詹姆斯的创作具有双重性，而且表面看是矛盾的（这才使他不断地重新开始）：一方面，他动用一切力量解释隐身的本质（引注：请注意隐身一词），揭开秘密物品的面纱（引注：请注意《隐身衣》和《月落荒寺》毁容的女主人公始终紧裹面纱）；另一方面，他不断远离这一切，保护它——直至故事结尾，甚至让它永远是个谜。"① 这既是亨利·詹姆斯叙事的秘密，也是格非小说叙事的秘密：《月落荒寺》人物的命运，朝着与小说意图全然相反的方向飞奔而去，其叙事的结构张力由此而生。

在关于《月落荒寺》的自述中，格非坦言："我希望重新让小说回到神秘的过程，重新来看待我们的生活，生活中其实包含非常多的层面，这样才能在今天这样一个新闻媒体包括自媒体占主导的话语空间里，重新寻找（到）小说写作的动力。"② 不论是科学话语对社会的入侵，抑或如格非所言"新闻媒体/自媒体"占主导地位的话语空间，他目睹的是以科学、理性、资本、消费主义等为代表的现代性对复杂人性和生活的简化及压缩。某种程度上，小说的存在正是为了抵抗这样的社会进程。从《隐身衣》到《月落荒寺》，遍布故事细节中的那些疑惑和恐惧，最终都共同指向一个"大哉问"："何为真正的生活"？林宜生、楚云等人不断地调整着自身和变动不居的世界的关系，这也是小说家所思考的，其一系列努力，为《月落荒寺》（包括《隐身衣》）锻造出别样的叙事质地：叙事时间缩短，叙事节奏加快，透露出鲜明的侦探文学色彩。若将《月落荒寺》视为新世纪以降格非小说叙事的变奏，则可清晰看到这样的叙事脉络：重复、互文与第三人称的使用，令小说在经历现代主义的"祛魅"之后，重返其神秘的源头。

原刊于《当代作家评论》2020 年第 1 期

---

① ［法］茨维坦·托多罗夫：《散文诗学——叙事研究论文选》，侯应花译，百花文艺出版社 2011 年版，第 103 页。
② 《格非自述：新作〈月落荒寺〉，让小说重回神秘》，《新京报》书评周刊 2019 年 9 月 30 日。

华夫人的"双城记"

——《秋思》的时空坐标与精神滑坡

刘秀丽

白先勇的短篇小说集《台北人》，按照其在扉页上所言，是为了纪念一个逝去的时代和时代中人。每篇小说的主人公都生活在台北市，可是他们的心里始终存留着对大陆美丽的怀想，他们记忆中的黄金时代，不在当下的现实生活，而在过往的时空中。《秋思》在《台北人》诸篇小说的接受中不属于特别显眼的一篇，女主人公华夫人也不是"台北人"群像里最光彩照人的角色，可是小说笔调隐忍节制间能做到开合有度，创作态度褒贬游移让人读后唏嘘嗟讶，华夫人的形象如此庸俗又如此高贵，恰恰能够体现白先勇创作《台北人》的意图。华夫人生活在台北的当下，却始终惦念着南京城菊花特别灿烂的当年往事，构成现实与记忆的时空错位。

在两座城市间切换

华夫人身居台北多年，庭院墙东一角就能种下大片菊花，是院落宽阔的豪宅之家；在20世纪五六十年代的台北，家里有车，雇佣车夫、花匠和女佣，可见物质生活之丰沛；家里种植台湾最上品的白菊，使用最高档的进口护肤品，每日需要耗费大量的时间准备衣着、配饰与妆容，可见对生活品位要求很高。尽管丈夫华将军仙逝有年，但华夫人仍然维持着相当阔绰的贵妇生活。虽然有一点太太们之间日常的钩心斗角，但华夫人其实已经安逸于台北上流社会的生活。如果不是凉风吹得人冷静，不是腐花的腥香偶然勾起她对丈夫的回忆，勾起南京城惊心动魄的岁月，华夫人原本只愿沉沦在台北的温柔乡里。

与台北的靡靡不同，南京城热烈威武。整城的爆竹震耳欲聋，老头老太又哭又笑，南京城的菊花也开得分外茂盛，迎接华将军抗战胜利班师回朝。夫妻二人挽手同行，丈夫英姿勃发，妻子秀美如花。华夫人的南京城是风华绝代的，南京城时期的华夫人也正风华绝代。可是丈夫仙逝，女儿远嫁，迁居台湾后的华夫人终归要走下云端，回到寂寞的日常。《秋思》就是一个庸俗的贵妇在台北日复一日的常态生活中，偶然不小心切换到南京城的频道，心里泛起对故乡的回味，对彼岸的乡愁。

白先勇常常强调，他小说中的故乡与乡愁是文化意义上而不是地理意义上的。人物在两个城市间切换生活，重要的不是他从哪座城市出发，上海也好，南京也罢，桂林也有可能，他们出发的地方就是中国，就是文化乡愁的起点，从此主人公就开始对一个文化中国的念想。他们中，栖居台北的固然很多，留在香港的也是一样，去到纽约依然如此，不管居停在哪座城市，都是乡愁无法安放，过去难以割舍。即使主观上强迫自己忘却过去，但偶有现实的触动——这触点甚至只是一丝声音，一抹香味儿，一道气息，一片色彩——记忆的闸门就哗啦打开。不仅包括在大陆度过了美好时光的上层达官贵人会有文化的乡愁，即使底层民众如《金大班的最后一夜》中的金大班，也会慨叹百乐门的厕所比夜巴黎的舞池还要宽敞些！"永远的尹雪艳"在台北仁爱路上的新公寓门庭若市，多数人也不外乎到这里寻找过往岁月的影子。在回味老时光、咂摸旧事物的时候，记忆为它们蒙上一层温馨的味道，乡愁的味道。

叶圣陶曾在散文中写道：所恋在哪里，哪里便是故乡了。文化乡愁的情之所牵，不仅要落实到一个地方，更要落实到那个地方的人与风物上，唯有人与风物都与"我"有关，为我所恋，这样的地方才能叫作故乡，才是思念的落点。在这一点上，《一把青》里的朱青和《那片血一般红的杜鹃花》里的王雄迥然不同。朱青从青涩的学生妹子变成空军乐队的歌手，歌声里透着懒洋洋的浪荡劲儿，情人的死在她这里已然波澜不惊。为什么朱青会产生这么大的变化？因为她已经丧失了情感能够落实的人与物，南京还在那里，但朱青的郭轸已经死了，斯人不在，南京也就不再是念想。王雄则不同，他的尸体在基隆港边被发现，因为那是离家乡最近的地方，他死也要回到故乡去，他要回的不是抽象的湖南这个地方，而是老娘和小妹仔所在的湖南老家。亲人之所在，念想之所在，乡愁之所在。

在两个时代间穿梭

当华夫人将记忆的频道从台北切换到南京时，她进行的是时间与空间的双重穿越，另一个时间维度发生的一切，对于当下的人具有至关重要的意义，因为正是那些过往时空所发生的事件，建立起这个眼前人的精神底色。如果没有南京的一段回想，没有那段黄金岁月所建立起来的精神的底子，活在当下的华夫人看起来就是一个再庸俗不过的贵族中老年女性，每日只顾攀比外在的容颜，妒忌比她地位更煊赫的万夫人，我们很难对这样的华夫人产生同情之理解。

必须以南京城的过往为参照，才能够真正懂得华夫人内心隐秘的情感、欲说还休的心思，华夫人对万夫人妒忌、不屑、歆羡……种种情愫的杂糅，当然也有出自这类女性间的小心眼儿与攀比心，更多的是源于身为抗日名将、抗战功臣的华将军之遗孀的坚守和不甘，华将军的抗战行为所代表的那种价值是她所信奉的，华将军抗战胜利的辉煌时刻就是她生命中最大的荣光和幸福。可是现在台北人居然对战后日本的一切都充满崇拜，万夫人的丈夫万大使即将"出使"日本成了无上的光荣，这样的现实困扰着华夫人。

这体现了白先勇小说创作的变化。与很多现代派小说的创作相似，白先勇早期小说中人物生活背景比较模糊，不拘泥在一个特定的时间或空间里，往往活在一种天气、气氛或场景中。在《台北人》里面，人物不再横空出世，从虚无的背景走向实有所指，人物生活在某个具体的年代，人所在的地理环境不仅可以被坐标，而且这个环境中的一切都是有内涵、有文化指向的。人成了有源头的人，被定位在国族和历史的坐标上，既有空间感，也有时间感。当个体生活在家国的背景之上，个人的悲苦往往是时代悲苦的见证，个人要承载起更大的时代意义，小我的体量就会增大，小我的内涵丰富起来。

谢有顺的小说观念可以解释白先勇的创作变化，他认为当代小说过于重视个人的点点情事，而缺乏个体如何在历史中艰难跋涉的痕迹，中国的小说传统，终归脱不了历史这一大传统，小说只有和历史发生对话，才能产生持久的影响力①。《台北人》与白先勇几乎同一时期的另外一部短篇小说集《纽约客》，为什么能引起更广泛的同情？华夫人、朱青、王雄、卢先生、钱夫人、余钦磊这些"台北人"算不上完美的人物形象，对所生活的现实环境过于苟且、退怯，有时让人愤愤不平，但读者终归不舍得苛责他们，因为他们每个人背负的不仅仅是个人的苦难，他们同时也在替时代受过。

现代人的精神风貌

袁良骏曾经撰文将白先勇和鲁迅并论，认为二人的小说在多个方面具有相类性，尤其在强烈的忧患意识、浓郁的悲剧色彩和人物灵魂的刻画上颇为相通②。白先勇确实非常关注现代人的灵魂世界与精神风貌，在历史的打捞中塑造人物的内在世界，这是与鲁迅一致的。与鲁迅明显不同的是，他常常把那些即将进入痛苦灵魂之境的人物从深渊中拉出来，适可而止地终止他们的追问和探求，不再进行深度的叩问和深邃的思索，一任他们向现实世界妥协。像华夫人这样的人，身上背负着沉重的历史，丈夫的温存不再、个人的风头无两不再，唯一的女儿远嫁异国，她要将孤零零的自己安放在现实的环境中，委曲求全地向万夫人及其时代妥协，这是许多"台北人"的选择。

可以举两位作家主题较为接近的几篇小说来比较分析。白先勇早期小说《那晚的月光》和鲁迅的《伤逝》都写一对青年男女的恋爱与同居。前者的男主人公李飞云和后者的男主人公涓生都对现实的肉身怀有喜悦，李飞云得到余燕翼的身体之后满足于这种喜悦，而涓生得到子君的身体之后仍有不满足感。尽管子君的脸色红润了，但是由于精神世界上对子君的隔膜，所以两人最终还是分道扬镳，一死一伤惨烈收场。李飞云与余燕翼也是隔膜的，可是他们以肉体做牵引，安心做一对俗世的

---

① 谢有顺：《小说写作的几个关键词》，《文学如何立心》，昆仑出版社2013年版，第81页。
② 参见袁良骏《鲁迅白先勇小说比较论》，上下两篇分别发表于《鲁迅研究动态》1989年第11、12期。

夫妻。《台北人》集中的《冬夜》和鲁迅的《孤独者》都以五四时期的知识分子为主角。前作的主人公余钦磊、吴柱国在五四时期乃扛旗之人，最终却将理想深埋心底，只想谋得一份职业以求生存；一个不愿意为五四去做任何辩护，一个为挣钱还债而不肯把出国机会让给多年的挚友。白先勇笔下的人，许多都选择华夫人这样将理想主义和灵魂的亮色深埋，只肯偶尔拿出来回忆观赏。魏连殳也为八十块大洋的生计而折服于杜师长，但这样的行为所带来的精神折磨却将他自己逼上了穷途末路。他之不肯娶妻生子，他之吐血也无所谓，正是抱着不活的念想，这是一颗真正孤独到灭绝的灵魂。通过两组小说五个灵魂的对比，可以看出鲁迅的"过客"一般决绝前行、面对诱惑义无反顾的精神，在白先勇笔下不多。华夫人们在现实生活中活下去的愿望太强烈，人物终归会向现实妥协。

白先勇止步于灵魂的深，与中国文化本身的气质密切相关。本尼·迪克特在她的《菊与刀》中将西方文化概括为"罪感文化"，李泽厚在进行《中国的智慧》的演讲时首次使用"乐感文化"来代表以中国人为典型例子的文化群体。西绪福斯推石上山和愚公移山可以作为这两种文化的注脚。石头推上去还会滚下来，西绪福斯推石上山是无望的、无果的劳动，他是被迫接受惩罚。山不加多而人代代相传，愚公移山是有望、有果的劳动，他自有一股豪迈之气，他是自发的行为。愚公移山所代表的就是中国的乐感文化。李泽厚认为，中国人较少去空想地追求精神的"天国"，反而非常执着于此生此世的现实人生，不舍俗世里的欢乐。华夫人在已经回想起华将军、已经找回灵魂之光的时候，她没有坚守自己的理想之地与万太太们分道扬镳，她太寂寞了，怎么舍得这群麻将精呢？和她们在一起能打发日子，为见面做头发、修指甲、配衣饰，见面后的暗自比较都能给她带来莫大的慰藉。

人物委曲求全地向现实妥协的精神风貌，也与作者对待世界的方式息息相关。与他非常敬佩并学习的张爱玲一样，白先勇对待笔下的人物怀有包容的爱意，理解并宽宥他们沉溺于俗世欢乐的心愿，因此不愿意把人物往灵魂拷问的绝境上逼迫，尽量给人一条活下去的路走。鲁迅属于另一种类型，他把血淋淋的世界撕给人看，自己也不吝被撕开。正如他在《〈穷人〉小引》中评判陀思妥耶夫斯基时所说："凡是人的灵魂的伟大的审问者，同时也一定是伟大的犯人。审问者在堂上举劾着他的恶，犯人在阶下陈述他自己的善；审问者在灵魂中揭发污秽，犯人在所揭发的污秽中阐明那埋藏的光耀。这样，就显示出灵魂的深。"所以子君无法忍辱吞声，魏连殳终归吐血身亡。鲁迅这样把人物往精神的绝境上推送，置于命运的不归之途。我们不必因为对小说人物灵魂的残忍，就认为鲁迅比张、白二人更残酷，也不必因为对人物的包容与谅解，就认为张、白二人比鲁迅更慈悲，他们都是对人世有爱的作家，鲁迅正因为爱得更加深沉，才会对灵魂的幽深做最不留情的剖析。张爱玲可以让一座城市沦陷来成就白流苏的爱情，白先勇可以让华夫人亲自摘下高贵的一捧雪抱在怀里送给万夫人，但鲁迅则既不会给魏连殳一个生前死后的安慰，也不会给子君一个活下去的理由。

原刊于《青年文学》2020年第6期

生命旅途中的心灵呼唤

——评紫凌儿诗集《太白路1067号》

罗铭恩

青年女诗人紫凌儿的新诗集《太白路1067号》，于2019年11月由长江文艺出版社出版了。紫凌儿在诗歌创作中所表现出来的想象力和创造力是令人欣喜的，她的个性化的写作风格也是别具一格的。现就《太白路1067号》的创作特点作一些分析。

从大西北走到南海之滨，让大海的涛声化作深邃的诗情

紫凌儿是一位端庄秀丽的女性，她从大西北的一个边陲小城走来，走到宽广延绵的南海之滨，走到深圳太白路1067号。她之所以南下、再南下，有一个特殊的原因，用她自己的话来说就是："我来到深圳，并不是因为它的繁华与辽阔，而是对大海抱有无尽的幻想，试图用延绵不绝的涛声，替代内心积压了太多的干涸与荒败。"（《太白路1067号》前言）于是，南粤的海边有了河西走廊的诗意，有了一位来自远方的青年女诗人的情怀。青春、梦想、憧憬、追求，在遥远的海岸线上化作了淋漓的诗韵；那隐秘而深情的诗行，在苍茫的海天上展开了飞翔的翅膀。

诗集的第一辑"以大海的名义"，是全书写得最有特点的一辑，作品以大海为载体，以象征主义的手法来表现大海的浩瀚与神秘。在这些诗作里，作者的暗示多于解释，隐喻多于直抒胸臆。读者在不可捉摸的海洋世界中，隐约看到诗人那个不可捉摸的内心世界，看到隐藏在大海

深处的理念。其中的《倒影》一诗，是这样描写天空和大海的："是一种蓝，将另一种/融入体内。是天空和大海/闪烁光芒的野心/是动荡的潮汐/不断拍击悬崖/是潜伏在泡沫中的太平洋。/是一颗不断生长的心/唤醒了另一颗"。短短的数句，意蕴深邃，读者在诗中看到，天空中的蓝，是蔚蓝色的大海在空中的倒影；大海中的蓝，是蔚蓝色的天空在大海的倒影。诗人还把天空和大海比作两颗博大的心，一颗心唤醒了另一颗，这就向读者展现出一幅大海与天空心心相印、海天合一的图景，传递着"天人合一"的理念。

另一首诗歌《我向大海说出爱》，原名为《致大海》，这首诗可以有两种解读：一种是诗人对大海有着深沉的爱，她像爱自己的伴侣一样爱着大海；另一种是借大海的形象来抒发自己的爱情观，像爱大海一样去爱一个人。我们在这里权且把它作为一首爱情诗来解读吧。诗歌的第一小节，诗人对文学描写的日常用语作了特殊的、出人意料的重组和编排："像从未爱过那样，以闪电的速度/近乎跋扈的矜持，爱你/疯狂的沉静与迟缓的汛期"。本来，跋扈与矜持，疯狂与沉静，是意思对立的词组，但诗人在这里把它们契合到一起了，以此表示爱情的执着与深不可测。诗的第三小节，诗人明显表现出崇尚"空旷的美"和"凌驾于世俗之上"的爱，表达了她的远离世俗的爱情观。诗的第四小节，诗人认同大海在安静的时刻，所具有的那种"拒绝内心的浅薄和耐不住寂寞的涌动"的品格，她相信那些"让人心疼的浪涛"，"永远不会消失，也不会衰老"，暗喻真诚而执着的爱情，永远不会消失和衰老。我们通过这首诗可以感到，诗人感恩于生命中遇到的大海，期待人间拥有大海一样的爱情。

在第一辑的作品中，还有一首值得称道的诗歌，那就是《我从大海归来》："起风了。我回到北方，回到我的陆地上/回到沙哑、没有水分的风声里/你在远方。大海成为想象/一些流离失所的蓝，正漫过我的双眼/漫过一场致命的邂逅。/这里没有海/只有秋天，紫，孤单，它们沉静而唯美"。在这些诗句里，诗人巧妙地把北方的陆地和南方的大海糅合在一起，即使她回到北方，仍然念念不忘南方的大海，尽管她在海中曾经遇到过风险。诗中没有正面反映诗人与大海有过的交锋，但从诗中所写的"漫过一场致命的邂逅"来看，就可以联想到主人公曾经在大海中遇到了风险，甚至看到了那些震撼的瞬间，已卷入了诗人涌动的生命潮汐中。诗人把"沙哑、没有水分的风声"和"沉静而唯美"的北方，跟遍布"流离失所的蓝"的大海进行了对比，更加彰显了作品中的人物在经历过风险之后表现出来的镇定从容，从而揭示出生命在风浪的洗礼中更显风采。

诗人总是游走四方，诗歌也总是走在路上

数年来，紫凌儿在海内外多个地方游走，足迹遍及多个省份及海外。她曾耕耘在西部的石油城，曾作为中国石油公司的员工奔赴非洲一隅，也曾在我国的粤北山区放牧过羊群。即使她在深圳生活期间，也到过广东的珠海、中山、东莞、广州等地进行采风和文化交流。她的诗集虽然定名为《太白路1067号》，但集子里的内容远不止这些，太白路只是一种象征，其实诗人的笔触早已涉及到天南地北。

诗人在创作中显示出以现实景物为载体，以人性为出发点的艺术风格。但她的作品没有明显的地域性，这是因为她在游走的生活中，在奔波的旅途上，总是来去匆匆，穿梭而行，往往在路上拾起一些生活的碎片，加以整合、发挥、创造，形成耐人寻味的作品。正如紫凌儿自己所说的："我的写作并不具备真正意义上的地域'标签'，因为迄今为止，我还没有大面积公开发表过让自己满意的、富有地域特色的作品。"（《太白路1067号》前言）

诗人总是走在路上，总是在各地奔忙。对于这种生活状态，我们可以理解为她总是不断扩大自己的生活视野，不断拓宽自己的人生阅历。我们看到她在人生的旅途中，不断获得生活的素材，并将这些素材提炼成诗的语言，抒发出心灵的声音。在诗人的笔下，我们看到了南方美丽的葵园和香蕉林，看到了大西北的戈壁滩；看到了深圳那条笔直的深南大道，也看到了辽阔宽广的西部大草原；看到了民族特色鲜明的湘西苗寨，也看到了古色古香的云南丽江古城；看到了南海之滨的飞鸟，也看到了粤北山区诗人放牧的羊群；看到了南方具有野性美的红柳，也看到了西部地区那盛开的格桑花……总之，诗人总是游走在城市和乡村之中，在喧闹的大都市和宁静的乡村之间自由切换，也许诗人认为以游走的方式去生活着、写作着，就是自己最理想的生活状态，就是诗歌创作的最

佳方式。

紫凌儿诗集中有三首诗描写的地方,是南方人比较熟悉的。其中的《珠江街》,写的是原广东省珠江华侨农场,后来随着城市的拓展而易名为珠江街;再有一首为《五涌渡口》,写的是广州市南沙区的一个渡口,已有多年历史;还有另一首诗《作别黔南州》,是南沙区文联组织一批作家和诗人,于2019年暮春前往贵州省黔南地区采风,诗人在返程途中写的。在《珠江街》这首诗中,诗人非常欣赏这个"用一条江命名的小镇",并在雨中"看见散落的时光与沧桑",表示自己会"铭记一滴水,一片海,一段黑白岁月",诗人在这条街停留的时间虽然短暂,但也感觉到这里有"博大和湛蓝的呼吸",当"风雨远去"之后,出现的就是"偌大晴空",她不由得对今日的时光"怦然心动"。

《作别黔南州》这首诗,开头两句写得很逼真:"白茫茫的9点35分/笼罩在17摄氏度的旷野上。"那是紫凌儿离开贵定县的时刻和当时的温度,给人以一种真实感和存在感。然后,当列车开动时,诗人写道:"时间正在缩小/距离拉开它的宽阔/景色如此壮美/我靠着被车窗压弯的山丘,告别内心的明净"。诗句体现了现实主义与象征主义手法的融合。诗人继而触发了自己真挚的情感,喊出"这座后现代主义小城",有着"多好的一切";最后,诗人表达了自己对这座小城的爱恋,情真意切地写下了浓重的一笔:"此刻,若有人说出爱/我就相信。"

上述例子可以说明,游走的生活和旅途上的诗歌,也是可以写得真切和感人的,其实游走的生活和穿越山河的感受,也是一种生活积累和生活体验,这种体验会让诗人在一瞬间产生灵感。

关注现实,感悟人生

紫凌儿在南方都市生活期间,写了一批反映大都市生活的诗,其中有不少是很正面的,例如《太白路1067号》《在彩云阁》《灵新路》《春的暗示》《我喜欢的路没有姓氏》等。此外有一些诗,表现了诗人对城市发展中出现的负面现象的忧虑,例如对外来务工者的艰辛生活往往会流露出感伤情绪。这些作品表面上看是负面的,其实深入分析一下,这正是诗人关注普通人的命运和生存状况的体现,显示出诗人直面人生的创作态度和应有的社会责任感,作品传递出外来务工者期望真正融入南方城市的心声。因此从这方面来看,作品的思想倾向和价值取向无疑又是积极的。

当然,我们期待诗人对现实生活的描写能够采取更加积极的态度,使作品的思想高度和艺术高度得到进一步提升。

双重视野的文化审视

——评欧阳昱的《翻译课》与《夜宿国王十字街》

彭贵昌

谈起欧阳昱,我们能想起很多的身份,海外华人学者、翻译家、诗人、出版人以及小说家,可谓著作等身的他在多个方面都成为学界的研究对象。他这次为我们带来的两篇小说以工作与生活的两种视角对澳大利亚进行文化的观察,体现出他作为一位身兼多职的作家在写作上的独特性。

作为一名著名的翻译家,新作《翻译课》对作者来说也许有着独特的意义。小说中,在澳大利亚为华人讲授翻译课程的翁教授别出心裁,在课堂上采用各种有趣的方式进行翻译教学,故事中的这一节课以"反"作为关键字切入,对翻译之"反"的讲授实际上是挖掘文化差异性的过程。在这篇一万字出头的作品中,"反"有着太多的含义,让小说有着丰富乃至于庞大的思想容量。从中文到英文的翻译中语序的"反"是最为直观的,翻译的语序颠倒(如翁教授指出"爸爸妈妈"译成英文应该是"Mum and Dad")背后体现出文化的差异,这一文化差异性也是作品叙述的各个上课细节的内涵指向,如点名的时候出现中国学生的姓与名被倒置等让人哭笑不得的问题。在这一层语言的"反"之上,作者逐渐深挖文化差异性,联系起早年华人淘金工来澳时候的轶事以及生活中的小故事来论述中西文化的"反",体现出作者对历史和文化的思考。"反"还在其他方面贯穿全文:作品以法国作家梅里美的小说和巴尔扎克的《欧也妮·葛朗台》中的价值观与当下学生的价值观做对比，显示新一代青年的心态之"反"；翁教授对机器翻译取代人工翻译的焦虑，体现人的主体性之"反"；作品还有对文化的反思，最精彩之处莫过于思考为何讲究集体精神的中国人到了国外则成为一盘散沙，这样一个价值观之"反"触及对文化劣根性的反思。在小说的结尾，作品强调在一件性侵案件中关键字词的翻译对案件的影响，这一问题非常"边缘"却又真实而具体。

小说《翻译课》以其不太长的篇幅触及了语言、文化、代际、人的主体性之"反"，语言的转译充满挑战，但在叙事者看来，时代带来的人与人、人与机器之间日渐不可调和的差异性之"反"才是对翻译者乃至于人类真正的挑战。作品以跨文化的翻译为线索，结构精巧，从翻译的表层渐渐挖掘出深度的文化差异，体现着作家欧阳昱身上的学者气息。

在另一篇小说《夜宿国王十字街》中，"我"——一位来澳不久的华人青年来到悉尼与亲人见面，在会面前后的时间中，"我"在悉尼寻找旅馆落脚，这场游历实际上也跟《翻译课》一样是文化的观察。随着小说叙事者"我"对旅馆的寻找，叙事的场景不断变换，让我们看到悉尼这座城市的底层景象。作家们对都市的书写，通常会以其繁华景观为主，这篇小说反其道而行，进入一个个底层旅馆的内部，看到"外面早已是阳光满街，这屋里还黑似地洞，衣服、背囊、皮鞋、短裤、袜子、浴巾扔得满地都是，让人不敢下脚……"。"我"所去到的几家旅店条件都极为恶劣，充斥各种脏乱的物品，处处显得逼仄、拥挤、混乱，"我"的多次辗转实际上是理想与现实之间的差异。

《夜宿国王十字街》中的辗转和落差，呈现出一位外来者对本土文化的融入之难。作品中，"我"的几次碰壁都呈现出"我"作为外来者在"他者"的国度中面临的尴尬和冲突。作为一个外来者，如何融入这个国家，成了一个重要的问题。"我"不得不面对当地人（同样作为底层人士）的质问："这是我的国家，澳大利亚，我的国家，你们有什么权利待在这儿？我在这儿已经是第八代了，要是我有儿子，他就是第九代！"在这样一个环境中，"我觉得自己已经一步步陷进深渊，不可自拔了"，以至于在旅馆夜宿时"我"始终处在高度警戒之中。在并不美好的底层体验后，叙事者对西方的"自由"文化进行了理性反思："假如同房回来，把灯开得通明火亮，把电视开到最大音量，我也没法制止他，告诉他我现在正在睡觉，因为在这儿个人的意志第一，他可以随心所欲干他的事，别人无权干涉……"叙事者找旅馆与住宿的尴尬恰恰是海外华人在异国生活的物质与精神上的双重挑战——物质生活的恶劣与身份被排斥。《夜宿国王十字街》的叙事时间刚好是从早上七点多到第二天早上七点多，作品的结尾特意强调这一天的日常性，海外华人作为外来者的窘迫在于日常生活的细节之中。在这个意义上，小说讲述的是"一个外来者一生中的二十四小时"，这样的一日是最为平凡的一日，又是充满挑战的一日。

欧阳昱的《翻译课》以澳大利亚老一代华人的视野来看文化差异，《夜宿国王十字街》以新移民华人的视角来体验日常生活，前者是知识分子视野的思考，后者是底层景观的巡游，构建起不同年龄段的澳大利亚华人工作与生活的两面。霍米·巴巴认为："最真的眼睛现在也许属于移民的双重视界。"欧阳昱正是以移民的双重视野来看文化的差异性，从日常的细节来思考移民生活与文化融入的问题。在他的诗歌《双性人》中有这样一段："我的姓名/是两种文化的结晶/我姓中国/我叫澳大利亚/我把它直译成英文/我就姓澳大利亚/我就叫中国……"中国与澳大利亚，东方文化与西方文化，已经汇流在欧阳昱的血液中，让他成为一个拥有"最真的眼睛"的作家，《翻译课》与《夜宿国王十字街》都是欧阳昱这位学者型作家以双重文化视角所带来的文化思辨。

原刊于《文学港》2020年第10期

艺术评论的视野

彰显中华审美风范

——广东戏曲电影初步呈现繁荣景象

仲呈祥

粤剧电影《刑场上的婚礼》的推出，是广州市深入学习、贯彻、践行习近平总书记视察广东重要讲话精神所采取的重要艺术创作举措。在戏曲电影里，如果单有优秀的经典剧目和新编的历史题材剧目，而缺了现实题材、革命题材的剧目，不能不说是一种缺陷。广州市有意地选择了《刑场上的婚礼》这么一个题材，我认为是成功的。这部粤剧电影以它的艺术魅力把我吸引住了。它守住本，守住正，创了新，使我们看到了粤剧作为广东地区人民主要的戏曲审美形式所独具的艺术魅力和价值。对于广州未来三年决定要拍十部粤剧电影这样一个举措，我认为是有文化眼光，也有政治远见的。继承和弘扬粤剧这种重要的艺术形式，并且利用电影来对它进行推广发展，为它注入一种新鲜的活力，是切实可行的。

刚刚结束的第32届中国金鸡百花电影节，将"最佳戏曲片奖"颁给了现实题材的沪剧电影《挑山女人》。这是倡导现实题材创作的一种导向。《中共中央关于繁荣发展社会主义文艺的若干意见》明确指出，优秀的文艺作品应"坚持思想性、艺术性相统一"。在党的十九大报告中，习近平总书记再次明确提出了"坚持思想精深、艺术精湛、制作精良相统一"。通过对习近平总书记重要讲话精神的学习，我们反复思考：我们追求什么？从粤剧电影《刑场上的婚礼》上，我们找到了答案：那就是精神高度、文化内涵、艺术价值。

我认为这部戏，第一是具有了精神高度。电影纵情地讴歌了精神之美、理想之美、信仰之美。人活着是为什么？为信仰，为理想。革命前辈的精神感染我们、引领我们，这就是这部作品的精神高度，是"向着人类最先进的方面注目，向着人类精神世界的深处探寻"的。演员的表演达到了"用心、用情、用功"，特别是戏中有一个片段用了红线女的原唱，感染力极强，让我们感受到了两代粤剧艺术家之间的薪火相传。所以这个戏不仅有精神高度，也有文化内涵，深刻体现自强不息、为生民立命和高尚圣洁的爱情等中华优秀传统文化的永恒魅力。有了这两条，加上制作的精致、画面的讲究、表演的精到、镜头的运用自如，使这部作品具有了较高的艺术价值。

党和国家领导人历来高度重视中华戏曲文化的传承与发展。习近平总书记反复强调，"我们要结合新的时代条件传承和弘扬中华优秀传统文化，传承和弘扬中华美学精神"，"我们要坚守中华文化立场、传承中华文化基因，展现中华审美风范"。他本人不仅具有浓郁文艺情结，对戏曲也是情有独钟。我们敬爱的周总理生前对红线女及广东粤剧的关怀，也是党的领导心系戏曲发展的光辉典范。

习近平总书记指出："中华美学讲求托物言志、寓理于情，讲求言简意赅、凝练节制，讲求形神兼备、意境深远，强调知、情、意、行相统一。"在我看来，《刑场上的婚礼》正是把"三个讲求"作为努力方向的，是一部彰显中华审美风范的好戏。《刑场上的婚礼》给了我们精神美感，无论是从主题的开掘，还是从戏剧结构的精巧来看，可圈可点之处很多，例如主人公从相识一直到最后刑场上的婚礼，这条主线交代得非常完整，而且做到了言简意赅，意境深远。拍好一部戏曲电影，就是非常好的一种美育形式，也是普及推广戏曲美学的好途径。这部电影为我们拍好戏曲电影，传承发展好中华戏曲文化，提供了新鲜的成功经验，值得总结。

诚然，戏曲电影拍得再好，永远也不能够取代舞台的戏曲演出。舞台的戏曲演出永远有它独立存在的价值。但是戏曲电影跟舞台的戏曲演出，可以互补生辉，让戏曲美学普及到更广大的群众当中去。我相信这样的电影，年轻人也是爱看的。近日，我看了《花月影》《白蛇传·情》

《柳毅奇缘》等粤剧电影,还有汉剧《白门柳》,再加上《刑场上的婚礼》的推出,这些优秀作品各擅胜场,共同形成了一道亮丽的文化景观,这就是南国戏曲电影所呈现的繁荣景象。

原刊于《南方日报》2019年12月10日A11版

革命叙事艺术的新创造

——观粤剧电影《刑场上的婚礼》

高小健

粤剧《刑场上的婚礼》故事起源于一张照片，即中国共产党先烈周文雍和陈铁军就义前的合影。他们在刑场上庄严宣布："这刑场，就是我们正式结婚的殿堂，让反动派的枪声作为我们结婚的礼炮吧！"这出粤剧讲述了这一段中国无产阶级革命的传奇故事，传达了共产党人崇高坚贞的爱情与信念的心声。在中华人民共和国成立70周年的光辉的日子，这出革命历史题材的粤剧以及同名粤剧电影，以胜利者的姿态表达了中国革命和胜利的骄傲。

《刑场上的婚礼》是一出讲述革命者情感的戏曲，以婚礼为中心线索，展现了广州起义和与此相关的早期革命斗争中，共产党人所面临的残酷和血腥环境。生命对革命者来说，很可能是短暂的，而在这可能是短暂的革命经历中，爱情是一个多么奢侈和绚烂的人性渴望，周文雍和陈铁军就是在短暂的人生中，在精彩的革命斗争中，经历和享受了这样一段动人的爱情。这个剧目和电影就讲述了这样一个在惨烈环境下的惨烈的爱情和婚礼。但这并不是一出传统意义上的爱情悲剧，而是一种讴歌，洋溢着浓烈的革命激情和爱情浪漫的情愫。

为表现这段发生在革命最激烈和镇压最残酷时期的革命者的情感故事，该剧充分利用、挖掘各个层面的情节及艺术因素，将其纳入了一种普遍的虚实关系中，因此"虚"与"实"成为这出戏乃至同名影片的核心叙事策略。

在故事层面上,周文雍和陈铁军两个人物关系的建立,首先是一种假托关系。他们受党的指派,以夫妻之名潜伏下来,展开革命工作。而在这种假夫妻的关系中,二人发生的是真感情,是革命感情生发出的人性光彩。"虚"与"实"在这里成为人物形象塑造的基本策略。

在叙事结构上,剧目设计了三个婚礼。第一个是陈铁军逃走的婚礼。这是最为写实的旧式婚礼。为了逃避这个婚礼,陈铁军走上了革命的道路,并邂逅了周文雍。她逃离了一个旧式的婚礼,却走上了一条通向她所向往的光明之路,开始了一段真正的爱情。第二个是反动派假意要给他们的婚礼,代价是让他们公开声明脱离共产党。婚礼在二人的想象中是那么美好,他们可以在婚礼中披红挂彩,拜天地,敬父母,亲爱人。但是这美好的场景被现实的残酷所打破,他们毅然抛弃了这样一个虚幻的美好。第三个是刑场上,他们戴着镣铐,在枪声中结合,这才是他们最真实,最轰轰烈烈的一场婚礼,完成了他们爱情的颂歌,也是革命的颂歌。这三个婚礼很好地利用了"虚"与"实"的不同场景关系,浓墨重彩地描绘了虚的美好意境,再由敌人残酷地打破它,有力地烘托出最后刑场婚礼的超出现实人性常规的壮烈之举,表现了两个人物壮美、崇高、激情洋溢的传奇性人生,从而完成了叙事中对浪漫化婚礼想象的现实性转化。

由于《刑场上的婚礼》采取的是戏曲的艺术表现形式,所以在人物的刻画上,也基本采用了符合戏曲舞台表演的方式,并进行了大胆创新。主要人物及正面群众形象基本上是以写实为主,通过视觉直观阐释了英雄人物与工人群众之间的紧密联系和共同的政治立场,人物是鲜活的,创作者运用了"实"的策略。而反动派的打手们的动作则全部设计为舞蹈化的表现,整齐划一,却没有表情、没有个体的表现,使这些背景人物成为僵化、冷酷而没有生命的反动政治机器的化身,意在说明反动政权的残酷和无情,采取了"虚"的写法。这种虚实分立的对人物的塑造方式形成了一种极端的反差和对比,借用戏曲的抽象、意念化艺术手法,运用虚与实的不同方式,划分了不同人群的社会的、政治的乃至人性的对立,从而对戏曲表现方法进行了带有现代艺术特点的新的探索,是对戏曲人物塑造和表演方式的突破。

粤剧电影《刑场上的婚礼》对剧目的这些艺术创造进行了很好的艺术呈现，同时借鉴了以往现代戏电影拍摄的经验，利用电影艺术手段对这种虚实关系的艺术处理予以有力加强，并将现实化生活场景与戏曲舞台化的场景进行了巧妙融合，不留痕迹地相互转换，构成了这部影片完整有序的影像风格。

在当今戏曲与电影不断向现代化发展的过程中，似这样唱响主旋律、讴歌中华民族光荣历史和英烈人物，同时具有创新意味和出色艺术表现的作品为戏曲电影的未来发展启示了巨大的空间，值得喝彩。

原刊于《南方日报》2019年12月10日A11版

儿童片电影美学的新追求

——浅谈故事片《点点星光》的综合艺术构思

祁 海

金鸡奖评委会由中国电影界顶级专家组成，格外看重影片的学术价值。本届金鸡奖"最佳儿童片"的奖杯，授予广州广播电视台出品的《点点星光》。这是一部投资仅有几百万元的小制作儿童片，能有多大的分量？学术价值体现在何处？答案就在于有新的美学追求。

《点点星光》取材于广州市花都区七星小学跳绳队勇夺世界冠军的真实新闻，是一部纪实风格故事片，聚焦小人物，书写大时代。

纪实美学，是电影美学流派之一，其强项是生活氛围特别真实。但写真人真事的故事片，容易混同于新闻报道，拍成枯燥乏味的流水账。

《点点星光》善于"借力"助战，开放门户，将电影艺术的另外两个美学流派也请进来：一是"影戏美学"，其强项是故事好看和表演生动；二是"影像美学"，其强项是画面造型具有强烈的视觉冲击力。

以上三大流派各有长短。在一部电影里能否同时呈现这三大流派的精华，使之交融互补？

难！三者"合并"，搞不好，会不伦不类，甚至互相排斥。"三全其美"的国产片，近年来只有《夺冠》等少数佳片，寥寥可数。儿童片《点点星光》居然也冲破了这个难关，拍得既真实又好看。

纪实性与戏剧性的平衡统一

这部纪实风格故事片并非纪录片，很有戏，不是凭空编造，而是善于发掘真实生活中本身就具有戏剧性的生活素材，加以提炼强化，巧妙编织。

"传奇传奇，非奇不传"，这是古代戏剧家李渔总结出来的一条创作经验，文艺作品如具有传奇色彩，就容易引人关注，便于口口相传，迅速扩大影响。

《点点星光》也有传奇色彩，来自一则奇闻：位于贫困山乡的七星小学，教学条件较差，学生多是留守儿童或外来工子女。但就在这所小学，体育老师赖宣治居然培养出33名世界跳绳冠军，打破10多项世界跳绳纪录，不可思议，令人震撼！因为生活中确有其事，真实性和传奇性并不矛盾，高度统一。

这部纪实风格电影，借鉴了戏剧化电影展示人物命运、刻画人物性格的手法，做到人各有貌，互不雷同。

片中的七星小学跳绳队有一对双胞胎小男孩，是留守儿童，父母出外打工，小哥俩与爷爷相依为命。编导根据他们的真实经历塑造了一对孪生兄弟江海和江河，贯穿全剧，用弟弟的画外旁白讲述同学和老师的故事，每一个人物都有故事，全剧结构就具有戏剧性，结构严谨，不会散乱。

《点点星光》没有粉饰太平，真实地反映了现实生活中艰难曲折的一面：江海和江河的父母出外打工，小哥俩很难见父母一面，小哥俩要读书，还要照顾患重病的爷爷；宇翔的母亲离家出走，小琴小学毕业就要辍学；跳绳队教练杜老师被妻子逼着调回外地老家；支教的女教师任教一周就要求辞职；校长家庭经济困难，下班一回家就忙着养鸡帮补家用；跳绳队因缺乏经费，一度差点要解散，出国参赛没有差旅费，险些泡汤……

尽管如此，《点点星光》并未一味地呈现片中人物命运的苦难和不幸，而是同样真实地展示了生活中人的纯真情谊和美好追求，歌颂与展现的分寸把握得很好。

例如，宇翔、小琴瞧不起江海和江河，但小哥俩不记仇，当宇翔、小琴遇到麻烦时，兄弟俩及时出手相助，令宇翔、小琴深为感动，小琴帮小哥俩解决了运动鞋的难题，宇翔将取胜诀窍告诉了兄弟俩；柔弱的丰老师敢一人带一群孩子出国参赛；教练杜老师外冷内热，每天凌晨在夜色中开摩托接学生回校训练。跳绳队出国参赛缺乏经费，老板说杜老师喝一杯酒就赞助一万元，杜老师一口气喝了十七杯！影片的感情高潮戏，是孩子们赶到码头，以集体表演跳绳的独特方式为杜老师送行……

《点点星光》有三个新鲜情节，在体育题材的影片中是少见的：一是两位老师并非只会搞拼体力的魔鬼式训练，为孩子们减负，想出改进训练方式和跳绳械具的妙计，这种智慧之美饱含关爱孩子的人情之美。二是杜老师发现江海冒充受伤的弟弟参赛拿了大赛的第一名，立即向裁判自曝家丑，取消了这一项比赛成绩。他认为："输比赛不要紧，不能输人！"此举在当下尤为难得，令人感动。三是跳绳队的打气口号不是"加油！加油"，而是响亮的"嗷呜！嗷呜！"，这是"老虎"的花都方言，气势力度、地域色彩和儿童情趣全有了，堪称神来之笔！以上情节均源于真实的生活，又新奇、有趣、动人。

该片中的演员是"全素人"阵容。江海、江河、宇翔、小琴和杜老师的扮演者就是七星小学的学生和教师，完全是本色表演。丰老师、校长、家长的扮演者也不是专业演员，因此，全片的表演没有造作痕迹，质朴自然，很生活化，反而有感染力。

纪实性与造型艺术的巧妙融合

目前有一部分纪实性故事片为了追求所谓的"真实"，全片影像基调偏于粗陋灰暗甚至肮脏，缺乏观影的愉悦感，观众很难接受。

《点点星光》不走这个极端。该片真实感很强，但并非简单实录，视觉造型的设计也很讲究，以丰富的表现手法体现丰富的儿童想象。

贫困山乡的校舍农宅不漂亮，该片却另辟蹊径，融入了许多展现形式美感的元素。如大自然的山山水水是美丽的，雾霭环绕碧江，瀑布飞流直下，油菜花如金黄色地毯，横生的大树丫、大俯拍的田野阡陌和笔直的铁索桥勾勒了几何线条美。剧中许多如诗如画的镜头，既写实又写意，烘托人的精神之美：画面的层峦叠嶂，山路回转，河流蜿蜒，暗喻师生们要经历一番曲折，但前景是美好的。黑夜中，老师和孩子们的一支支手电亮光,象征着每一个人都是一颗小星星,一颗星会显得很弱,当它们聚集在一起,就能汇成星河,彼此照亮对方的前路……

该片的跳绳镜头很多,如用常规拍法,肯定不如踢足球、打篮球好看。于是,该片在表现孩子们跳绳时,场景、角度、光效不断变换:既有孩子们在风光秀丽的堤岸、钟乳石溶洞前的平台跳绳的镜头,又有透过住宅门洞天井或从岩洞内向外拍摄跳绳的场景;既有用侧卧视角拍摄跳绳的巧思,又有用投影(地面投影和日出剪影)表现跳绳的匠心;决赛表演的光效借鉴舞台的追光照射,明亮的人物在深黑色背景的映衬之下,跳绳动作很鲜明突出,颇有视觉冲击力。跳绳动作采用以上方式拍摄,加上灵巧的剪接,使得视觉效果很好看。

值得一提的是,《点点星光》由一支以80后和90后为主体的广州创作团队打造,以低成本拍出达到全国一流水平的电影,令人惊喜!

《点点星光》《掬水月在手》等广州出品的电影在本届金鸡奖斩获颇丰,绝非偶然,是经历多年储备、蓄力之后的一次厚积薄发。近年来,广州市政府出台多项扶持电影产业发展的政策,营造文艺精品(尤其是新人文电影)创作生产的良好生态,在文化领域也树立起"广州制造"的品牌,提升了广州的城市文化形象。从这个意义上来说,"点点星光"不仅是剧中人物的希望之光,也是"南派电影"再振雄风的希望之光!

原刊于《南方日报》2020年12月26日A08版

中国版《小鞋子》，以跳绳点亮孩子的生命

——评《点点星光》

周文萍

第33届金鸡奖，由广东出品的影片《点点星光》获得最佳儿童片奖，引起了人们的关注。

《点点星光》以广州市花都区花东镇七星小学跳绳队的事迹为原型，讲述了跳绳队学生在体育老师带领下克服困难，努力训练，赢得世界冠军的故事。

广州市花都区花东镇七星小学是一所偏远的乡村小学，外来务工子弟占40%，由于场地有限，学生体育活动难以开展。学校于是选择了跳绳这一不起眼的运动进行推广，并由体育老师赖宣治组织学生跳绳队进行训练。在赖老师带领下，2012年，跳绳队在花东镇举行的第一届中小学生跳绳比赛中荣获了团体第一名。从此势如破竹，一路横扫了区级、市级、省级、国家级、亚洲级直至世界级别的各类跳绳比赛冠军。9年时间，跳绳队先后培养出了33名世界跳绳冠军，打破了10多项世界跳绳纪录。

跳绳队的故事激动人心，但《点点星光》并非一个单纯的励志故事。导演谢德炬在回答南都记者采访时表示，"电影更多的篇幅在讲这所乡村小学、这群农民工子弟在社会中的生存状态"。影片更像是一部中国版的《小鞋子》，以跳绳为线索，表现了江河、江海与任宇翔、方小琴等一班跳绳队孩子以及与他们连接的家庭、老师、学校与社会。

与《小鞋子》相似，《点点星光》的引发事件也是鞋子。双胞胎大海和小河报名参加跳绳队的原因是鞋子烂了，进入跳绳队能够免费领鞋，

这与《小鞋子》主人公阿里为了奖品鞋子而报名参加跑步比赛有异曲同工之妙。而这当中又隐含了农民工子弟的生活困境：大海与小河的父母常年外出打工，兄弟俩从小由爷爷照顾，爷爷中风之后，两个孩子就承担起了照顾爷爷的责任。他们每天要在上学前后给爷爷做好饭，生活艰难，也就难以为自己买一双新鞋。任宇翔与方小琴同样有自己的苦闷：任宇翔父母离异，他跟父亲生活在一起，却无时无刻不在思念母亲。方小琴成绩优异，但父母重男轻女，不愿让她继续读书。

不过，《点点星光》并没有过多渲染孩子们的烦恼，与《小鞋子》侧重于展现阿里在丢失鞋子后的烦恼和困扰不同，大海与小河进入跳绳队的故事带有一种天真的喜剧色彩。如两人以为加入跳绳队便能领鞋，但跳绳队规定只有成为正式队员才能领鞋，两人不得不跟随进行刻苦训练；首日训练后两人不堪其苦决定退队，不料对着老师一番抱怨后换来的是严厉的惩罚；在两人为比赛训练时，银幕上更是呈现出两人一人在方小琴指导下精益求精，一人却在任宇翔带领下苦练倒立的有趣场景。

一个更大的不同在于问题的解决。在大海与小河既未能成为正式队员又无力购买新鞋时，队长方小琴带着队员们翻出了跳绳队的旧鞋子给两兄弟，就此解决了困扰兄弟俩的一大难题。此一解决方式如此轻松自然，与阿里兄妹竭尽所能也无法得到一双鞋的苦闷恰成对比。这不禁令人思考造成这差别的原因，毕竟在一双鞋的烦恼后面，孩子们面对的实际都是贫困问题。之所以有不同结果的一个重要原因是阿里兄妹从始至终都只能依靠自己，大海与小河却得到了跳绳队集体的帮助。这反映出中国人的集体思维，也折射出中国社会正在进行的一项伟大事业：面对庞大的贫困人口，中国人选择了以集体的力量进行帮扶。2020年正是中国扶贫攻坚的决胜年，片中的丰老师也正是一个来支教的志愿者。

片中直接教导孩子们的是杜老师。作为跳绳队的带头人，杜老师是一个银幕上的"非典型教师"。他外表粗犷，说话简单粗暴，初看并不符合人们心中细致耐心的好老师形象。但他对孩子们的教育与爱无可置疑。他一直注重培养孩子们的集体精神，如新队员入队后要由老队员带领训练，抱怨队员要受罚等都是他为跳绳队制定的规则。他对孩子们人格的培养也极为重视，在大海替代小河比赛的事件中，虽然明知揭发事实会影响比赛成绩和跳绳队前途，他仍然坚持向组委会检举了自己的队伍。用他的话来说："输比赛不能输人。"比赛的输赢只是一时，孩子人格的培养却是影响他们一生的事。

杜老师对孩子的爱是外冷内热式的。他对队员要求严格，要他们六点就要到校训练。孩子们抱怨天黑路难行，他表面置之不理，却在第二天一大早就骑上摩托、拿起电筒去接孩子们了。杜老师迎接孩子上学的场景在片中出现了两次，一次是前面决定加强训练时，一次是后面出国比赛前。一前一后贯穿始终，正表明了他对孩子们长期的付出与坚持。

杜老师对孩子的教导也得到了集体的帮助。最直接的帮助来自从城里来支教的丰老师，她不仅是杜老师的助手，更为跳绳队带来了外界的先进经验，帮助跳绳队改善训练方式，提升了成绩。还有露面不多的校长，也一直在有限的条件下为跳绳队提供支持。

正是有了集体的力量，鞋子对于大海和小河不再是无解的难题，《点点星光》也没有纠结于对孩子们困境的展示。相反，影片不无浪漫地展现了孩子们对于梦想的美好追求。三组孩子都有展示其梦想的专属空间：双胞胎是吊桥，方小琴是大树，任宇翔则是屋顶。当孩子们进入各自的专属空间时，便是他们袒露心灵、放飞梦想的时刻。他们的梦想里，有对父母归来的现实期盼，也有能听见绳子说话的浪漫想象。当看见双胞胎一本正经竖起耳朵倾听绳子说话时，人们不能不为孩子们的纯真所感动。

影片有许多令人难忘的场景。如孩子们早起到校训练，黑暗的山路上亮起一团团手电筒的光，这些光就像空中的点点星光，照亮了孩子们脚下的路，也照亮了他们的人生。又如孩子们出国比赛前向未能一同前往的杜老师告别：杜老师已然上船，孩子们赶到渡口一字排开，面朝杜老师一起跳起了绳。此一场景如同《放牛班的春天》里学生在歌声中用纸飞机与老师告别和《死亡诗社》里学生们站上桌子与老师的告别，形式不一，但都显现了学生们对老师的理解与热爱。

从《小鞋子》似的困境开始，《点点星光》中孩子们的生存状态最终超越了《小鞋子》。孩子们没有被现实所困，而是在老师和集体的教导与帮助下凭借跳绳开启了梦想，点亮了人生的道路。这当中有中国人的集体智慧与精神，更有无数老师与志愿者的默默奉献。

原刊于《中国电影报数字报》2020年12月30日

《掬水月在手》：诗意可以穿透唯美，栖居于生活

孔令顺

2020年10月16日，文学纪录片《掬水月在手》在全国艺联专线正式上映。影片作为陈传兴导演"诗的三部曲"的最终章，记录了当代诗词大家叶嘉莹先生的传奇人生。作为叶嘉莹先生唯一授权的传记电影，《掬水月在手》辗转十个地区，采访43位受访者，历时近两年才完成拍摄制作。主创团队采访了叶嘉莹本人和曾听过她讲课的学生白先勇、席慕蓉、汉学家宇文所安等名家，凭借影像之光将这位诗词大家的一生娓娓道来。该片曾在今年上海国际电影节放映。在陆陆续续的点映之后，许多观众为叶嘉莹先生融于诗词世界的丰富一生而感佩，也有一些观众认为电影并没有很好地呈现叶先生的人生精髓，大量大光圈唯美空镜头似乎在讲述诗词的曲高和寡，但事实上，诗词通过叶先生之手，变得更为亲民大众，也让她的"弱德之美"变得更为可习得可传播。

本篇影评，聚焦这部纪录片在电影层面的优长和遗憾，也探讨了文学纪录片如何触及更多观众的问题。

她活成了诗的模样

跨越近一个世纪的沧桑巨变，叶嘉莹先生用一生颠沛流离的遭际书写成一首抑扬顿挫的长调，最终活成了诗的模样，绚烂至极而又归于平淡。在中国传统文化中，"先生"这个词是不能随便乱用的，特指那些

德高望重、成就斐然的男士，比如鲁迅先生。偶尔也被用来称呼杰出的女性，比如已经故去的杨绛先生。叶嘉莹被不约而同地尊称为"先生"或者"穿裙子的士"，应该既缘于其特殊经历，也缘于其独特成就吧！

生于1924年北平的诗书世家，叶嘉莹年仅三四岁时就开始背诵古诗，六岁时习读《论语》，从小便打下良好的传统文化基础，诗歌的精神更是浸润了其一生。她一生都在研究传播古典诗词，足迹遍及大洋两岸的上百所大学，风雨七十载，桃李满天下。

20世纪的世界风云变幻，叶嘉莹的前半生也少有安稳的时日，大半都在漂泊，少年丧母，中年失女，一生才华横溢却又命运多舛。很大程度上，是古典诗词给予她生活下去的力量，度她超脱于尘世的苦难。百炼钢化为绕指柔，升华为女性的优雅与包容。她感叹道："我的一生过得并不是很顺利和平静，当然我觉得平静是好的，可是我也觉得，如果一个人完全没有经过挫折，都是一直很顺利的话，也不一定是好事。各种苦难，谁都不愿意发生，可是极大的悲哀和痛苦，让你对人生有了另外一种体会。如果不把诗人的小我感情打破，就不会有更高更远的想法。"有人说是"诗词救了她的命"；她自己的回答是"诗词让我们的心灵不死"！王国维在《人间词话》中言及的"天以百凶成就一词人"，恐怕也是叶嘉莹一生的真实写照。

随着温饱的基本解决，诗和远方成为近几年来的民众理想，仿佛眼前的生活总是苟且和一地鸡毛。"世界很大，我想去看看。"于是，无数人背起行囊，无限憧憬而又无限迷茫地走向远方。可是，这种精神的焦虑真正解决了吗？正如叶嘉莹所说：在我看来，学习中国古典诗歌的用处，也就正在其可以唤起人们一种善于感发、富于联想、更富于高瞻远瞩之精神的不死的心灵。无论是四时自然变化，还是相思离别愁绪，都可以转化为诗词的意境。由此可见，人生还是需要一颗"诗心"，才能够如海德格尔所言"诗意地栖居在大地上"。"掬水月在手，弄花香满衣。"水月花香无处不在，但美不自美，因人而彰，重要的是入眼入心。叶先生的故事告诉我们：如果心里有诗，眼界自会高远，境界便会博大；如果心中无诗，即便走到远方，也还是苟且。唯有诗意，可以提升现实。

是华丽的冒险，也是电影的文化责任

在这个商业化网络化的时代，究竟还有多少人喜欢古典诗词，读诗写诗还有什么现实用处？《掬水月在手》这样的文学纪录片会有多少人去看？文学纪录片是否有可持续进入公众视野的模式？人们难免会产生诸如此类的许多疑问。

当被问及学诗的用处时，叶嘉莹先生认为："诗不是抽象的东西，人是有感情的动物，诗是感情的活动，情动于中而形于言。小孩子学诗，就是让他们对天地草木鸟兽、对人生的聚散离合都有关怀的爱心。"诵读古典诗词，可以让人的心灵不死，永葆青春。

叶嘉莹先生除了进行学术研究外，更致力于诗词"吟诵"方法的传承。古代的许多诗词都是可以咏唱的，尤其是"曲子词"。只是由于年代久远，很多曲调都已经湮没，吟咏方式也几近失传。相信很多人都有过类似的经验，当用吟诵的调子反复读诗的时候，许多韵味就会涵泳其间流露出来，从而对诗词有更深切的理解和体会。北大中文系的袁行霈先生也擅长吟咏，但似乎与叶嘉莹先生的吟咏方式很不一样。我们已经很难区分哪些是古典传统的方式，哪些是他们自己的改良甚至是独创。我们从这部纪录片中感受到的吟诵，听起来似乎也比较单调，甚至有些奇怪，但叶先生解释为，吟诵的目的不是为了给别人听，而是为了使自己的心灵与诗人的心灵能借着吟诵的声音达到一种更为深微密切的交流和感应。如此解释，当然也行得通，于是我们也就释然了。

1895年底的那次《火车进站》的放映，标志着人类历史上第一次"找到了一种直接留存时间的方法"。代际传承的文化记忆逐渐让渡于传播媒介，尤其是声像并茂的电影，更是包含着丰富的历史细节。在中华民族伟大复兴和文化认同的过程中，电影担负着重要的文化责任。文化认同是个人认同的基础，也是民族认同与国家认同的基石。以古典诗词为代表的中华传统文化的记录、整理、传承、传播和弘扬，都需要媒体的大力支撑，尤其是影像媒体，更是大众化普及和国际化拓展的主力军。

在充满冲突和断裂的当代多元社会，作为一种朴素的认同，文化记忆或许可以为我们维护自己的身份、维持自我之连续性提供重要支撑。可以说，没有文化记忆，就不可能产生文化认同。《掬水月在手》这类电影既可以保存延续代代相传的集体知识，又可以创造一个共享的过去，因此可以为族群提供鲜活的文化记忆。就这一点上来看，我们需要致敬《掬水月在手》的责任与担当，用一种审慎的态度开掘人类共同的文化资源。

实事求是地讲，根据这部电影的题材、调性和品质，影院性并不是太强。文艺电影面临的最主要的两大问题是受众和市场，其实也是一个问题的两个方面。一方面受众认知中的文艺片"曲高和寡"，常人难以接近，属于小众艺术，这种预设的"刻板印象"造成文艺片与普通大众的心理隔阂。而另一方面，文艺片在发行放映阶段又容易遭受院线排片的冷遇，尤其是在同期商业电影的挤压下显得更加处境困难。

在艺术的召唤与商业的诱惑之间，文艺片需要做出艰难的抉择，尤其是要面对中国艺术院线并不完善，校园院线、学术院线仍然缺乏的发行困境。其实文艺电影从未离场缺席，只是经常失语未能进入主流视野，这是文艺片的常态，其目标群体本来就是冷静理性的小众，而非偏好娱乐化的大众。这些特性使《掬水月在手》这样的文艺电影与新媒体的品质显得更为契合：隐秘的私人观影空间，逃离喧嚣的短暂安宁，反复观摩的个性体验，尤其得益于近些年用户付费点播与知识付费的习惯渐趋养成。文艺片不必始终纠结于传统的院线市场，也许通过网络发行更能精准捕捉到目标受众，观影空间的蓝海也值得探索。

法国学者布尔迪厄在论述审美趣味时提出了品味区隔的概念，也就是说不同的人群会有不同的审美好恶。文艺片和商业片正是对应不同品味的受众群体。即便是同为纪录片的拥趸，对《掬水月在手》这部影片也还是有着迥异的评判：有的人非常欣赏作品的节奏，有的人则无法忍受其拖沓和冗长；有的人钟爱其中的空镜，有的人认为过犹不及，沦为鸡肋和冗余。该片分章节，有节奏，对叙事时间和空间都有着形式上的探索，但也会带来理解上的障碍。叶嘉莹先生一生都在做着诗词普及和文化传播的使者，其讲课、著作大都轻松活泼、浅显易懂，《唐宋词十七讲》《给孩子的古诗词》更是明白晓畅，遗憾的是影片有些为了突出清奇淡雅而过度呈现出阳春白雪，这自然难免要承担故作风雅的批评和曲高和寡的考验。

相比其他类型电影，中国的文艺片在国际传播方面的确走得更远，是中国文化走出去的重要代表形式。中国艺术电影是中国电影海外传播历史上,成功实践跨文化传播的一种电影类型。全球化时代,某种意义上更需要彰显本土化的价值。具有东方特色的影像语言、传统文化和自然景观,闪耀着电影的人性光辉和艺术光芒,这些都是赢得国际认同非常重要的元素。文艺的转译是一件吃力不讨好的事情,尤其是把中国古典诗词的意境用影像的方式典雅表达,《掬水月在手》无疑做了跨媒介传播的有益探索,虽然也有诸多缺憾。

影片的最后,呈现出极为空灵的意境,显然是来自苏东坡的"人生到处知何似,应似飞鸿踏雪泥。泥上偶然留指爪,鸿飞那复计东西"。在这样一个越发忙碌和物质的时代,"偷得浮生半日闲",从现实中逃离出来,去影院的诗中寻找远方,相信仍不失为一次风雅的放空。

戏曲电影的机遇与挑战

罗 丽

百余年前,中国电影的诞生便与中国戏曲密不可分。尽管京剧《定军山》只存留下照片,但由梅兰芳等戏曲表演艺术家在早期所引领的电影实践,仍然使得戏曲电影成为中国电影大家庭中独具辨识度的片种。当下,中国电影在全球电影市场中寻求发展与突破的同时,也在寻找着具有中华民族文化自身标识的电影话语,以期完成中国电影的美学诉求,这些都激发了越来越多的当代电影人投身到戏曲电影的创作中。戏曲电影作为中国电影里树大根深、根正苗红的一脉,正借着戏曲母体守正创新,实现着中华优秀传统文化的创造性转化和创新性发展。

近两年来,中国戏曲电影红红火火,2019年第32届中国电影金鸡奖"最佳戏曲片"沪剧电影《挑山女人》,以全新的当代电影观念为戏曲电影的艺术创作贡献了新案例。2020年第33届中国电影金鸡奖"最佳戏曲片"京剧电影《贞观盛事》,则以"美妙古典的东方戏曲艺术,和现代先进的3D全景声影视技术密切结合"[1],实践了戏曲电影"守正创新"的创作典范。此外,京剧电影《曹操与杨修》、越剧电影《西厢记》、粤剧电影《柳毅奇缘》、粤剧电影《白蛇传·情》、粤剧电影《刑场上的婚礼》、汉剧电影《白门柳》等不同剧种的戏曲电影,在西班牙、

---

[1] 颜维琦:《京剧电影〈贞观盛事〉靠什么捧得金鸡奖》,《光明日报》2020年12月1日,第9版。

日本、意大利、加拿大等国际电影节上亮相,同时也在国内的平遥国际电影展、海南岛国际电影节、佛山功夫电影周上赚足了人气。无疑,戏曲电影正在重现 20 世纪 50 年代黄金时期的全盛景象,步入新时代的繁荣复兴。

然而,戏曲电影在获得发展机遇的同时,也依旧面临着种种问题:戏曲电影是以电影为先还是以戏曲为重?戏曲电影该怎样拍,仅仅是舞台演出的"复刻"记录吗?如何让戏曲电影的视听语言符合当代观众的审美诉求?除新技术的加持外,戏曲电影是否也应在叙事方式上有所突破?戏曲电影应如何突破发行瓶颈,摆脱"院线一日游"的困境?如何让"叫好"的戏曲电影走入市场,实现"叫好又叫座"的营销目标?以上种种,在戏曲电影繁荣复兴的同时,亟待解决。

"一片一格" 的审美特征

回望来路,多元的实践途径,多样化的审美呈现,是戏曲电影在艺术实践中对"一片一格"创作美学最佳的诠释。不同时期、不同剧种、不同题材的戏曲电影都会因不同导演的选择而呈现出不同面貌:有的采取实景拍摄,以史诗式故事场面为核心;有的立足于舞台艺术片的样式,还原舞台演出效果;也有的以舞台布景结合数码电影的拍摄技术和 LED 背景,力求做到以技术实现写意化的"似真非实"。无论是半世纪前的优秀戏曲电影作品,如京剧《杨门女将》、评剧《花为媒》、越剧《梁祝》、黄梅戏《天仙配》、粤剧《搜书院》、京剧《红灯记》,还是近年来的获奖作品沪剧《挑山女人》、京剧《贞观盛事》等,都呈现出不同的风格取向与形态面貌。

然而,半个多世纪以来,戏曲电影中戏曲与电影孰轻孰重,一直是戏曲界和电影界长久讨论的话题。戏曲电影兼有戏曲本体特性与影视本体特性,但又绝不是两者的简单相加。中国戏曲独特的表演体系,是戏曲电影创作过程中审美原则确立的关键。如果说一般的故事片经历了从现实到影片的艺术加工的话,那么戏曲电影就经历了从生活到舞台到银幕的两度艺术加工,这决定了戏曲电影有着自身特殊的审美原则。因此,从梅兰芳参与电影拍摄开始,戏曲电影是从属戏曲还是从属电影的话题就从没有间断过。

戏曲电影跨越了两种艺术形态，同时具备戏曲和电影两者的艺术特性。电影和戏曲之所以能够被观众同步读解，是因两者都属于叙事艺术。戏曲文本本身成为电影文本的基本叙事内核，或电影文本的叙事元素。一方面，电影通过剪辑以打破真实世界中的时空关系，使得叙事逻辑掌握在电影创作者手中。可以说，摄影技术成为电影艺术，就是从这种主观的选择中诞生的。银幕上的戏曲不应单纯过分地强调其作为戏曲本身的独立完整，戏曲电影经过镜头的切换和组接，必然会被按照电影视听语言的方式所重新创造。另一方面，戏曲表演所讲求的"舞台行动的再现"与"舞台动作的表现"[①]结合，实际上与中国传统美学中"观物取象"等原则密不可分。戏曲表演的舞台动作，实际上并非是对生活形态写实逼真的模仿，而是虚拟地通过一系列技术手段对生活形态的表现，仅仅追求真实感的审美经验在戏曲中是不成立的。戏曲特有的虚拟时空与戏曲意象化的舞台形象创作，要求戏曲影视导演应对戏曲时空观有深入的认知，在创作中对虚实时空的运用有思考和把握。

因此，影视手段介入后，戏曲电影应以何为审美原则，也成为戏曲电影在拍摄和观赏过程中不同立场的参与者常常陷入争论的根本原因。从不同立场出发，必然会得到不同的结论：从戏曲艺术的审美取向出发，戏曲电影往往需要凸现演员表演，影片中呈现的舞台技艺依旧是观众的观赏点。戏曲是戏曲影视的审美中心和客体对象，是其作为舞台艺术本体在银幕上的延伸，两者共时地相互作用。如果把戏曲电影作为电影进行研究，则会着眼于其如何用电影的手段来丰富和扩展戏曲艺术的美，用电影语言来突破戏曲的舞台局限，加强戏曲叙事的艺术表现力等方面。如果把戏曲电影作为戏曲传播媒介的拓展和传播渠道的延伸，则会立足于戏曲艺术自身的发展，考察其对于戏曲艺术形态的扩张和延伸。

必须强调，戏曲电影作为一个独立的艺术品种，并不等同于戏曲或电影本身，而是戏曲与电影调动各自艺术优势的相互成全。沪剧电影《挑山女人》作为现代题材的戏曲电影，并没有采用实景拍摄和写实时空的处理，相反，在如何营造戏曲舞台的虚化时空和保留演员虚拟表演

---

① 张庚、郭汉城主编，何为副主编：《中国戏曲通论》，上海文艺出版社1989年版，第228页。

的问题上，灵活打造出戏里、戏外两个叙事层面。影片在叙事上的交错穿插，展示了戏曲电影同时容纳影视和戏曲舞台两者的不同时空观念的可能，在写实与虚化之中自由转化，实现了"间离效果"。当然，在肯定沪剧电影《挑山女人》在叙事层面上探索的同时，也不视之为"华山一条路"，要看到不同导演执导拍摄的影片会产生"一片一格"的审美特征，戏曲电影的创作手法应是"条条大路通罗马"。如京剧电影《贞观盛事》采用技术手段去突出戏曲舞台上的唱念做打舞、手眼身法步；影片采用3D拍摄、以360度的电影镜头补充舞台观赏的盲点，让观众看到更多的表演细节；同时引进全套的声音制作系统，让影片全景声的效果达到国际一流水准。

毋庸置疑，判别戏曲电影作品的准绳，不应仅仅从戏曲电影是忠于戏曲还是忠于电影上着眼，而更应该从具体的剧种风格、剧目题材出发，判别拍摄过程中应采取何种拍摄手法，应该倾向于写实处理还是写意统领，还是营造虚实结合、虚实相生的视听时空。秉承具体作品具体分析、"一片一格"的审美原则，是对戏曲电影更为客观、更为理性的判别方式，也是新时代呼唤文艺创作百花齐放的发展路径。

以新技术、新观念贴近当代

21世纪以来，新技术的加持、新观念的介入，促使戏曲电影以一种更为自信、自觉、自由的姿态去迎接年轻观众和新时代的到来。面对新的艺术理念、艺术思维和意识形态，戏曲电影正在迅速调整其面对时代和世界的姿态。从舞台到银幕，不只是艺术载体的转换，而是尝试在审美体验上，突破片种对戏曲时空观念和舞台表演程式的依赖，使其拥有新时代影视作品应有的影像叙事张力，尝试借助新的电影技术让戏曲焕发出新的生命力，以此贴近当代。

2014年，中国首部采用立体技术拍摄制作的戏曲电影——3D京剧电影《霸王别姬》，荣获第三届中国立体（3D）影视作品奖"3D电影故事片最佳奖"。2015年，该片又在美国第六届国际立体先进影像协会颁奖典礼上，获得"年度最佳3D音乐故事片奖"的殊荣，为当代戏曲电影的技术革新吹响了号角。在"垓下重围""悲歌别姬""虞姬舞剑""乌江自刎"等重头戏中，精湛的传统的京剧表演融入逼真自然的多媒体画面,以3D技术"加持"舞台影像,同时匹配全球最先进的全景声技术,声画的空间感、运动感在技术上达到了前所未有的优化与丰富,使得该片展示出戏剧电影更为广阔的叙事空间,走在了视听艺术呈现的前沿。

从无声到有声、从黑白到彩色、从胶片到数字……电影技术的每次进步都推动和促进着电影产业的变革和演进,同时也深刻影响着电影美学和电影创作。安德烈·巴赞对电影的概括是浓缩而经典的:"电影这个概念与完整无缺地再现现实是等同的;它们所想象的就是再现一个声音、色彩和立体感等一应俱全的外在世界的幻景。"[1] 电影从来就是技术的试金石,新奇的技术植入电影之中,对电影类型和电影美学都是激情澎湃的变革。电影不单是艺术、文化、产业,还是技术,更是"人类交流、企业实践、社会关系、艺术潜能与技术体系的一整套复杂的、相互作用的系统。因此,任何一种电影史的定义都承认,电影的发展包括来自电影作为特殊技术体系的变革、电影作为工业的变革、电影作为视听再现系统的变革以及电影作为社会机构的变革"[2]。数字技术作为电影视觉效果制作的手段,早在21世纪之初就已经处于鼎盛时期。因此,在影片中使用计算机制作的数以百万计投资、复杂的数字场景,已经成为电影宣传中司空见惯的说辞,可以说,当今制作的影片或多或少都包含着某种电脑特技制作的数字视觉效果。

随着数字化时代的来临,戏曲电影在发展中已经迎来了"3D数字化时代"。例如粤剧电影《传奇状元伦文叙》和《柳毅奇缘》的场景设计摒弃了静态单调的舞台背景,大胆引进现代LED特效技术,融合了舞台拍摄、实景拍摄和棚内拍摄三种拍摄方法,大大丰富了戏曲电影的艺术表现力。两部片子在载歌载舞的大场面中加入了高空大俯拍镜头,通过镜头调度和剪辑,为电影观众展现了舞台演出无法获得的精彩角度。粤剧电影《白蛇传·情》在电影技术运用和表现方式上都进行了革新型的探索,把奇幻的电影表现手法和戏曲的抽象表达有机结合起来,以歌舞演故事以及虚实结合的方式,配以4K超高清画质和全景声的震撼音效,再现了"昆仑山盗仙草""水漫金山"等经典桥段,拓宽了戏曲电影的

---

[1] [法] 安德烈·巴赞:《电影是什么》,崔君衍译,文化艺术出版社2008年版,第6页。
[2] [美] 罗伯特·C. 艾伦、道格拉斯·戈梅里:《电影史:理论与实践(插图修订版)》,李迅译,世界图书出版公司2010年版,第43页。

视觉想象空间，为传统的戏曲电影带来与"大片"如出一辙的影院视听新体验。该片特效画面超过90分钟，是目前戏曲电影中最多的。其中，"水漫金山"长达六分钟的特效场景更是凸显出团队的审美想象和技术功力。

数字技术的出现改变了整个电影工业的生态组成，尤其是对美术和绘景而言。很长一段时间以来，电影拍摄的厂景都是由美术师在棚里完成绘景工作的。更有一些电影中的特效，如鬼魂等，由于技术所限，通常只能利用曝光处理和美术师的烟雾设置等来达成。如20世纪80年代初的戏曲电影《李慧娘》中，鬼火鬼魂的出场是一组连续镜头。一闪一亮的火光，加上忽闪忽现的鬼魂，通过多次拍摄曝光完成。李慧娘每出现一次，就要曝光一次，然后再退回到"隐出"的胶片尺格处，反复多次。这样的一个镜头往往要拍几个小时，而且不能失败，否则胶片就报废了。到了2017年神话题材戏曲电影《柳毅传书》拍摄时，海底龙宫的场景是在一个超大型的LED场景中拍摄的。前期拍摄以LED地面和弧形天幕配合前景配置，后期使用大量电脑特效合成。数字技术介入后，以往需要进行校位置景的镜头拍摄，现在都可以借由后期的电影技术，通过不同的影像、数据组合而成。科幻电影离不开绘景技艺，现代科幻电影更离不开数字绘景。像《白蛇传·情》这种奇观式的戏曲电影作品，除了白蛇与许仙前缘的小段回忆是在广州番禺莲花山实景拍摄外，几乎没有什么场景是可以通过直接拍摄得到的。片中逼真的长街、如画的西湖，都是在珠影片场搭建的十个置景中拍摄完成的，后期再通过数字绘景技艺进一步合成加工。现时的前期拍摄，演员少不了要在绿幕前完成表演，但随着虚拟摄影棚技术的推广使用，导演可以通过监视器观看合成后的画面。可以预期，虚拟摄影棚技术将会在越来越多的戏曲电影中得到使用，技术壁垒的减少会使得前期拍摄和后期制作之间所需的时间差越来越少，特效可以在拍摄现场即拍即见。斩获2020年第33届中国电影金鸡奖最佳戏曲片奖的京剧电影《贞观盛事》，是在最大限度地把握好戏曲精神的基础上，最大程度地发挥出电影艺术的视听作用——上海电影制片厂搭出了五个360度立体的景。其中两个最大的摄影棚，1号棚1700平米，3号棚1400平米，其细节程度、专业化程度，以及在年代感上的贴合程度，是完全按照故事大片拍摄的精细要求来进行的。

电影技术将戏曲的唱念做打以更为生动的方式呈现在镜头前，把戏曲最美妙的瞬间以强有力的展现形式传递给观众，更具感染力。戏曲电影从来都不是简单地对戏曲舞台的复原和再现，也并非是舞台录像式"有看必录"般的机械复制，而是通过变换的视角、景别，通过摄影机的推、拉、摇、移，配合舞台上的音乐表演，加以照应、放大、贴合，甚至夸张，赋予戏曲电影新的特点和风格。新一代的戏曲电影创作者在熟悉和掌握戏曲艺术规律后，放弃了全盘接受和"以戏为天"的读解方式，转而以自己的目光来审视、分析并欣赏戏曲，让舞台转瞬即逝的精彩存留在影像之中，让戏曲的流派表演和经典剧目得以保存下来。

当然，戏曲表演作为人类非物质文化遗产，具有文化意义上的不可替代性。因此，特效技术并不能整体替代传统戏曲的程式表演。从某种意义上说，动态影像在新的视听媒介上重塑传统"非遗"技艺的艺术真身，目的并非取替，而是延伸。影像最终无法完全替代观看剧场演出时所产生的参与感和互动感，传播媒介的更迭也不是替代式，而是共存共生、交互发展的。为此，讨论新技术的发展对戏曲电影拍摄观念和手段的推进，大可不必纠缠于戏曲电影是否能替代戏曲本身进行传播，更重要的是，要把戏曲电影作为视听艺术本身进行探讨——利用技术手段介入戏曲电影的创作，能否从形式上为戏曲电影带来新的样式感。

因此，当戏曲电影走近当代观众时，除新的技术手段外，也尝试保留戏曲的虚拟时空，转而从影像叙事的"当下感"和"现代意识"的构建中下功夫。近年来，不少新一代的戏曲电影导演，从创作构思阶段起就以电影化思维为出发点，在情节叙述、影像组织、视觉风格上用电影的思维面对创作对象，从而加强叙述维度的"当下感"和"现代意识"。以京剧电影《廉吏于成龙》、沪剧电影《挑山女人》为例，均是以一部业已完成的戏曲作品为创作对象，在保持其戏曲时空观和叙事完整性的前提下，把舞台作品的银幕叙述改造成为一部"电影"。这种新的创作观念都利用"摄影棚"实现了"间离效果"，通过合理的假定处理了戏曲电影中一直难以平衡的"虚"与"实"的问题，并在很大程度上实现了传统戏曲时空观与现代视听手法的融合。依旧保存在影片中的戏剧舞台灯光、场面调度、表演特技，还有间离体验，都在叙事和影像传达中产生交互作用。通过充分发挥戏曲和电影各自的表现力，影片在电影的"写实"与戏曲的"写意"中达到了艺术上的和解,从而在新的层面完成了二者的高度融合。

呼唤长期运作的产业平台

新世纪以来,戏曲电影的复苏得益于国家政策的支持,政府提供的各类基金和越来越多民间有识之士提供的经济资助都给戏曲电影的拍摄提供了经济上的保障。其中,梅花奖数字电影工程是由中国文联、中国剧协在2010年开始实施的一项记录、宣传中国戏剧奖·梅花表演奖获得者及其代表剧目的重要工程。2015年7月11日国务院办公厅印发《关于支持戏曲传承发展的若干政策》的通知,其中第20条指出:"扩大戏曲社会影响力。实施优秀经典戏曲剧目影视创作计划……鼓励电影发行放映 机构为戏曲电影的发行放映提供便利"[①],文件特别提到了戏曲电影的制作和发行等内容,不妨把这视为扶持推动戏曲电影的利好信号。

与近些年戏曲电影拍摄热潮形成对比的,是戏曲电影的院线排片少、票房冷淡、播放渠道不畅等问题。2014年底在第12届摩纳哥国际电影节上,昆曲电影《红楼梦》获得了最高荣誉"最佳影片"天使奖,以及最佳服装、最佳音乐等殊荣,并于2013年获得第29届中国电影金鸡奖最佳戏曲片奖。然而,就是这样一部有着极佳艺术品质的戏曲电影,自2015年在国内院线上映以来票房惨淡,"暑期档"期间也只有在极个别的大城市影院能得到排片,甚至出现了还没上映,就被院线提前下架的困境。对此,《红楼梦》的导演龚应恬认为,这是院线"扼杀生存权的排挤",院线不能因为戏曲电影上座率低而减少放映场次[②]。

戏曲电影首先面临的困境是排片量少,院线认定戏曲电影票房不佳而不愿意排片。观众是电影票房的基础,但戏曲电影在票房市场面临着的多重困境,深究原因,其一,能支撑有效票房的观众数量不足。在电影票房 集中的城市影院,有效票房多来自20至30岁的年轻人,而戏曲电影的主要观众群却呈现出老龄化、萎缩态势,且主要是农村市场、50

---

① 《国务院办公厅印发关于支持戏曲传承发展若干政策的通知》,2015年7月11日,http://www.gov.cn/zhengce/ content/2015 - 07/17/content_ 10010. htm。
② 张嘉:《昆曲电影"红楼梦" 票房惨淡 导演:连骂的人都没有》,2015年7月16日,http://culture.people.com. cn/n/2015/0716/c22219 - 27313659. html。

岁以上的中老年人，这一群体基本没有太大的票房贡献力。其二，戏曲电影的超大体量也成为其难以进入院线的客观原因。山西电影制片厂的导演张忻喜，曾作为粤剧电影《花月影》的制片主任参与戏曲电影的拍摄制作。他曾表示，戏曲电影要发展，既要坚守艺术的本色，也要兼顾院线的经营规律，片长最好控制在90分钟之内。否则，院线会以戏曲电影时长超过100分钟而不愿意排片。① 其三，戏曲电影受制于强烈的地域性特征和语言限制，戏曲电影的放映存在非常强的区域性差异，这也成为院线排片时的顾虑。

当然，由于剧种优势以及主演和剧目的群众基础不同，也有部分戏曲电影取得了较好的票房成绩。粤剧电影《传奇状元伦文叙》于2015年8月18日起在广州的中影火山湖电影城连续上映12天，每天一场。档期如此谨慎，可见院线对于该片的票房也预期不高。然而事实上，该片十分卖座，不少场次在公映之前已预售罄，公映后部分场次爆满，其他一些场次的上座率也达到50%至90%。② 2018年1月17日至7月20日，以广州市青宫影城为统计对象，粤剧电影《柳毅奇缘》共放映了56场（零售43场），平均上座率为88.1%③。同样是粤剧电影，自首映后截至2020年1月22日，粤剧电影《刑场上的婚礼》已放映1683场，观影人次为6.4万，总票房为220.7万元④，这在近三年的中国戏剧类电影观影人次与票房纪录中名列前茅。当然，这与影片的"红色"主题切合主流价值，被列入广州、佛山等地的主题学习教育有关。若非因为2020年上半年新冠肺炎疫情的影响，该片的整体观影人次与票房收入应不止于此。以上几部依托地方院线和专门影院放映的粤剧电影，尽管最后不能创造像商业片一样的票房奇迹，但也是戏曲电影在宣发运作上的成功探索。

总体看来，戏曲电影并非拍摄质量不佳，而是囿于受众等诸多因素，

---

① 参见《新时代粤剧电影艺术暨粤剧传播路径研讨会纪要》，《佛山艺文志》2019年第4期，第27页。
② 参见粤宣：《粤剧电影〈传奇状元伦文叙〉创戏曲片卖座奇迹》，《中国戏剧》2015年第11期，第46页。
③ 参见祁海：《戏曲片开拓城市影院市场的新尝试——以〈柳毅奇缘〉在广州青宫影院的营销为例》，《中国电影市场》2018年第9期，第16页。
④ 数据来源于粤剧电影《刑场上的婚礼》出品方广州广播电视台提供的内部材料。

只能以"送影下乡"等方式取得一定的社会效应,因此"赚了吆喝、赔了本钱"是常态。除了个别戏曲电影,如越剧电影《红楼梦》、粤剧电影《传奇状元伦文叙》《柳毅奇缘》《刑场上的婚礼》等在地方院线上能搏得一些票房之外,大部分戏曲电影还是无法逃离"影院一日游"的状况。上文提及的《关于支持戏曲传承发展的若干政策》中第20条提到的"鼓励电影发行放映机构为戏曲电影的发行放映提供便利"就是针对时下戏曲电影的放映院线少、影院地点偏僻、放映排期场次少、放映时段尴尬等现实问题提出的。

戏曲电影的冷暖际遇,实际上是与戏曲发展同步的,戏曲电影现时面临的困境,也与部分地方戏曲一样——商业市场走不通时政府来埋单。诚然,在当下多种娱乐方式并存的社会环境中,如果将戏曲电影的发展完全交由市场杠杆去调控,必然无法实现民族优秀传统文化的传播。然而,过分依靠政府投入来发展戏曲电影,也是脆弱而危险的,一旦政府不再直接参与,戏曲和戏曲电影必然再次面临困境。从前面提及的粤剧电影《刑场上的婚礼》等案例来看,尝试通过多种非市场化途径以实现戏曲电影市场化价值,也不失为一种方法。

播放渠道不畅,是戏曲电影面临的另一突出问题。现实中,不少观众对于戏曲电影是"求而不得",想看戏曲电影却找不到观看渠道。当下的电影发行和观影,除去传统的院线、电视台外,网络平台也是重要的播出渠道。对此,广东粤剧院院长曾小敏就建议组织专家和业内人士商议制定戏曲电影发行许可名录,对目录内的剧种、剧目和相关作品开设专门的戏曲院线放映阵地,政府部门政策上也需要给予更多支持,开设戏曲院线,给予相关院线量化和效益的奖励;鼓励戏曲电影走进社区、进入数字院线,将放映数量、反馈纳入戏曲传承和发展考核体系当中;主流传媒尤其是新媒体应加大对戏曲等传统文化的宣传力度;同时对戏曲传播有突出贡献的平台和个人予以鼓励。[①]

光有拍摄的热情,是不足以支撑戏曲电影往前发展的,花几百万、上千万拍摄一部戏曲电影,如果只能留在库中作为资料保存,而在实际

---

① 参见曾小敏:《戏曲电影需要更多"亮相"机会》,《中国艺术报》2018年3月30日,第2版。

的播映中遭遇票房冷淡，这不能不说是一种遗憾。戏曲电影要想得到好的发展，需要解决其市场定位问题——为什么拍，拍给谁看。现实看来，这些问题在戏曲业界和文化管理部门中仍旧是游移不定，含糊其词，缺乏清晰、细致、有效的指引。抢救戏曲艺术、保留戏曲舞台艺术资料固然重要，但作为非物质文化遗产的戏曲，更要重视"发展性承传"和"活态承传"。因而，谈戏曲的传承和传播时，先要想清楚如何制定明确而有层次的抢救、保护、传承、传播、营销策略，这将是决定戏曲电影拍摄方向及市场定位的关键。若仅仅依靠艺术情怀来维持，戏曲电影的发展到底能走多远？这将是戏曲电影在进入下一个新发展阶段、走向更广阔的天地前需要解决的困难，也是戏曲电影打造长期运作的产业平台时所急需解答的问题。

电影不单是艺术、文化，还是技术、产业。长远而言，要把戏曲电影的宣发作为推动戏曲传播的重点，整合城市院线、农村院线、数字院线、移动传媒、新媒体、网络等发行渠道，打造剧目周边宣传以及衍生品生产的IP产业链条，建造属于戏曲电影宣发的专用平台。戏曲电影只有真正进入院线，拥有成熟稳定的观众群体以及有效的票房，才能激活戏曲电影内在的强大生命力，以电影的传播实现对传统戏曲文化的挖掘和阐发；戏曲电影只有建立起适合自身特点、能长期运作的产业平台，才能发扬戏曲电影"守正创新"的实践品格，跨越时空、超越国界，把戏曲的传统魅力与当代价值通过戏曲电影展现出来。

原刊于《中国文艺评论》2021年第3期

永放光芒的浩然

——观舞剧《浩然铁军》有感

肖苏华

20世纪20年代中期,中国共产党领导的革命运动经历血雨腥风的洗礼。1925年的五卅惨案和1927年大革命失败,使中国共产党在建立初期就遭到了沉重的打击。而在这最黑暗的岁月里,一个名叫陈燮君的弱小女子用自己的鲜血和生命谱写了一首高昂的革命颂歌,并成就了至今震撼人心、无比悲壮的刑场上的婚礼。

在近100年后,广州芭蕾舞团创作的芭蕾舞剧《浩然铁军》不仅是向陈铁军致敬,缅怀无数革命先烈的力作,更是一部爱国主义和革命传统的生动教材。

女性主义的"浩然"

其实,以陈铁军与周文雍刑场上的婚礼为题材的舞剧舞蹈作品早有先例。前后有总政歌舞团的《刑场上的婚礼》(1979年,编导蒋华轩)、《红色恋人》(2002年,编导张云峰)、广东歌舞剧院的《风雨红棉》(2001年,编导文祯亚)。然而《浩然铁军》的编剧、著名舞蹈理论家于平先生另辟蹊径,他以"独特的女性视角"(于平语)切入那段可歌可泣的斗争历史,来重塑铁军的"浩然"形象,进而讴歌中华民族革命英雄主义的精神。于平先生作为长期研究舞剧理论的大专家,深知足尖上的芭蕾能为女性主人翁提供更加丰富、更加鲜明的艺术表现力。正如大家熟悉的革命现实题材的舞剧《红色娘子军》《白毛女》《八女投江》等，都是以女性主人翁为中心创作的。但更加重要的是，编剧敏锐地发现和挖掘了陈铁军这位女性性格中的"浩然"气概。我们不妨举几个例子：还在佛山老家时，一个年纪轻轻的大家闺秀竟敢违抗父母之命，坚决推掉了与一个富商之子的婚约，冲出封建家庭，只身跑到广州上大学，够浩然吧！到了广州，这个叫陈燮君的女子竟然给自己起了一个男人的名字——陈铁军，并参加了进步学生的革命活动，够浩然吧！在1925年五卅惨案之后，在白色恐怖之下，无数革命者遭到了残酷镇压与屠杀，而陈铁军却奋不顾身地投入革命运动中，并于1926年3月，年仅22岁的她光荣入党，够浩然吧！1927年4月12日，蒋介石发动反革命政变，紧接着7月15日，汪精卫也发动反革命政变，并提出了"宁可错杀千人，不可使一人漏网"的血腥口号，大批共产党员和革命群众又一次遭到残酷杀害，大革命宣告失败。为了回击国民党的疯狂镇压，中国共产党在1927年12月发动了广州起义，陈铁军冒着随时被杀害的危险，又一次义无反顾地投入火热的革命斗争，这种出生入死的大无畏的精神，够浩然吧！

广州起义失败之后，陈铁军受党的委托与周文雍扮假夫妻，从香港回到广州建立了地下联络站，担起恢复党组织活动的艰巨任务，不幸被叛徒出卖，被捕入狱。在关押期间多次遭到了敌人的残忍酷刑，始终坚贞不屈，最终走向刑场，与周文雍一起进行了人类历史上最为悲壮、最为难忘、最为奇伟的一场婚礼，而陈铁军英勇就义时年仅24岁……这又是何等的浩然呢！

原本"女性"二字与"浩然"二字似乎很难连在一起，但是于平先生恰恰敏锐地抓住陈铁军光辉一生中的浩然之气，并以此巧妙构思结构了舞剧《浩然铁军》，实为难能可贵。

剧中的浩然

舞剧《浩然铁军》基本上是根据我们上面所提的真实的历史事件展开叙事的，分为序、四幕和尾声，不过序是以倒叙的形式展现在观众面前。陈、周二人在狱中相遇诀别，这是一段凄美乃至有些悲凉的双人舞。编导刻意淡化了两个人在生命最后一刻的痛苦与悲哀，他们无悔于生命的短暂，无悔于爱情的短暂，他们只是在默默地道别，默默地相约在九泉之下相会。一阵枪声，两人缓缓地倒下，鲜血缓缓淌下……多么凄美，多么悲壮，而在这种凄美和悲壮的背后，我们看到了一种特别的浩然，一种面对死神镇定自若、视死如归、满怀革命信念的浩然……

第一幕"叛逆闺秀"把我们带回到铁军山清水秀的家乡，并引出了剧中的女二号——铁军的妹妹铁儿（她是历史上真实存在的人物），原名叫陈燮元。这一幕开头部分是铁儿与铁军与乡亲玩耍嬉戏的生活场面，用一个快活清丽的女子群舞加以展现。紧接着用"移步换形"的形式展开了铁军抗婚的情景。此时，何少爷是一个富商阔少爷的新郎身份，而在第三、四幕中的他却摇身一变成为警察小头目，剧中男二号角色（我们在后面称他为何警官）。当参加婚礼的众人退下后，舞台只剩下盖着红盖头的铁军和新郎何少爷。此时，铁军初次展露出她的"浩然"。没等到新郎掀盖头，她先主动摘下红盖头并把它狠狠地扔到何少爷身上。下面的一大段双人舞呈现出何少爷软硬兼施纠缠铁军，而她一次又一次坚决抗拒，直到最终毅然推开新郎的激烈的矛盾冲突。一幕的结尾虽篇幅不长，但很聪明地呈现了双时空的场景：前面一个空间是铁儿提着箱子与摆脱婚姻的姐姐奔赴广州上学开始新生活，而后面一个空间是气急败坏的何少爷换上警察制服变成何警官，走向与人民为敌的罪恶之路，为以后舞剧的展开做了一个明晰的铺陈。

第二幕"贴心姐妹"以浓墨重彩的舞蹈艺术手法清晰地展现了铁军在革命斗争中成长的生命历程。（笔者认为第二幕名为"贴心姐妹"有些欠妥）。第二幕开场是一群女学生在校园读书的舞蹈，接着铁军和铁儿乘人力车来到学校加入女生的舞蹈，开始接受先进思想和新生活。接着是一段男女工友的群舞，表现了姐妹俩走出校园接触广大革命工人群众的情景。此时，广州革命运动的领导人之一周文雍和他的战友梁青（虚构人物）上场。他们先向革命群众分发传单，然后开始号召他们开展斗争。这是周文雍和陈铁军第一次相遇，周文雍的革命气质和战斗精神深深地吸引着铁军……在周文雍的号召下，姐妹俩加入了斗志昂扬的革命队伍。

正当革命群众准备散发传单时，何警官带着一群警察前来抓捕。编导用了非常写意的手法处理这一场戏：没有枪声，没有搏斗，我们只看到革命群众被警察抓住，然后一个个缓缓地倒下去……

铁军姐妹俩、周文雍、梁青闻声赶来，面对白色恐怖，周文雍号召革命群众进行起义，于是著名的广州起义爆发了……编导运用了写意的交响化的大型舞蹈，向我们展现了这次起义的波澜壮阔的历史画卷。其中有群舞、独舞、双人舞、四人舞等好几段精彩的舞蹈。而且有心的观众会注意到，此时铁军已经成为与周文雍并肩战斗的起义领军人物，始终冲锋陷阵，真正成长为浩然铁军。

第二幕的结尾是姐妹俩和周文雍、梁青四人掩护革命群众撤离，在这个紧要关头，周文雍把一个重要文件交给铁军，让她转交给党组织，并命令他们立即撤退，而自己留下掩护他们安全转移，最终被何警官带来的人马逮捕。其实这个结尾也是意味深长的：此时，周文雍已经做好了牺牲的准备，他把重要文件交给铁军可以视为他把革命的接力棒交到铁军手里……

第二幕的结构非常干净清晰，层次分明，铁军的成长历程分为四个阶段：先是在女子学校开始接触先进思想，进而促使她走到革命群众中去并遇到周文雍，开始直接接受党的革命思想教育，再到投身到火热的革命斗争里，最后在白色恐怖下义无反顾地参加了广州起义，真正成了"浩然铁军"。

第三幕"劫狱女侠"是以铁军受党的委托营救狱中的周文雍为中心事件展开的。铁军制定了一个周密的计划，伪造了周文雍要转到医院抢救的文件，在地下党掩护下由铁军的妹妹和梁青实施营救。编导用了一张病床作为道具由梁青顶替周文雍躺在床上，而姐妹俩扶着周文雍趁机逃离。不料何警官赶来并认出梁青，梁青为了掩护战友们引开敌人不幸中弹壮烈牺牲。这场戏不仅进一步展现了铁军冒着生命危险营救战友的"浩然"，同时也表现了她已成长为成熟的、有智谋的革命者。通过这次营救行动，铁军和周文雍的感情更加深了……

第四幕"赴义情侣"先把我们带到铁军的家里。周文雍得救后，经党组织决定与铁军假扮夫妻转入地下，继续开展革命斗争。这一对名义上的夫妻而现实生活中的恋人的第一段双人舞似乎看不到那种热恋中的激情，而只有淡淡的柔情和革命战友之情。编导比较准确地把握了此时此刻两个主人翁之间的感情分寸，因为他们深知此时不是风花雪月谈情说爱的时候……周文雍出去工作之前把广州起义的红色领带系在铁军的脖子上，鼓励铁军继续战斗，紧接着是一段非常精彩的铁军憧憬大型交响化的女子群舞。十几名穿白色长裙的女青年与铁军一起沐浴在新中国灿烂的阳光下，畅想着幸福美好的新生活，表现了铁军面对黑暗和死亡仍保持着革命乐观主义精神……

铁儿在回家的路上发现他们的家已被警察盯上了，催姐姐赶快离开。但是铁军执意要等周文雍回来，并强行让妹妹先走。接着周文雍回到家了，铁军告诉他必须马上转移。正在他们要出门时，何警官挡住他们的去路。在下面的三人舞中陈和周相互保护，又跟何警官对抗。最后何拔出手枪对准周，此时陈冲上来推开周，用自己的身体挡住何的手枪，然后整整自己的衣服，挽着周的手从容不迫地走向刑场。一阵枪声，陈与周的手紧紧地握在一起，高高举起……

舞剧的结尾与序是遥相呼应的，同时也非常写意。两位主人翁面对面地站着，然后转过头露出胜利的微笑，久久地目视着正前方。在他们做一组双人舞动作时，铁儿和梁青也走上舞台，铁军挽着文雍的手迈着坚定的步伐缓缓地向前走，此时躺在地上系着广州起义红色领带的烈士们也站起来，与铁军、文雍、铁儿、梁青一起迎着新中国诞生的曙光前进、前进、前进……

当帷幕落下时，观众深深地被铁军的浩然，被铁军与文雍的爱情，被他们在敌人的枪口下的那一场婚礼所震撼。广州芭蕾舞团让我们重温了那近100年前所发生的真实的故事、革命的故事、青春的故事、悲壮的故事，从而使我们受到了一次生动的爱国主义与革命英雄主义的教育。

期待更加"给力"的浩然

广州芭蕾舞团的《浩然铁军》是他们向党的100周年献礼的剧目，他们做得非常认真、非常用心、非常尽力。据了解，广芭早在2018年就开始着手创作这部舞剧，并于同年11月完成了第一稿创作，但未能通过。于是他们果断全部换掉编导主创团队，邹罡团长亲自担任总导演及艺术总监，聘请舒琴、汪冽、范雷担任新的编导班子，并于2019年6月推出全新的第二稿在广州进行了首演。同年10月成功入围"庆祝中华人民共和国成立70周年——舞台艺术展演活动赴京献礼演出"。笔者就是在这个时候首次观看了这部舞剧并在座谈会上给予充分肯定的同时也提出了一些修改意见。时光飞逝,在近一年之后的2020年9月,应广芭邀请,在广州又看了他们修改后的第三稿。实在让我感到兴奋和惊喜,因为与第二稿相比,舞剧水平有了飞跃性的质变,难怪《浩然铁军》面貌焕然一新。

笔者还注意到两个细节,说明广芭执意打造芭蕾舞剧精品的决心。一是看完演出之后笔者也谈了一些修改意见,然而由于该剧过几天就要参加"荷花杯"舞剧展演活动不可能进行更多的修改。但笔者提出有两处无论如何必须改,而且也来得及修改。邹罡团长和编导立即采纳了这些意见,而且果断地进行了修改,听说效果很好。二是笔者也提出主要演员在塑造形象和表演方面还要下一点功夫。没想到广芭领导在最重要的关头毅然停止排练,让编导带着主要演员到广州起义纪念馆,再一次感受革命先烈在那些鲜血染红的岁月里英勇奋斗、壮烈牺牲的革命英雄主义精神。据说这一"非常"措施收到了意想不到的效果,使所有主要演员的表演水平得到了很大的提升。在笔者离开广州之际,邹罡团长还冷不丁地蹦出一句话:"我们还要推出第四、第五、第六稿,不把《浩然铁军》搞成一部精品舞剧绝不罢休。"相信广芭人有这种浩然之气,我们完全有理由期待更加"给力"的浩然登上舞剧舞台向党的100周年献礼!

江海苍茫一抹红

——评现代粤剧《红头巾》

刘思琪

历史上，曾经有一群特殊的女性叫作"红头巾"。从三水到南洋，从故土到他乡，她们在悲惨命运的苦海里举起那艳红的风帆，通过难以想象的艰辛劳动，自力更生，并为亲人带来更好的生活。现代粤剧《红头巾》，就是以这个新加坡华人建筑女工群体为题材创作的，经过三年的酝酿终于顺利投排公演。独特的历史现象，别致的女性视角，浓郁的地域色彩，加上张曼君导演的诗性魅力，《红头巾》带给观众的不仅是审美的享受，更有丰富而深刻的思想启迪。

抒写女性之善深沉中见空灵

黑夜、朝阳、水波、月光，诗意的氛围从舞台灯光布景里渲染开来。大多时候，舞台的色调幽暗阴沉；密不透光的船底舱，或是工地残破的简易平房，或是走难路过的乱葬岗，所处的场景总有一种让人喘不过气的压抑。还有服装，用大面积深沉的蓝黑色烘托头巾鲜红，衣料质感粗陋；一个个灰头土脸，健硕黝黑，不怕脏、不怕累，穿着朴拙的木屐，挑着载满砖块的扁担，摇摇晃晃踏上斜梯。远处，一束射灯扮演着驱逐黑夜的朝阳，将她们并不窈窕的身影放大投到天幕上，亮光中影影绰绰的黑，竟格外动人。天幕上布满水纹，是三江的水，是南洋的水，是实的水，也是虚的水。月缺、月圆，在沉沉黑夜里银光四溢，不由人想起那句歌词:"前路也许昏昏暗,天边总有月光。"水与月相映成趣,特别是中秋夜里的水中月,隐喻着女主人公再也无法实现的愿望,美得叫人心碎……

上述的印象或审美感受,大略可概括为两个词:一是深沉,一是空灵。深沉是劳动妇女苦难的命运与朴实的本色。她们都是不幸的人,丧夫、幼失双亲、生女受尽婆家欺凌,挣扎在生活的悬崖边。于是离乡别井,屈身于船底舱偷渡南洋,忍受暗无天日的海上颠簸,异国他乡干粗活,谋生养家。浓重的黑与蓝,像乌云压顶,那是旧社会无边的苦难吞噬着她们的幸福,氤氲着悲哀的情绪,视觉上强化了悲剧的冲击力,忠于历史真实,又充分创造了艺术真实。同时,这也是黑夜里江海的色泽,深邃宛如这群平凡而伟大的水乡女性,沉毅、隐忍、任劳任怨,虽不张扬却蕴蓄着承载万物的力量。至此,可以窥见该剧的内核——抒写逆境中劳动妇女之厚德,即至善。善,源于生活的真、情感的真,并且是在美中体现的。美在气韵生动,舞台简洁,时空自由,加上镜花水月,以充分的表演展开观众的想象,使我们徜徉在戏曲写意的诗境中。归根到底,之所以要创造空灵的诗境,还是该剧的题材和女性视角所决定的。唯在深沉之上点染空灵,才能体现出女性如水的柔美和灵动,实现真善美的统一。

共患难"四姐妹"群像中见人性

粤剧《红头巾》讲述的是一个群体的故事,但群体中必然要有典型的个体,个体之间的生命联系又昭示了整个群体的存在意义,这就意味着该剧创作中最难的一点,必须以点连线,以线带面,条理清晰,主次分明。而更关键的是,在叙事中突出主要人物的个性与共性,以塑造成功的艺术典型。

来看剧中的人物形象,女主人公带好与阿月、阿丽、惠姐四人,是作者着力塑造的四个典型。在异乡胜似亲人的"四姐妹"各有自己的不幸,也有她们共同的故事,从嫌弃、伤害、翻脸到同病相怜、相依为命、生死相托,她们的情义在红头巾的见证下熠熠生辉。"四姐妹"有着迥异的经历和性格。工地领头大姐叶惠红是典型的刀子嘴豆腐心,谋生的艰难使她变得严厉硬气,可一旦触及她的心病——家里学语迟钝的儿子,再坚固的铠甲也会熔化，变成无人处独自流淌的眼泪。二姐阿月嫁夫不良，因生女被婆婆欺负，她心比天高不幸沦落穷途，一度倔强地离开集体，后历经磨劫才懂得如何直面人生。三姐带好本是弃婴，幸得阿哥、阿妈收养，长大后知恩图报，出洋供阿哥读书，盼中秋回乡与阿哥成亲。她最为沉着、卖力，却因战祸而难逃永失所爱的婚姻悲剧。细妹阿丽是个孤女，正当爱玩的年纪却过早地挑起了生活的重担，她娇弱胆怯，但在集体的感化下逐渐学会了坚强。

四位女性分别代表着不同年龄阶段的"红头巾"，她们的故事发生在那个年代无数妇女的身上，具有相对普遍的社会意义。她们有着不少共同点，也都敬畏神灵，将个体融入集体，走出家庭又回馈家庭。把这些苦难的生命联结在一起的，其实是一种善的共情。离乡之时，大家都嫌弃带好不吉利，阿月、阿丽的反对特别强烈。憋在船底舱，遇到了风浪晕船可怖，带好举起平安符祈求观音菩萨保平安，同舟共济的亲和力拉近了人心的距离，也使她获得了同船姐妹的接纳。再者，是惠姐与阿月的冲突。阿月因穿不惯粗布衣发牢骚，惠姐无意间的风凉话激化了矛盾，二人恶言相向。直到阿月被打逃回，带好与阿丽从中调和，最后冰释前嫌结成"四姐妹"。患难见真情，接纳也好，和解也好，终以宽容之心消除偏见与怨恨，都指向人性本善，再现了该剧的主旨。

从独立的个体到"四姐妹"，再到"红头巾"整个群体，可谓是从点到线、从线到面的勾连与延展。该剧的组织结构层次分明，各层次戏份的详略安排也比较合理。另外，还有一组关系链是从女主人公卢带好生发出来的，也就是她作为个体，与阿妈、阿哥构成小单位的家庭，再通过未出场的阿哥——投笔从戎，为国捐躯的学生，联结到国家层面，显示出个人命运与家国命运的某种息息相关。在两张关系网中，我们看到了带好的多面性，如她的卑微、恐惧、感恩、坚韧、善良与深情。她是奉献者，也是协调者，更是坚守者。她的性格不像阿月、惠姐那样强烈鲜明，似乎平淡如水，波澜不惊，这也恰恰是旧中国多数平凡女人的共性。但美中不足的是，带好作为该剧的第一女主角，她的个性化表现是不够的。尤其是在其他主要人物的对照下，更显薄弱，没有形成"众星拱月"的阵势，却是由于心理成长和内在冲突的欠缺，唱、念、做上"彩头"的欠缺而逊色。更要指出的是，带好隔岸与公鸡拜堂的盲婚并不利于人物性格的塑造。作为一个自立自强的女性，如此被动地接受命运的安排，而且还充斥着封建愚昧的价值观，有碍于这部现代粤剧的现代意识表达。建议在日后的打磨中再加推敲，进一步提亮女主人公，使带好面临更多的考验、挣扎和抉择，突出她的主观能动性和艺术表现力，塑造出淡而有味、能给观众留下深刻印象的艺术典型。

仍须一提，剧中的群众演员值得赞扬。《红头巾》有大量的群戏，许多现代歌舞的表演需要天衣无缝的衔接和默契，他们能以高度专业的精神完成演出，不仅动作整齐，情感投入，而且无论是在舞台上的哪一个角落，以何种姿态面对观众，他们几乎都能沉浸在戏里，可见态度之认真。或许，个别演员在定格造型时的神态还不够准确，虽是眉目含悲，其他部位仍有点出戏，面妆太白不似劳动妇女的肤色，染发、鬈发有碍于年代感的真实，但瑕不掩瑜，总体上是应该肯定的。若是精益求精，这些细节就需要演员自身多加注意，力臻完美。

洋溢粤地风情大俗中见大雅

所谓一方戏曲，讲好一方故事。"红头巾"的故事一定要用粤剧来演，只有这样内容与形式才会达到最完美的统一。说粤剧是这一题材最好的艺术载体，主要缘于其包容开放而平民气息浓厚的剧种特色。表现旧社会身在新加坡的三水劳动妇女，固然绕不开华洋交集的文化环境，以及特殊历史背景中的新旧交替，兼容朴素与新潮、保守与开放，兼容原乡的市井风味与南洋的异域风情。而只有粤剧，能游刃有余地驾驭这一切。

《红头巾》的戏文和音乐都可谓大俗大雅，充满着地域风情和粤剧的韵味。其唱白押韵和谐，极少拗口之处，语言风格平易亲切，又富有诗意。最大的特点是其善用粤语中的俚俗口语，有时还夹杂着简单的英语，如三个介婆说的俏皮话，"红头巾"口中的"good job""OK"，诙谐幽默之余让人身临其境，仿佛穿越到了上世纪的新加坡豆腐街，走进这群女性的生活。该剧的音乐也是雅俗共赏的，有戏曲化的叹歌、咸水歌、劳作歌、哭嫁歌，民间色彩浓郁；有出自《六国大封相》的传统锣鼓，烘托着介婆们彩旦行当的滑稽动作，增添了些许喜剧感；还有耳熟能详的《妆台秋思》《昭君出塞》和《平湖秋月》，勾起粤剧观众独特的审美经验，能在新的戏剧情境中交叠出奇妙的效果，别有一番耐人咀嚼的滋味。

《红头巾》的艺术表现是丰富多元的，充满现代气息，又能把粤剧的唱、念、做、打以及行当表演技艺等综合因素调用到极致，这在现代戏中十分难得。尤其是介婆和报童的两次反串，男扮女、女扮男，渗透着"全女班"特殊的性别意味。让小角色出彩，更让青年演员的技艺有所施展，真正做到了过场有戏，闲笔不闲，充分体现了创作者的整体意识，也赢得了观众的喜爱。当然，该剧也还存在各种问题，如带好与公鸡拜堂、领养子盲婚的情节交代不清，也缺乏合理性。再有，其分场标目显然不够严谨，"离乡""思乡""望乡"竟又各自分出（一）（二），未能区别点明各场次的中心，下一步的打磨应要用更精准的词语加以概括。

三年很长，可以是一个研究生的入学到毕业；三年很短，对一部艺术精品而言，从采风到公演，这仅仅是个开始。粤剧《红头巾》的题材有着独特的价值，加上剧本和编排的成熟，显示了它打磨成经典的巨大潜能。而要更上一台阶，向艺术经典的高标看齐，我们就要提出更高期望：一是在表演和唱腔设计方面多下功夫，追求出彩、出新；二是继续深化人物形象的典型性，赋予主人公更鲜明的个性；三是细节上的推敲，包括情节的交代、分场标目等等。总之，戏是磨出来的，只要秉持着"十年磨一戏"的工匠精神，便有望把《红头巾》打造成为无愧于时代、无愧于人民的粤剧经典。

从写经艺术看唐代早期的中日佛教文化交流

潘灏贤

中国与日本一衣带水,早在隋唐时期便已互派使者。唐朝是当时亚洲文化中心,故此日本与朝鲜皆以模仿唐人为时尚,而这也是中华文化真正大规模地东传日本的年代。佛教作为最重要的文化之一,也在这时通过朝鲜半岛传到日本。对于当时的日本来说,佛教不单是一个宗教,更是一种新文化的象征,因此汉字以及写经也作为佛教文化的媒介传入日本。奈良平安时期,日本人开始习汉字,写经体主要以楷书为主,它作为一种书法风格因佛教的隆盛而在日本被广泛地用于抄写经典。可以说日本书法史是跳过篆隶阶段而直接从楷书阶段开始。作为中日佛教文化交流的重要载体,写经艺术也成为"以艺术形式成就宗教文化交流"的佳话。

本文主要从写经艺术的角度,探析唐代早期的中日佛教文化交流的情况。

隋唐时期的中国佛教写经

隋唐时期佛教盛行,官方和民间均有大规模的写经活动,作品数量极为庞大,尤其是当时官方组织的写经活动规模最大,在所用纸张、装帧技艺、抄写质量等方面的规格也是最高的。

隋开皇元年(581),隋文帝诏令:"京师及并州、相州、洛州等诸大都邑之处,并官写一切经,置于寺内;而又别写,藏于秘阁。天下之人，从而风靡，竞相景慕，民间佛经，多于六经数十百倍。"（魏徵：《隋书》）此批写经中，纸张、抄写形制均相同；卷末均有题记，格式以及内容基本相同，通常是记录抄写人、用纸数量、校对人、典经师（官府写经机构的主管）。早在北魏时期官方的写经制度就相对成熟，包括严格控制纸张数量，记录写经的每个环节，而且还有明确的薪酬制度以及对于错抄、漏抄的情况的罚款制度。隋代的官方写经制度则逐渐完善；由于写经活动的规模日益扩大，校经人员也开始专门化，大多为熟悉佛教经典的寺院僧人，此外还有官员加以监写。唐代则基本沿袭了这种写经制度。

从现存史料来看，在隋唐时期，官方寺院以及僧人一直都是写经的重要主体：寺院僧人对佛经比较熟悉和了解，礼佛念经也是日常功课，加之寺院藏经丰富，所以官方写经也多由寺院僧人来完成。

此外还有专门负责写经的人，他们并非一定是僧人或者信徒，比如日本僧人空海记载长安求法时"书写金刚顶等最上乘密藏经"，其中就有大量的"官经生"，大多数为秘书省和门下省的"楷书手"。由于隋唐时期还没有雕版印刷，故此文书的抄写工作十分重要而且工作量很大。《旧唐书·职官志》载弘文馆有楷书手30人，史馆有35人；《唐六典》载秘书省有楷书手80人，弘文馆有25人，此外各级行政单位属下皆有"书手""楷书手"等职务的设置。虽然不能确切知道他们具体抄写的内容以及职务，但其中有一项工作就是佛经抄写。弘文馆作为唐代的书学机构，由著名的书法家欧阳询和虞世南教习楷法，学成的"善书者"在各个行政单位充当书手，他们没有官衔，相当于"胥吏"。这些隶属于中央的书手抄写的佛经往往会分送到各地寺院作为范本以供再抄写，故此要求非常严格。

此外，由于官方的写经多作为文献底本之用，往往不能满足民间需要，故此民间的写经手也是写经活动的重要参与者。由于民间写经业的繁荣，甚至还出现了专门的写经铺。

综上所述，隋唐时代佛教写经制度比较完善，参与人数众多，遍布社会各个阶层，而且写经的种类繁多，写经事业极为繁荣。

早期的日本佛教写经

关于早期的日本佛教写经，有很多史料记载。据《日本书纪》记载，公元 673 年召集"书生"在奈良川原寺书写《一切经》。又载公元 691 年赐"书博士百济末子善信"银二十两，"书博士"为官衔，其制度源于唐朝"书学博士"一职。公元 686 年，日本现存最早的写经《金刚场陀罗尼经》书成。

早期的日本佛教界都很关心写经的版本问题。由于翻译不同，经文的义理也有出入，因此传抄最新的译经便成为当时唯一的手段。可以推想，当时日本写经的数量应该比较庞大，不过由于种种原因，现在留存下来白凤时代（645—710）有明确纪年的早期写经只有《金刚场陀罗尼经》和《净名玄论卷第六》。从这两卷经可以窥见后世日本写经的一些法度：比如跟中国一样，为方便统计字数目和纸张数目，每行都是 17 字的规格；为了"既工而速"，都用楷书书写。之后奈良时代（710—794）的写经基本都遵循这个规则。

《金刚场陀罗尼经》结字严谨，字字皆从大小欧出，在从用笔上则更靠近欧阳通《道因法师碑》和《泉男生墓志铭》，不过当时学欧阳询、虞世南、褚遂良等书风的书法作品也为数不少，可见当时日本人除了对佛教经典的内容感兴趣以外，也开始醉心于书法的研习。这些学习唐风的书法作品，显示日本人对书法的审美意识开始萌生。

大化改新（646）之后，日本出现中央集权的政治形态，之前由氏族供养的"氏寺"逐渐变为"官寺"，直到奈良时代日本中央政府在各地建造"国分寺"，标志全国寺院归于国家的统治之下。这个进程也反映在写经活动上：与从前自发的、任意的写经活动相比，此时写经活动进入国家统一管理和运行的体系，随之而来的则是日本佛教写经史上最繁荣的时代。

公元 701 年，文武天皇创立《大宝律令》，设明经、书业、算术三科。其中"书业科"一条中记载：当时的日本人"书以流丽为尚，不以古人笔法为宗，此与唐异"。这可以算是日本书法审美形成的开端。因此，大致可以把公元 7 世纪末到 8 世纪初作为日本写经书法的分水岭。

在奈良时代，由于佛教被国家统一管理并得到推崇，同时又传入大量唐朝书法的名迹，日本写经活动也因此迎来发展的高峰期：《和铜经》《神龟年间长屋王愿经》都是在这个时期书写的；各种皇室的愿经以及众多名品也相继写就。与同时代的中国相比，这个时期日本写经名品的书法水平并不逊色，同时又发展出一些唐代书风没有的东西，可见日本书法审美发展的自觉意识。

奈良时代的写经规模很大。当时出现了大量书写《一切经》的活动。其目的有二：一方面，寺院僧众可以更好地研究佛法，称为"智解本位"；另一方面则是作为寺院的重要藏书。当时每座寺庙都有藏经阁，《一切经》作为佛教文献总集，寺院即使为了名誉，也会期许并努力收藏一部。《大唐内典录》和《开元录》记载，《一切经》大致为5000余卷，卷帙浩繁；而据现有确切文献记载，当时抄写的《一切经》有24部之多，也就是这批经卷总数超过10万卷，如果再加上不可统计的寺院写经以及民间写经，可见规模空前。而一些特别流行的经典会被重复抄写，被寺院用于日常诵读和供奉，主要有《法华经》《最胜王经》《大般若经》《华严经》《金刚般若经》《称赞净土经》《观音经》《药师经》《阿弥陀经》《心经》《寿命经》等。奈良时代的写经都用楷书抄写，这既便于阅读，又可以减少错漏。奈良时代有不少字体优美，并且通篇没有误字脱字的写经；而这样的写经在平安时代（794—1192）就少有出现，而到镰仓时代（1192—1333），错漏便大量见诸经卷。这种状况形成的原因在于，早期写经并非一项贵族活动，而是佛教传播的手段，从宗教意义上来说，传抄时除了注重字体的优美，更强调内容的正确，有错误的写本根本不会流传。而到后世，随着同类经卷的大量出现，写经的目的和功能更加多元化，贵族或者俗家供养人的写经很可能是一种形式上的供奉以及祈福，因此难免出现脱漏字的情况。（参见石田茂作：《佛教传播和写经》）

从写经艺术窥见中国佛教文化对日本的影响

从写经艺术来看，当时中日佛教文化交流的总体特征是单向度、全方位（包括制度、艺术等各个方面）。比如，同时代日本的写经书法，从用笔到结体到章法等，都完全继承了唐人样式；当时佛教经书主要从中土东渡，而没有从日本回流的记录。

具体到写经艺术，主要体现在以下几个方面：

1．技法层面。从书手而言，汉字书写是入唐求法的日本僧人的基本技能，这些僧人在中国学习佛法时，抄经的规矩、技法等都属于"必修课"，他们一一学习，基本以全盘接受为主，因此笔法、结体和章法都以唐样为准，然后回到日本广为传播。从书写工具而言，书写大幅风格一致的作品，除了技法之外，书写工具也必须相同或相近；而日本奈良东大寺正仓院遗存的"天平笔"正与唐代的"鸡距笔"的制法相同，与中国《笔经》所载相同，显然是仿制中国的。

2．制度层面。写经书手身份的官方认定准则、职官制度等都是沿袭中国，此外还有设置写经所、规定纸张尺寸、书写流程、审阅规程等，也是如此。例如，与唐人写经一样，为方便统计字数目和纸张数目，每行都是17字的规格；而奈良川原寺书写《一切经》，载公元691年赐"书博士百济末子善信"，这种官衔制度也源自于唐朝"书学博士"一职。

3．艺术层面。入唐求法的僧人对日本书法影响巨大，比如日本书法史上具有划时代意义的宗师巨匠、被誉为"日本的王羲之"的空海，不但在中国得到佛法传承，同时也得到了书法传承，回国后成为嵯峨天皇的书法老师。此外，当时日本写经的书体使用、艺术审美等也都是全方位学习中国，比如，现在日本东大寺所藏的写经《贤愚经》与唐人写经的风格基本相同。尽管日本书法的指导思想从《大宝律令》的颁发开始就已经产生变化，但在艺术表现上还未能看到与中国写经有明显的差异，仅仅是在风格上趋向圆润（与唐代的"方折用笔"相对）。唐人的楷体写经在日本影响达百年之久，尽管日本的写经风格有一些变化，但是与同时代的中国写经书法风格几乎同步。而直到公元894年，日本停派遣唐使，此时日本的佛教写经才逐渐发展出自身的特点。

原刊于《中国宗教》2020年第5期

陈年发：路子有点野，但胜在无拘无束

赵利平

认识画家陈年发是因为近年来接触陈永锵老师时他总是跟前随后，加上光头且讷言恭谨的形象，刚开始还以为是锵哥（陈永锵）聘请的一名跟从。后来不时在一些刊物或展览上看到一些署名用章"年发、陈年发"之类的国画作品，作品韵致清润，格调古雅，技法颇具水平。了解之后才知道陈年发自幼热爱绘画，且已从艺多年，与陈永锵老师亦师亦友。

陈年发初中时便开始跟着隔壁村的画师傅云若学画。傅云若是高剑父弟子傅日东的侄子，有些画学渊源。当年陈年发参加南海、佛山的一些绘画比赛也曾获过奖，有点自我高兴自我陶醉。后来考上了南海师范，但由于他的父亲就是老师，收入微薄，不喜欢孩子也跟着做老师，所以陈年发很早就走出社会，做过针织厂工艺厂，做过机修开过车，后来还跑过运输开过饮食店……但画画一直是他的挚爱，各种工作周折中从没丢过画笔，直到2003年非典后，他索性开起了画廊。画廊就在风景如画的西樵山下，他边卖别人的画边自己创作和接订单，人家要什么就画什么，不会画的就去书店找资料学着画，小日子过得蛮滋润的。2005年陈年发认识了陈永锵老师，那时刚好作为南海西樵人的陈永锵老师经常返乡写生，有一班学生和一班画友，锵哥建议没画画的"执返笔"画起来，一起创作一起玩，还倡议办了一个画展，叫"阿叔出山"。于是陈年发开始经常与锵哥聚在一起，在锵哥的鼓励下真正走回正道用心画了起来。那时每个月他都会拜访锵哥，拿着字画去请教锵哥。后来他索性把画廊交给妻子打理，自己直接就搬到锵哥的画室住，边学习边跟随，每周末才回家。

陈年发说锵哥很包容，他原来是喜欢画山水的，跟锵哥后才开始画起花鸟来。但锵哥却建议他喜欢什么就画什么，一个好的绘画老师教出的学生应个个都不同，只有数学老师才会要求答案一样。锵哥还鼓励陈年发要"行万里路"，多阅历。锵哥的指导不会一花一木地教，而是在创作过程中边绘画边议论，将创作过程中要注意的地方强调出来，悉心传授。

陈年发还没跟锵哥时也画画售卖或送人，也刻过章临过帖子，还自以为是地办过个人画展，周边还赞声一片的。跟锵哥学艺后，才发觉还是浅薄了，许多都是在书本里搬出来的。锵哥建议他去写生，要邂逅大自然，学会与大自然对话。于是陈年发那十来年写生就多了起来，但他自身更喜欢传统，也继续寻找传统名家作品与画册，边写生边临摹，互为印证并互为促进。

写生中他以练笔性为主，渲染比较少，画的多是西樵山和附近农村。他有一种家乡情怀，心也比较静，游记式地创作了一批画。经过十余年的写生，一开始他对自己的画稍微有些满意了，但自从跟着锵哥去了很多地方，看得多了，眼界开了，反而越来越不淡定了，内心反而不自信了。画中想要的东西多了，但又表现不出来，有点郁闷。于是锵哥劝他先放一放，去找一些诗词看，去学格律诗，目的不是为了做诗人，目的是增加修养，而且能懂得在画中题款，有自己的心思与语言，而不是老去抄古诗词。这样一段时间后重入绘画，陈年发感到确实有些豁然开朗了。

陈年发打心底里更喜欢的是山水创作，山水画的博大包容使其心驰神往，他立心进入山水画，但每张作品别人看了说好，自己却不甚满意，总觉得自己在这里面缺的东西太多了。于是看了很多讲画理的书，也在广州认识了很多山水画的老师，如张彦、安林、张东等，得到了他们的指导。更关键的是锵哥让他三山五岳走一遍，之后自然就有看法了，画好了就再办个画展，相信会有新的理解新的体会。说到这里，陈年发感叹地说，画画人最辛苦的就是求学，自从认识锵哥后可以问可以看可以得到指点，没有这样的平台恐怕要多走许多弯路。总之，山水创作是陈年发的一种情怀，那种高低错落，那种往返收放，那种创作中也是一种游山玩水的感觉，这也是创作者的身心释放。

陈年发说自己的路子有点野，但胜在无拘无束，自己想到什么就做什么，老师指导什么就做什么。这些年积累了许多写生，也临摹了沈周、文徵明等许多名家画稿，还跟着锵哥学修养学技巧；画了那么长时间，自己也有点眉目了，相信已不是娱兴，而是向着专业走，向着职业走。但他不急，也许先画画树画画水；也许继续加强写生，并糅合心境意境；也许继续创作自己家乡的平远山水与桑基鱼塘，表现自己的家乡特色与热爱家乡的情怀……总之不被现实牵着鼻子走，不被惯性牵着鼻子走，一直坚持下去，相信会走出他自己的一片天地。

战疫作品的凝视

文学对疾疫的书写与超越

申霞艳

2003年春，非典，昔日的不安犹在心头，但日常生活还能照旧运作。当时，我读了如《鼠疫》、《失明症漫记》、《霍乱时期的爱情》等书写瘟疫的作品。此后搬家、清理书柜，这几本书一直留着。记得法国作家莫里亚克说过："重要的不是你读了什么，而是你重读什么。"重读不仅取决于你的审美趣味，而且取决于人生契机。这几本书在十七年后以同样的理由被重读，经典就是一棵枝繁叶茂、花影重重的树，能在岁月的激流中开出新花，长出新果，让重读犹如初读，在新奇中更深地感受到作家的创造力、想象力和预言能力。

瘟疫、历史与生活

1935年，美国免疫学专家汉斯·辛瑟尔出版了专著《老鼠、虱子和历史：一部全新的人类命运史》，将老鼠、虱子纳入研究范畴进行大书特书，拓展了过往的历史研究。早在《伯罗奔尼撒战争史》里，历史学家修昔底德就花费笔墨描绘了鼠疫的症状以及由此引发的诸多变化。死亡是如此司空见惯，以致大家对死变得冷漠，"对将死的亲人最后连哭都懒得哭了"；葬礼极度简化，将尸体扔到正在焚烧尸体的火堆上了事；病人为了降温而赤裸相对；鼠疫破坏了生活礼仪和尊卑等级，导致人与人之间被迫保持距离。在这场瘟疫中，死伤无数，雅典统帅伯利克里家族除他和情人阿斯帕西娅的儿子之外几乎无人幸免。假如没有这场瘟疫，雅典也不会输给斯巴达。瘟疫没有任何征兆再三降临罗马帝国,大规模的疫情就爆发了四次,人口大规模减少;赫赫有名的十字军东征有六次都碰到瘟疫,因故汉斯·辛瑟尔调侃东征史"读起来就像一部传染病编年史"。耶稣及后继者为穷人治病吸引大家信教,黑死病却让欧洲人怀疑教会,严格的思想禁锢遭到质疑,加速了中世纪的结束、文艺复兴的到来,这为世界的现代转型提供了思想契机。麦克尼尔在《瘟疫与人》(1976年)中将传染病作为考察人类历史的参数之一并判断:"技能、知识和组织都会改变,但人类面对疫病的脆弱,则是不可改变的。先于初民就业已存在的传染病,将会与人类始终同在,并一如既往,仍将是影响人类历史的基本参数和决定因素之一。"近年最受瞩目的青年历史学家尤瓦尔·赫拉利在他畅销的"简史"系列中留给病毒显赫的位置,在《未来简史》中,"瘟疫和传染病"被认为是"看不见的舰队",瘟疫的作用与地理大发现匹敌,几大宗教的兴衰也与此相关,但病毒来无影去无踪,周期性发作却不容易估量。病毒对个人、家庭、国家乃至全球格局的改变甚至比战争更甚,因为这种神不知鬼不觉的影响是潜藏的、隐形的。

直到1590年显微镜发明之前,医学对微生物一无所知,人们饱受疫病折磨,受难时只能跪倒在神像前忏悔、乞求恩典。古希腊悲剧《俄狄浦斯王》中已经描述了瘟疫带来的恐怖:"田间的麦穗枯萎了,牧场上的牛瘟死了,妇人流产了,最可恨的带火的瘟神降临到这城邦"。我国亦然,诗人王粲描绘"出门无所见,白骨蔽平原",曹操写道"白骨露于野,千里无鸡鸣";曹植曾写短文记录瘟疫:"建安二十二年,疠气流行,家家有僵尸之痛,室室有号泣之哀,或阖门而殪,或覆族而丧。或以为疫者鬼神所作。"一旦瘟疫降临,我们这个极度重视丧葬礼仪的民族也没办法像平常一样讲究礼数,以至于横尸原野。古人想象这种露于野的白骨会吸天地精华成精,《西游记》中的白骨精就是这种联想的成果。

疾疫与生活难解难分,攻击人、干扰历史、改变世界格局,成为文学创作的重要资源。加缪在创作《鼠疫》(1947年)十年后获诺奖;萨拉马戈(《失明症漫记》,1995年)于1998年获得诺奖;加西亚·马尔克斯1982年得奖,1985年推出畅销作品《霍乱时期的爱情》;白俄罗斯作家阿列克谢耶维奇《切尔诺贝利的悲鸣》2015年获得诺奖。影响较大的还有让·齐奥诺的作品《屋顶上的轻骑兵》，卡尔维诺的小说《分成两半的子爵》，毛姆的小说《面纱》《月亮与六便士》都涉及传染病。中国四大名著之一《水浒传》是从杭州的一场瘟疫开始，几员大将中招。作家与疾病的关联同样是引人注目的话题。雪莱1820年给济慈的信被称为"一个结核病人对另一个结核病人的安慰"；但丁死于疟疾；"茶花女"马格丽特患肺结核，结核被与巴黎不健康的都市生活联系起来。林黛玉体弱咳嗽，疑似结核，鲁迅也是。《日瓦戈医生》中医生一度被伤寒病传染；加缪在《鼠疫》中调动了自身因肺炎去山地疗养的隔离经验；卡夫卡因结核病入住疗养院最终死于此地。苏珊·桑塔格在《疾病的隐喻》中引用了卡夫卡的书信："卡夫卡一九二四年四月从疗养院写信给一位朋友说，'因为一谈到结核病……每个人的声音都立刻变了，嗓音迟疑，言辞闪烁，目光呆滞。'"史铁生的《病隙碎笔》乃至他的全部创作都是疾病的痛苦结晶。普鲁斯特的哮喘、陀思妥耶夫斯基的羊癫风……作品秘密地保留了主人的病症。

疾疫也为文学史带来意外的收获。就像《一千零一夜》是新娘为活命而每天讲一个故事的合集，乔万尼·薄伽丘的《十日谈》收录了一百个短故事。七女三男为防止感染佛罗伦萨的黑死病而避难于乡村别墅，相约每人每天讲一个故事，有些故事调侃强权，有些直接揭露教皇的奢靡荒淫。在那时大家常常以讲故事打发闲暇，最早的科幻小说《弗兰肯斯坦》就是这样诞生的。生活模仿文学，作家创造文学。1830年，普希金回到波尔金诺庄园参加伯父的丧事，原本只打算待三个星期。逢疫情，交通封锁，于是待了整个秋季，其间他写作了二十七首抒情诗、六个中篇、四部诗体小悲剧和诗体长篇的三章，这就是"波尔金诺之秋"，对文学史可是真正的金秋。高行健的《灵山》是被误判癌症后的意外收获，误判不治的情况还发生在马原、张翎等多位作家的身上，想象生命终点成为刺激写作的灵感。

《尘埃落定》文尾妓女将梅毒传染给土司们，给了土司制度致命一击；中国近代历史的对应物鸦片倒更像传染病毒，慈禧也上瘾了；但这些毕竟跟个人的意志力相关。而瘟疫因其毫无预兆的强传染性更显得造化弄人，更能激发普遍的人性。人有两种不同的倾向：融入社会倾向和彰显自我倾向。二者都因瘟疫得以加强，一方面是渴望为抗疫做贡献；另一方面是自保，害怕被传染，这是所有生物包括病毒的本能，所谓"基因的自私"。

微信、微博等现代传播技术与冠状病毒的超强传播力相匹配，所以既出现了各学科及跨学科对病毒的认知和清盘，如医学、生化、历史、社会学、文学等领域；也出现了由病情进展波及整个社会的影响链条。下文将谈论文学作品对几种人类史上重要瘟疫的叙述。

文学对鼠疫、霍乱的叙述

黑死病源远流长，欧洲的灵魂笼罩在黑死病（鼠疫的一种）的阴影下。约在13世纪，德国有个村落哈默尔恩就鼠满为患。民间传说有穿花衣的魔笛手能够用独特的笛声把老鼠引走，想象曲折地通往现实，童话《花衣魔笛手》就是根据这个诞生的。《十日谈》细致地描绘了"黑死病"——染病者会在鼠蹊或胳肢窝长出一个肿瘤，愈长愈大，且"疫瘤"会从四肢蔓延全身，黑斑或是紫斑密布，随后病人就会痛苦地死亡，而且健康者一旦接触也很容易染上。"黑死病"完全是象形的、写实的，谈黑变色一点都不夸张。

以《鲁滨孙漂流记》闻名世界的笛福曾写《瘟疫年纪事》（1722年）描述1665年伦敦大瘟疫。其写作风格类似今天盛行的非虚构，来看看目录：有关被传染房屋及罹患瘟疫人员的规定；为使街道净化并保持芳香的规定；有关闲散人员和无故集会的规定；附录是当时的伦敦地图。内文提供了伤亡数字表以及各种不同记载和轶事等等，像公文一般清晰、客观。疫情时笛福只有五岁，但栩栩如生的想象力弥补了经验的缺失。

显微镜将微生物的世界呈现在人类眼前，人类不满足于听天由命，疫苗的发明就是与病毒博弈。比起黑死病，鼠疫的命名显得客观、科学然而冰冷，追溯到病菌的源头。《鼠疫》发表十年后，加缪获得诺贝尔文学奖，授奖词说："他以明察而热切的眼光，阐明了我们这时代人类良心的种种问题。"小说以里厄医生的视角来叙事，全书贯穿着冷静、节制的叙述态度。作家将20世纪40年代的三重经验融汇其中：一是加缪因肺病到山里疗养的病痛经验；二是故乡阿尔及尔的奥兰城因瘟疫遭隔离的封城经验；三是二战期间法国沦陷的国家经验。肆虐的鼠疫之战当然是一种象征，既隐喻肉眼可见的德、法之战，也隐喻人类普遍的不自主的生存状况。集中营、封城、疾病的出现使得人与正常的社会生活隔离。重要的是作者如何有效地将公共事件融化为个人经验，如何将大历史沉淀为活生生的故事，让民族的文化传统和思想观念像血液那样在身体中流淌并促成人物的行动和思想。《鼠疫》经得起反复阅读很重要的一点是基调，里厄医生从未唱高调，未曾用大词要求滞留于此的记者朗贝尔，相反，里厄认为他设法逃离封锁去巴黎追随爱人、享受尘世的幸福是个人权利。尽管他的妻子同样被隔离在城外，在鼠疫结束前八天孤独病逝。格郎、塔鲁以及神甫等人物的书写都让人动容。里厄反复强调治病救人不过是医生的天职所在。《日瓦戈医生》让读者痛苦不堪的原因之一是日瓦戈医生的渴望很卑微，就是好好地当一名医生，夜晚再写点日记和诗歌，与家人待在一起，但接二连三的战争和革命让这种人性的愿望始终不能实现。

2010 年，已获茅奖的迟子建将目光深入百年前的哈尔滨鼠疫，她翻阅了大量文献，创作出《白雪乌鸦》。小说让真实的历史人物与虚构形象交织，刻画出伍连德医生的形象，他是祖籍广东的华侨，是第一位获得剑桥大学医学博士的华人。当傅家甸鼠疫大规模爆发之时，这位传染病专家奉命北上抗疫。作为一名不会中文的"外来者"，他受到不同的阻力，几番动摇，但知遇之恩和对同胞命运的深切同情使他与傅家甸人共呼吸、同战斗，悲壮的抗疫集中展示迷信、习俗、宗教、俄日和本土文化间的复杂纠葛。伍连德不得不改变人们古老的习惯，让大家戴上口罩，并秘密解剖尸体搞清鼠疫类型，争取圣旨支持冒天下之大不韪在春节期间焚尸，对抗宗教阻力去基督堂清理尸体……抗疫同时也在与偏见、陋习和迷信做斗争。迟子建信仰善与温情，并不轻视恶的力量，通过日常生活的温馨、丰富与活力反衬疫情的惨烈与寂灭。法国大文豪雨果在《克伦威尔序言》一文中，提出了著名的"美丑对照原则"："丑就在美的旁边，畸形靠近着优美，丑怪藏在崇高的背后，恶与善共存，黑暗与光明永共。"小说以多角度对比和多层次文化对照来凸显抗疫的复杂性，在受西式教育崇尚科学的伍医生身上，仍能见到"知其不可为而为之"的精神幽光，科学和文化同在他身上打下烙印。千秋万代总会涌现那些"为了光明，而把自己勇敢地送入黑暗"的人，愚公移山，坚定的意志、豪迈的信念和美好的情操具有不可战胜的力量。

大学期间，憧憬爱情的女生宿舍，同学正襟危坐，手捧《霍乱时期的爱情》，其他同学对着"爱情"二字两眼发亮。该同学趁机轻描淡写地嘲讽："我不像你们看的是爱情，我看的是霍乱！"大家登时笑晕。"我对死亡感到的惟一痛苦是没能为爱而死"这句经典名言在宿舍飞扬流转，成为每夜例话的开端。《霍乱时期的爱情》结尾同样感人至深：

> 船长看看费尔明娜·达萨，在她的眼睫毛上，他看到了冬霜的细末。接着，他又看看弗洛伦蒂诺·阿里沙，他看到了他那不可战胜的控制力，他那勇往直前的爱。他害怕地怀疑了，不是死亡而是生活彩色永无止境的。
>
> "妈的，您认为我们这样来来往往地航行能持续到什么时候？"他问。
>
> 53年7个月零11天以来，弗洛伦蒂诺·阿里沙对此早已胸有成竹。
>
> "一生一世。"他说。

这部小说写的霍乱，是虚化，是背景处理；实质是写爱情。讲述了加勒比地区一对恋人长达六十年的爱情纠葛，弗洛伦蒂诺·阿里沙对费尔明娜·达萨一见钟情并苦苦追求未果。当时霍乱流行，弗洛伦蒂诺因为暗恋而茶饭不思还拉肚子，病症酷似霍乱，爱情对人生不啻一场霍乱！费尔明娜·达萨的丈夫家几代行医，就在他们去法国度蜜月期间，她当医生的家公死于霍乱，此时作者花了不少笔墨细绘了霍乱的症状。马尔克斯对瘟疫的关心由来已久，如《恶时辰》《周末后的一天》等作品以瘟疫隐喻政治暴力，而在《百年孤独》中根据失眠症虚构了一种睡眠传染和失忆瘟疫，这当然也暗示昏庸统治对人们头脑的驯化。

半个世纪后，弗洛伦蒂诺再次向寡居的意中人求婚。一对耄耋老人乘坐轮船航行在波涛起伏的河面，在那条被病菌糟蹋、污染的河上来回游弋，船上挂着黄色的瘟疫信号旗，将他们同外界隔绝……如是，标题的隐喻得以落实：爱情像霍乱一样将人与正常生活隔离；霍乱像爱情一样让人狂热、遭受打击、一蹶不振。

时节如流，当年的情景依然历历。不管多大年龄，爱情都是要看的，这是庸常人生的念想，也是马尔克斯的一个念想。他曾在受奖演说里说过："到那时，爱情将成为千真万确的现实，幸福将成为可能。"马尔克斯的"那时"是否就是我们的今天？距离我们的内心还有多远？疾病是否也在唤醒我们，激活我们日渐枯萎的爱的资源？

法国新古典派作家让·齐奥诺的作品《屋顶上的轻骑兵》描写意大利轻骑兵上校安哲罗逃亡来到法国南部，正逢一场声势浩大的霍乱，他跟医生学习了霍乱酒疗法：用酒浇灌病人、搓洗僵死的身体。他执意穿越疫区，一心想回意大利去实现自己的革命理想。途中邂逅了美丽的法国贵妇波林拉。艰难重重的旅途让两人在患难中渐生情愫，一心赶路甚至不知道对方的名字。在瘟疫巨大的阴影中，四处都是官兵对感染者的隔离和追杀，轻骑兵用智慧、谋略和勇气带领少妇屋顶突围。据此改编的电影声名大噪，影星朱丽叶·比诺什双眼闪烁着爱情的光芒，足以抵御霍乱带来的惶恐。来年春天，霍乱平息，少妇等到了轻骑兵的来信，她年迈的先生随时准备放飞她，去追求唤醒她生命的爱。革命与爱情这个千古难题在疫情中得以重新思考，法国文艺的浪漫诗情可以穿越惨烈的现实，抵达内心最柔软的角落。

古今之变在医学领域表现尤为突出，现代仪器延伸了我们的感觉系统。过去我们说眼见为实，如今我们更相信显微镜、望远镜，神话中的千里眼、顺风耳都实现了。知识是浩渺的海洋，每个人"取一瓢饮"。大众与现代医学相隔甚远，对未知的恐惧、对民众恐慌的担心常常使得我们在所有疫情发生的初期习惯性采取隐瞒的策略。

池莉的《霍乱之乱》（1997年）以病毒研究所研究员的第一人称讲述小型霍乱发生对整个机构内部带来的冲击和变化。闻达主任几十年如一日地研究流行病毒，并告诫我们："年轻人！不要自以为是！疫情是不以人的主观意志为转移的，细菌、病毒以及一切的微生物布满了我们的生存空间，它们每时每刻都在裂变，在繁殖，借助空气、水、动物和昆虫等各种媒介在传播，没完没了地传播，没完没了地传播。"小说几次提到闻达主任不修边幅，领导、下属、爱人都不把他当回事，穿两只不同的皮鞋的细节尤为传神。所谓"养兵千日，用兵一时"，这位不受重视、不拘小节的专家事到临头，胸有成竹，工作井然有序，悄然平息了霍乱。由于发现早，处理及时得当，患霍乱者和封锁的村庄以及外界也没有任何风吹草动。疫情过后，病毒研究所秩序照常，科研依然不受重视。《霍乱之乱》醉翁之意不在酒，其真意在于写出传染病工作者的尴尬处境，其重要性常被忽略。池莉曾是传染病工作者，所以尽管多戏谑俏皮之笔，然情真意切，细节生动。传染性很强的"霍乱之乱"就像一场游戏，打乱了整个研究所的节奏，事后四位同事两位改行退出，字里行间能感受到对闻达、秦静这样默默坚持的科研工作者的敬意，与《人到中年》中的陆文婷医生有异曲同工之妙。他们的奉献让社会的肌体和谐均衡。

"盲目"及其隐喻

比起地震、海啸、台风等自然灾害，我们对核灾难所知甚少。核是二十世纪才有的新事物，我们知道举世闻名的科学家居里夫人、邓稼先都死于核辐射。可见，科学家对核的威力及核灾难的深远影响也处在摸索认知阶段。经典话剧《哥本哈根》就展示了科学家们的思考与困惑。1941年，核物理学家海森堡去哥本哈根探望他的导师波尔，他与波尔以及师母玛格瑞特之间展开一席谈。由于提前知道会有窃听，他们的谈论非常隐晦，既谈论了师生情、战争、原子弹，也谈论了测不准原理和贝多芬的钢琴曲，还谈论了个人与国家以及远方的他人之间的复杂关系。话剧将这段夜谈从不同角度演绎了四次，还调动了影视布景，以隆隆的爆炸声与遍野横尸的场面来呈现战争的惨无人道。即便无法重返历史现场，不同的假设与可能性的展示也将观众们带进历史氛围和科学伦理的迷思之中。

科技逐步形成了自己的意识形态，科技、机器的更新换代与资本逐利的本性、资本主义的生产方式相辅相成。对未知无穷无尽的探究，与人类的伦理和利益有时一致，有时相悖，诸多的发现与发明都会导致资源的破坏。科技只对创新负责，至于新事物的运用后果则超出了科学家的视野，何况很多新事物的作用都是毁誉参半的。比如核电站可以解决能源匮乏问题，但核泄漏乃至爆炸的危害则超出预估。投向广岛、长崎的原子弹结束了漫长的二战，但核泄漏对日本影响至今。撇开一切利益，科学对于未知领域的探索与人类的求知和冒险欲望相关。从地理大发现到对宇宙太空和荒野、海底的探险，除了利益动机之外还与人压抑不住的探索动机息息相关。

我们以为核武器离自己很远，就像广岛、长崎和切尔诺贝利那么远，实质上全球化时代人类命运休戚与共。普利策奖得主约翰·赫西以新闻记者沉着、客观的姿态写下《广岛》，像纪录片一般还原六位普通人在这一历史转折时刻的遭遇，三十万广岛市民在毫无准备的慌乱中经历了史无前例的人生重创，他们和家园的命运被彻底改变了，当时没有任何人知道原子弹到底意味着什么。要特别指出的是作者的身份，他出生于天津，长大到十岁才返美，1939年被派遣到重庆《时代》分部，在此地亲历二战。中、美、日这种复杂的身份际遇让他对战争有更多维度的思考。《广岛》叙事超越国族，让人感受到作家的人道主义立场和对他人的关切。

法国作家埃里克·法伊根据一则日本的社会新闻创作了小说《长崎》，该作获得2010年法兰西学院小说大奖。故事很离奇：志村是一位五十多岁的日本男性，过着非常规律的上下班生活，却发现自己冰箱的食物每天都微量减少，家里的东西也有细微的位移，于是就装了个摄像头。结果，一位女性进入了镜头。这并不是狐仙，故事没有按孤男寡女的爱情套路发展，而是掉头通向痛苦不堪的历史，这位寄居他人壁橱的女性其实一直居住在自己的"家"中，战争让大批人流离失所。标题"长崎"的埋伏已给读者合理的前见和无穷的猜测。

在电影《切尔诺贝利》中，要去乌克兰完成枪毙灾区家禽任务的战士之一是从阿富汗战场归来的，他心说：从战场凯旋，我知道我活着回来了，但从这里回去，"战争"才真正开始。战争与时疫是摧毁人类的两大力量。与传统的战争不一样，核灾难对人类的影响是一步一步显现出来，其后果是叠加的，不可逆转的。1986年4月26日，切尔诺贝利核电站发生爆炸，方圆万亩土地被污染，数以万计的百姓被迫永久离开家园，并因放射患上癌症甚至死亡。切尔诺贝利隶属苏联的乌克兰境内，1989年苏联解体，社会关注的重心也随之改变。独立后的白俄罗斯未曾采取后续救援措施，长期受到切尔诺贝利核灾难的危害。白俄罗斯女记者、作家斯韦特兰娜·阿列克谢耶维奇冒着生命危险，历时数年采访了超过五百位幸存者，倾听他们的痛苦遭遇。切尔诺贝利系列非虚构作品让阿列克谢耶维奇获得2015年的诺贝尔文学奖，得到了全世界的共同关注。美国将切尔诺贝利拍成电影，传播更加广泛。无独有偶，我国女记者、小说家须一瓜的《白口罩》也来自疑似核泄漏的新闻事件。作家发挥了身份优势，随着记者小麦的采访深入，疑团逐层展开，核辐射在威胁着"明城"，让"满城尽戴白口罩"。口罩阻隔病毒，也阻隔交流与信任。小说提醒我们人类是命运共同体，"没有人是孤岛"，不能及时获得真相就会给流言蜚语提供空间。让人类恐慌的既有大家陌生的核危害，还有我们自古就熟稔的谎言。

基于各种传染病的无情打击，葡萄牙作家萨拉马戈的长篇《失明症漫记》开启了纯寓言写作以警示人类。小说虚构了一种导致失明的传染眼疾，批判人类的"盲目"。在交通繁忙的十字路口，一位司机突发"白色眼疾"而失明，无法动弹。一位"错误"的好心人开车将他送回家，临走时顺便偷了他的汽车，不幸感染，成了第二个牺牲品。眼科医生为他们治疗，夜里在家翻阅典籍时，发现自己不幸成了第三个。出于医生的良知，他迅速通知了当局。眼疾蔓延开来，盲人急剧增多。当局立即下令将所有盲者都赶进一个废置的精神病院禁闭起来，与外界完全隔绝并派武装士兵持枪把守，任何超过界限的前行都可能遭遇子弹。

医生的妻子为了照顾失明的丈夫而伪装成瞎子来到隔离区，她是光明的化身。在隔离病院里，她既见识了盲人间的温情，斜眼小男孩激发了盲妓女的母性，戴眼罩的老人也点燃了妓女心中的柔情，她表示她愿意跟他生活在一起；同时也看到罪恶的因子在盲者中发酵、骚动。

当我们的肉眼失去视力之后，心眼更加活络。盲目没有让大家同病相怜，相反激发的是人性的丑、冷、黑。隔离区一片狼藉：一拨盲人歹徒进入后把持了食品的分发，勒索其他盲人的财物，后来竟然无耻地要求提供性服务，妇人们不堪其辱。在医生妻子用剪刀刺杀歹徒头目之后，其中一位女盲人果敢地用火机点燃了毯子。熊熊大火在歹徒房间燃起并蔓延到整个精神病院，不幸的是女盲人自己也成了陪葬品。医生的妻子带着第一号宿舍的七位陌生盲人行走在街道，他们是个奇怪的匿名团体——有先天盲人、戴黑眼罩的老人、戴黑眼镜的少女、失去亲人的男孩和流泪的狗——狗比人还通人性，它帮人舔干流不尽的泪水。

街头到处都是盲人，成山成海的垃圾堆，老鼠和狗在啃尸体，连教堂里头神的眼睛也被蒙上了……好在眼病突如其去。

阅读《失明症漫记》是寒冷的，作品直书人性的黑暗、阴冷，同时不得不感叹幸好还有一双医生妻子的眼睛。她身体柔弱，然意志坚定，犹如她的视神经。她坚持用自己的双眼透视最黑最丑的角落，从自然界的黑暗到人内心的地狱，她都没有放过，她明亮的双眼成为良知、正义和道德的象征。《失明症漫记》为读者描绘了在突如其来的灾难面前，恐慌压倒了一切时，人性的丑恶和道德的泯灭的种种怪状。萨拉马戈如是说："盲目并非真的盲目，这是对理性的盲目。我们都是理性的人，但是没有理性的行为。如果我们做了，世界上就不会有饥饿。"这部作品在西方世界受到多方赞扬，诺贝尔奖的授奖词说："其想象力之丰富、情节之怪诞、离奇和思想之尖锐以一种荒唐的形式在这部引人入胜的作品中得到了至高的体现。"《出版家》称赞该作："是最具挑战性、发人深思和令人亢奋的作品。"《纽约时报书评》认为其有"一种诚实地以智慧命名的品质。我们应该感谢它把如此宽广的世界呈献给读者"。最大的恐惧乃是对恐惧的恐惧。《失明症漫记》详细地展示了恐惧如何成为可能。作品不仅告诉我们恐惧带给人类的是什么——人性中的邪恶、冷酷、凶暴，同时也告诉我们如何与恐惧生活，那就是要超越理性的僭妄，对我们滥情和纵欲而衍生出来的种种狂妄、野心和盲目进行反省。

中国当代文学也不乏对各种灾难、疾疫的书写，比如阿来的《云中记》是2019年最为引人注目的作品。作者以祭师阿巴决绝返回云中村陪伴逝者的独特视角重述了2008年的汶川地震，痛苦和温暖交织，泪与笑交替。阎连科的现代寓言史诗《日光流年》讲述一个因水资源污染而遗传喉堵症短寿的村庄在现代化征程中波澜诡谲的命运。马原《冈底斯的诱惑》以世外桃源的姿态颠覆过往对麻风病村的叙述。此外，还有毕淑敏的《花冠病毒》等许多秉笔直书的纪实类作品，也给大众带来非常深的感怀。每次面对疫情，诗歌总是兴盛一时，繁芜庞杂，大多又随疫情而去。

疾疫让生活瞬间陷入恐慌、混乱和无序，让人类的自我中心受到致命一击。文学对疾疫的叙述让我们看到人类所具有的弱点以及超越性力量。一言以蔽之，爱是人类真正的救世主！乌纳穆诺曾经说过："在世界和生命里，最富悲剧性格的是爱。爱是幻象的产物，也是醒悟的根源。

爱是悲伤的慰藉；它是对抗死亡的惟一药剂，因为它就是死亡的兄弟。"爱带给我们希望，爱唤起沉睡心底的勇气和正义，爱导致了最切实的行动和付出，引领我们渡过难关。在抗击疫情这场牺牲惨重的战斗中，我们每个人都是战士，每个人都有可能被冠状病毒袭击，和衷共济是我们唯一的出路！伍连德、里厄等医生们穿透岁月向我们走来，他们为恐惧中的人们带来沉着与温暖。

病毒和人类的较量颇有龟兔赛跑的味道，当我们像兔子麻痹大意躺下来时，像乌龟的病毒会默默地越过我们并给予致命一击。但"塞翁失马，焉知非福"告诉我们，祸福相依。疾疫也能提醒人类不要妄自尊大，不要光顾口腹之欲而忽视万物，忽视生态；疾疫提醒我们三思后行。

生活的苦难与光辉并存。灾难同时也激发人的超越性。伟大的文学作品一直在刻画神性的璀璨品质，赞美灵性的惊人力量。在疫情面前，多少医护人员、警察和志愿者明知危险仍前往救援，这是藏在我们灵魂深处的文化传统的召唤，它与精卫填海、女娲补天、夸父追日是同一种力量，这种力量帮我们度过历史上所有的暗夜。

最近，一张两岁男童的鞠躬照传遍全网，这是我们对礼仪和秩序的渴望。从这个小男孩的举止中，我们看见了生生不息的文化力量，看见了灾难也挡不住的美与善。

原刊于《花城》2020年第3期

《战疫英雄谱》的当代叙事性观照

——黄健生现实主义创作的历史价值和现实意义浅析

白 岚

艺术家的家国情怀和文以载道

2020年是不平凡的一年,新冠疫情改变了生活的许多方面,也影响着我们对于生命与疾病、自然与人类社会等关系的复杂思考。这样一段历史终究会过去,但是这个特殊的历史时期有太多需要被记录的史实。

如何记录这段历史,其真实性和即时性是新闻媒体的功能性的体现,而从文艺的角度如何表现大历史中的人物和事件,恰恰是许多艺术家不可避免需要主动思考的议题。上半年,有一组主题命名为《战疫英雄谱》的中国人物画作品引起社会的强烈关注,仅仅在新华网的点击量就有一百多万(2020年5月统计)。这组系列作品的作者是广州市美术家协会副主席黄健生。他同时也是广州城职院关山月中国画学院院长。这组作品有八十余幅,极其鲜明的主题下,人物素材全部来自抗疫期间新闻报道中真实的人物和事件。

在当代中国人物画的创作中,主题性创作比较多见,这与当代文艺的社会性功用,及与时代的密切关联分不开,文艺从来不是单纯的一家之言,其时代性和现实性总是会自觉不自觉地体现在文艺作品里。具体到个体的艺术家,关注和创作什么题材,是艺术个性也是艺术自由,但也能看出其社会责任和情怀担当。徐悲鸿先生曾经说过:"艺术家即是革命家。救国不论用什么方式，苟能提高文化，改造社会，就是充实国力了。欧洲哪一个复兴的国家，不是先从文艺复兴着手的呢？我们别要看我们的责任小，要刻苦地从本分上干去。"这是他在1935年《与王少陵谈艺术》一文中所言。他是针对当时的国情而言，但他始终抱有强烈的社会责任感和现实主义担当也影响了后来的中国美术发展和众多美术家们。

中国波澜壮阔的历史和社会变革其实让艺术家们有极其丰富的创作题材可以选择，如何选择是艺术家的思想观和艺术观决定的。

黄健生有着传统文人雅逸脱俗的品性，但是他同样有着优秀知识分子身上常见的浓厚的家国情怀，他在绘画之余，也写了许多文艺评论。他的文艺观一贯很鲜明，那就是文艺工作者必须关注国家发展和社会进步，必须积极参与到社会文明进程中去，要以民族文化的坚守和传承作为根本，激情观照社会现实，准确表现当代生活。他在艺术创作中遵循的是一以贯之的艺术观——守道，守住传统之道，守住人文之道，守住精神之道，但在题材和表现技巧上他又不拘一格，大胆尝试突破前人窠臼。

他认为中国画不仅是单纯的"消遣游戏之作"，还是可以"载道"的高雅精神产物，他特别推崇潘天寿提出的："人系性灵智慧之物，生存于宇宙间，不能有质而无文，文艺者，文中之文也。然文，孳乳于质，质，涵育于文，两者相互而相成，故《论语》云：'志于道，据于德，依于仁，游于艺。其为人之大旨欤。'"。

他在《笔墨随时代与画家的社会责任》一文中谈道："艺术的表现包括两方面，一为观念，二是形式。形式要从传统中来、随时代发展；观念则需要关注社会、介入社会，艺术不仅仅是书斋里的自娱自乐，还需要承担相应的社会责任。……其实，笔墨当随时代的真正意义就在于随时代发展。它所指的既是一般的技法，又是创作的时代背景。把古代没有的东西表达出来，这不仅为了超越古人，更多的是表达时代的风貌和历史的记忆。而面对不同的时代背景，笔墨要求的就不仅仅是皴法的问题，而是社会的责任问题。从抗日年代先辈们的作品我们不仅可以看到这些作品的艺术性，更能看到作品的社会责任感和使命感。画画作为一种艺术，有着与其他艺术同样的历史责任和使命。"

文艺评论家朱万章先生也认为,"笔墨当随时代",这是在阅读黄健生画作之后最直观的体验。他的笔墨中所展现出的时代性与现代气息,是其他很多画家所无法比拟的。这是他的优势之一。如何在中国画中更好地体现这一原则,而不失传统意韵,这是当前很多致力于中国画探索的画家所面临的共同问题。很显然,黄健生正是这种探索的佼佼者。

艺术观照现实的历史意义和积极功用

在多年的绘画创作中,黄健生经常会用笔墨表达那些非常具象的现实意象,比如南海Ⅰ号遗存、现代工业景观和世界各地的城市景观,这些是他对中国画当代性表现的探索,也是他关注社会和时代变革的敏锐觉知。

今年1月当疫情来临时,他尤其关注新闻媒体的报道,当看到抗疫英雄们不畏生死艰苦卓绝的努力和付出,他在被震撼感动之中,开始了以"逆行者"为主题的系列人物画创作。这批画作似乎是一气呵成,但在每一幅作品的创作背后,从题材的现实具象内容选择到艺术意象的转换,都包含了他在利用国画的叙事性语言,阐释他对于艺术观照现实的深度精神性思考,主题广大而细节幽微,其中人性的光辉尤为可观可叹。

艺术介入生活,从历史看有有意和无意之分,其间对于文化史和思想史的表征也有直接或间接的影响。每个时代的艺术表达,每位艺术家的个性语言,都直接对应着时代的丰富文化意味。反过来,每个时代发生的大事件中,通过艺术创作,也可以看出艺术家的人文情怀和思想深度。尤其在当代,中国画创作中面对的思考和挑战之一也是如何反映当下的时代特征和时代精神。

中国画的当代性表述是黄健生一直追求的艺术高度,他之前的画作里不乏表现当下的人文景观,也有现代都市风景,已然有了相当主动的思考。当然,当代性在中国山水画的表达中仍然需要更多的探索,其人文性和思想性是决定作品是否有足够说服力的关键。这次他选择从人物画入手。在这批主题作品里,可以很明显地看到他的方向性追求。他以画山水而知名,但其实,他对人物画创作也并不陌生,只是平时很少以人物画作面世,他的艺术和人文积累足以让他有充分的表达能力来表现这一组题材。

画家的创作自由空间和画家的心性相关，画家的心性包含了其思想性和艺术性两方面。中国画的叙事性创作往往离不开历史情境，而要在其中体现出个性化特质，画家的思想境界和对历史的理解成为作品是否具有感染力的前提。

这组作品的创作对黄健生来说，是一个创作意念不断变化和思考感悟的过程。在今年二三月份特殊的寒假里，宅家整整五十天，既有相对安静的创作空间，也可以深度思考创作的丰富性。黄健生说，他每天都在看新闻报道，从一开始的除夕夜广东医疗队连夜奔赴武汉救援，钟南山在媒体上关于疫情严重性的表述，到后来被参与抗疫逆行者的故事感动，他边创作边时刻关注着疫情的变化，也同时关注着那些令他感动和震撼的人物和事件细节。他觉得只画几幅作品不能体现这些英雄的坚毅和大无畏精神，他决定创作系列抗疫英雄人物画。目前这一批作品已达八十余幅，画面人物达到一百多人。

当人类社会遭遇到如此沉重的大事件，艺术可以用怎样的力量去呈现，艺术家可以有怎样的表达，选取的角度和方向也许会大相径庭。疫情带给人类的有沉痛的创伤和悲哀，有不可预知的未来，有必须面对的抗争和守护，有心灵和精神的拯救和复活。个体命运和集体命运从未像今天这样紧密地结合在一起，生命是最重要的，这是我们的民族性对于生命的敬畏和尊重，记录历史，也是在记录人类如何面对生命。黄健生选择了这样一个角度，他说他完全是被笔下那些人物的人性光辉所感动，他选择的都是新闻人物和他们所连接的新闻事件，但是他要表达的不是新闻本身，而是超越了新闻，他希望把那些人性中真实动人的丰富情感以艺术方式呈现出来。

这组作品中的每一幅作品都保持了内容的真实性和原有的故事性，时间地点情境不可或缺，既有新闻作品的当下性，也已经不再是纯粹的新闻回顾。每一幅作品都以人物为主。这些人物的故事和图片已经有很多媒体报道过，但黄健生没有直接照搬媒体报道的情节。在他的创作理念中，叙事性现实主义作品本来应该深入生活体验，与被描述对象交流之后，才能找到最合适的艺术表现方式。但在这个特殊时期，这些都成为不可能。他换了一种方式去做创作前的准备，在决定作品的画面构成之前，他会大量地看与这些人物相关的文字报道，从中找寻他想要的角度。他认为，英雄也有平凡人的一面，他们之所以成为英雄，就是其中的人性的丰富性构成的。他不仅关注这些人物的英雄行为，也有意去了解他们的社会背景和家庭生活背景等，这样他就对他们有了一个全面的把握。在画顺丰快递小哥汪勇时，他注意到小哥的家庭生活照，他感觉到小哥对家庭和亲人深沉的爱，他理解到小哥能够对社会大无畏地付出，怀有对家庭的小爱才有对人世间的大爱。但他选择的画面构成是，小哥汪勇在江边沉思，他想呈现汪勇内心当时复杂的思绪，又想去为社会付出，也有些担心可能的危险对家人的影响。他在画面上特意留白，写上一段叙事的文字，点出人物故事背后的情境。

这种画面内容构成有生动的主体人物，有真实的时空场景，还有有意为之的文字叙述，每一幅都是一个打动人的完整的有血有肉的故事，这样非常写实的作品就具有了丰富的故事性和情感深度体验空间。这批作品的创作与相关的新闻事件相隔时间很近，这种类新闻性和纪实性的艺术呈现，通过中国画人物画这种具有鲜明民族文化特色的艺术创作，艺术地再现了疫情期间的最为社会关注的抗疫英雄们，同时注重审美价值和历史价值，使得作品更具有强烈的时代性和人文价值。当我们回望这段历史，这些历史场景里的人物代表着人类面对灾难的不屈与抗争，也表现着无私付出的精神力量，因为是真实可感的，所以才具有艺术观照历史的最高价值。

中国人物画在数千年的发展中，经历了其自身在题材内容、技法形式等方面的嬗变，形成了完整独特的样式特征。黄健生平时虽然以山水画见长，但是对这次战"疫"英雄谱的人物描述，他不仅以中国传统人物画的技法要求，更是在题材内容的立意和艺术情趣方面进行深度刻画，体现出独到的艺术风貌。语言形态是艺术作品的第一生命，是表达思想意图的载体，造型则是语言形态的核心。黄健生除了带着饱满的情绪进行创作，他还尽可能地追求人物形象的准确性、真实性，更加注重抓住不同人物的性格特点和英雄形象魅力特色，努力刻画出每一个英雄内心细腻丰富但又不同的情感落点。同时发挥山水画家的专长，以山水画的表述形式融入战"疫"中的情景描述，甚至采用分镜头的结构让画面更加充满故事情节，这种类似新闻报道画面的现场感更加冲击观者的视觉感受。黄健生在画面效果里还融入了文人画的特点，不以画而画，同时还把画面故事内容以书法记录在画面当中，成为画面有机的一部分，让人在沉重的话题画面上仍然能感受到艺术美学的震撼，既有情感触动也有艺术愉悦的享受。

任何一种文艺形式的成熟和发展都是与社会现实相联系的，都会与阶段性的历史条件和意识形态相关联。黄健生说：创作当代的人物画必须在继承传统的文化基础上，加以艺术家创作的独特的趣味形式，并能够跟随艺术史的不断发展才能建立自我风格的艺术面貌。

新闻叙事的艺术性转化和提升

《战疫英雄谱》不是简单的场景叙事，而是高度凝练的情境叙事。两者虽然都是以写实性为基础，场景叙事一般都是高度还原现实，情境叙事是艺术家提炼了被叙述对象的重要故事情节和状态，以表达艺术的叙事角度，其真实性依然可考，但创作时只抓住最主要的人物的瞬间状态，省略掉其他枝节性元素，而得以充分表达人物的内心和精神境界。在情境叙事中，黄健生非常注意人物画细节的表述，作品尤为强调刻画人物的眼神和手的动作，这两个细节能够准确呈现人物的精神状态和身体语言。

这些人物包括了钟南山院士、金银潭医院院长张定宇、最早上报疫情的女医生张继先、骑行三百多公里回到武汉卫生院上岗的"95后"女医生甘如意、"隔空婚礼"的广东医疗队护士唐杏杏、护送医护人员上下班的快递小哥汪勇等等。

其中的《陆河四勇士》，是他自己主动通过各种途径挖掘出来的故事。在画面中他表现了护士长彭冬梅回眸的一瞬间，那种眼神的刚毅和果决令人动容。彭冬梅有家有孩子，作为医务工作者，她觉得自己义不容辞要去支援疫区。为了表现这种平凡中的非凡情感，黄健生抓住了四位医护人员在机场告别时，彭冬梅回头的一瞬间，背景则是她去到武汉后，在方舱医院学穿防护服，这样细节呼应的构成使得作品更有说服力和可感性。

这组作品的成功还在于黄健生直视人性的真实，既没有无限拔高人物的精神境界，也歌颂了逆行者们的勇气与担当。

"英雄不是从天上掉下来的，英雄也并非没有顾虑和牵挂。他们本来就是普通人，但在这场战'疫'前又做到了不推脱、不退缩，我们要把他们的内心展露出来，才更动人，更显示出他们的伟大。"黄健生的创作意图也体现了他自己的文化担当和人文情怀。

时代需要艺术观照，中国画的叙事性表达与现实具有更为贴近的可能性和极大空间，《战疫英雄谱》是中华民族精神的艺术呈现，它的叙事性既有强烈的艺术感染力和冲击力，也是艺术介入生活观照现实的最好范例。

粤港澳大湾区抗疫歌曲的社会价值

温朝霞

在抗击新冠肺炎的斗争中，中国人民在党和政府的坚强领导下，经过艰苦卓绝的努力，全国疫情防控阻击战取得重大战略性成果，在生死考验中铸就了伟大的抗疫精神。而抗疫歌曲是抗疫精神的重要载体，在传递正能量、激发斗志、凝聚力量等方面发挥了重要作用。粤港澳大湾区的艺术家们和社会工作者在抗疫期间发挥才智，创作了大批抗疫歌曲。这些歌曲具有鲜明的艺术特色和社会功能，既反映了抗疫精神，也增进了大湾区的文化认同，具有独特的社会价值和功能，为全国的疫情防控增添力量。

抗疫主题鲜明

用文艺的方式记录疫情，反映个人与社会在防疫抗疫过程中的经历，呈现特殊时期的人情冷暖，用人道主义和现实主义的手法表现对人民的同情，鼓舞人民群众共同抗疫的士气，反思道德和人性，既是文艺创作应有的责任与担当，也是社会工作者投身抗疫的有效方式。瘟疫作为人类的大敌，一直是世界文艺中的重要主题，例如加缪《鼠疫》、马尔克斯《霍乱时期的爱情》、薄伽丘《十日谈》等小说，拉斯·冯·提尔导演的《瘟疫》、延尚昊导演的《釜山行》、金成洙导演的《流感》、史蒂文·索德伯格导演的《传染病》等电影作品，都对瘟疫和瘟疫中人的生存状态有较为充分的表现。中国也有很多文艺作品反映瘟疫的内容，例如沈从文《泥涂》、鲁彦《岔路》、毕淑敏《花冠病毒》、迟子建《白雪乌鸦》等小说，电影则有《大明劫》等。在这次全国人民的抗疫斗争中，网络和文艺创作发挥了重大作用，在及时传递疫情信息的同时，抗疫歌曲、网络文学、网络剧、网络短视频等成为人民群众特殊时期不可或缺的文化资源。

以粤港澳大湾区为例。新冠肺炎疫情发生以来，粤港澳大湾区的音乐工作者纷纷出动，以特有的艺术战"疫"方式和热情参与其中，写下了一大批抗疫歌曲，传递温暖和力量，在大湾区、在全国乃至全世界唱响了音乐抗疫的强大声音。

据不完全统计，广东创作的抗疫歌曲有普通话版《依然笑·逆风的天使》《勇敢2020》《不屈的翅膀》《等你在春暖花开》《我们的心愿》《疫情大家防》《白衣战士》等等，粤语版《生命花开》《必胜》《世间将更美》《拥抱明天》等等，香港创作的抗疫歌曲有《我知道》《等风雨经过》《保重》等等，粤港澳演艺界工作者共同合作演绎的抗疫歌曲有《爱的桥梁》《无言感激》《坚信爱会赢》等等。

从社会学的角度审视，流行音乐（包括流行歌曲）不仅是人类文明的产物，也是情感的表达与宣泄的渠道，它具有认识、教化、审美、消遣娱乐等功能。其中，流行音乐的社会功能较为突出的表现为其教化功能，所谓流行音乐的教化功能是指流行音乐对人的内心世界、思想情操、道德品质、人格魅力等精神素质方面产生的潜移默化的影响和作用。从音乐美学角度来看，流行音乐的独特性源自审美特征的独特性。它固有的平民性、亲切性和宣泄功能等美学特征，拉近了演唱者和听众之间的距离，产生互动，且能引发共鸣。这种互动、共鸣在潜移默化中影响人、感染人，具有较强的教化功能。

在粤港澳大湾区的共同抗疫中，不管是用普通话还是用粤语来演唱，不管是用流行音乐的形式表达还是用粤曲小调的艺术形式演绎，这些歌曲之所以被称为"抗疫歌曲"，是因为它们具有同一个主题——抗击新冠肺炎，这是其独有的艺术标识，也是其社会功能的反映。在表现形式上，有的抗疫歌曲讴歌了逆向而行、驰援武汉的一线医护人员，表达对恪尽职守、英勇奋战的医护人员的敬意及支持；有的歌颂了默默奉献的志愿者，表达守望相助、同舟共济的决心；有的向努力奋战的患者道声

"保重"，表达积极乐观、英勇抗疫的态度；有的通过通俗易懂的歌唱方式，向群众传达疫情防控的常识……从歌词来看，这些"抗疫歌曲"的意思指向明确，抗疫的主题鲜明，很好地表达了抗击疫情中人民群众的心声，其蕴含的道德精神、思想情感得到人民的接受和认同，客观上也有助于受众认清疫情的危害，并在与人物的共情中增强与疫情斗争的信心和决心，其抗疫的社会意义与教化功能得到了充分的体现。

传递伟大的抗疫精神

抗疫精神的内涵很丰富，包含了生命至上、举国同心、舍生忘死、尊重科学、命运与共等内涵。这些抗疫歌曲为战斗在前线的医护人员唱赞歌，为身处疫区的武汉人民加油，为投身大爱的平凡奉献者点赞，为所有守望相助的普通人鼓劲，传递了伟大的抗疫精神，在社会上产生了巨大反响，激发了人民群众的共鸣，鼓舞了社会各界共同抗疫的斗志。

以广东公安抗疫主题歌曲《等你在春暖花开》为例。这首歌是由广东省公安厅监制、广东公安文联出品、广州和武汉民警共同演唱的公安抗疫主题歌曲。该 MV 通过艺术手法讴歌呈现了全省广大民警、辅警不畏艰险，连续奋战，为保障人民生命安全和身体健康，坚决打赢全省疫情防控人民战争、总体战、阻击战作出的重大牺牲和重要贡献。歌词饱含深情，写道："你在冬天离开／只为大地留一片洁白／说好了在一起／说好了春归来／你说是亲人就不会分开／我的天使我的心爱／回来回来／我等你等你在春暖花开／我等你等你在春暖花开／你在春天倒下／只为天空留一抹深蓝／民有苦向前冲／国有难敢为先／你说是警察就必须承担／我的战友我的心爱／回来回来／我等你等你在春暖花开／我等你等你在春暖花开／你将长夜心里藏／我用泪水为你照亮／说好不放弃就能等到天亮／这是我们的信仰／越是寒冬风雪狂／越能看见你不可阻挡的光芒……"歌词表达了坚守信仰、不怕牺牲、舍生忘死、勇于担当的战"疫"精神，这种精神存在于抗击新冠肺炎的各行各业中，得到了社会的广泛认同。

《依然笑·逆风的天使》是来自广州越秀的原创歌曲。该 MV 由"南方+"、南方网首发，并经新华网等转载，短短 24 小时内点击量就累计过百万。2020 年 2 月 17 日，广东各小学纷纷开通网课，《依然笑·逆风的天使》走进了学生课堂，作为开学第一课的内容。这首歌是越秀市民肖逢春有感于医务人员的大爱精神而创作完成的,并参加了广州市文化局与文联的抗疫作品征集活动。词曲作者肖逢春表示,歌曲是看到中山六院的朋友夫妇离别有感而发写的。歌曲讲述了一个风雨夜,驰援武汉之行,离别又是如此不舍的医护夫妻隐忍各自内心的悲伤,不想让爱人担心自己,微笑着逆风前行,只因爱而牵挂,却又因爱而无畏。歌词写道:"有泪落在心里,不让你看到我的伤。微笑面对,哪怕不愿说再见。冰冷的雨,穿透了身,风继续吹。彼此的拥抱,手心里的冷暖。可知晓?夜已央,情迷了,依然笑,伊人笑。眼泪可以逃,眼神会说谎。依然笑,伊人笑!我愿意无痕迹,怕你也受伤!"歌词很朴实,真挚地表达了离别的不舍,但依然微笑逆风前行的感情,从而激起了听者的共鸣。在广州市应元二中,《依然笑·逆风的天使》作为特殊时期的网络课程播放给学生观看,有家长说"网上开学典礼时候播放的,孩子们看着都很感动",她的美国和加拿大朋友也在朋友圈转发这首歌曲。在东莞黄江中学,语文老师使用这首歌曲进行语文情感教育,联系到拥有现代"保尔精神"的抗疫"逆行者",语文老师以《依然笑·逆风的天使》为例进行讲解,和学生分享,升华情感。

再以《无言感激》为例。这是粤港澳演艺界抗击疫情的粤语公益歌曲,由广东广播电视台珠江频道、广东广播电视台任永全工作室、《娱乐没有圈》栏目组、《粤韵风华》栏目组联合制作。它是一首具有粤港澳大湾区风格特点的粤语公益歌曲,由向雪怀(中国香港)和许建强两位音乐大师分别作词作曲,由粤港澳演艺界代表、广东广播电视台珠江频道和各频道频率的主持人播音员和艺人歌手,以及广东省明星志愿服务总队、广州文艺志愿者协会等代表演唱。歌曲既向奋战在抗击疫情第一线的医务人员等先锋们致敬和表达关爱与祝福,同时也表现了面对这场没有硝烟的战争,广大广播电视新闻工作者和文艺志愿者们以强烈的责任感和使命感,众志成城,凝聚力量,持续奋战,和全国人民一起坚决打赢疫情防控阻击战的坚定信心。歌词写道:"一分钟亦觉得太耐/当看见偏躲不过灾害/我全民皆兵/肩有天的使命/勇气石破天惊/惊恐中未怕因你在/让茫茫沧海心有所在/你处变不惊声音柔和动听/我被你我被你再叫醒/无言感激舍身为救灾/你倦了你累了更见风采/人人都可跟初心共舞/更自信美梦会劫后重来/无言感激将生命豁开/这份爱这份暖永远存在/人无分彼此今天做到/要活有意义这才是精彩/牺牲不怕皆因有爱/惊恐中未怕因你在/让茫茫沧海心有所在/你处变不惊声音柔和动听/我被你我被你再叫醒/无言感激舍身为救灾/你倦了你累了更见风采/人人都可跟初心共舞/更自信美梦会劫后重来/无言感激将生命豁开/这份爱这份暖永远存在/人无分彼此今天做到/要活有意义这才是精彩/牺牲不怕皆因有爱/无言感激将生命豁开/这份爱这份暖永远存在/人无分彼此今天做到/要活有意义这才是精彩/牺牲不怕全因有爱。"因为是用粤语演唱，所以歌词用了很多粤语方言和俚语，朗朗上口，具有浓郁的大湾区风情和岭南地域特色。

从整体而言，这些歌曲都很好地传递了抗疫精神。其题材与形式丰富多样，有的侧重于抗疫意志力的宣扬，如《坚信爱会赢》《保重》《勇敢2020》等，有的侧重于为武汉人民鼓劲，如《世间将更美》《拥抱明天》等，有的致力于歌颂医护人员，如《白衣战士》《我知道》《生命花开》等等。这些歌曲歌颂医护人员不怕牺牲、逆行奉献的壮举，鼓励疫区人民不怕困难、万众一心抗疫，颂赞各界爱心人士的奉献精神，语意简洁直观的歌词表达了伟大的抗疫精神，使其很容易为社会大众所喜爱。

增进大湾区的文化认同

建设粤港澳大湾区是引领区域经济优化发展和助力"一国两制"的重大战略。而要实现湾区的协同发展、共建"人文湾区"，关键在于实现文化认同。在当前打造粤港澳大湾区的战略中，需要增强大湾区城市群的中华文化认同和文化辐射力，促进大湾区文化融合发展。而音乐作为人们喜闻乐见的艺术形式，无疑是可以不分地域、不分种族来传递文化认同的有效载体。

在这次抗击新冠肺炎的斗争中，粤港澳大湾区的音乐工作者团结一致，共同创作或集体演绎了多首抗疫歌曲，有效增进了大湾区的中华文化认同。以粤语版《坚信爱会赢》为例。这首歌是由中央广播电视总台制作，梁芒作词，舒楠作曲，邀请了海峡两岸及港澳地区歌手演员，包括任达华、钟镇涛、惠英红、莫华伦、张卫健、张明敏、刘恺威、陈伟霆、黄轩、郭采洁、夏利奥、马国明，以及中央广播电视总台粤语主持人联袂演唱。粤语版的歌词符合港澳地区的方言习惯，歌曲则贴合新时代新媒体传播属性。"历险不孤单/齐共对会更坚强""难共你拥抱/心底那情更近"……在MV里，除了动人的旋律和感人的歌词，还穿插了来自抗疫一线的大量特写镜头，令人动容，催人奋进。歌曲在香港、澳门地区多家主流媒体播出。香港无线电视旗下的翡翠台、J2台、新闻台、明珠台以及财经资讯台，香港有线电视台，香港Now TV下属全频道，大公文汇集团旗下大公网、文汇网等网络平台，点新闻、橙新闻等香港主要新媒体平台都播发了该歌曲，实现了其在香港地区媒体平台的全面传播。香港许多传播平台的留言区里，大家或彼此加油，或给前线医护工作者点赞，抒发了共同投入抗疫行列、坚信爱会赢的决心与意志。一些香港市民还表示，粤语版歌曲对当地人而言特别有亲切感，让人产生共鸣，激发了大家共同抗击疫情的豪情，就像歌曲中间的粤语朗诵一样："只要我们14亿中国人民，齐心协力，众志成城，我们就一定会赢！"而澳门广播电视有限公司、澳亚卫视、澳门有线电视也重点推送了歌曲，澳门莲花卫视在电视和新媒体平台播出，实现澳门地区电视媒体的全覆盖。此外，《澳门日报》、《澳门商报》、澳门新青协、微观澳门等报纸、爱国爱澳社团的社交媒体平台也纷纷转发。歌曲覆盖澳门地区60多万人口。

人们对抗疫歌曲的认同，不仅仅是因为这种叙事传递了炽热的人文关怀，同时也是家国叙事的话语体现，通过话语团结思想、凝聚力量，展示了中国人民友爱相亲、互帮互助、不离不弃的同理心，也表达出举国上下万众一心战胜疫情的坚定信念。这种中华文化认同、人类命运共同体认同，通过抗疫歌曲得到传播，有效促进了人文湾区的建设。

总之，粤港澳大湾区的抗疫歌曲既有鲜明的艺术特色，又有独特的社会价值和功能。这些抗疫歌曲体现了大湾区音乐工作者和社会工作者们在面对重大突发公共卫生事件时所展现出的社会责任，它们以鲜明而直观的抗疫艺术形象表达，成为人文湾区建设中的推动力量，也是大国"战疫"中的重要力量之一。

"南山风格"与"南山精神"

伍福生

2020年9月8日，在北京人民大会堂隆重举行的"全国抗击新冠疫情表彰大会"上，国家主席习近平授予钟南山院士"共和国勋章"。钟南山可谓国士无双、实至名归。

习近平曾指出："人无精神则不立，国无精神则不强。精神是一个民族赖以长久生存的灵魂，唯有精神上达到一定的高度，这个民族才能在历史的洪流中屹立不倒、奋勇向前。"而钟南山正是这种"精神"的体现者。

文学是重大突发事件的"晴雨表"与"风向标"，在新冠疫情面前，作家们作出快速反应，自觉地记录和思考，以笔为援，以文抗疫。文学的这种"灵魂的声音"，成为抗击新冠疫情期间巨大的精神力量。耄耋之年的钟南山，依然星夜逆行武汉，奋战在抗击新冠疫情的第一线。亿万中国人再一次记住了"钟南山"这个名字。钟南山的精神、情怀与担当，使其成为人们心目中的"最美逆行者"。

《人民日报》微信这样评价钟南山："84岁的钟南山，有院士的专业，有战士的勇猛，更有国士的担当。"

在碎片式的新闻报道中，钟南山是一名"苍生大医"，是一个"狠角色"。在凸显"南山风格"与"南山精神"的抗疫文学作品中，他是为民请命的大国卫士。作家们把新闻报道中碎片化的钟南山融为一体，人们从作品中可以追寻一位大国卫士的心路历程。报告文学作品中的钟南山，早已跳出新闻报道。通过新冠和非典两场重大疫情的记述，再现钟南山的家国情怀，是作家们大有可为的空间。

超越文学礼赞英雄

在战"疫"中，报告文学以文学特有的方式发挥着积极的作用。新冠疫情成为作家们面对的重大社会现实，疫情期间，报告文学发挥着鼓舞斗志、凝心聚力、记录真实的作用。

抗疫文学，是文学样式中一个极为独特的类别，是在抗击新冠疫情期间，作家们写就的以抗疫为主题的文学作品。作家们通过报告文学等文学体裁，热情讴歌抗疫逆行者的精神境界，弘扬抗疫精神力量。

唐代文学家白居易在其《与元九书》中说道："文章合为时而著，歌诗合为事而作。"这一理论依然适用于现实主义文学。抗疫文学是为时而著、为事而作的现实主义文学，诚如南朝梁时期刘勰《文心雕龙·时序》所言："文变染乎世情，兴废系乎时序。"

报告文学作品与祖国和人民同呼吸、共命运。新冠疫情，成为文学应当面对的现实课题，写好抗疫题材报告文学作品，是作家们义不容辞的历史使命和责任担当。

作家们用文学凝聚抗疫精神力量。抗疫文学大多符合文学艺术的基本规范，成为人们认可、推崇的文学作品。在抗疫期间，关乎国家命运与民族命运时，报告文学作品零距离地与国家重大的民生安全事件同步发出文学的声音，呈现文学应有的立场。

作家们敏锐地再现抗疫中涌现的伟大抗疫精神。经过深入细致的采访，作家们高效地写就一批记述钟南山的报告文学作品，张培忠和许锋的《千里驰援》、熊育群的《守护苍生——记战"疫"中的钟南山》，分别以整版的篇幅发表在主流媒体《人民日报》《光明日报》；刘妍的《钟南山逆行的72小时》、熊育群的《钟南山：苍生在上》，分别发表在文学期刊《北京文学》《收获》头条之上；魏东海的《还是钟南山》、叶依的《你好，钟南山》、熊育群的《钟南山：苍生在上》等长篇报告文学，分别由经济日报出版社、广东教育出版社、花城出版社出版。作家们把目光聚焦在钟南山身上，用文字塑造出大国卫士丰富的形象，共同谱写出一曲南山之歌。

报告文学作品，以文学的力量记录着全民抗疫艰苦卓绝的历程。有关钟南山的报告文学作品，其作者大多是编辑、记者出身的作家。刘妍原是《广州日报》记者及《广州文艺》编辑，叶依原是人民日报社健康线的记者，熊育群原是《羊城晚报》编辑。17年来，这些"老熟人"分别对钟南山进行着各种各样"马拉松式"的追踪采访，他们都把握住不造神的准则，把钟南山视作有血有肉、实实在在、灵魂高尚的普通人。

抗疫文学作品有一定的时效性，能在较短的时间内，以文学的力量复原全民抗疫这一重大时刻。作家们大多从"1月18日钟南山星夜奔赴武汉"切入，再现钟南山披挂出征的场面。

鲁迅文学奖获得者、广东文学院院长熊育群的报告文学《钟南山：苍生在上》，直接从钟南山及其助手苏越明登上驰往武汉的高铁那一个高风险时刻写起："2020年1月18日，现代速度的高铁刺穿凛冽的夜色，向着疫情正在失去控制的'震中'武汉呼啸而去。"

最早反映抗疫斗争的报告文学作品之一的《千里驰援》，由广东省作家协会常务副主席张培忠与作家许锋合作。作品篇首突出描写星夜逆行武汉的钟南山形象，表现他与众不同的精神品格。

广州作家刘妍创作的长篇报告文学《钟南山逆行的72小时》，发表在2020年第5期《北京文学》头条。刘妍充分发挥想象的空间，在"72小时"中，巧妙地融进了钟南山"84岁"以及非典至今"17年"的故事，以心作结，自然过渡，干净利落，恰到好处。

刘妍以"逆行"为关键词，详细记述钟南山北上武汉短短三天72小时的历程，集中呈现他用生命逆行奋战的紧张时刻。《钟南山逆行的72小时》这篇报告文学中，"逆行"与"前行"双线并行。与"逆行"相对应的"前行"，含有向前方行走或勇往直前之意。在"72个小时"背后，钟南山孜孜不倦地、义无反顾地前行着。在作品中，刘妍把钟南山的家国情怀有机融合在新闻真实性与文学想象性之中。

21万字的《还是钟南山》，其前身是2003年非典期间由经济日报出版社出版的《勇敢战士：钟南山传奇》，作者魏东海博士是钟南山的老同事，在钟南山任广州医科大学校长时，他先是担任宣传部长，后为副校长，两人曾共事十多年。魏东海与经济日报出版社在17年后将《勇敢战士：钟南山传奇》这本书重新修订、再版，旨在鼓励人们共同抗疫，鼓励青少年学习"南山风格"。魏东海眼中的"南山风格",是"奉献、开拓、钻研、合群",也就是"基于客观事实,尊重客观规律,进行客观分析,给出客观建议"。这里的"客观",就是不以人的主观意志为转移的存在。新时代"南山风格"已由抽象的概念上升为崇高的精神境界。

《还是钟南山》由中共广州市委宣传部、经济日报出版社联合策划。魏东海再现了钟南山在新冠和非典两次抗疫中的变幻风云和一生传奇,解读着新时代"南山风格"。

曾为人民日报社健康专业记者的叶依,被钟南山誉为"具有对工作执着追求的记者",是他唯一指定其传记体作品的作者。叶依先后出版了《钟南山传》《想法决定活法——钟南山健康访谈录》《你好,钟南山》等8本关于钟南山的著作。叶依这一系列作品,以不同的角度展示钟南山真实的一面。

广东教育出版社出版的叶依50多万字《你好,钟南山》,从2020年新冠抗疫之路切入,记录了钟南山从当年抗击非典到如今迎战新冠肺炎的英雄事迹,揭示他八十多年人生的奋斗历程所形成的"敢医敢言、铁肩担道义、敢为人先、鞠躬尽瘁"的"南山精神"。《你好,钟南山》同时指出,理想信念、世界观和人生观、方法论、道德人格,这四个价值维度构成了钟南山"南山精神"的完整内涵。这部作品,让人们充分感受到钟南山的人格魅力。

熊育群撰写的12.5万字的报告文学作品《钟南山:苍生在上》,在《收获》杂志长篇专号2020春卷上作为头条首发。《钟南山:苍生在上》以大量翔实而丰富的细节,刻画出钟南山这样一个立体真实、情感丰富的大国卫士形象。

文学应该表现时代与民生,作家们书写的抗疫文学,是正在进行,而且时刻都在变化的事情。《钟南山:苍生在上》通过书写钟南山,同时还原了人类历史重要的事件新冠疫情的整个历程。熊育群表现的钟南山,肩膀上承载着知识分子的责任担当和家国情怀。

非典与新冠前后两次重大疫情,钟南山都是奋勇争先的抗击者。刘妍、叶依、魏东海、熊育群把新冠时期的重大事件与钟南山当年非典的际遇紧密地联系在一起,这当中,有着不少值得人们反思的相同之处。

多篇及多部钟南山报告文学的作品刊行及出版，是一个超越文学的社会事件，作家们不约而同地聚焦书写了钟南山这样一个当代英雄，书写了这样一个风云人物，写就了大国卫士的崇高荣誉感。

还原细节传神表达

19世纪中期俄国批判现实主义作家、文学家、思想家、哲学家列夫·尼古拉耶维奇·托尔斯泰曾说："没有单纯、善良和真实，就没有伟大。"

报告文学的真实性，是作家们的责任与良知，这样的信念始终支撑着作家们的抗疫题材写作活动。抗击新冠和非典两大战"疫"，展现了钟南山讲真话、讲实话、讲依据的科学精神。抗疫文学对作家最基本最直接的要求，就是坚守"爱"和"真"。钟南山实事求是，敢讲真话。

作家们在报告文学作品中写出钟南山的敢医敢言，以及他的性情、胸怀和作为，同时描述钟南山的数次泪目。

2020年初春，钟南山曾多次落泪。这是他情感升华的时刻，同时也成为作家们描述的重中之重。新冠疫情中，媒体刊发的钟南山的几张照片，有着强烈的视觉冲击力。其中一张照片，再现的是钟南山接受新华社记者采访，说到"武汉人唱国歌，相信武汉能够渡过难关，武汉是一座英雄城市"时，他眼睛里盈满泪水，嘴唇紧紧抿成了一道弧线，深深刻入人们的视线。

非典时期，钟南山的经历比新冠时期更为艰难，但他并没有当众落泪。而面对新冠疫情，他多次泪眼盈盈，流露出无限的人间大爱。报告文学作品塑造人物，只有揭示人物内心的情感与精神，才能写活人物。报告文学作品有必要展示钟南山的情感与精神。

熊育群在《钟南山：苍生在上》这部作品的篇首，写下这样的诗句："子夜/昼短夜长/书写一位耄耋老人/那一夜匆匆行色/何以连接了万家哀哭/他的眼泪/落成一个国家的泪水。"

钟南山是用生命在战斗！在他眼里，国人的生命比他自己的生命更加重要。他寝食难安，变得容易落泪，容易伤感。

熊育群在《钟南山：苍生在上》中，写到了其他作家没有写到的钟南山之泪：

1月19日，钟南山和高级别专家组专家们3点30分离开会场，赶去武汉天河机场。乘坐5点55分飞北京的HU7582次航班。那些早早点亮了的街灯显得如此微弱，钟南山感到害怕、迷失，他眼里噙满了泪花。

1月23日，世界卫生组织WHO紧急情况委员会召开会议，就武汉本轮新型冠状病毒肺炎疫情是否构成"国际关注的突发公共卫生事件"（PHEIC）做出决定。钟南山听到这一系列消息，百感交集，老泪纵横！

在《还是钟南山》作者魏东海眼里，被称为"勇敢战士"的钟南山，数度洒下的，是作为医者仁心济世的悲悯之泪，是对英雄城市家园家国大义的感动之泪，是为牺牲在抗疫前线的勇士们的痛惜之泪。

1月28日，武汉封城后的第五天，在接受新华社记者采访时他眼眶饱含热泪……

1月30日，钟南山在赶往机场的路上接受采访时哭了，有在武汉救治病人的学生告诉他武汉响起了国歌……

2月11日，钟南山在接受外国记者采访时评价武汉医生李文亮时落泪……

"英雄落泪，如甘霖安抚大地。"叶依在报告文学《你好，钟南山》里，对"英雄落泪"同样有着极为细致的描写："钟南山，一个人伫立在窗前，面向窗外灯火零星的珠江，双泪行流。""钟南山仍然难掩那些激动，泪湿双眼。""'钟南山落泪了！'视频瞬间传遍全国，他的眼泪感动了中国，形成了一股无声的力量，加快驰缓武汉的步伐。"

抗"疫"是中国当下的重大事件，更是文学的重大主题题材。走向责任、走向情感，这就是人文关怀。而情感则关乎抗疫文学的品质、价值与立场。对生命怀有大爱的抗疫文学作品，才有可能成为文学史上的伟大作品。

"精准把握细节，予以传神表达。"报告文学的文学性，体现在作品的细节，缘于生活的细节，有着现实的力量。

叶依的《你好，钟南山》注重细节描写，在她的笔下，一个活生生的、情感丰富的钟南山跃然纸上。这些细微之处，特别能体现作品的与众不同,没有细节描写,就没有有血有肉有个性的人物。

钟南山最突出的一个特质,就是有坚定的理想信念——报效祖国的信念、服务社会的信念。

熊育群《钟南山:苍生在上》,从新冠疫情钟南山的忘我投入写起,笔触伸入他的精神世界。熊育群在抗"疫"的现实中,营造一种文学氛围,他不断还原、求证大量细节。

熊育群 2020 年 2 月 27 日先行刊于《美文》杂志的《苍生守护人——记抗疫中的钟南山》写道:

> 2020 年 1 月 18 日晚,钟南山赶到了人山人海的广州高铁站。正当春运,去武汉的高铁票早已卖光,事情紧急,颇费周折他才挤上了 G1102 次车,在餐车找了一个座位。他走得非常匆忙,羽绒服都没有带,只穿了一件咖啡色格子西装。

其实,"广州高铁站"的正确名称是"广州南站",钟南山是有带羽绒服的,国家卫健委在购票问题上,起关键作用。熊育群在花城出版社出版《钟南山:苍生在上》时,还原了一些更具体的细节。

> 苏越明收拾行李时给钟南山找了一套换洗衣服、一件毛衣和一件羽绒服。国家卫健委通过刚刚筹建的国务院联防联控机制跟交通组联系,请他们想办法解决车票,由高铁站的工作人员把钟南山和他的助理带上车,给他们准备两张小板凳。

熊育群在《钟南山:苍生在上》中采用时空交错的方式进行描述:"抗击非典那年他 67 岁,今年 84 岁,17 年的岁月仿佛一眨眼就溜过去了,只在青丝上留痕,秋霜似的白发笼在他的额头。"这部作品通篇都是交叉、联想、对比、反思。这部作品,还原了钟南山的心路历程,写出了"南山风格"的形成脉络和发展土壤。熊育群塑造出丰富饱满的钟南山形象,有血有肉。熊育群在后记中写道:"钟南山是值得书写的,他的所作所为,将成为我们民族的精神财富。"

在抗击新冠疫情这一重大历史事件中,钟南山是举足轻重的人物。

作家们有责任记录他、写好他，他的英雄行为，成为中华民族的精神财富。由内而外激发出的责任担当和家国情怀，这正是钟南山作为一种精神的存在。

文学鼓舞人心，满带热情、饱含深情讴歌英模钟南山的报告文学，能给人们带来战胜疫情的精神力量，让人们看到胜利的曙光。

真实感人的《战"疫"2020》

李菁雅

全国首部邀请援鄂医疗队员参与演绎的抗疫题材纪实话剧《战"疫"2020》，于2020年6月5日在广东艺术剧院首演。尽管因疫情防控要求30%上座率，现场座位隔两个空位显得冷落，但《战"疫"2020》用一幅幅有温度有感动的画面，温暖了在场的每一位观众。

作品重现了武汉疫情爆发的真实场景，是万众一心无私奉献的抗疫拼图。观众被剧中众志成城、不畏艰辛、义无反顾、牺牲小我的精神深深地感染了，多次流下滚烫的泪水。

全景式群像抗疫实录

编导详细而深入地了解、关注疫情期间的抗疫事件，从中选取那些可转化为戏剧情境、可提炼为戏剧冲突的典型，作品主要刻画抗疫中三个不同群体的典型形象：最美逆行者、在抗疫最前线风险最大的一线医护，深入社区维持封城后正常运作的基层干部，最可爱的志愿者、守望相助的社区居民。他们的故事真实可信，都能在众多抗疫素材中找到原型。

难能可贵的是，剧组真诚邀请援鄂医疗队员在医疗队出征和抢救的情境中同台演绎。舞台上的医护人员确实"真假难辨"，得益于"真·医护"为剧组提供了专业医疗知识指导，"假·医护"的举手投足进行惟妙惟肖的艺术加工，使台词、故事逻辑避免出现专业漏洞。如果不是在抢救中听出了与话剧腔发音有差别的普通话，单凭舞台上的肢体语言，人们无法辨认这是"真·医护"。作为前ICU医生，终于能在舞台上看到制作严谨的涉医题材，深感欣慰。

基层干部的刻画应该是最难把握的。不少作品明明是真人真事的真情实感，但一搬到舞台上便陷入假大空与真无趣的脸谱化，既浪费了剧组的心血，又消耗了观众的情感体验。要避免脸谱化的人物塑造，建立立体丰满的人物形象，需要编导为角色行为在变化时找到合理的动机逻辑。以那位小年轻干部为例，一开始他只是跟着上级行事，谈不上有多高的觉悟，他在做与日常相差不大的工作时并无特别表现；一旦要负责社区垃圾转运工作这种又脏又累的活，他便开始有点怨言，觉得自己是高才生，是脑力劳动者，这种工作是屈就了；后来他在书记的安慰与感染下，自己的思想也慢慢发生转变，他的进步是有目共睹的。作为基层干部，职责上他无可指摘，但编导通过他的成长进步，就能避免人物形象扁平化，而小人物刻画的成功更显功力。

社区居民在抗疫中也是中坚力量，没有他们的得力配合，抗疫之战绝不可能胜利。剧中选取的小区人物都比较有代表性，比如快递丈夫与孕妻、儿女在外的倔老头、热心的大妈、热衷直播的网红等。他们受教育的程度与阅历不同，在抗疫行动初始有不同的反应，有的自觉配合，有的在基层干部与邻居的影响下由被动配合向主动配合转化。他们的台词与行为举止，符合各自的身份，演员的表演不是流于形式，而是实实在在的从心而发，如果没有深入的体验与揣摩，是不可能有如此真诚的表现。

因此，该剧的最大前提是真实，不仅仅是来源于生活的抗疫素材，更是要让舞台上的人物有"人"味与"人情"味。

感人至深的平凡细节

之前看过一些带有纪实性质的作品，虽然足够真实，但总无法被其打动。究其原因，大概就是艺术加工过度，光提炼出口号而缺乏最能感动人的平凡细节，人物从行动到情感都显得失真。有时候，保留本真，保留最质朴无华的细节，便是无声告白，让人刻骨铭心。

尽管早已从各种渠道了解故事背后的真实原型，但在舞台上再现依旧十分震撼。剧中有好多让人泪目的细节：几乎一夜之间失去父母的五岁小女孩捧着一家三口的温馨合照，一声声稚嫩的童声，喊着爸爸妈妈，那一刻心如刀割；社区居民合伙一起给儿子在意大利、女儿在广东的倔老头过生日，网红唱了段歌剧，书记唱了几句《荔枝颂》，热心大妈做了红枣大馒头，大伙用长竹竿递给倔老头，是胜似亲人的关怀，是守望相助的温暖；护士千里走单骑，奔赴武汉一线，是最美逆行；书记给丈夫郝医生送生活用品，一起回忆在樱花树下相见相恋的往事，隔空拥抱，甜蜜而酸楚；ICU护士们横七竖八地躺坐在椅子上抓紧休息，在相继接到令人伤感与让人振奋的消息后，反应平实而动人；快递丈夫瞒着孕妻做志愿者接送医护上下班，是牺牲小我的人间大爱。

上述感人之处大多来自普通人或者医护人员的情感，戏剧情境的细节上高度还原，情感张力尽可能保留甚至放大，在表现手法上没有太多花里胡哨的艺术加工，做到了真情实感来自细节本身。平凡中更见高光，平凡中更能引起共鸣。

舞美的写实与诗意

作品的舞美遵循纪实话剧的需要，基本以写实为主。舞台上的三层架子，通过多媒体技术，变身为居民楼，十分逼真；剧中街道、机场大厅等由多媒体影像再现。表现医疗情境的舞美则比较抽象，前景垂下来的多条蓝色帘子，打上ICU重症监护室的字眼，背景是医院纵深的走廊。

剧中以樱花为意象，非常诗意地穿插在书记与郝医生的片段里：郝医生回忆起在樱花树下的花前月下，他花些小心思为陪伴还是女朋友的书记创造机会。这段回忆很甜，但郝医生牺牲前出现的幻觉，在抗疫胜利春暖花开时阴阳相隔的他们隔空拥抱的情境还是让笔者流泪了。

《战"疫"2020》是全景式的群像抗疫实录，题材之大就不可避免地出现剧情过散的问题，意图面面俱到，导致重心不突出，感人之处只能点到为止，情节编排在情感上略欠连贯。不过，广度与深度两者的关系如同鱼和熊掌不可兼得，这就要看编导对作品的定位，或许日后可尝试从深度入手，在同样的抗疫素材中创作衍生剧目。

剧中的时间线不太清晰，虽有除夕和封城的时间提示，但在观剧中依旧感到有些模糊。此外尽管有"真·医护"加盟，但剧中除了出现"人传人"字眼基本找不到相关医疗方案变化的提示。另外，戴口罩的细节似乎忽略了，社区居民全程几乎没有戴，不管是什么类型的口罩甚至是自己做的口罩。

开篇急促的鼓点加上重复短音节的音乐营造了急诊室紧张的气氛，后面充满诗意的情节用了人声伴奏，但有时候换场音乐的戛然而止就显得突兀。现场人声音效比较大，个别需要抒情的地方显得有点有力过猛。舞台全黑换景时上场口附近的布景灯总是闪烁。

不管如何，《战"疫"2020》的排演都是非常有意义的，谢幕时援鄂医疗队的肺腑感言令人震撼，观摩学习的过程如同上了一堂生动的思想品德课。

广府曲艺创作持之有"度"

钟雄威

疫情期间，广东粤剧界、粤曲界专业人士及爱好者用音符坚定抗击疫情的信心，创作出近百首曲目，每一首作品都彰显着广府曲艺创作的广度、灵活度和温度。曲艺创作三"度"具备，笔者认为作品本身的度量亦很重要，影响着作品传唱。

兼容并包、不分畛域的广度

这种畛域的"广度"体现在创作者地域与专业、体裁之上。广府曲艺的创作与粤剧音乐的创作有一定关联。粤剧早在百余年前的岭南大地上，处于一个开放包容的状态，集百家之所长后逐渐形成独有的风格，这种独有的包容风格亦影响着曲艺创作。在疫情期间涌现的近百首曲艺作品中，除了有本土粤剧界以及曲艺界人士的精心创作之外，粤港澳三地的创作者不分畛域的跨地区合作甚至与海外的华人华侨联袂创作或演唱。如中国香港粤曲作者黄紫红与广东子喉唱家廖绮合作的《情牵江汉》；由郑国江（中国香港）作词，陈进兴（中国台湾）作曲，苏春梅演唱的《天佑中华》；在相关部门的联合支持下，由陈锦荣填词的《大爱的战歌》更是邀请到包括美国、新加坡等地七十多位粤剧粤曲演员加入云演唱，其中有蒋文端、梁玉嵘、琼霞、罗家英（中国香港）、彭庆华、黎骏声、梁素梅、叶幼琪（中国澳门）、何华栈（加拿大）、谭念帖（美国）、梁耀安、凌东明（新加坡）等，此等演唱阵容颠覆以往粤剧粤曲演唱的构成，凸显了大湾区合作的优势，更犹如歌词中"牵手抗疾患，看万众支援路远途亦畅。无尽情义纵山水隔断，心里念记依然是故乡。凝聚智勇，打一场没有硝烟的战争。扫清恶疾同庆共醉一觞，家家祥和乐洋洋"，显示出华夏子孙万众一心、齐心协力战胜疫情的决心与期盼祖国人民健康祥乐的殷切期望！

体裁形式上的琳琅满目也是"广"的另一体现：有刘荫慈整理、唐小燕演唱的南音《同心抗疫情》；钟伟华与黄秋霞演唱的竹板歌《同心战胜疫情恶魔王》；梁柏生与石永坚演唱的木鱼歌《战瘟神》；邓伟坚撰词、黄俊英演唱的快板《众志成城抗疫情》；叶建平配乐、陈坚雄创作的粤语童谣《防疫三字经》等。

多元的创作手法体现曲艺创作的灵活度

调寄是粤曲音乐创作最常用的手法之一，这样的创作方式与粤剧音乐的创作构成有着莫大的联系。粤曲有独立撰曲人为曲艺唱家专门地度曲作品，也有来源于粤剧里面的唱段。粤剧早期称本地班、广东大戏，其声腔以梆子、二黄为主，兼唱高、昆牌子。民间说唱与小曲杂调的调寄更赋予了粤剧音乐多元化的因素，使之形成更加丰富的音响效果。

此次疫情创作的近百首作品当中，有一半作品是调寄其他音乐小调。《将军令》是广东音乐里著名的曲牌之一，黄俊英、梁玉嵘等演唱的《众志成城越险障》和郑伟波、张玉婵演唱的《武汉加油！》都是调寄《将军令》。前奏均分的节奏型与同音反复烘托出疫情的紧迫感，同时又侧面刻画出一个个白衣战士似"将军"出发的英雄形象。梁素梅演唱的《点亮生命》以及刘希瑛演唱的《同舟共济战疫情》的音乐都是选自粤剧《江姐》的选段。"江姐"江竹筠的形象在每一位中国人的印象中并不陌生。她是一位坚强的战士，为了革命事业舍弃了她的一切，在她身上是革命的英雄主义和爱国的时代精神融合。这两首作品的音乐选自《江姐》，音符之间无不向抗疫期间每一位巾帼英雄致敬，表达奋战在一线的工作者"不破楼兰终不还"的决心。还有潘邦榛与高安两位老师调寄《大地恩情》主题曲，潘国荣演唱的《大爱胜灾难》。作品随着一声和弦定音与弦乐强力度的二八节奏演绎犹如拉开战士与病魔斗争的序幕，前半部分似进行曲的伴奏风格与歌词搭配演唱更是将白衣战士前进中举步维艰的画面深深印在听众脑海。这些作品将广东音乐、民间小调、电影插曲以及其他优秀作品灵活应用其中,是词曲的有效结合,是旋律与意境的完美呼应,显示出现今曲艺创作的灵活度。

用坚决的抗疫态度唱好每个有温度的音符

广府曲艺是一种情怀,这种情怀不仅体现在对这种地方本土曲艺的民族文化认同上,还蕴含着爱国如家的家国情怀,因此它每一个音符都是有温度和态度的。这种温度不仅体现在作品本身的主题表达上,更加反映在每一位创作者与唱家身上。由叶蓓演唱的《初心不改齐守望》调寄《昭君出塞》,唱出了抗疫英雄为国为家奋勇直前的初心和决心;郑德强演唱的《万众一心跨险境》调寄《霍元甲》,崔德仪、吴金兰演唱的粤曲小调《抗疫之歌》调寄《精忠报国》,唱出了万众一心坚决打赢疫情战的态度。

白居易在《与元九书》中谈道:文章合为时而著,歌诗合为事而作。紧扣时代脉搏是创作重要的节点,倘若更注重细节的描写以及角度的切入点,这样的作品必然是能够激起听众内心的涟漪,勾起文化印记里面最深的情怀。这批作品以不同的角度切入进行创作,将主旨情感融入歌词与旋律之中,透露着小细节里面的大爱暖心、平凡人物中的不平凡。直接以白衣天使这个群体为角度创作的作品有《白衣的天空》《白衣天使赞歌》《白衣勇士战疫魔》《白衣战士的心愿》《白衣战士赞》《天使英雄颂》等;以钟南山院士为角度歌颂时代英雄楷模的作品有《南山颂》《钟南山》《钟南山·巍峨一座山》《平凡英雄》《白衣英雄钟南山》等。音乐是表达感情的特殊方式,对人的情绪产生直接强烈的影响。听众往往将乐曲的感情当作自己的感情来体验,成为自己的心声。在这批作品的曲名中,冠以"齐""一同""众志成城""大爱"等具有温度和力量的字词是最多的:《初心不改齐守望》《齐心战疫情》《同心抗疫情》《同舟共济战疫情》《万众齐心灭冠魔》《万众一心挽狂澜》等。它代表了创作者和听众抗击疫情的心声,更是曲艺创作在这个时代这个时期的精神体现,也是每一位曲艺人最具温度的情怀体现。据悉,疫情期间广东文艺网、广州市荔湾区文联曲协、"岭南私伙局"等都在征集作品,凡是有条件的私伙局或者单位机构都录制作品响应号召。佛山人民广播电台、佛山市文化馆、佛山市曲艺家协会还联合主办2020网络粤曲大赛暨"我最喜爱的抗疫粤剧曲艺作品"征集活动,这足以见得广东曲艺人以艺抗疫的坚定态度和以曲传情的人文情怀。

曲艺创作三度具备,仍需再"度"

纵观这近百首作品,笔者在逐一欣赏完之后略有所思:一个作品如何经久不衰?曲艺创作三度具备,除了传播介质与方式的辅助之外,个人认为作品本身的度量很重要。作品固然要传递一些价值观念,但其并不是政策与价值机械的传播介质。疫情爆发,网络成为广大人民群众获取信息的主要渠道之一,也是广大文艺工作者抗击疫情的主要阵地,给艺术的呈现带来变化。传世的抗疫作品需要经得起人民和时间的考验,那些投机取巧、快速拼凑的作品显然很快会被听众抛诸脑后。

广府曲艺的创作在特殊时期的涌现固然是广东曲艺界一大盛事,但是否每一首作品都是精品,这就得经过时间的推敲和听众传唱的检验了:从作品层面上来看,在遵循创作的艺术规律上,是否紧扣时代感、抒发人文情怀、贴切大众生活以及更具思辨精神?从创作上来看,其过程是否囫囵吞枣式地拼贴进行?词的平仄与曲的结合是否贴切?尽管调寄是曲艺常用的手法之一,调寄的原曲是否能够符合词的意境?这些问题的思考是显得尤为重要的,这是构成作品本身的重要因素。失去对作品本身的度量,纵然有兼容并包、不分畛域的广度,多元化创作的灵活度和爱国如家的温度,所创之作亦不过是过眼云烟而已。真正优秀的作品是能够经得起时间的推敲、听众的反复考验和度量的,且历史的车轮已经证明对创作广府曲艺创作的思考过去是这样,现在也是这样,未来更应如此。

被按下"暂停键"的粤剧

胡嘉琪

2020 庚子之年，全国上下笼罩在新型冠状病毒（2019 – nCoV）的阴霾下，国家虽及时出台各项政策文件进行疫情控制，及时调配各方资源使社会在病毒侵袭下仍能保持秩序，也在较大程度上降低各项损失，但在此黑天鹅事件影响下，各行业还是不免受到冲击。本文是笔者在疫情时期对粤剧行业的粗浅观察，分"被按下'暂停键'的粤剧行业""粤剧行业的'复盘'""粤剧行业的'止损'"三部分。

被按下"暂停键"的粤剧行业

春班停演给院团带来经济大损失，生存压力加大。春班作为老广过年的重要年例，在经济、文化等层面皆占据重要地位。每年春节，各大粤剧演出院团、名角会下乡进行演出，观众可在较短周期内集中观看传统好戏。

春班收入作为粤剧行业各院团全年营业额占比较大的一部分，其重要性形同电影影院的春节档。疫情时期，演出的全面叫停意味着从订戏会开始的所有工作活动都付诸东流，而且春班带动的饮食、零售等行业下流将无收入。以广州粤剧院为例，广州粤剧院有限公司董事长余勇博士称，今年市院 100 多场春班演出全部取消。按以往来看，100 多场演出的数量相比往年有所增加，但数量越大，损失越重，市院在各院团中，应是损失最大的。而后续，院团还须时刻关注疫情情况，进行演出业务的善后问题讨论工作。

另一方面，由停演所带来的退票手续以及春节（疫情）空档期宣传工作等方面为行业工作者带来繁重的工作任务，可谓停演不停工。

可喜的是，我们可以看到粤剧剧院在处理退票手续的工作上，保证退票渠道的畅通与相对高效。由于粤剧市场有别于其他戏剧市场，存在大部分老年观众，因此在办理退票手续的过程中，工作人员须耗费更大精力，消耗更高时间成本。

粤剧作为舞台艺术，很大程度依托于现场表演，而疫情时期人员的隔离斩断了粤剧线下的所有演出，如何合适地与时代科技结合，进行由线下到线上的转化，甚至创造价值，各院团也给出了答案，将在后文提及。

除却最为直接的经济损失，我们还可以看到停演背后大量演职人员滞压的状况，这是院团除了基本运营成本外，人员工资部分所给院团带来的另一层生存压力。关于各岗位不同程度的减薪，也须进行详尽的讨论。

针对疫情期的空档，各院团也纷纷组织文艺战"疫"，让广大人民群众看到了粤剧界同仁的团结，看到团体高层创新性、及时性的动议成果。

广东粤剧院推出"线上春班"，为粤剧人提供别样化的新鲜营销思路与转化方式，更创作抗疫作品——粤曲《共镇华夏关》与粤歌《生命花开》；广州粤剧院推出抗疫健身操、编排粤剧小戏《巍巍南山》、推出《平凡英雄》等一大批文艺作品，将大批如《南越宫词》的经典剧目放至"学习强国"平台，供群众欣赏；广东电视台岭南戏曲频道运用影像媒介，发起呼吁，集合各戏曲、曲艺名家，足不出户拍摄呼吁视频，振奋人心；澳门振华声粤艺会创作粤曲《澳门齐奋战》，彰显粤港澳同胞的上下一心……

上述仅是粤剧界各方工作者及时响应疫情的部分举措。病毒隔离了人与人的物理距离，却隔不断爱。每一项举措、每一个作品背后都饱含粤剧人众志成城抗击疫情的决心，是用网络连通起的牵挂与祝福。

隔离病毒，却没有隔离人心。

与此同时，停工期间，戏曲工作者在随时待命的状态下，也拥有了相对空闲的时间。在这个难忘的春节，戏曲工作者，特别是编导演部门人员，暂时性告别忙碌的工作，可利用好休憩的空白期苦练"内功"，提升自己的艺术创造能力，以此为后续产业复苏时期创作出更多好作品，满足观众的需求，推动粤剧的可持续发展。

对疫情时期的粤剧界举措进行复盘，同样是一种"得"。

粤剧行业的"复盘"

"复盘"是贸易术语，通常用于项目或活动结束后，对已经进行的项目进行回顾，对经验和教训进行总结。

纵观疫情时期中国演艺行业的发展，我们可对粤剧行业进行观察。

2020年1月30日，广东粤剧院推出"线上春班"，掀起作品线上播出潮流。

首先，要看到的是粤剧作品线上播出的必然趋势。（兴许有同仁会担心"线上春班"对线下演出的替代，但粤剧演出的真实性、一次性，观戏的形式感，诸多元素都是对这个担忧的抚慰，是镇静剂。粤剧艺术的特性决定其以在剧场生存为主要方式。）由广东粤剧院发起的"线上春班"可谓是成功的宣传营销范例，而背后所折射出的是互联网时代戏曲行业转化至线上输出的另一种可能。其实，一向便有粤剧拥趸将作品上传至各网站的惯例，那么趁着此次"线上春班"（粤剧院拥有作品版权进行输出），我们是否也应该注意一下作品输出版权的规范化，而不至于让这一领域成为"无人区"？

其次，要看到线上空间对于粤剧作品输出的经济价值与文化价值。

2020年1月28日，针对疫情隔离，石小梅昆曲工作室推出"云看戏"系列活动，直播看戏听讲座，以每人16.66元/场（一次性观看）的价格进行收费，收入尽数捐赠至武汉协和医院。疫情时期，这是一场公益化的宴飨，值得借鉴。而在疫情过后的日子，这种方式是否可以沿用，甚至作为院团的收入旁支，是值得思考的。随着时代发展，粤剧观众大多已"进入"网络，决策者应该更深层次地挖掘网络空间进行经济价值创造，同时做好文化保护与推广工作。另外，网络宣传如何与时俱进，创新性转化，利用公众号等媒体平台紧抓年轻市场、深入年轻市场，也是应该思考的，粤剧行业也应该做好剧目的"宣发"。

因春班停演，给院团经济收入带来创伤，背后折射出的是院团依赖春班收入的单一盈利模式，收入结构失衡，种类较为稀少。

利用疫情空档期，值得思考如何加快在文旅结合、文创产品、美育课堂等方面的价值创造，使其衍生作为院团收入结构的一部分，延长产业链。

行业增长机会的把握需要决策者注意三点。

一则掌握未来的核心趋势，抓当下行业发展大势，扩宽外部视野，寻求前沿产业与所在行业的创造性结合（外部）。举个过去的例子，"互联网+"模式应该是2009年中国开始进入Web3.0大互联时代，行业决策者意识到并快速进入该领域探索，中国粤剧网便在2009年应运而生，但从整个粤剧行业上看，"互联网+"却呈现出不充分、不彻底的发展态势，直至今日，也仍未取得更为理想的成效。作为具有发展潜力的领域，应给予更多的关注。

二则把握行业规则，从行业痛点出发进行创新（内部）。例如，有一些剧场"几日游"的剧目滞压，前期花费大量功夫排演，如何让它不仅仅完成"交功课"的使命，还能在后续发挥一定的余热，创造价值，这要交给我们行业的决策者。所谓抓行业痛点，便是观察当下行业中所存有的不良现象，解决问题，进行优化也是一种创造。

三则进行自身定位，对自身资源与能力进行整合，抓住作品（指向所有演艺活动）与观众两条轴线。首先是作品轴线：1. 作品：是否有往其他领域拓展与合作的可能；2. 作品（产品）组合：能否与其他产品形成互补关系，或进行组合化输出；3. 作品价值链：在生产成熟作品的诸多过程环节，诸如"剧本、二度创作、音乐、舞美、票务……"是否可以独立出一个模块，如广东粤剧院的舞美设计制作中心。其次是观众轴线：1. 观众：针对相同的观众是否可以提供其他的作品（产品）和服务；2. 观众价值链：在观众的"决策、购票、观戏、反馈……"系列环节，是否可以形成新的发展模式；3. 观众系统：是否有为观众提供整体的服务方案，如剧院场地除却观戏功能，是否有拓展其他空间进行价值创造，如有偿参观的历史资料陈列馆、文化体验馆，是否可以衍生文博会等。

粤剧行业的"止损"

"止损"是投资术语,指当某一投资出现的亏损达到预定数额时,及时斩仓出局,以避免形成更大的亏损。其目的就在于投资失误时把损失限定在较小的范围内,止损能帮助投资者化险为夷。

疫情影响,电影的滞压犹可通过后续排片进行票房弥补,而春班时期的错过则带来高成本的损失,特别是针对一些非事业单位下的院团,长时间的停演也将加剧院团的生存压力。因此,不仅需要政府部门出台政策措施扶持,更需要各大剧团合理规划。

相信在不久后疫情结束的一段时间中,会出现观众"报复性心理"的饥饿消费。疫情时期的隔离与恢复后的自由,心理的落差将促进观众进行短期大规模的文娱消费。

院团可在空档期,提前规划好疫情过后的档期编排,保证满足群众的精神文化消费。针对城市,考虑演出档期编排的密度、内容等。针对乡村,处理春班善后业务,相应提高演出密度。

关于疫情过后的作品内容,相信已经有院团在准备抗疫主题的正能量作品,但群众是否会对此类型作品抱有热情,此类型内容作品的过度泛滥是否会削弱群众兴趣,也待讨论。

疫情过后,戏院的环境服务也在考验范围内,应该予以相关措施消除群众顾虑,保证卫生安全。

原刊于《南国红豆》2020年第2期

融合个人切身经验又切中时代核心：
以《四象》为例

郑润良

对于读者而言，疫情期间应该读好书。疫情让我们看到生命的无常与脆弱，也更加感受到生命和时间的珍贵。对于作家而言，有生之年应该多写好书，写不得不写的书，写融合个人切身经验又切中时代核心命题的书。梁鸿之所以转向文学创作，转向《中国在梁庄》《出梁庄记》的写作，就是因为感觉之前的学术写作离自身的生命体验太遥远、太隔膜了。从《神圣家族》到《梁光正的光》到《四象》，梁鸿一步步切入个体的生命体验，也一步步踏入对历史和现实纵深空间的深度体察。

《四象》是一本需要耐心细读的书，也是一本经得起反复细读的书。第一部分《春》的第一节《绿狮子》，开头所写的日从西升从东落，显然这不是活人的视角，只能出自亡灵，并且是死了一甲子的亡灵。那么，是哪个亡灵呢？

"我打枪百发百中，我眯起左眼比我睁着双眼看到的东西更清楚，计算更准确。"梁鸿在访谈中有说到三个亡灵，一个是留洋武官韩立阁，一个是村里的基督教长老韩立挺，一个是十几岁意外车祸死亡的乡村女孩韩灵子，那么《绿狮子》的叙述者一定是韩立阁无疑了。

那么，"绿狮子"又意味着什么呢？韩立阁代表历史中的伤痛。那么，与之对峙的"绿狮子"自然就是一种抹灭历史记忆的野蛮力量。当然，绿狮子可以是多义的，可以代表毁灭一切文明的力量，代表上帝的

"末日审判"，代表终结者，就像后面文中出现的另一个意象"血月亮"。

第二节《龙葵》从一个女孩的视角描述人与周围植物的互动，显然叙述者就是早夭的韩灵子："我又想我爹我妈我哥了。胃里有个湖，湖里又起大浪了，一个漩儿接一个漩儿，翻江倒海，打得我浑身疼。"梁鸿在访谈中曾提起韩灵子的形象与自己儿时的一个女同学相关，那个不幸的女孩死于胃绞痛。

借由韩灵子的叙述，我们看到的是乡村文化中"重男轻女"以及崇尚暴力、反智的野蛮一面："妈说灵子把你作业本拿过来撕几页，做个火引子。"妈野蛮对待灵子珍视无比的作业本，但妈其实也还算是村里的文化人，一个高中毕业生。而妈妈也是父亲及村人暴力、嘲笑的对象和牺牲品："爹一把拉住妈，揪住她的头发，嘴里嚷着，跩啥跩啊，高中生咋了，不还是跟了我这个白苕？不还是第一次见面就和我睡觉？人们哄哄笑起来，爹揪着妈的头发，拖着妈在院子里转圈儿，笑得比谁都响。"借由此类场景，梁鸿展示的是乡土文化中的愚昧、暴力与伤害。

第三节《樱花瓣》的叙述者显然是基督教长老韩立挺："我搭眼看过去，左边平得几乎都要陷下去的地方，有一个四方黑屋子，我的亲堂弟立阁躺在里面。"韩立挺是信教之人，但心中的主没有给他庇护的温暖，现实的阴影与冰冷的尸体让他"冷了一辈子"，先是夏牧师给他讲的山西教案："他们已经抓了几千人，砍了好几百人。"而后是目睹村人对堂弟立阁一家的酷刑暴力。面对韩立阁的质问，他无言以对。第四节《四象》中，生者韩孝先出场："我旁边的坟头、草棵、田地轰隆隆往下掉，我眼前一黑，脚打了个滑，摔倒在地，下面一股强风吸着我，一直把我往下旋，光速一样，头晕目眩。'啪'，我被甩到了一个地方。"在这里，四个主角相遇。借助于三个亡灵的力量，精神分裂者韩孝先获得了特异功能，可以勘探生死；借助于韩孝先，三个亡灵返回地面，继续他们死前未竟的意志。

四个角色对上、定位之后，他们之间的关系也在随后的章节中逐渐明朗。第二部分《夏》中，四个人的叙述分别从不同角度聚焦当年韩立阁的死以及他母亲和他媳妇梅花的惨死，追溯运动中村人的贪婪与暴力："他们在镇上审判立阁，另一拨人到立阁家里，把立阁娘和梅花绑住了。他们从院外找到院里，从地上找到地下，没有找到多少值钱东西。他们把立阁娘和梅花扒光,看她们是不是把钱藏到裆里了。"最终,韩立阁散尽家财,搞丽县自治,最后落得身首异处,母亲和媳妇死于非命,如韩立挺所描述的:"我看见两具白白的尸体,她们被桥桩挂住,泡在水里。孩子们趴在木桥上,努力往下探着身子,拿棍子又戳又捣,一缕一缕肉随水漂走。待我晚上再去时,尸体已经不见了。月亮照在河上,啥也没有,干干净净。"韩立阁曾经给韩立挺一封信,希望他送给母亲和梅花,相约逃跑。韩立挺没有送这封信,他知道即使送了也没有益处,她们已在监视之中。他更害怕自己牵连其中,落得和立阁娘、梅花一样的下场。韩立挺不仅是韩立阁的亲堂哥,更是村中长老,他赖以传播教义的教堂正是韩立阁爷爷特意修建,一个代表乡村最高良心、信仰、正义的人面对不义的场景却只能视而不见,背叛心中的上帝和自己的良心,可见现实政治暴力之荒诞与凶狠,更可见出,在歪曲的历史语境中,人心也已全然歪曲。历史不应该留白,即使血痕已失。韩立阁之所以死了一甲子,心中复仇火焰不灭,是因为"有恨的人永远不会闭嘴,就是死了,他也要说。他们比谁都说得多"。文学应该记录类似韩立阁的声音,记录幽灵的申述,记录历史中的愚昧、暴力与伤痛。因为忘记就意味着背叛,忘记就可能让悲剧重演。"太岁庚子年,人民多暴卒。春夏水淹流,秋冬频饥渴。高田犹及半,晚稻无可割。庚子年历来是个坎儿,要有大事发生,所谓周期律。"一甲子前庚子年的故事还有几人记得,几人书写?而一甲子之后的庚子年,碰巧又遇上规模史无前例的巨大疫情。作为书写者,不一定是在第一时间对灾难现场做速写,而是应该在时间的流逝中积淀力量,发掘灾难与悲剧的真正的书写价值:"外部事件对个人的冲击不单单是一种悲痛,悲痛可能只是第一层。作为一个普通的生活者,悲痛会内化到我们每一个思维或思想的链条里,可能这才是悲剧的价值所在。"

《四象》是一部野心勃勃的书,一部力图涵盖历史与现实的书,一部力图探讨历史与现实中的愚昧、暴力与伤痛的书。作者对历史场景与细节的呈现凌厉直截,对富于戏剧性的现实荒诞景观的一步步展示又令人啼笑皆非。借由韩孝先的精神失常经历,我们看到现实中城里人与农村人的阶层壁垒依然森严。作为县里的高考状元,韩孝先的事业、爱情一开始一路顺遂,直到他女朋友娟子与他老板偶然邂逅后变心。娟子和他老板曾经一起在国外参加过奥林匹克数学竞赛，住过同一个酒店。对于乡村出身的韩孝先而言，出国参赛无异于天方夜谭。这个细节将爱情背后的文化、阶级、政治经济学内涵揭示得淋漓尽致。当然，这只是韩孝先精神失常经历的一种叙事方式。

而在韩孝先成为村人、县长、部长眼中的"上师"之后，他既是这个时代病症的化身，也亲自指证了这个时代的脓血："你们只看见自己，只看见眼前，不知道灵魂是什么，不知道自己有多黑暗。生而为人，不见山川，不看大地，何以为人。""精神贫乏是一种疾病。你们吃得饱穿得暖，却彷徨无依，那是因为你们是空心人。你们看见花，不再感动，你们看见河，却看不到远方，看见清淡的食物，却不感觉到欣喜，身在雾霾里，没察觉呼吸困难，你们被老板剥削，却不感到痛苦，被领导辱骂，却不觉得羞耻。这就是空心人。"众人对韩孝先的追捧、膜拜乃至把他圈起来牟利同样是这个时代人们精神空虚、恐怖不安、贪婪的精神表现。

"人让世界的形象显现。"借助于几个亡灵、韩孝先以及其他人物形象，梁鸿让历史场景重现，让时代的景观显现。写作是为了对抗遗忘。疫情过后，人们回归日常秩序，大部分人可能会遗忘曾经的恐惧、伤痛、勇气与光荣，但文学不应该遗忘，拒绝遗忘的文学才可能留在文学史中，留在人们的心中。

原刊于《北京青年报》2020年5月17日

从历史中提炼精髓敷演文学作品

张育梅

2020年注定是需要被文字深深记载的一年，为的是纪念那逝去的灵魂。2019新型冠状病毒并没有善待哪个国家，中国在完善的应急制度下，我们的医疗队伍及时地冲在了最前线，为的是救死扶伤，为的是国泰民安，为的是给每一个家庭有新的希望去面对人生的考验。灾难面前所有人都是战士，广东省作协及时组织作家群为抗击疫情提供文字的炮弹，报告文学、诗歌、散文、小说似战场上的枪林弹雨击打着每一个病毒。滚动的历史车轮驶过2020年的中国，从作家们的文字中我们看到了车轮滚过的痕迹，从文学背后我们看到的却尽是人间温情和悲苦，它描绘了人与人之间最宝贵最动人的瞬间。

春节，是中国最传统的节日，也是客属地区的重大日子，但2020年的春节并没有让中国春回大地，而是让所有的人陷入彷徨、恐慌和无助中。因为举国上下关注的并不是贴窗花放鞭炮大红灯笼高高挂，人们开始关心武汉，关心医院里的哭声，关心那些流浪在街头的无助之人。作家们以笔为援写下了许许多多感人的故事，记录了一幕又一幕催人泪下的历史画面，从这些文字中我们可以了解疫情的发展过程，看到灾难中的人民如何一步一步脱离苦海，触摸到了战疫中的医护人员的心跳。如果写作者只是记录了一线的事迹，那故事必然是不完整的，还有许许多多在全国各地的人，他们一样面对着疫情，一样在这个水深火热的灾难中挣扎。

燕茈的《闹春》给我们展现了广东普通百姓在面对此次疫情时的真实的反映，这同样是不应该被遗忘的事件。纯朴的客家人面对灾难，面对不可预估的生死，做出了在世人看来最"愚蠢"的行为。恰恰是这样的"愚蠢"展示了善良的客家人对灾难最直接的情感宣泄，用鞭炮赶跑病毒，用心祈求灾难的过去是客家人最真实直接且又传统的"驱灾"行为，看似平常的记录却展现了一种质朴。面对灾难每个人有每个人的反应，当一个小城镇的人不能做什么的时候，祈祷就是他们给予灾民最真的爱。同时也让我们看到，灾难面前没有人是事不关己的，哪怕是一个小小的动作也牵动着灾区的点点滴滴，如果大事件少了这样的记录，那必然不是一个完整的历史，每一个特殊的历史时期小人物的存在都是从侧面将故事填充完整，这样的记录是一个不可或缺的脚印，深与浅都让我们看到人性本善。

婆婆念念有词："保佑我们全家平平安安，保佑小乖健康成长，保佑我们国家渡过疫情难关。"我们常常会把这样的举动，视为乡下人最最封建的行为，但从燕茈的描写中，我们看到的是国家有难就连妇孺都牵肠挂肚，14亿人民中不是每一个人都是医生，不是每一个人都能在一线为国尽力，这个时候一个小城镇的老婆婆念念有词的祈祷让我们更深层地看到当下普通中国人的心情以及不知如何去效力的焦虑。既然如此我们怎能说在善良纯朴的客家人身上不是怀着同一个心愿呢？因为疫情的变化，人们更多地关注感染数字的上升或下降，人们更多关注方舱医院什么时候清零，人们更多关注死去的人他们的家属怎么办。婆婆似乎是与这个灾难无关的边缘人物，恰恰就是这样的边缘人物，反映出一个普通人对疫情最真实的心态。牵挂灾区是事实，害怕自己的处境受影响也是事实，但这样的灾难对一个老婆婆来说，再无比祈祷更直接的了。从常态的动作中，去展现灾情的另一面，这是燕茈写作的精锐之处，"局外人"有时候往往更具有对事件的客观认识，那接下来的部分将是灾难外围者对灾难爆发性认知的更具体表现。

"倒是听说郊区的一家小商店有许多人在排队，不明所以的我过去一探究竟，原来大家都在抢购鞭炮，因为传言火药粉有消毒杀菌作用，可以有效地阻止病毒入侵。"人类的发展总免不了谣言的添油加醋，纵观历史大事件始终存在不同的意见及看法。这两种现象并不是割裂的，即使科技早已腾飞中国人的进步依然是循序渐进的，"火"和"鞭炮"在传说中是用来吓跑那只叫"年"的怪兽，可如今面对新冠病毒在国家都还没有研发出特效药的时候；民间偏方已经散布在人的内心深处，"病急乱投医"让我们看到人性的悲哀却又让我不忍责备。既然大家都没有特效药，谁又能说我的方法没有用呢？燕虻在文中并没有指责的意思，作为媒体工作者她只能把官方正确的要求再次重申。这又是一个"局外人"看事件的行为，从小处着手记录着大事件，是燕虻写整篇文章的精妙之处，别人可以写大山大河，而她的笔只记录小溪流水，但这水终究还是和大河的水汇聚在海里的，路不同但终点一致。

母亲打电话来："年初二不要带孩子回娘家了，小区禁止外人进出。要戴口罩，没事不要出门。"疫情在过年期间是爆发的高峰期，当人们拿回娘家的段子各种取乐时，真实案例却在我们身边——突显，看到这里，让我联想到湖北省作协主席李修文在疫情最严重时期说的一句话："我现在一个字也写不出来，我的父母在另一个城市，我每天都在担心……"当亲情被疫情隔离的时候，切肤的焦虑和痛苦是每一个当事人最难以言表的无奈，亲情在这个时候似乎也面临着考验，燕虻在这里描述得甚是淡然，是出于自己的职业角色，还是出于对母亲的安慰？我想都有吧，写作往往是在剖析自己的生活和内心，当写到这里的时候作者有没有和李修文一样的心境？我想，是有的。加缪的名作《鼠疫》中同样描写到因疫情而被分离的痛苦，但那个时候的他们更惨，在隔离的城市只能通过几个字的电报来报平安，对方是否收到，是否有机会及时反馈信息，都是未知的。电报的字数也限制着他们表达的欲望。如今的我们，电话可以保持联系，视频也解决了我们见面难的问题，但这种与世隔绝的恐惧绝不亚于《鼠疫》中的惨烈。分离，是疫情带给人类最直观的影响，作者没有写悲壮的武汉分离画面，没有写泪水磅礴的逝者家属，而是细又真地写出自己家人对疫情所产生的分离的接受态度。场景是不一样的，但感受是没有等级的，以小见大的分离画面，更突显了疫情的危害性。

又一温馨提示："口罩不要用完立马扔掉，可用酒精消毒了继续使用，非常时期，要节省着用。"真是一个疫情爆发期的特大笑话，谁不知道用过的口罩不能重复使用，重复使用没有防护作用的口罩，防的只是我们内心的恐惧，在生与死的较量下任何一种选择和做法都是可笑和愚蠢的。只是普通老百姓又有什么通天的能力在疫情高峰期购买到口罩每天换？作者用"媒体去医院采访"的事件，来反射出抗"疫"的艰难和危难的无处不在。能呆在家里的已经是在做贡献了，那些不得不冲在抗"疫"岗位的又何尝不是在与病毒做最后的厮杀？这是一个局中局的场景特写，如果说抗"疫"战场只在武汉，那就错了，任何一个城市的医院都是一线战场，任何一个接近病患的工作人员都是在一线。燕芷温婉的文字里，并没有呼天喊地的悲伤，也没有大义凛然的无畏，但《闹春》确实像是这个春天的春雨润物细无声。我们看着她文中一个又一个的笑话，笑着笑着就哭了。和电影《传染病》中提到的一样，病毒的无情并没有放过任何一个善良的人。纯朴的客家人没有给国家添麻烦，在种种可笑的行为中虽然愚蠢却尽显无边的爱与为国忧心的纯，看似撒散的记叙，实则是一步又一步地告诉我们，每一个人面对疫情时都在努力做着自己可以做的，都在做好自己应该做的。文中没有强调什么理论，但掷地有声地告诉我们，14亿人民是一个整体，是心连心肉连肉的整体，牵一发而动全身的痛，每一个国人都体会到了。

把看似平凡无奇的生活用社会放大镜特写，是作者写此篇文章的精妙之处，写出了平凡中的精髓也写出了文学的实底。